민속의 지속과 변화의
체험주의적 해명

표인주(表仁柱/Pyo, In-Ju)

전남대학교 인문대학 국어국문학과를 졸업하고, 동 대학원에서 석사학위와 박사학위를 받았다. 전남대학교 박물관장을 역임했고, 광주광역시 문화재위원과 전남대학교 인문대학장으로 봉사하며, 국어국문학과 교수로 재직하고 있다.

저서로는 『체험주의 민속학』(박이정, 2019), 『영산강 민속학』(민속원, 2013), 『남도민속학』(전남대학교출판부, 2010), 『축제민속학』(태학사, 2007), 『남도 민속과 축제』(전남대학교출판부, 2005), 『광주칠석고싸움놀이』(피아, 2005), 『남도 민속문화론』(민속원, 2002), 『남도설화문학연구』(민속원, 2000), 『공동체신앙과 당신화연구』(집문당, 1996)가 있고,

공저로는 『무등산과 고전문학』(국학자료원, 2018), 『이주완 풍물굿과 이경화 예술세계』(민속원, 2013), 『무등산권 굿당과 굿』(민속원, 2011), 『무등산권 무속신앙의 공간』(민속원, 2011), 『무등산권 무속인의 생애사』(민속원, 2011), 『무등산권 점집과 점복의례』(민속원, 2011), 『전쟁과 사람들』(한울아카데미, 2003), 『구림연구』(경인문화사, 2003) 외 다수가 있다.

민속의 지속과 변화의 체험주의적 해명

초판 인쇄 2022년 12월 31일
초판 발행 2022년 12월 31일

지은이 표인주 | **펴낸이** 박찬익 | **책임편집** 권효진 | **편집** 심지혜
펴낸곳 ㈜박이정 | **주소** 경기도 하남시 조정대로45 미사센텀비즈 8층 F827호
전화 031)792-1195 | **팩스** 02)928-4683 | **홈페이지** www.pjbook.com
이메일 pijbook@naver.com | **등록** 2014년 8월 22일 제305-2014-000028호

ISBN 979-11-5848-837-6 (93810)

* 책값은 뒤표지에 있습니다.

The Experientialist Account of
The Succession and Change of Folk

민속의 지속과 변화의
체험주의적 해명

표인주 지음

(주)박이정

인간은 무지하고, 무능하고, 미숙하고, 미성숙한 모습으로 태어나기 때문에 불안정성과 불완전성을 갖는다. 그래서 인간은 끊임없이 안정을 추구하고 완전한 모습을 갖추려고 노력할 수밖에 없다. 그런데 인간은 모든 유기체와 마찬가지로 자신의 경험 안에 유폐된(incarcerated) 존재이다. 우리는 다른 존재와 경험을 공유할 수 없으며, 나는 나의 경험 안에 갇혀 있다. 중요한 것은 인간이 자신의 경험 안에만 갇혀 있으면 다른 존재와 경험을 공유할 수 없고, 더욱 불안정하고 불완전한 존재로부터 벗어날 수 없다는 사실이다. 인간의 불안정성과 불완전성을 극복하기 위해 필연적으로 다른 사람과 경험을 공유해야 하고, 그것만이 인간의 유폐성을 극복하는 길이다. 따라서 자신의 경험을 타인과 공유하는 것이 바로 인간의 생존과 관련된 것이고, 그것은 패턴화된 생활양식으로 구현된다.

일반적으로 문화란 인간의 시간과 공간의 경험을 토대로 형성되고 축적된 생활양식으로, 그것이 일정 기간 동안 지속되는 것을 말한다. 시간과 공간의 개념이 역사적으로 달라지는 것은 사람들의 집합적인 삶이 변화한다는 것을 의미하고, 그 경험의 내용이 달라진다는 것을 의미한다. 경험에는 시간과 공간적 조건이 전제되고, 시간과 공간은 인간의 경험에 의해 사회적이고 역사적으로 형성된 것이기 때문에 개개의 사실이나 사건이 그 위에서 발생하고 진행되는 물리적 기반이다. 경험은 인간이 환경과의 상호작용한 결과물이고, 그 환경은 물리적인 것뿐만 아니라 인간적인 것을 포함하며, 동시에 지역의 자연환경뿐만 아니라 전통과 제도까지 포함한다. 즉 인간은 자연적, 사회적, 역사적 조건 등 다양한 환경과 상호작용하면서 경험한 것을 반복하고 지속하면서 형성된 삶의 양식, 즉 삶의 패턴을 갖게 된다. 여기서 삶의 패턴이 가족이나 마을 등의 공동체 유지에 중요하게 역할 하지만, 환경의 변화에 따라 변화하는 유동적인 패턴을 의미한다.

　인간의 경험 내용이 다양한 환경적 요인에 따라 달라지고 그에 따른 민속의 내용 또한 변화될 수밖에 없다. 그것은 다름 아닌 존 듀이(John Dewey)의 실용주의적 경험이 수동적으로 현상을 기록하거나 주시하는 것이 아니라 환경과의 상호작용을 포함하는 것이며, 그것의 결과를 통해 미래 행위를 통제하게 하는 과정을 포괄한다는 것을 상기해야 한다. 그리고 마크 존슨(Mark Johnson)과 조지 레이코프(George Lakoff)의 체험주의적 경험 구조에 대해 관심을 가질 필요가 있다. 체험주의는 우리의 경험 구조를 해명하는 것으로, 경험은 신체적/물리적 층위의 경험과 정신적/추상적 층위의 경험의 중층적 구조로 이루어지고, 정신적/추상적 층위의 경험은 항상 신체적/물리적 층위의 경험에 근거하고 있으며, 그것을 토대로 은유적으로 확장되어 나타난다고 주장한다. 즉 경험의 신체적이고 물리적 기반의 변화가 정신적/추상적 층위의 경험의 변화를 발생시키면서 민속의 내용 또한 지속시키고 변화시킨다는 것이다. 필자가 이러한 이론적인 기반을 바탕으로 최근 3년간 한국 민속의 지속과 변화를 탐색하려고 노력해왔다. 그 결과를 정리하면 다음과 같다.

① 삶과 시간, 그 변화의 체험주의적 해명(『용봉인문논총』 제59집, 전남대학교 인문학연구소, 2021)
② 삶과 공간, 그 의미 확장의 체험주의적 해명(『감성연구』 제24집, 전남대학교 호남학연구원, 2022)
③ 공동체의 지속과 변화에 관한 체험주의적 해석(『호남학』 제68집, 전남대학교 호남학연구원, 2020)
④ 시간민속의 체험주의적 이해(『민속학연구』 제46집, 국립민속박물관, 2020)
⑤ 성장민속의 지속과 변화의 체험주의적 탐색(『한국학연구』 제75집, 고려대학교 한국학연구소, 2020)
⑥ 민속신앙 지속과 변화의 체험주의적 탐색(『무형유산』 제8집, 국립무형유산원, 2020)
⑦ 동물민속의 기호경험과 기호적 의미의 변화(『실천민속학연구』 제37집, 실천민속학회, 2021)
⑧ 고싸움놀이의 물리적 기반과 의미 변화 그리고 전승적 기반 구축(『한국전통문화연구』 제28집, 전통문화대학교 전통문화연구소, 2021)
⑨ 광주전남의 지역축제와 변화(『전라도 천년사』 현대4-4-3, 전라도 천년사 편찬위원회, 2020)
⑩ 민속의 공공성, 공공민속학의 체험주의적 접근(『남도민속연구』 제45집, 남도민속학회, 2022)

이와 같은 글쓰기 내용을 중심으로 〈제1부 민속 형성 요소의 체험주의적 탐색〉, 〈제2부 민속의 지속과 변화의 체험주의적 이해〉, 〈제3부 민속의 공공성 확대와 공공민속학 구축〉으로 나누어《민속의 지속과 변화의 체험주의적인 해명》이라는 책을 출간하게 된 것이다. 이것은 체험주의적 이론 기반을 토대로 민속의 통시적인 이해를 확대하고자 함이고, 이러한 과정을 통해 남도 민속학은 물론 향후 한국 민속학의 방향을 어떻게 설정할 것인지의 출발점으로 삼고자 함이다.

지금까지 민속을 민(民)의 습속으로 이해하고, 역사성을 지닌 전통문화로 인식하는 경우가 많았다. 그것은 현재 이전의 생활문화에 초점이 맞추어져 있고, 그 기준점이 시간이 되고 있음을 알 수 있다. 그러다 보니 민속이 현재의 삶과는 거리가 있는 것으로 간주되어 실천적이고 문화적 효용성의 측면에서 다소 소외된 경향이 있는 게 사실이었다. 다시 말하면 민속을 민중의 생활습속으로 볼 것인지, 아니면 민족의 생활양식으로 볼 것인가에 따라 그 개념이 달라진다. 전자는 계급적 관념을 토대로 피지배계층의 생활습속을 지칭하는 것이고, 후자는 민족주의적인 시각에서 한민족의 생활양식을 의미한다. 하지만 현대사회에 이르러 계급적 개념이 소멸되고 다문화사회의 흐름 속에서 민속을 민중이나 민족의 생활양식으로 이해하는 것은 한계가 있을 수밖에 없다.

따라서 민속의 개념을 시간관념을 초월하고 계급적이고 민족주의적인 시각을 극복하여 국가의 구성요소인 국민의 생활양식으로 인식할 필요가 있다. 그것은 현재 지속되고 있는 생활문화를 민속의 일부로서 전통성과 일상성 그리고 공공성을 가진 생활양식으로 확대시키고자 한 것이다. 예컨대 민속의 현재적인 측면에서 전통성을 강조하는 문화민속학, 몸과 마음의 일체를 토대로 생태환경을 지향하는 생태민속학, 삶의 불평등을 개선하고 공동체 복지를 추구하는 복지민속학, 속도 중심의 사회 환경 속에서 몸과 마음을 치유하는 치유민속학, 삶의 리듬으로서 일상성이 크게 작용하는 생활민속학, 행위 주체뿐만 아니라 객체와 함께 공유하고 공공성을 강조하는 공공민속학 등으로 구분하여 이해하는 것이 절실하다. 그것은 민속학을 과거와 현재 그리고 미래로 연결시켜 주는 학문으로 인식하고, 그 실용적 기반의 지속성을 획득하기 위함이다.

이 책을 내면서 많은 분들의 도움을 받았다. 체험주의 철학에 관심을 갖게 된 것은 2013년에 출판된 전남대학교 철학과 노양진 명예교수의 《몸이 철학을 말하다》(The body speaks Philosophy)를 읽고부터이다. 무엇보다도 체험주의 철학을 쉽게 설명해주고 격려해 준 것이 큰 힘이 되었다. 이 자리를 빌어서 다시 한 번 감사하다는 말씀을 드린다. 그리고 바쁜 와중에도 원고를 꼼꼼하게 검토해준 석사과정의 전은진 선생과 대학원 제자들에게도 이 자리를 통해 고마움을 전한다.

특히 장모님(김양림 여사)의 간병을 비롯해 어려운 한 해를 지혜롭게 잘 보내고 있는 아내(이효진)와 서울살이로 분주한 큰딸(표새롬) 그리고 작은딸(표정인)에게 사랑하고 고맙다는 말을 전하고 싶다. 정년이 얼마 남지 않은 시점에서 가족의 절대적인 응원이 있었기에 오늘의 내가 있었음을 깨달았기 때문이다.

끝으로 이 책이 나오도록 지원해준 전남대학교에 깊은 감사의 뜻을 표하고, 어려운 여건 속에서도 출판을 흔쾌히 승낙해준 도서출판 박이정 박찬익 사장님과 예쁜 책을 만들어주신 편집부 직원들에게도 진심으로 감사드린다.

2022년 12월 22일(동짓날)

표 인 주 씀

제2부 민속의 지속과 변화의 체험주의적 이해

제3부 민속의 공공성 확대와 공공민속학 구축

The Experientialist Account of
The Succession and Change of Folk

제1부

민속 형성 요소의 체험주의적 탐색

제1장

시간인식 과정과 그 관념의 변화

1. 경험으로서 노동방식과 삶의 패턴화

민속이란 일반적으로 인간의 시간과 공간 경험이 일정 기간 동안 지속되고 축적되어 형성된 삶의 체계를 말한다. 삶의 방식은 인간이 환경과 교섭하여 형성된 일차적 작용의 결과로서 경험의 구조적 체계이다. 인간은 끊임없이 자연적, 사회적, 역사적 환경 등의 영향을 받고, 이러한 환경과 상호작용한 결과물이 경험체계이고 그것이 민속인 것이다. 경험은 어느 순간에 일어나는 감각적인 사건이 아니고, 유기체가 환경 속에서 행동의 결과를 견디어내고 변화를 겪는 과정을 뜻한다.[1] 경험이야말로 시간의 경험 속에서 형성된 삶의 결과뿐만 아니라 그 변화 과정이다. 그렇기 때문에 다양한 환경 속에서 이루어지는 인간의 행위를 배제한다든가, 혹은 그 결과의 밀접한 연관을 배제하고 경험을 이야기 할 수 없다. 경험을 토대로 형성된 민속은 환경과 밀접한 연관을 맺는 삶의 경험적 습관이자 그 변화 과정으로서, 의식주를 비롯한 물질민속과 사회민속, 시간민속[2], 민속신앙, 성장민속[3], 여가민속[4] 등을 들 수 있다.

경험은 유기체가 환경과 상호작용하는 결과이기 때문에 경험 자체가 매우 능동적이고 조작적이다.[5] 인간 삶의 과정이 연속적인 것처럼 경험 또한 계속적이고 누적적인 것이어서[6] 인간의 미래를 만들기 위한 도구이다. 경험을 본성적으로 연속성(continuity)으로 특징짓고, 연속성 개념이 그 자체로 매우 불투명하게 제시되지만, 그 핵심은 하위적인 것과 상위적인 것 사이에 단절(breach)이 없음을 의미한다.[7] 이것은 신체적/물리적 층위의 경험이 정신적/추상적 층위의 경험으로 확장되어 가는 것으로 이해할 수 있고, 하나의 물리적인 세계가 있으며, 우리가 그것과 상호작용하는 과정에서 드러나는 복합적인 국면이 정신적/추상적 층위의 경험을 구성한다는 것을 암시한다.[8] 그런 점에서 인간의 삶의 세계는 자연 그대로 있는 것이 아니라 우리가 경험해 온 세계이고, 앞으로 환경과 상호작용하면서 행위를 하고 영향을 받을 세계이다. 이러한 관점에서 민속을 경험이 미래의 도구인 것처럼 미래학문으로서 관심을 가질 필요가 있다.

경험이 본성적으로 연속성을 지니는 것은 시간의 흐름에 따라 삶의 체계가 변화되고 지속되면서 축적된 것을 의미한다. 따라서 경험 내용인 민속을 이해하기 위해서는 기본적으로 시간의 이해로부터 출발되어야 한다. 시간의 관념은 인간의 경험내용을 토대로 형성되고, 그 경험내용 가운데 가장 중요한 것이 인간의 생존 조건을 결정하는 노동방식이다. 노동방식의 물리적 기반이 생태적 환경이고, 생태적 환경은 인간이 경험하는 계절, 즉 기후조건과 공간 조건을 포괄한다. 생태적 환경이 생업방식(농업, 어업, 임업 등)을 결정하고, 그 방식에 따라 노동방식이 결정된다. 이처럼 노동방식이 인간의 삶의 방식을 결정하는 데 중요하게 작용하고 있음을 알 수 있다. 여기서 노동방식은 시간의 관념을 변화시키는 데 중요한 역할을 한다. 예컨대 공동체노동을 요구하는 농업노동, 대량생산을 목적으로 상품화된 산업노동, 혹은 물리적 공간경계 해체를 가속화시키는 조작노동 등에 따라 시간관념이 다를 수밖에 없다. 시간관념이 인간의 삶의 체계에 반영되어 나타나기 때문에 인간의 삶에 대한 변화, 즉 민속의 지속과 변화에 대한 이해가 시간경험의 이해로부터 이루어지는 것이 바람직하다.

시간에 대한 논의가 다양한 민속의 장르적 범주 속에서 이루어져야 그 공공성을 이해할 수 있다. 특히 시간민속과 성장민속의 변화는 생업방식의 변화와 연계하여 시간의 과정적 의미를 토대로 이해되어야 하고, 민속신앙의 변화 또한 시간의 초월성과 결과적 의미를 바탕으로 해석되어져야 한다. 시간의 초월성은 인간이 갈망하는 안전과 번영을 실현시켜주는 신의 거룩한 시간이다. 신은 초인간적이고 초자연적인 능력을 지닌 존재로서, 인간은 초월 상태를 경험하기 위해 신앙생활하고 신체화된 영성을 갈망한다. 민속신앙이 현세의 삶의 문제를 해결하는 것이 가장 큰 목적인 까닭에 신에 대한 관념이나 태도를 근거로 형성되었다. 그것은 신에 대한 섬김의 자세가 시간 개념이 확장됨에 따라 세계관의 변화가 달라지고, 민속신앙이 변화되는 것으로 나타난다.[9] 이처럼 인간은 시간 인식의 변화에 따라 경험의 내용과 체계를 변화시키는데, 그에 따라 삶의 패턴화가 형성되었다. 그래서 삶의 패턴화인 경험 체계를 체험주의적 시각을 통해 해명하고자 하는 것이다.

2. 공간 이동에 근거한 시간 인식

시간은 그 자체로 개념화되는 것이 아니라 상당 부분에 있어서 은유적[10] 및 환유적으로 개념화된다. 그것은 시간에 대한 이해가 운동, 공간, 사건과 같은 다른 개념들과 관계가 있음을 말한다. 시간은 사건들과의 상호관계에 근거한 환유적 과정에 의해 형성되고, 공간상의 운동에 근거한 은유적 과정의 개념이다. 그렇기 때문에 사건과 운동은 시간보다 더 기본적이다. 한 유형의 사건에 대한 연속적인 반복은 시간 간격을 나타내고, 우리가 사건을 연속적으로 경험하기 때문에 시간이 연속적이다. 사건이 처음과 끝이 있고, 사건의 반복을 헤아릴 수 있기 때문에 시간은 분절적이며, 측정될 수 있다. 그리고 공간 속에서 운동에 대한 우리의 이해를 은유적으로 나타낸 것이 시간 개념으로서, 운동이 일차적이며 시간은 운동에 의해 은유적으로 개념화, 즉 공간상의 운동 경험을 사용해서 시간 개념을 은유화한 것이다.[11] 정리하자면 사건과 운동, 그리고 사물의 이동을 근거로 한 공간이동이 없는 곳에는 시간이 없음을 의미한다. 이처럼 시간이라는 추상적인 개념이 공간이라는 물리적 영역을 근거로 형성된다. 인간의 삶에서 공간과 시간은 별개의 것이 아니라 끊임없이 상호작용하는 관계로서, 시간의 개념이 공간의 경험으로부터 많은 제약을 받는다. 공간의 신체적이고 물리적인 경험이 상호작용하는 복합국면인 추상적이고 정신적인 시간 개념으로 확장된 것이다. 그래서 공간의 경험이 시간 경험보다도 선행되고 우선성을 갖는다고 할 수 있다.

공간이 우리들의 외적 경험의 형식이라면, 시간은 우리들의 내적 경험의 형식이다. 시간의 의식은 반드시 공간이라고 하는 다른 도식에 상응하는 개개의 사건을 모두 포함하는 하나의 계열적 순서의 개념을 내포한다.[12] 모든 경험이 시간 속에서 시작되기 때문에 하나의 사물이 존재하기 이전에 그것의 고유한 시간도 존재할 수 없다. 시간은 사물의 존재로부터 인식되기 시작되고, 사물이 존재한 공간과 시간의 상호관계성은 그 본질적인 측면에서 종교성과 관련되기도 한다. 종교적 인간은 시간이 재생되고 다시 시작되는 것은 새로운 해가 올 때마다 세계가 새롭게 창조된다고 인식한다.[13] 이것은 시간이 인간의 삶을 창조하고 질서화 시키며, 인간이 삶의 내용에 근거하여 시간을 인식한다는 것을 의미한다. 즉 인간은 삶과 무관하게 일정하게 흐르는 것으로 시간을 인식하지 않는다는 것이다. 이와 같은 시간과 공간에 대한 인식이 그렇게 뚜렷하게 표현되기 시작한 것은 역사시대부터이다.[14] 그것은 인간이 본격적으로 자연을 활용하여 문명을 창조하는 시기이기 때문이다. 인간은 시간에 근거하여 삶의 체계를 형성하기도 하고, 인간이 직면한 공간 속의 다양한 사건과 삶의 내용에 따라 시간관념을 형성시키기도 한다.

인간은 농경시대에 이르기까지 기본적으로 태양, 달, 별 등 천체의 이동이나 위치를 관찰하여 자연의 순행에 근거한 시간을 인식해 왔다.[15] 천체의 이동을 근거로 수렵채집생활과 농경생활을 수행해 온 것이다. 인간이 천체의 이동을 근거로 시간을 인식한 것은 다름 아닌 생존의 측면에서 공간 이동의 효율성을 확보하기 위한 의도이다. 여기서 공간 이동은 인간과 인간의 교류이기도 하고, 생존 수단인 노동의 출발점이기도 하다. 인간은 다른 모든 유기체와 마찬가지로 자신의 경험 안에 유폐된(incarcerated) 존재로서, 나른 존재와 경험을 공유할 수 없으며, 나는 나의 경험 안에 갇혀 있다.[16] 그렇기 때문에 인간은 끊임없이 경험의 유폐성을 극복하기 위해 다양한 기호적 활동을 한다. 그 기호적 활동의 대표적인 것이 의사소통이지만, 근본적으로 인간 생존의 물리적 기반인 노동으로부터 많은 제약을 받는다. 노동은 인간이 필요로 하는 물질의 획득 방법으로 절대적으로 시간에 의존한다.[17] 시간은 노동의 효율성을 극대화시키기 위한 정신적이고 추상적인 개념이고, 노동의 형태나 방식에 따라 시간관념이 형성된다. 농경시대 인간은 농사를 준비하고 그 시기를 놓치지 않기 위해 천체의 이동을 끊임없이 관찰하여 시간을, 즉 공간이동식 시계를 통해 측정해 왔다.

공간이동식 시계라 함은 태양의 이동이나 물의 흐름을 통해 측정하는 시계를 말한다. 그러한 예로 해시계와 물시계를 들 수 있다. 구름이 끼지 않는 지역에서는 태양을 관측하는 것이 시간을 인식하는 효과적인 방법이고, 구름이 많이 끼거나 밤에도 시간을 측정해야 할 필요가 생겨남에 따라 물이 흘러들어오거나 흘러나가는 양을 기준으로 시간을 인식할 필요가 있었다. 일반적으로 해시계와 물시계는 이집트에서 가장 먼저 사용한 것으로 알려지지만,[18] 우리나라의 최초의 해시계는 《한국민족문화대백과사전》에 의하면 7세기경 신라에서 제작된 것으로 알려져 있고, 원반모양에 시반을 24등분하고 태양의 이동으로 형성되는 막대 그림자의 위치에 따라 시간을 측정했다. 이러한 전통은 보물 제845호로 지정되어 있는 앙부일구로 계승되어 발전되고, 서울 혜정교와 종묘 남쪽 거리에 설치하여 백성들도 모두 볼 수 있도록 했다고 전해지고 있다. 뿐만 아니라 물시계는 물이 흘러나가거나 혹은 흘러들어온 양을 기준으로 시간을 측정하는 방식으로, 우리나라에서는 718년에 처음으로 누각을 만들었다는 기록으로 보아 이 시기부터 사용했을 것으로 추정된다. 1398년에는 표준시계로 사용하기 위해 종로에 경루(更漏)를 설치하고, 세종 때 장영실이 자격루를 제작한 것을 보면 물시계가 널리 사용되었음을 알 수 있다. 이렇듯 해시계와 물시계를 통한 시간관념은 기본적으로 공간 이동의 은유의 시간을 바탕으로 하고 있다.

공간이동식 시계로 시간을 측정하던 시기에는 '시' 단위로 세분화가 이루어졌지만, 생업의 원활한 준비를 위한 시간 인식이 필요하기 때문에 한 해 혹은 사계절, 그리고 자연력이자 생업력인 절기(節氣) 중심의 시간체계가 형성되었다. 인간은 자연의 적응 수단으로서 농경생활의 질서에 따른 삶의 체계를, 즉 자연적 삶의 시간을 중요시하고 순환론적 시간 인식에 근거한 인생관과 생활 리듬을 갖게 되었을 것이다. 그러면서 기억의 보존으로서 과거에 대한 관심이 많고, 그것이 역사적인 태도에도 많은 영향을 미쳤다. 뿐만 아니라 농경사회에서 인간이 유기체 보호 관념의 공간으로서 독립공간의 필요성을 갖게 되자 공간의 경계가 중요한 의미를 갖는다. 그것은 자급자족의 삶과 그리고 전통과 혈연공동체를 중요시하는 대가족의 삶의 협력체가 등장하는 배경이 되기도 했다. 대가족은 노동력을 효율적으로 확보하기 위한 수단이고,[19] 신앙과 의례 공동체의 역할을 하기도 한다. 중요한 것은 두레와 같은 노동공동체가 민속신앙, 민속의례, 민속놀이 등의 공동체에서 핵심적 역할을 한다는 점이다. 그것이 노동이 삶이고, 삶이 노동이라는 일체적 관념을 형성시켰을 것으로 보인다.

농경사회의 노동은 생산과 삶의 방식 그 자체이었다. 농사를 지으려면 무엇보다도 계절을 잘 인식할 수 있어야 하고, 그 변화에 따라 농업노동의 방식을 선택한다. 농업노동은 전적으로 시간 인식 능력에 따라 결정된다. 흔히 농부는 농사철을 잘 알아야 농사를 차질 없이 지을 수 있다고 생각하고, 농사철을 인식할 수 있는 능력을 갖추면 〈철들었다〉라고 표현하기도 한다. 농업노농에서 중요한 것은 시간에 따라 효율석으로 활용할 수 있는 충분한 인력 확보이다. 대가족이 필요한 이유도 여기에 있다.[20] 대가족을 기반으로 한 농업노동은 세시풍속의 물리적 기반의 역할을 한다. 세시행사가 농업의 생산력 절기에 따라 행해지고 농사의 풍요를 기원할 목적으로 행해지며, 대가족이 세시명절의 조상신의례를 중요시 여기는 관념을 갖게 하는 데도 중요한 역할을 하였다.[21] 세시명절에 조상신을 위한 세시의례가 많은 것도 이와 무관하지 않다.

그리고 삶의 의미 확장으로서 의례적 경험인 성장민속이, 즉 통과의례와 관혼상제의 의례적 장소가 가정이고, 그곳에서 주인공에게 가장 중요한 시간을 선택하여 의례가 거행되었다. 가정은 생일잔치를 하거나 혼인잔치와 회갑잔치 혹은 장례식을 거행하는 곳으로 핵심적인 공간은 안방이다. 안방은 가장의 공간이자 안주인의 공간이고, 양육의 공간이자 의례와 신앙의 중심 공간이다. 안방이 가족 통합의 공간으로써 가정축제의 공간인 것이다.[22] 농경사회에서는 가족과 일가친척, 그리고 마을사람들이 안방과 가정에서 이루어진 의례 주인공의 잔치에 참석하였다. 이러한 배경에는 농업노동을 근간으로 하는 대가족제도가 적지 않게 작용하고, 성장민속은 삶의 공간에서 이루어지는 실천적 의례민속으로서 주체 중심의 내부지향적이고 정신적인 의례의 성격을 강하게 반영하고 있다.[23] 그것은 성장민속이 객체 중심의 외부지향적인 것보다도 가족주의적이고 주체 중심의 의례를 중요시 하고 있음을 보여주고 있는 것이다.

게다가 민속신앙의 가장 중요한 물리적 전승 기반도 농업노동이다. 농업노동이 시간의 흐름에 따라 노동의 순서와 방식이 결정되고, 노동의 형태나 방식의 변화는 궁극적으로 민속신앙의 변화를 초래시킨다. 그것은 무엇보다도 공동체의 변화와도 맞물려 있다. 농업노동과 관련된 공동체는 의례, 신앙, 놀이 공동체 역할을 한다. 농업노동의 변화가 민속신앙은 물론 민속 공동체의 변화로 이어지는 이유가 여기에 있다. 민속신앙 가운데 마을신앙은 공동체의 영향을 크게 받고, 공동체가 마을의 생업방식의 환경과 구성원의 성향에 따라 많은 영향을 받는다.[24] 특히 마을의 외적인 생태적 환경의 변화, 사회 혹은 경제적 변화에 따라 마을공동체는 이에 대응하지 않을 수 없다. 그에 따라 생산구조적인 측면에서 생업내용이 바뀌면 공동체의 역할이 변화되고, 그것은 마을의 공동체문화의 변화로 연결된다.

농경사회 민속신앙은 인간보다도 신 중심의 삶의 체계로 이루어지고, 민속놀이도 오인적인 것보다도 오신적인 기능이 강하다. 그리고 성장민속은 정신적이고 내부지향적인 주체 중심의 의례행사를 중요하게 여겼다. 이처럼 농경시대의 민속은 농업노동을 근거로 형성되는 기호적 경험으로서[25] 그 경험은 농업노동의 많은 제약을 받는다. 특히 신앙이 삶이고, 삶이 놀이이며, 의례가 삶과의 일체성을 가지고 있는 것은 몸과 마음이 상호관계성을[26] 가지고 있는 것과 같다. 농업노동을 근거로 하는 민속현상이 서로 각각 독립적으로 분리되어 있는 것이 아니라 끊임없이 상호작용한다는 것이다. 농업노동과 민속의 상호관계 속에서 민속이 농업노동을 근거로 형성되는 정신적/추상적 경험이고, 그것은 농업노동이라는 물리적인 영역으로부터 많은 제약을 받는다는 것을 의미한다. 농경사회에서 인간은 자연을 근거로 살아가며, 생산과 소비가 일치하는 농업노동의 영향을 크게 받고 있음을 알 수 있다.

3. 시간의 자원 획득 및 물질적 관념화

시간의 개념화가 은유 없이는 거의 불가능하다고 할 수 있을 정도로 시간에 대한 관념을 은유적으로 이해할 수밖에 없다. 그러한 예로 「시간 지향」은유를 비롯해 「움직이는 시간」 은유, 「움직이는 관찰자」 은유는 자의적이지 않고 가장 기본적인 일상 경험과 관련이 있고, 공간상의 운동의 관점에서 개념화된다. 이러한 은유적 개념은 과거와 미래가 현재에 존재한다는 것을 의미한다.[27] 따라서 시간이 공간과 같은 차원에서 존재한다는 것을 알 수 있다. 그것은 공간에서의 움직임이 단독으로 존재하는 것이 아니라 시간과 함께 공존하고 있다는[28] 사실에서도 확인된다. 그렇지만 산업사회의 현저한 특징 중의 하나는 일반적으로 시간이 자원으로, 특히 돈으로 개념화되고 있다는 것이다. 그것은 바로 「시간은 자원」 은유이다. 이러한 것은 〈시간을 낭비하기〉 혹은 〈시간을 저축하기〉라는 관념을 형성시키고, 자원을 돈으로 대치함으로써 「시간은 돈」 은유를 발생시켰다. 이와 같은 은유를 구상화하는 매우 많은 제도들이 있는데, 그 중 하나는 사람들이 일하는 시간의 양에 따라, 즉 시급제, 주급제, 월급제, 연봉제로 사람들에게 돈을 지불하는 제도이다.[29] 그러면서 시간의 양을 측정하는 것에 많은 관심을 갖게 될 수밖에 없었다.

산업사회의 선구자라고 할 수 있는 영국에서 시간이 사람들의 생활방식에 획기적인 영향을 미친 사건은 사상 전례 없는, 전국적인 운송망의 확립이었다. 1784년에 일어난 획기적인 운송체계의 변화가 시간을 철저히 지키는 관념을 형성시키고, 게다가 증기력이 일상생활과 시간 의식에도 영향을 미쳤다. 공장 노동자들은 공장에 증기가 들어올 때에는 하시라도 빨리 일을 해야 하고, 이러한 이유로 시간을 잘 지키는 것이 필수사항이 되었다. 시간은 시 단위가 아니라 분 단위까지 관리되기에 이르렀다.[30] 이처럼 18세기 근대 산업사회가 시작한 이래로 시간은 인간 사고방식은 물론 생활 전반에 커다란 영향을 미치게 되고, 19세기에는 더욱 철저한 시간 인식이 널리 퍼졌다.[31] 그야말로 일반 대중의 계절적 시간관념이나 시 단위 시간관념을 정확한 시간관념, 즉 분 단위 시간관념의 〈시간 지키기〉로 바꾸어 놓은 것이다. 특히 〈시간 지키기〉의 관념은 종교생활과도 밀접한 관련이 있는데, 공간이동식 시계를 기계식 시계로 바꾸어 놓았다.

기계식 시계는 시간을 별개의 단위로 끊임없이 반복적으로 분할하는 기계적 동작에 의존하는 시계를 말하는 것으로, 수학적 기어 장치를 통해 작동하는 기계적 모델이다. 그런 점에서 물시계도 엄밀히 말하면 준기계식 시계라고 말할 수 있다. 기계식 시계가 웰즈 대성당의 14세기 후반에 제조된 시계가 현재까지 전해져 내려오는 방식을 볼 때, 13세기 말경에 만들어졌을 것으로 추정한다. 특히 기계식 시계는 중세 수도원의 필요성에 따라 만들어지고, 당시 수도원에서는 시간을 잘 지키는 것이 미덕이었다. 예배시간이나 식사시간에 늦으면 처벌을 받아야 했기 때문이다. 그것은 수도원 생활의 기강을 유지하고 확립하려는 데 〈시간 지키기〉를 활용했고, 기계식 시계의 발달은 교회가 제일 큰 공로자인 셈이다. 그 이후 영국에서는 19세기 중반에 균일한 철도 시간이 채택되었기 때문에 철도 역사 바깥에는 당연히 기계식 시계를 설치하였다.[32] 이처럼 기계식 시계가 일상생활에서 시간을 측정하는 중요한 도구였음을 알 수 있다. 우리나라에서는 1900년에 경성역이라는 이름으로 개장되고 대한민국의 수도인 서울의 관문인 서울역과 1898년에 완공된 서울대교구 주교좌 성당으로서 한국 최초의 본당인 명동성당에도 기계식 시계가 설치되었을 것으로 보인다. 그리고 본격적으로 시계가 1950년대부터 본격적으로 제작되었다.

〈시간 지키기〉는 일상생활의 전반에 엄청난 변화를 가져왔다. 앞서 언급한 바처럼 종교적 권력을 강화하고 견고한 신앙공동체를 구축하기 위해 〈시간 지키기〉가 요구되고, 생산량의 극대화를 요구하는 경제적 목적을 실현하기 위해 시간관념의 중요성이 강조되었다. 그것은 물질적인 시간관념을 갖게 하는데 중요한 역할을 하였는데, 그 실현을 기계식 시계가 이루어준 것이다. 기계식 시계의 등장은 시간 길이나 양의 계량화를 체계화시키고, 시간의 규칙적인 활용을 통해 삶의 효율성을 확대시켰으며, 현세적인 삶을 바탕으로 한 자연과 종교 중심에서 진보적이고 인간 중심의 미래지향적인 삶의 시간을 중요시하게 만들었다. 뿐만 아니라 시계가 권력의 상징이자 부의 상징을 만들어내기도 했다. 예컨대 많은 사람들이 운집하는 중앙광장이나 수직적인 위계관계를 중요시하는 중요공공기관에 시계탑을 세우거나, 요즈음이야 대중화되었지만 부의 상징으로 등장한 손목시계의 착용 등이 그것이다. 오늘날 물질적 풍요를 희망하는 개업식이나 새집을 소개하는 집들이 선물로 시계를 활용하는 것도 이와 같은 관념적 전통에서 비롯된 것이라 할 수 있다.

기계식 시계의 등장은 규칙적이고 기계적 공간이동 관념을 형성시키고, 자연과 우주에 대한 물질적이며 기계론적인 인식을 하게 만들었다. 여기서 기계적 공간이동은 일정한 간격으로 공간을 이동하는 것을 말하고, 자연에 대한 기계론적 인식은 시계가 여러 개의 부품으로 조립되어 있는 것처럼 자연도 그러하다고 인식하는 것이다. 그러면서 비록 기독교 영향이 적지 않지만 일 년에서 일주일 단위 생활리듬으로 변화시키며, 대량생산과 전문적인 노동을 요구하는 산업노동을 물리적 기반으로 삼는 삶을 체계화시켰다. 이것은 근대 산업사회의 경제력 확장에 대한 열망을 토대로 식민주의적 공간 확장을 가속화 시키고, 제국주의적 이념을 통해 물질 및 경제적 교류를 강화시켰다. 더불어서 문화적 교류 및 민족의 이동 또한 확대되면서 자본과 물질을 중요시 여기는 사회를 만들었다. 이러한 환경이 자본주의를 태동시키고, 후대에 물질만능주의가 가속화되는데 중요한 역할을 했다고 볼 수 있다.

산업노동을 근거로 한 산업사회가 농촌인구의 감소와 도시화를 가속화시켰다. 농경사회의 물리적 기반이었던 농어촌의 전통가족을 약화시키고, 도시화의 가속화와 더불어 새로운 산업사회의 가족공동체인 핵가족을 확산시키며, 무엇보다도 혈연보다도 지연 공동체의 중요성을 강화시키는 계기가 되었다. 이러한 변화는 기본적으로 산업노동의 확산에서 비롯되었다.[33] 산업노동은 대량생산을 목적으로 시간을 자원화 시키고, 시간이 돈이라는 인식에 근거하여 물질적으로 관념화 시키며, 시간의 중요성을 강조하는데 크게 기여했다. 특히 노동의 상품화가 시간의 상품화로 확대되고, 공휴일과 일주일 단위의 반복적인 생활리듬과 삶의 체계가 더욱 고착화되었다. 궁극적으로 농경사회를 근간으로 형성되었던 민속의 많은 변화를 초래시켰는데, 공동체의 구조적인 측면에서 농촌인구 감소와 고령화, 남성보다도 여성 인구가 증가하는 현상이 농경사회 민속을 약화시키거나 단절 위기에 직면하도록 했다.

농경사회의 민속이 위축되고 약화되기 시작한 것은 일제강점기부터 시작하여 1970년대 노동의 형태가 변화되면서 본격화되었다. 1900년 초부터 시작되었던 민속놀이에 대한 통제가 본격적으로 진행된 것은 한일합병 이후부터인데, 근대적 시각에서 비합리적이고 야만적인 놀이라 하여 억압하고 통제하였다. 그 근거는 마을굿이나 무속을 미신화 시켜 천민들의 신앙으로 간주하고, 풍물굿이나 민속놀이 연행을 정치적 불순 의도로 간주한 것으로, 순전히 근대성에서 벗어나고 민속의 비합리성과 야만성의 명분을 내세웠다. 그것은 다분히 문화적인 의미보다도 정치적인 부정적 의도가 내재되어 있고, 이러한 정책은 한국 민속현상의 변화에 적지 않은 영향을 미칠 수밖에 없었다. 그러한 과정 속에서 해방 이후 한국전쟁을 겪고 난 뒤 자본주의 전환이 가속화되고, 정부수립 10주년을 경축하는 〈전국민속예술경연대회〉가 1958년에 개최되면서 기억의 잔존물로 전락한 민속놀이를 재현하는 계기가 되었다.[34] 그것은 민속의 복원과 재현 운동으로 전개되고, 민속을 문화재화를 통해 삶의 맥락이 배제되고 박제화 시키는 계기가 되기도 했다.

그 후 1972년 유신헌법의 통과와 더불어 본격적인 새마을운동이 전개되고, 1973년 국가적으로 가정의례를 간소화하려는 규제정책이 시행되면서 민속신앙과 민속의례가 많은 변화를 겪을 수밖에 없었다. 무엇보다도 도시에 결혼예식장이 등장하고 농촌까지 확대되었는데, 1970년대 전반부를 기점으로 신식혼례가 대중화되고, 1973년 6월 15일에 각종 기념일에 대한 규정이 제정되어, 즉 국경일, 공휴일, 기념일을 모두 양력에 근거하자 삶의 시간체계가 급격히 변화되었다. 그리고 1990년대 이후부터 장례전문예식장이 들어서게 된 것은 의례의 중심 공간이 집안에서 집밖으로 이동하는 것을 더욱 가속화시켰다.[35] 더욱더 중요한 것은 민속현상을 적지 않게 주체 중심의 내부지향적이고 정신적 행사가 아니라 객체 중심의 외부지향적이고 물질적 행사로 변화시키는 결과를 가져오게 되었다는 사실이다.

민속의 외부지향적이고 물질적 행사로 변화되어가는 모습은 다양한 민속현상에서 확인된다. 성장민속인 일생의례에서 의례시기가 공휴일이나 주말 중심으로 이동하고, 의례공간이 집에서 집 밖으로 이동하며, 의례 주인공보다 하객 중심으로 바뀌는 것을 통해서 알 수 있다.[36] 그리고 민속신앙의 제의적 장소가 갖는 신성성이 약화되거나 이동을 한다든지, 제의적 시간의 이동을 비롯해 제의적 형식이 변화되고 있는 것이 그것이다. 예컨대 무속신앙의 마을굿이야 마을의 공간에서 이루어질 수밖에 없지만, 개인굿은 더 이상 가정에서 이루어지기 어렵고, 가정과 마을 밖의 별도 공간, 즉 주거지로부터 분리된 산의 계곡 혹은 전문적인 굿당에서 이루어지고 있다. 이 또한 1980년대 본격화되었다. 뿐만 아니라 가택신앙에서 가정의 각 공간에서 행해졌던 신앙적 행위가 약화되어 그 의미와 전통은 고사문화로 이어지고, 마을신앙은 종교적 의미가 약화되고 축제적인 의미가 부각되어 전통의 계승과 발전이라는 명분을 토대로 문화재화 되고 있다.[37] 이러한 현상은 시간민속인 세시풍속에서도 나타나는데, 농업노동보다도 산업노동을 근간으로 하는 세시행사가 더욱 확대되고, 세시명절이 공휴일 혹은 국경일 중심으로 이동하는 것은 물론 다양한 계층과 직종, 연령대의 기념일이 더욱 증가하고 있다.[38] 이와 같은 민속현상의 변화에 공동체의 변화가 크게 작용하기도 했다. 가족공동체인 핵가족이 농촌인구의 도시 이동과 1960년대부터 가족계획이 추진되면서 확산되고, 핵가족은 농촌보다도 도시의 전형적인 가족 형태가 되었으며, 공동체보다도 개인적이고 수평적인 의사소통의 구조가 확대되는 것이 특징이다.[39] 핵가족의 증가야말로 농경사회의 민속을 변화시키는데 중요한 역할을 했다고 볼 수 있다.

산업사회가 대량생산을 중요시 여기는 산업노동을 물리적 기반으로 삼아 농촌에서 도시로의 공간적 이동을 확대하고, 나아가서는 국가 간의 교류를 생존의 가치로 인식하게 만들었다. 그것은 정서적 성취감보다도 경제적 결과를 중요시 여기는 인간 중심의 물질적인 삶을 강조하는 계기가 되었다. 즉 민속의 오신성보다 인간 중심의 유희성을 강조하고, 삶의 맥락과 분리된 텍스트 중심의 민속이라는 결과를 초래하게 만든 것이다. 예컨대 줄다리기가 본래 농경사회에서 농사의 풍요를 기원할 목적으로 행해진 주술종교적인 행사이지만, 산업사회에 이르러서는 주술종교성은 약화되고 대동놀이로서 축제성을 강조하는 행사로 변화되었다. 그것이 다시 문화재화 되어 공동체의 삶과 분리된 별도의 공간, 즉 인위적인 무대 위에서 연행되는 경우가 그 예이다. 뿐만 아니라 공동체 또한 신앙적이거나 의례적이고 놀이공동체보다도 각자의 경제적 이익을 공유하고 확대하는 이익공동체를 중요시 여기게 만들었다. 농경사회에서 구성되었던 상부계나 촌계 등의 마을공동체는 소멸되거나 약화되고, 도리어 새로운 생업구조인 원예농업이나 특용작물 등의 작목반이 부각되고 있는 것이 그것이다.

이처럼 산업노동이 인간의 삶의 맥락과 민속을 분리시켰는데, 이것은 어쩌면 서구의 지성사의 흐름과도 관련되지 않을까 싶다. 특히 몸과 마음을 분리시킨 삶의 태도가 몸과 마음을 각각 서로 독립된 존재로 보고, 몸은 잊힌 존재로 인식했다. 몸을 마음의 작용을 가로막는 장애물 정도로 파악한 이원론적인 사고와 무관하지 않다. 마음을 우리의 본질을 규정하는 핵심적 조건으로 간주하고, 몸은 주변적 주제로 억압되어 무시되어 왔다.[40] 이와 같은 정신사적 환경이 노동이 분업화되고 기계화에 따른 육체노동의 감소가 이루어진 산업사회로 하여금 인간과 자연의 대립을 심화시키고, 생산과 소비의 분리를 부추기는 결과를 초래하게 만들었다. 하지만 미국의 실용주의 현대철학인 체험주의에서는 마음이 몸의 활동에서 비롯된 확장적 구조물이라고 강조한다. 이렇듯 민속 또한 삶의 맥락인 자연, 역사, 사회적 조건을 근거로 형성된 기호적 경험이라는 사실이다. 다시 말하면 우리는 민속을 삶의 맥락과 상호작용하면서 지속되고 끊임없이 변화되는 문화적 구조물로 인식할 필요가 있는 것이다.

4. 시간 단축과 물리적 공간 경계의 해체

시간은 지향적이고, 역전불가능하고, 지속적이고, 분할할 수 있고, 측정 가능한 사건들의 특성을 통해 부과된 개념이고, 우리 역사 개념 자체만을 발생시키는 것이 아니라 물리학을 비롯해 귀중한 많은 것들을 가능하게 한다. 시간이 갖는 길이, 흐름, 낭비를 포함한 개념 속에서[41] 시간의 공간상 이동의 은유적 개념이 시간은 자원이라는 물질적인 개념으로 확장되어 왔다. 이러한 개념은 산업사회에서 중요한 가치로 지향되어 왔지만, 지식정보산업사회에 와서는 시간의 양을 줄이고 많은 정보를 수용하려는 욕망이, 즉 이동의 속도를 중요시 여기는 삶의 태도를 갖게 하고 있다. 인간이 필요로 하는 물자를 얻기 위해 이동의 속도가 빠른 것이 시간을 절약하는 것이고, 짧은 시간을 활용하여 많은 공간을 이동하는 것은 그만큼 많은 물자를 얻는다는 것을 의미한다. 물자는 정보이고 정보는 물자인 시대가 된 것이다. 물자와 정보를 얻으려는 욕망이 빛의 속도만큼 공간 이동의 속도를 중요하게 여기게 되었다. 이러한 배경 속에서 지식정보산업사회에 이르러 공간 이동의 거리뿐만 아니라 이동의 속도를 강조하는 시간관념으로 확장되었음을 확인할 수 있다. 인간은 속도의 가치를 중요하게 여기고, 공간 경계의 해체를 통해 공간 통합이라는 열망을 갖게 되었으며, 최소의 육체노동으로 최대의 효율을 목표로 일을 빨리 처리할 필요성도 갖게 된 것이다.

지식정보산업사회는 정보통신의 발전으로 다양한 산업에서 정보화가 이루어진 사회로서 지식정보를 주요자원으로 하는 사회이다. 그렇기 때문에 다양한 정보의 생산, 유통의 급격한 증대, 정보기술의 고도화 등을 중요시 한다. 정보와 지식의 가치가 높아지면서 정신적 노동이 급격히 증가하고, 물질적 생산 중심에서 정보와 지식의 생산으로 이동하고 있다.[42] 뿐만 아니라 조작(操

(作)노동이 확대되어 노동의 가장 원초 형태인 육체노동이 점차 줄어들고, 여기서 조작노동은 기계나 컴퓨터 등의 기기(器機)를 조종하는 노동을 말한다. 무엇보다도 이 사회가 시간을 초월하여 공간을 확대하는 삶을 추구하고, 시간을 단축하고 압축하는 질적인 변화를 추구한다. 즉 시간을 물질로서만 인식한 것이 아니라 속도의 중요성을 인식하게 된 것이다. 속도가 시간의 양을 줄이고, 공간의 이동을 단축시키는 역할을 하기 때문이다.[43] 인간이 목적지까지 몇 시간 이동했는지, 아니면 특정한 공간을 이동하는 데 몇 분 걸렸는지도 중요하지만, 이젠 몇 초 만에 목적지까지 갈 수 있는지가 중요한, 즉 더욱 세밀한 시간 측정 단위가 필요한 시대가 되었다. 그러려면 기계식 시계만으로는 한계가 있고, 전자식 시계만이 그것을 가능하게 한다.

전자식 시계는 컴퓨터 기술로서 측정하는 시계인데, 컴퓨터가 시계를 기계적 장치가 아닌 전자장치로 뒤바꾸어 놓았다. 컴퓨터와 시계는 새로운 지식정보산업사회에서 양대 핵심적인 기계라고 할 수 있다. 이제는 컴퓨터 프로그래머가 정교한 수학화로 드디어 시간을 작업의 한 요소로 만들어 놓은 것이다. 오늘날 고성능 컴퓨터를 사용한 전자식 시계가 〈시간의 판매〉라는 개념을 불러 일으켰다. 시간을 판다는 것은 낮과 밤을 파는 것이고, 낮은 빛의 시간이고, 밤은 휴식의 시간이다. 그래서 시간을 판다는 것은 영원한 빛과 휴식을 파는 것을 의미한다.[44] 현대인들이 노동력을 파는 것이지만 사실은 시간을 파는 것이다. 따라서 적은 노동량과 짧은 시간으로 인간이 필요로 하는 물질을 획득하는 것이 가치화될 수밖에 없다. 시간의 양을 줄이는 방법은 정보수집이 빨라야 하고 의사결정이 빨라져야 가능하다. 그렇기 때문에 이동의 속도가 빨라져야 하고, 〈시간 팔기〉의 측면에서 전략적인 시간활용과 시간관념을 중요하게 생각하지 않을 수 없게 되었다.

지식정보산업사회에서 인간은 시간의 양에 비해 공간의 이동 속도가 빠른 것에 관심을 갖기 시작하고, 그것은 인간 삶의 변화 속도에도 적지 않게 영향을 미치고 있다. 농경사회에서 문화가 3세대 지속된 것을 중요한 지표로 삼지만, 지식정보산업사회에서는 이러한 기준이 설득력을 갖기 어렵다. 문화의 지속성이 짧아진다는 것은 그만큼 많은 양의 변화가 빠른 속도로 이루어진다는 것이고, 이젠 고유 민족문화의 시대가 아니라 다문화시대의 다양한 삶의 양식에 관심을 갖게 만든다. 이것은 다양한 형태의 가족공동체가 등장하도록 만드는 요인이 된다. 일반적으로 가족공동체 출발은 기본적으로 혼인으로부터 시작하고, 혼인이 가족 구성의 중요한 의례행사이다. 다문화시대의 혼인은 당연히 다양한 집단과 민족을 통해 이루어져 다문화가정을 형성시킨다. 그것은 농경사회의 대가족이나 산업사회의 핵가족과는 다른 새로운 패러다임의 가족문화를 요구할 수밖에 없다. 중요한 것은 가족의 개념을 비롯하여 가족 형태에 대한 새로운 인식의 전환을 요구하고 있다는 사실이다. 지식정보산업사회가 기존의 전통적인 대가족 형태와 산업사회의 특징적인 가족 형태인 핵가족의 전통을 여전히 이어가지만, 도시에서는 전통과 현실을 접목한 새로운 가족 형태가 등장하고 있다. 그것은 다름 아닌 수정가족(modified family)이다.

수정가족은 공동의 경제생활과 주거생활이 일치하지 않는 변형된 가족유형이다.[45] 수정가족이 외형적으로 대가족에 대한 향수를 충족하고, 핵가족의 한계를 극복하려는 심리적 가족공동체로 보이지만, 현실적으로는 주거생활은 독립되지만 경제생활이 그렇지 않는 경우이다. 그리고 도시에서 핵가족의 형태로 각각 독립적으로 생활하면서 대가족의 심리적 울타리를 갖고자 하는 경우에 형성된다. 이러한 것은 가정의 물리적 경계를 극복하고 심리적 공감장[46]으로 통합하려는 의도에서 비롯된 것이다.[47] 수정가족이 지식정보산업사회의 조작노동이라는 노동형태를 근거로 형성되며, 공동체 구성에도 적지 않은 영향을 미친다. 지식정보산업사회가 전통적인 공동체 정서보다도 이익공동체를 더욱 강화시키는데, 여가생활공동체, 온라인소통공동체, 온라인 플랫폼 등이 대표적인 예이고, 도구적 공동체의 성격이 강하다. 도구적 공동체가 중요한 지식정보산업사회는 가족의 구성 요인으로 인간이 아닌 반려동물 혹은 인공로봇, 가상영상인물 등이 언급되고 있다. 이러한 가족형태의 변화 속에서 민속 또한 많은 변화를 겪고 있고, 민속의 형태적 변화뿐만 아니라 기능과 의미도 크게 변화되고 있는 것이다.

민속 형태의 변화가 그 내용의 축약을 통해서 나타나기도 하고, 기능과 의미의 변화는 민속이 갖는 본질적인 의미 변화 등을 통해서 이루어진다. 민속의 변화는 지속되기 위해서 발생하고, 지속은 변화를 전제로 이루어지며, 그것은 민속의 기호적 전이[48]를 통해 구체화 된다. 이러한 것은 다양한 민속현상에서 발생하고 있다. 농사풍요를 기원하고 마을공동체의 안녕을 기원했던 마을신앙이 문화재화 되고, 그것을 〈전통마을 만들기〉 소재로 활용하거나 지역축제의 소재로 활용한다. 이것은 모두 마을신앙의 기호적 전이를 통해 이루어진다. 본래 마을신앙은 공동체의 삶의 맥락 속에서 실천되었지만, 산업사회에 이르러 물리적 기반인 삶과 분리되어 약화되기도 하고, 소멸 위기에 놓여 있다. 그러한 환경 속에서 1960년 문화재보존위원회규정이 제정되어 본격적으로 시행되자, 소멸되어가는 고향에 대한 향수, 혹은 전통에 대한 회상의 대상이 된 것을 문화재화 시켰다. 게다가 2000년대에 지방자치가 정착되고 세계화를 추구하는 정치적 환경은 각 지역마다 지역축제를 증가시키면서 문화상품화 시킨 것이다. 이처럼 마을신앙의 외형적인 변화보다도 그 기능과 의미의 측면에서 많은 변화가 이루어졌음을 볼 수 있다.

이와 같은 변화는 기본적으로 물리적 기반인 노동형태와 시간관념의 변화 속에서 이루어지고, 민속놀이의 변화도 마을신앙의 행로를 밟아왔다. 민속놀이가 기본적으로 농사의 풍요를 기원하고 주술적인 목적에 의해 이루어졌지만, 기호적 전이를 통해 문화재화 되고 마을의 〈전통마을 만들기〉 혹은 지역축제의 소재로 활용되는데, 이것은 놀이의 장소와 시간의 변화를 토대로 이루어졌다. 민속놀이가 마을신앙과 마찬가지로 연행 시간이 크게 단축되고, 시간의 단축이 자연스럽게 그 내용을 압축시키고 형식을 축소시킨 것이다. 뿐만 아니라 삶과 놀이가 문화재와 문화유산으로, 다시 축제프로그램화 혹은 영상물화 되어가면서, 민속놀이가 갖는 본래 기능보다도 상업적 공연물로서 가치가 증가하고 있는 추세이다. 그것은 민속놀이뿐만 아니라 민속신앙 혹은 민속예술 등의 다양한 장르에서도 이루어지고, 방송의 시청이나 무대 위의 공연에 적합한 문화예술 공연상품으로 변화되고 있다. 이젠 민속이 삶의 맥락 속에서 향유하는 것이 아니라 생산과 소비 구조 속에서 판매의 대상이 되고 있는 것이다. 이처럼 민속이 감상의 도구로 대상화되면서 다양한 정보유통 공간이나 대중매체 공간에서 시간을 팔기 위한 대체수단으로, 즉 민속의 영상적 활용이 더욱 확대될 것으로 보인다.

민속놀이에 비하면 성장민속인 민속의례는 문화재화 혹은 상품화보다도 오히려 그 기능이 많은 변화를 겪고 있다. 무엇보다 돌잔치 혹은 결혼식과 장례식 등에서 삶과 의례적 공간이 분리되고, 의례음식 준비나 의례진행을 가족이 아닌 전문대행인이 전담한다. 의례의 전반적인 것을 가족이 아닌 영리를 추구하는 외부인에 의존하고 있는 것이다. 그것은 의례의 편리성을 추구하는 데서 비롯되고, 의례의 본질적인 기능을 약화시켜 도리어 의례를 경제적 기능의 도구로 인식하도록 했다. 그러면서 의례가 주체가 아닌 객체 중심으로 진행되고, 의례의 본질을 실천하는 것이 아니라 의례의 편리성과 경제성에 관심이 집중된 형편이다. 이러한 것은 가족형태의 변화와도 밀접한 관련이 있고, 산업사회의 핵가족 확산이 중요한 배경이 되었다. 게다가 수정가족의 등장이 의례의 정서적 결핍을 다소 보충할 수 있지만, 크게 의례의 본질을 지속시켜 가는 데는 한계가 있다. 의례의 변화가 노동생활과 밀접한 관련이 있고, 노동이 국경일이나 기념일을 비롯한 공휴일에 근거해 이루어지면 그에 따라 의례의 시간이 결정된다. 그리고 노동을 선택적으로 집중할 경우 의례생활과 여가생활도 그 시간을 고려하여 이루어진다. 이것은 인간의 시간적인 근무환경에 따라 의례가 변화될 수 있음을 보여준다. 또한 조작노동이 확대되는 지식정보산업사회는 의례의 전통적 형식보다도 온라인공간이나 대중매체공간의 경험이 의례에 반영되어 나타나고, 의례도 이젠 의례 당사자가 공연의 주인공으로 인식하고 공연물화 되어가고 있는 것으로 보인다.

이와 같이 시간관의 단축과 시간의 선택 집중을 통해 우리 일상생활에서 현재가 제일 중요하다는 인식을 갖게 되었다. 오늘날 경험하고 있는 인간과 우주에 대한 지식은 선조들이 갖고 있던 그것보다 훨씬 크지만, 지속적이고 급속한 변화에 영향을 받아 현대인의 과거의식은 점차 묽어지는 경향이 있다. 여전히 사회와 자연계의 본질을 알아내는 과정에서 과거를 알아야 현재를 이해할 수 있다고 믿는 것이 강하게 남아 있지만, 많은 사람들에게 있어서 시간은 파편화되어 있기 때문에 현재만이 중요한 것처럼 보인다.[49] 이러한 환경에 직면한 인간의 삶속에서 이동의 속도를 강조하는 시간관념이 자연과 경제의 관념을 추동하고, 〈시간 팔기〉의 전략적 활용이 더욱 증가하고 있는 추세이다. 이것은 현대인들이 시간의 효율적 활용이 용이한 온라인플랫폼에서 다양한 의사소통을 하는 것처럼 민속을 소비하고 재창조하려는 의식이 또 다른 변화를 견인한다. 농경사회와 산업사회에서 중요시 여겼던 물리적 공간경계의 해체를 통해 국가 경계가 무의미해지고, 이제는 국경의 역할을 하는 것이 정신적이고 추상적 경험영역인 문화이다. 오늘날은 전통적인 공간 해체를 통해 세계화, 지구촌화, 미지의 우주세계 개척이라는 열망을 실현하려는 데 많은 관심을 갖고 있는 것이다.

  앞으로는 체험주의에서 인간을 몸과 마음 관계에서 각각 독립된 존재로 보지 않고 상호작용하는 상호관계성에 관심 가지는 것처럼, 민속 이해가 삶의 맥락을 배제한 문화재와 문화상품보다도 자연과 인간의 상호의존성을 바탕으로 이루어질 필요가 있다. 특히 지식정보산업사회가 기술 중심의 인간 이해가 아니라 인간 중심의 기술 이해, 다시 말하면 기술의 효율적 활용을 위한 인공지능 개발이 아니라 인공지능의 개발이 인간의 삶을 풍요롭게 만드는 것이 중요하다. 몸과 마음이 상호작용하고 삶의 맥락이 있는 생활문화체계로서 민속에 대한 관심이 그 어느 때보다 중요한 시기라 생각한다.

요 약 ───

　인간은 동물들과 다르게 자신의 경험으로부터 배워서 감각자료의 패턴을
재구성한다. 그래서 인간의 마음은 물리적 경험이든 기호적 경험이든 간에
각자가 경험한 자료들의 특징들로부터 시간 개념을 재구성하는 능력을 가지
고 있다. 이것은 시간 개념이 인간 경험의 결과, 또는 오랜 진화의 결과라고
받아들여지게 한다.[50] 이러한 시간 의식은 사회적, 문화적 영향에 의존하고
있는 것이다. 지금까지 논의되었던 것처럼 시간인식이 노동방식의 변화에 따
라 그 시간관념이 변화하고, 그것은 인간의 삶과 민속에 많은 변화를 초래하
는데 주요한 요인이었음을 체험주의적인 측면에서 해명했다.

　먼저, 시간은 사건들과의 상호관계에 근거한 환유적 과정에 의해 형성되
고, 공간상의 운동에 근거한 은유적 과정에 의해 개념화되었다. 농경시대 인
간은 농사를 준비하고 그 시기를 놓치지 않기 위해 천체의 이동을 끊임없이
관찰하여 시간을 측정하는 것이 중요했는데, 그것을 공간이동식 시계가 실
현시켜 준 것이다. 공간이동식 시계는 태양의 이동이나 물의 흐름을 통해 측
정하는 시계로, 해시계와 물시계가 대표적인 예이다. 이 시계가 '시' 단위로
세분화되어 측정할 수 있었지만, 여전히 자연력이자 생업력인 절기(節氣) 중
심의 시간체계가 형성되었다. 그것은 농업노동에 근거하여 시간관념이 형성
되었음을 알 수 있고, 자급자족의 삶과 그리고 전통과 혈연공동체를 중요시
하는 대가족의 삶의 협력체가 등장하는 배경이 되기도 한다. 대가족을 기반
으로 하는 농업노동이 민속의 물리적 기반의 역할을 하고, 시간민속에서 조
상신을 위한 세시의례가 많은 비중을 차지하게 만들었으며, 성장민속에서
의례적 장소인 가정에서 주인공에게 가장 중요한 시간을 선택하여 가족주의
적이고 내부지향적인 주체 중심의 의례가 거행되도록 했다. 그리고 민속놀이
는 오신적인 성격이 강하고, 민속신앙이 신 중심의 삶의 체계로 이루어지도

록 했다. 이처럼 농경사회에서 인간은 자연을 근거로 살아가며, 생산과 소비가 일치하는 농업노동의 영향을 크게 받고 있음을 알 수 있다.

두 번째, 산업사회의 현저한 특징 중의 하나는 일반적으로 시간이 자원으로, 특히 돈으로 개념화되고 있다는 것이다. 기계식 시계가 시간 길이나 양의 계량화를 체계화시키고, 시간의 규칙적인 활용을 통해 삶의 효율성을 확대시키며, 현세적인 삶을 바탕으로 한 자연과 종교 중심에서 진보적이고 인간 중심의 미래지향적인 삶의 시간을 중요하게 한다. 산업노동을 근거로 한 산업사회가 농촌인구의 감소와 도시화를 가속화시키고, 특히 농어촌의 전통가족을 약화시켜 핵가족을 확산시켰다. 그것이 민속현상을 적지 않게 객체 중심의 외부지향적이고 물질적 행사로 변화시키는 결과를 가져오게 한다. 예컨대 성장민속인 일생의례에서 의례시기가 공휴일이나 주말 중심으로 이동하고, 의례공간이 집에서 집 밖으로 이동하며, 의례 주인공보다 하객 중심으로 바뀌었다. 그리고 가택신앙에서 가정의 각 공간에서 행해졌던 신앙적 행위가 약화되어 그 의미와 전통은 고사문화로 이어지고, 마을신앙은 종교적 의미가 약화되고 축제적인 의미가 부각되어 전통의 계승과 발전이라는 명분을 토대로 문화재화 되고 있다. 또한 시간민속에서 농업노동보다도 산업노동을 근간으로 하는 세시행사가 더욱 확대되고, 세시명절이 공휴일 혹은 국경일 중심으로 이동하는 것은 물론 다양한 계층과 직종, 연령대의 기념일이 더욱 증가하고 있는 것이 그 예이다. 이처럼 산업노동이 인간의 삶의 맥락과 민속을 분리시켰는데, 노동이 분업화되고 기계화에 따른 육체노동의 감소가 이루어진 산업사회가 인간과 자연의 대립을 심화시키고, 생산과 소비의 분리를 부추기는 결과를 초래하게 만들었다.

세 번째, 지식정보산업사회는 시간의 양을 줄이고 많은 정보를 수용하려는 욕망이, 즉 이동의 속도를 중요시 여기는 삶의 태도를 갖게 하였다. 공간

이동의 거리뿐만 아니라 이동의 속도를 강조하는 시간관념으로 확장된 것이다. 시간을 물질로서만 인식한 것이 아니라 속도의 중요성을 인식하게 되고, 더욱 세밀한 시간 측정 단위를 필요로 한다. 그것은 기계식 시계만으로는 한계가 있고, 전자식 시계만이 가능하다. 오늘날 고성능 컴퓨터를 사용한 전자식 시계가 〈시간의 판매〉라는 개념을 불러일으키고, 전략적인 시간활용과 시간관념을 중요하게 만들었다. 지식정보산업사회 도시에서는 전통과 현실을 접목한 새로운 가족 형태인 수정가족이 등장한다. 가족형태의 변화 속에서 민속이 형태적인 축약이나 그 본질적인 의미 변화가 이루어진다. 민속의 변화가 지속되기 위해서 발생하고, 지속은 변화를 전제로 이루어지며, 민속의 기호적 전이를 통해 구체화 된다. 예를 들면, 농사풍요를 기원하고 마을공동체의 안녕을 기원했던 마을신앙이 문화재화 되고, 그것을 〈전통마을 만들기〉 소재로 활용하거나 지역축제의 소재로 활용한다. 그리고 민속놀이가 농사의 풍요를 기원하고 주술적인 목적에 의해 이루어졌지만, 삶과 놀이가 문화재와 문화유산으로, 다시 축제프로그램화 혹은 영상물화 되어가면서, 민속놀이가 갖는 본래 기능보다도 상업적 공연물로서 가치가 증가하고 있다. 그것은 민속신앙 혹은 민속예술 등의 다양한 장르에서도 이루어지고, 방송의 시청이나 무대 위의 공연에 적합한 문화예술 공연상품으로 변화되고 있는 실정이다. 이젠 민속이 삶의 맥락 속에서 향유하는 것이 아니라 생산과 소비 구조 속에서 판매의 대상이 된다.

각 주

1 존 듀이(이유선 옮김), 『철학의 재구성』, 아카넷, 2014, 253쪽.

2 시간민속은 시간이 중요한 의미를 갖는 민속으로, 시간이 세시풍속이나 일생의례, 민속신앙 등에
   서도 중요한 의미를 갖지만, 시간이 중요한 역할을 하고 있는 삶의 경험체계인 세시풍속(명절 등)
   과 연중행사(국경일, 공휴일, 기념일 등)을 지칭하는 개념이다.

3 인간은 끊임없이 환경의 변화를 수용하고 적응하면서 상호작용의 결과를 경험한다. 그것은 인간
   이 문화를 경험하면서 살아가고 새롭게 창출하면서 자기성장을 추구한다. 문화의 핵심적 본성이
   성장이라는 생각은 미국 실용주의 철학자 듀이에게서 온 것으로, 인간이 경험하는 의례가 문화적
   성장이고, 성장민속은 인간이 삶의 패턴에 적응하고 그것을 의미화 시키고 새로운 의미를 만들어
   가는 시간의 흐름에 근거한 의례적 경험 과성이나.(표인주, 「성상민속의 지속과 변화의 체험수의석
   탐색」, 『한국학연구』 75, 고려대학교 한국학연구소, 2020, 181~183쪽)

4 여가민속은 여가생활의 목적으로 실현되는 민속으로, 개인적이거나 집단적인, 그리고 세시놀이나
   일상놀이 등의 민속놀이를 비롯해 민요, 판소리, 언어유희 등 민속예술을 포괄하는 개념이다.

5 듀이는 경험의 개념이 세 가지로 구성되어 있다고 하는데, 객관적 조건과 유기적인 에너지 사이의
   상호작용의 산물로서 경험, 탐구에 의해서 환경을 변화시키는 과학적 실험으로서 경험, 그리고 우
   리 행위의 결과에 의해서 분석되어야 하는 개념의 의미 등이 그것이다.(존 듀이, 위의 책, 239쪽) 이
   것은 베이컨의 경험 개념과 다르고, 실용주의적 개념이라는 점에서 체험주의 경험 개념의 근간이 되
   고 있다.

6 존 듀이(박철홍 옮김), 『경험으로서 예술 1』, 나남, 2018, 220~221쪽.

7 노양진, 『철학적 사유의 갈래』, 서광사, 2018, 145쪽.

8 노양진, 『몸이 철학을 말하다』, 서광사, 2013, 73쪽.

9 표인주, 「민속신앙 지속과 변화의 체험주의적 탐색」, 『무형유산』 제8호, 국립무형유산원, 2020,
   246~247쪽.

10 레이코프와 존슨은 은유가 단순히 언어적 기술의 문제가 아니라 우리의 사고와 행위를 규정하는
   핵심적인 인지 기제라고 주장한다. 은유는 우리의 일상적 삶-단지 언어뿐만 아니라 사고와 행위-
   에 널리 퍼져있다. 다시 말하면 우리의 사고방식, 경험 대상, 일상의 행위 등은 매우 중요할 정도로
   은유의 문제인 것이다. 은유의 본질은 한 종류의 사물을 다른 종류의 사물의 관점에서 이해하고
   경험하는 것이다.(G.레이코프·M.존슨 지음/노양진·나익주 옮김, 『삶으로서 은유』, 박이정, 2009,
   21~25쪽)

11 G.레이코프·M.존슨 지음(임지룡·윤희수·노양진·나익주 옮김), 『몸의 철학』, 박이정, 2018,
   207~249쪽.

12 에른스트 캇시러 지음(최명관 옮김), 『인간이란 무엇인가』, 서광사, 1989, 85~87쪽.

13 멀치아 엘리아데 저(이동하 역), 『성과 속』, 학민사, 1983, 59쪽.

14 그레이엄 클라크 지음(정기문 옮김), 『공간과 시간의 역사』, 푸른길, 1999, 31쪽.

15 해, 달, 별의 주기적 움직임에 착안하여 순환형 시간관을 인식했을 가능성이 많다. 그러던 인식이
   초기 기독교 사회에서는 시간의 순환론을 믿지 않고 선형론을 믿었다. 사건의 비반복성을 강조하
   는 시간관의 본질이 기독교의 본질이기도 하다. 시간은 신성한 창조에서 시작하여 신의 목적이 궁

극적으로 완성되기까지 직선으로 흐르는 과정이며, 시간의 상징은 위로 비스듬하게 올라가는 직선이다. 현대의 시간 개념이 기독교적인 것에 바탕을 두고 있지만, 오늘날 캘린더와 시간기록 관행은 로마인들한테서 물려받은 것이다.(G.J.휘트로 지음/이종인 옮김, 『시간의 문화사』, 영림카디널, 1999, 60~118쪽)

16 노양진, 앞의 책, 268쪽.

17 노동은 다름 아닌 시간의 물리적 기반에 해당하고, 인간이 공간상에서 물자를 획득하기 위해 행동하거나, 그것을 이동시키기 위한 행동, 즉 몸을 움직여서 생활에서 필요한 물자를 얻기 위한 행동이다. 그렇기 때문에 과거로부터 오늘에 이르기까지 노동은 인간 생존의 중요한 조건인 셈이다. 인간이 노동에서 효율성을 높이기 위한 도구가 시간이었던 것이다.(표인주, 「시간민속의 체험주의적 이해」, 『민속학연구』 제46호, 국립민속박물관, 2020, 9쪽)

18 G.J.휘트로 지음(이종인 옮김), 앞의 책, 53~54쪽.

19 표인주, 『남도민속학』, 전남대학교출판부, 2014, 15쪽.

20 표인주, 「공동체의 지속과 변화에 관한 체험주의적 해석」, 『호남학』 제68집, 전남대학교 호남학연구원, 2020, 9~10쪽.

21 표인주, 앞의 논문, 16~17쪽.

22 표인주, 앞의 책, 49쪽.

23 표인주, 「성장민속의 지속과 변화의 체험주의적 탐색」, 『한국학연구』 75, 고려대학교 한국학연구소, 2020, 208쪽.

24 표인주, 「민속신앙 지속과 변화의 체험주의적 탐색」, 『무형유산』 제8호, 국립무형유산원, 2020, 256~257쪽.

25 물리적 경험과 기호적 경험의 구분은 체험주의에서 비롯된 것이다. 물리적 경험은 신체적 활동을 통해 직접 주어지는 경험 영역을 가리킨다. 모든 기호적 경험은 물리적 경험을 토대로 확장되며, 동시에 물리적 경험에 의해 제약된다.(노양진, 『기호적 인간』, 서광사, 2021, 233쪽)

26 체험주의 해명에 따르면, 마음은 몸의 활동에서 비롯된 확장적 구조물이며, 따라서 신체적 요소로부터 완전히 분리될 수 없는 연속선상에 있다. 마음은 독립적인 실체가 아니라 몸의 일부인 두뇌를 중심으로 이루어지는 정교한 경험의 국면으로서, 몸은 마음속에 있고, 마음은 몸속에 있으며, 몸-마음은 세계의 일부이다.(노양진, 앞의 책, 64~67쪽) 여기서 중요한 것은 마음이 사람의 신체나 사물과 분리되고 독립된 것을 가리키는 것이 아니라, 상황, 사건, 대상, 사람의 신체 등과 관련하여 실제로 작용하는 것을 말한다. 즉 마음은 자신이 처한 상황을 의식하면서 행동하는 모든 방식을 뜻하는 것이다.(존 듀이/박철홍 옮김, 『경험으로서 예술 2』, 나남, 2017, 141~142쪽)

27 G.레이코프·M.존슨 지음(임지룡·윤희수·노양진·나익주 옮김), 앞의 책, 210~231쪽.

28 존 듀이(박철홍 옮김), 앞의 책, 47쪽.

29 G.레이코프·M.존슨 지음(임지룡·윤희수·노양진·나익주 옮김), 앞의 책, 240~244쪽.

30 G.J.휘트로 지음(이종인 옮김), 앞의 책, 256~259쪽.

31 영국에서는 19세기에 균일한 철도 시간이 채택되고, 손목시계가 널리 보급되면서 일반대중의 시간 관념을 <시간 지키기>로 바꾸어 놓았다. 그리고 20세기 초 무선전신이 출현하면서 전 세계 정보 전파속도는 더욱 빨라지게 되었고, 인간의 시간 의존도가 더욱 높아졌다. 시간은 이제 과학적 세계관의 중요한 특징이 되었고, 진보의식에 대한 믿음이 강해지면서 시간은 인간에게 이로운 개념이라는

사상이 그들의 마음속에 자리 잡았다. 이것은 현대과학의 만능시대를 예고하고, 자연에 대한 인간의 지배권도 더 커지게 만들었다.(G.J.휘트로 지음/이종인 옮김, 앞의 책, 259~288쪽)

32 G.J.휘트로 지음(이종인 옮김), 앞의 책, 169~261쪽.

33 농경사회에서 농업노동이 생산과 삶의 방식 그 자체였지만, 기술 중심의 산업노동은 노동력을 판매하는 도구이자 삶의 맥락이 배제된 노동을 상품화시켰다. 노동 상품은 기술을 토대로 하고 대량생산에 적합한 기술집약적인 노동방식이다.(표인주, 「호남지역 민속놀이의 기호적 변화와 지역성」, 『민속연구』 제35집, 안동대학교 민속학연구소, 2017, 367쪽)

34 표인주, 위의 논문, 367~369쪽)

35 표인주, 「성장민속의 지속과 변화의 체험주의적 탐색」, 『한국학연구』 75, 고려대학교 한국학연구소, 2020, 193~204쪽.

36 표인주, 위의 논문, 208쪽.

37 표인주, 「민속신앙 지속과 변화의 체험주의적 탐색」, 『무형유산』 제8호, 국립무형유산원, 2020, 248~254쪽.

38 표인주, 「시간민속의 체험주의적 이해」, 『민속학연구』 제46호, 국립민속박물관, 2020, 25~26쪽.

39 표인주, 「공동체의 지속과 변화에 관한 체험주의적 해석」, 『호남학』 제68집, 전남대학교 호남학연구원, 2020, 12쪽.

40 노양진, 앞의 책, 58~65쪽.

41 G.레이코프·M.존슨 지음(임지룡·윤희수·노양진·나익주 옮김), 앞의 책, 249~250쪽.

42 표인주, 『체험주의 민속학』, 박이정, 2019, 174쪽.

43 표인주, 앞의 논문, 13쪽.

44 G.J.휘트로 지음(이종인 옮김), 앞의 책, 289~291쪽.

45 최인학 외, 『한국민속학 새로 읽기』, 민속원, 2001, 63쪽.

46 공감장이란 파편화되고 고립된 삶에 준안정적 통일성을 부여하고 지속적으로 자기를 배려하고 동시에 사회적 관계성을 구축해 나가는 삶의 기예가 펼쳐지는 장소이다.(정명중, 『신자유주의와 감성』, 전남대학교출판문화원, 2018, 198쪽)

47 표인주, 앞의 논문, 13쪽.

48 기호적 전이란 동일한 것에 그 경험의 관점에서 기호내용이 사상되어 마치 복제물처럼 다른 기표를 발생시키거나, 동일한 기표에 다른 기호내용을 갖는 것을 말한다. 그렇기 때문에 기호적 전이는 기표뿐만 아니라 기호내용에서도 발생한다. 예컨대 농사의 풍요를 기원하기 위해 마을제사를 지냈지만, 마을제사가 농사의 풍요와는 무관하게 마을의 전통성이나 정체성의 확보 수단으로 지속되거나, 관광객들을 위한 하나의 문화상품으로 변형되는 경우, 이것은 동일한 기표이지만 기호내용의 전이가 일어나고 있음을 보여주고 있는 것이다.(표인주, 앞의 책, 166~168쪽)

49 G.J.휘트로 지음(이종인 옮김), 앞의 책, 292쪽.

50 G.J.휘트로 지음(이종인 옮김), 앞의 책, 296쪽.

제 2장

삶과 공간, 장소성과 정체성

1. 경험의 원초적 근원으로서 공간 이동

문화란 인간의 시간과 공간의 경험을 토대로 형성되고 축적된 생활양식을 말한다. 인간의 실천적인 생활양식 속에서 공간의 개념은 사회구조는 물론, 그 안에 살아가는 구성원들의 사고와 행위를 이해하는 데 중요한 조건을 이룬다. 시간과 공간의 개념이 역사적으로 달라지는 것은 사람들의 집합적인 삶이 변화한다는 것을 의미하고, 그 경험의 내용이 달라진다는 것을 의미한다. 경험에는 시간과 공간적 조건이 전제되고,[1] 시간과 공간은 인간의 경험에 의해 사회적이고 역사적으로 형성된 것이기 때문에 개개의 사실이나 사건이 그 위에서 발생하고 진행되는 물리적 기반이다. 경험은 인간이 환경과 상호작용한 결과물이고, 그 환경은 물리적인 것뿐만 아니라 인간적인 것을 포함하며, 동시에 지역의 자연환경뿐만 아니라 전통과 제도까지 포함한다.[2] 인간은 끊임없이 이러한 환경에 대해 반응하고 행동을 한다. 그것은 주체와 객체, 자아와 세계의 상호작용에 의해 이루어지고, 인간의 내부에 있는 내적인 요소와 인간 외부에 있는 환경적 요소들의 상호작용의 결과가 바로 경험인 것이다. 그래서 경험내용이 인간의 외부세계와의 상호작용 과정에서 형성된 생존의 필수적인 활동이라 할 수 있다.

이처럼 시간과 공간의 개념은 인간이 생존하기 위한 필연적인 경험내용에 근거하여 형성되었다. 그래서 시간과 공간을 이해하는 것이 물리적인 사실이나 사건을 이해하는 출발점이 된다. 시간 개념이 운동, 공간, 사건과 같은 다른 개념들과 관계가 있고, 공간에서 발생한 사건과 운동이 시간보다 더 기본적이다. 시간은 그 자체로 개념화되는 것이 아니라 상당 부분에 있어서 은유적 및 환유적으로 개념화되는데, 사건들과의 상호관계에 근거한 환유적 과정에 의해 형성되고, 공간상의 운동에 근거한 은유적 과정의 개념이다.[3] 즉 공간상의 운동과 사건에 대한 우리의 이해를 은유적으로 나타낸 것이 시간 개념이고, 사건과 운동, 그리고 사물의 이동을 근거로 공간 이동이 없는 곳에는 시간이 없음을 의미한다. 시간이라는 추상적인 개념이 공간이라는 물리적 영역을 근거로 형성된 것임을 말한다. 그런 점에서 공간의 경험이 시간 경험보다도 선행되고 우선성을 갖는다고 할 수 있다.[4] 시간은 사물의 존재로부터 인식되기 시작된 것이고, 인간은 태양, 달, 별 등 천체의 이동이나 위치를 관찰하여 자연의 순행에 근거한 시간을 인식해 왔다.[5] 인간이 천체 이동을 근거로 시간을 인식한 것은 다름 아닌 생존의 측면에서 공간 이동의 효율성을 확보하기 위한 의도이다.

공간 이동은 인간의 모든 경험의 원초적 근원이다. 인간은 기본적으로 다른 누구와도 나의 경험 내용을 직접적으로 공유하지 않는다. 이러한 개인의 경험이 타인과의 의사소통이나 공간 이동을 하지 않고서는 공유될 수 없다. 그런 점에서 인간은 거부할 수 없는 방식으로 각자의 경험 안에 갇혀 있는 유폐된 존재이고, 이것을 경험의 유폐성(incarceratedness)이라 부른다.[6] 인간은 경험의 유폐성으로부터 벗어나기 위해 필연적으로 다양한 방식의 의사소통을 통해 생존의 활동을 해야 한다. 인간의 생존 활동은 바로 경험의 유폐성을 극복할 수 있는 기호적 경험이고, 그 기호적 경험이 다름 아닌 의사소통이다. 인간의 모든 경험은 생물체와 환경의 상호작용에서 발생하며, 의사소통의 과정을 통해 전달된다. 의사소통은 기호적 구조 안에서 이루어지고, 즉 인간의 모든 경험이 기호적(symbolic)으로 유통된다. 기호적 경험은 단순히 언어적 국면이 아니라 인간 삶의 근원적 구조를 규정하는 원초적 국면이고,[7] 본성상 고정적이지 않고 유동적이다. 그래서 개인의 기호적 경험이 다양할 수밖에 없고 공유과정을 거쳐 집단화되기도 한다. 문화야말로 공동체의 기호적 경험인 것이다. 문화의 원천은 인간의 경험으로부터 출발하고, 경험은 환경적인 요인이 크게 작용하여 형성된 것을 의미한다. 문화가 시간과 공간의 경험을 토대로 형성되었지만 역사적으로 지속되기도 하고 변화되기도 했다. 그것은 시간과 공간의 개념의 변화와 밀접한 관련이 있기 때문이다.

문화는 인간이 다양한 공간의 경험을 토대로 체계화되고 계열화된 삶의 양식으로, 시간의 경험 방식에 따라 많은 변화를 겪어왔다. 그것은 문화가 고정적인 것이 아니라 유동적임을 말해주는 것이고, 이러한 까닭에 문화를 분류한다는 것은 쉬운 일이 아니다. 하지만 분류 및 범주화를 통하지 않고서는 문화의 심층적이고 체계적인 이해가 쉽지 않다. 문화의 개념과 분류에 따라 그 이해의 깊이와 넓이가 다를 수밖에 없기 때문이다. 필자는 현대사회 생활문화의 하위분류로서 그 전승적 속성을 근거로 일상문화, 대중문화, 민속문화 등으로 구분하고자 한다.[8] 일상문화가 생명의 지속과 관련을 맺고 있어서 인간의 생존성이 강하게 반영되어 있다면, 대중문화는 대중성과 유행성이, 민속문화는 역사성과 전통성이 강하다고 할 수 있다. 이러한 것도 시간의 흐름에 따라 일상문화와 대중문화 그리고 민속문화가 상호교섭작용을 통해 변화되고, 공간의 이동을 통해 그 향유주체는 물론 그 속성이 변화되기도 한다. 그래서 생활문화에서 장소가 중요한 의미를 갖는다. 생활문화와 민속문화가 개념론적 상하관계이지만 대립적이기 보다도 관계적 개념이라는 사실에 유념할 필요가 있다.

민속문화가 생활문화와 끊임없는 상호작용을 통해 변화하듯이 장소 또한 공간과의 관계에서도 마찬가지이다. 이들은 무엇보다도 인간 삶의 태도가 크게 작용하는 데, 현대인들 생활양식의 변화에 따라 민속문화가 변화되고, 공간의 생태적 환경 변화가 장소의 개념을 변화시키는 것이 그것이다. 민속문화가 현대인 생활양식의 많은 제약을 받는 것처럼 장소 또한 공간 인식의 많은 제약을 받는다는 것을 알 수 있다. 이는 체험주의에서[9] 인간의 마음이 신체적인 몸에 크게 제약을 받는다는 것과 같다. 데카르트가 몸과 마음을 각각 서로 독립적으로 존재할 수 있는 실체로 보았지만, 체험주의 해명에 따르면 마음은 몸의 활동에서 비롯된 확장적 구조물이며, 신체적 요소로부터 완전히 분리될 수 없는 연속선상에 있기 때문에 신체화된 마음인 것이다.[10] 따라서 몸과 마음이 대립적인 관계가 아니라 관계적이며 상호작용한다는 점에서 공간과 장소를 이러한 관점에서 관심을 가질 필요가 있는 것이다.

본고는 특정 지역이나 소재 중심의 민속문화를 실증적으로 분석하는 것이 아니라 다양한 민속현상을 토대로 이론적인 체계를 점검하는 것이고, 공간과 장소에 관한 명료한 이해를 목적으로 서술해가고자 한다. 다시 말하면 인간의 다양한 공간 경험이 민속문화에서 어떻게 장소성을 갖게 되고, 그것이 갖는 의미를 파악하고자 하는 것이다. 더불어 그것이 지역성과 정체성 형성에 어떻게 작용하는가를 탐구하는 것이 소기 목적이 있음을 밝혀둔다.

2. 문화적 공간으로서 장소성

1) 장소와 장소성

공간(空間-space)은 객관적이고 물리적 공간이라면, 장소(場所-place)는 인간이 환경과의 상호작용 속에서 만들어지는 체험적 공간이다. 그래서 장소는 물리적 기반인 생태적 공간에 근거하여 형성되는 개념이고, 공간의 환경이 장소의 개념을 형성하는 데 많은 제약을 가한다는 것을 의미한다. 그것은 체험주의에서 몸과 마음의 관계처럼 공간과 장소 또한 마찬가지인 것이다. 투안은 공간과 장소의 관계를, 공간은 아직 인간의 경험과 의미가 투영되지 않는 세계로서 장소보다 추상적이지만 움직임(movement)이 허용되는 곳이고, 처음에는 별 특징이 없던 공간이 우리가 그곳을 더 잘 알게 되고 그곳에 가치를 부여하면 장소가 되는데, 정지(pause)가 일어나는 곳이 장소라 정의한다.[11] 이것은 공간과 장소를 인간 경험의 관점에서 설명한 것으로 추상적인 공간이 경험을 통해 의미가 가득차면 장소가 된다는 것을 말한다. 장소는 의미가 체계적으로 조직된 세계이고, 공간에 대한 역사적 경험에 근거하여 발생되기 때문에 장소 또한 공간으로부터 많은 제약을 받을 수밖에 없다. 렐프는 장소가 인간이 세계에 존재하는 데 근본적인 속성으로서 일상적으로 경험하는 생활세계이자 인간 실존의 중심이고, 인간 행위와 의도의 중심으로 세계에 대한 직접적인 경험의 중요한 중심지점이라고 설명한다.[12] 여기서 장소가 인간 실존의 중심이라는 것은 거주한다는 것을 말하고, 한 장소에 뿌리를 내리고 그곳을 중심으로 세계를 바라보고 세계와 관계를 맺는 것을 의미한다. 듀이는 장소가 생명체의 삶을 영위하는 모든 것이 들어있는 곳으로, 즉 인간이 환경에서 무엇인가를 겪고, 욕망 충족을 위하여 무엇인가를 행하는 곳이라 했다.[13] 이처럼 현상학적 인본주의 지리학자인 투안과 렐프, 그리고 실용주의적 경험주의자인 듀이의 견해를 토대로 보면, 공간이 모두 인간의 경험에 근거하여 장기간에 걸쳐 자연과 문화의 결집체로서 장소화 되고, 그래서 장소는 인간이 공간에 가치를 부여함으로서 형성되는 생활세계의 공통적인 요소를 바탕으로 한 연속성을 가지고 있으며, 고정적이기보다는 끊임없이 변경하거나 변화할 수 있는 가변성을 가진 문화적 공간임을 알 수 있다.[14]

또한 공간을 구조주의적 측면에서 코스모스적 공간과 카오스적 공간으로 구분하기도 한다. 코스모스적 공간은 문화적 공간으로서 장소를 의미하지만, 카오스적 공간은 어떠한 방향 설정도 이루어지지 않고, 어떠한 구조도 만들어지지 않은 단순한 무정형의 넓이의 공간으로서[15] 자연적인 공간을 의미한다. 우리의 세계가 언제나 중심에 위치하는 것처럼 종교적 인간은 가능한 한 세계의 중심에 가까이 살기를 추구한다.[16] 이것은 인간이 공간의 중심에 위치하고자 하는 욕망을 가지고 있음을 말하고, 거주 장소로 구현된다. 거주 장소가 세계 창조의 중심이기 때문에 공간 창조의 출발점이라고 할 수 있다. 집은 세계의 중심에 위치하며 집에 거주하는 인간이야말로 세계 중심에 있는 것이다. 이처럼 인간이 거주하는 곳이 문화적 공간의 의미를 갖는 구심력적 공간이다. 다시 말하면 구심력적 공간이[17] 장소이고, 문화적 의미를 갖는 장소가 세계의 중심이며, 그곳에 인간이 위치하고 있는 것이다. 그래서 장소가 문화적 실체를 포함한 총체적인 삶의 가치가 구현되는 곳이기 때문에 인간을 세계의 중심에 위치하게 만들어주는 역할을 한다.

장소는 문화적 공간으로서 인간의 경험이 시간의 흐름에 따라 누적된 곳이고, 인간이 정서적인 끈을 형성하며 가치를 부여하는 공간으로서 단순한 물리적 사물뿐만 아니라 인간의 심성과 유대를 통해 형성된 곳이다.[18] 즉 인간과 환경의 상호작용을 통한 끊임없는 커뮤니케이션의 장소인 것이다. 이러한 장소를 우리말로 '곳'이며 '터'라고 부른다. 일상생활 속에서 만남의 장소를 정할 때도 장소를 곳이라 하고, 일하는 장소를 일터, 놀이 장소를 놀이터, 거주하는 장소를 집터 등이라 한다. 민속문화에서 곳과 터는 놀이판이면서 춤판이고 소리판으로서 굿판이나 풍물판, 탈판 등 다양한 행위가 이루어지는 무대를 의미하고, 의례와 신앙 등 다양한 삶의 터전으로서 전쟁터이고 싸움터로서 역사적 사건이 발생하는 장소이다. 이처럼 장소는 문화적 의미의 터전이다. 하지만 공간이 자연적 공간임에도 불구하고 장소와 서로 혼용하여 사용하는 경우가 많다. 주거 공간이나 주거 장소, 의례 공간이나 의례 장소, 놀이 공간이나 놀이 장소 등이 그것이다. 이것은 시대 흐름에 따라 발생하는 언어생활, 즉 음운론적 효율성을 추구하는 언어심리나 개념의 유사성에 근거한 의미론적 통합에서 비롯된 것으로 보인다.[19] 공간은 물리적이면서 추상적 공간이고, 장소는 다양한 물체가 존재하는 삶의 터전이다. 그래서 공간은 자연이고, 장소는 문화라는 의미를 갖는다. 인간은 문화적 주인공으로서 장소의 중심에 위치한다.

민속문화에서 인간을 세계의 중심이자 장소의 중심에 위치하게 만들어주는 것이 마을신앙이다. 장소가 인간 실존의 중심지역인 것만큼 마을신앙의 장소가 종교적 인간의 실존 장소인 것이다. 마을신앙의 장소는 당산나무나 선돌, 장승, 짐대 등의 신체가 있는 곳이고, 다양한 신체를 봉안한 당집이 있는 곳이다. 이들은 천상계와 지상계, 다시 말하면 신의 세계와 인간계를 연결하는 통로이기 때문에 종교적 의미가 강한 것으로서 장소성(placeness)을 갖게 하는 데 중요한 역할을 한다. 장소성은 장소의 정체성 설정과 그 특성을 공유하는 것으로,[20] 장소와 그 곳에서 발생한 사건이나 행위, 그곳에 위치한 자연적이거나 인공적인 물체를 통해 형성되고 구현된다. 다시 말하면 장소성의 구현요소가 장소, 사건과 행위, 물체라고 할 수 있다. 장소가 공간에 근거하여 형성되고, 그 장소에서 인간 삶과 관련된 사건과 행위가 발생하며,

그에 따라 다양한 물체가 위치하기 때문이다. 이러한 장소성은 장소에 대한 개인적, 집단적 체험이 모여 사회적인 의미가 형성되는 것을 말한다.[21] 장소성을 장소의 물리적 환경 및 시각적 형태인 유형의 장소성과 장소의 정신적인 의미 및 가치를 지닌 무형의 장소성으로 구분하는 데, 유형의 장소성이 장소 의존성에만 영향을 미치는 반면에 무형의 장소성은 장소 의존성과 장소 정체성 모두에 영향을 미친다.[22] 여기서 장소 정체성 또한 장소 애착과 밀접한 관련이 있으며, 장소-인간의 관계 속에서 형성되는 장소의 고유한 특성을 의미한다. 장소의 의미 부여를 통해 장소 이미지가 형성되고, 사회적으로 구조화된 것이 장소성이라는 점에서[23] 장소의 이미지가 곧 장소의 정체성인 것이다. 장소 정체성은 개인이나 공동체의 인격 형성에도 매우 크게 영향을 미친다. 그래서 장소의 경험을 공유하는 다수 사람들에게 집합적인 정체성을 형성시킬 수 있고, 지역 정체성이나 국가 정체성 같은 개념으로 확장되기도 한다.[24] 따라서 장소가 인간이 환경과 상호작용 속에서 형성되는 고유한 특성을 가지고 있고, 그것이 사회문화적인 의미를 갖게 되어 장소의 정체성이 장소의 이미지이면서 장소성인 것이다.

2) 장소성에 근거한 지명 형성과 고향 인식

민속문화에서 마을신앙의 제당은 마을공동체 구성원들의 집합적인 정체성을 형성하는 데 영향을 미치기도 한다. 예컨대 마을신앙의 신체로서 장승이나 짐대 혹은 조탑이 마을 입구에 세워져 있는 경우 그것들이 장소성을 갖게 하고, 그 장소성이 산신제, 당산제, 용왕제, 성황제 등의 마을신앙의 유형을 결정하는 데 중요한 기준이 되기도 한다. 지역에 따라서는 장소성이 지명(地名) 형성의 기본 토대가 되는 경우도 있고, '장승백이', '짐대거리', '탑거리' 등이 그 예이다. 그런가 하면 마을 안의 장소의 지명이 근거가 되어 마을

이름으로 확장되기도 하는 데, 입석리(立石里), 탑동(塔洞)마을, 당촌(堂村)마을 등을 들 수 있다.[25] 마을제사를 지내는 제당에서 신앙적인 행동이 이루어지고 당산나무나 당집이라는 물리적인 환경이 조성되어 있고, 신성한 곳이라는 장소적인 의미를 토대로 지명을 갖게 된다. 그것은 장소성을 형성하는 과정이기도 하다. 마을의 지명이 마을신앙의 제당이 위치한 장소성을 토대로 그 장소를 경험하는 마을사람들과의 상호 작용을 통해 만들어지고, 장소의 고유한 특성을 근거로 개념화되고 있는 것이다. 마을의 장소성 형성은 마을신앙을 비롯해 민속놀이 및 세시행사, 성장민속 등 민속문화와 밀접한 관련이 있다. 여기서 줄다리기, 고싸움놀이, 굿놀이, 두레놀이 등 공동체놀이의[26] 장소도 마을신앙의 제당 못지않게 마을사람들의 집단적인 체험이 투영된 곳이기 때문에 마을의 장소성을 형성하는 데 중요한 역할을 한다. 뿐만 아니라 세시행사로 이루어진 동채싸움, 강강술래, 놋다리밟기, 영감놀이, 관원놀이, 탈놀음 등의 놀이 장소도 마찬가지이다. 이처럼 민속적인 공간이 마을의 장소성 형성에 기본 토대가 되고, 그것은 마을사람들의 정체성 형성에도 크게 영향을 미친다.

마을에서 장소성의 결합은 장소의 이미지 통합을 통해 마을의 정체성을 형성시키고, 그것은 마을사람들의 고향에 대한 장소적 관념을 갖도록 하는 데 중요한 역할을 한다. 고향에 대한 인식은 마을의 장소적 관념과 그것을 토대로 형성된 마을사람들의 정체성이 결합하여 형성된 것이다. 고향은 애틋하고 친밀한 장소에서 애틋한 경험이 있는 곳이고, 깊숙하면서도 고요한 애착의 장소를 말하는 데, 여기서 친밀한 장소는 집과 같은 곳을 말하고, 애착의 장소는 애틋한 추억과 함께 현재에 영감을 주는 멋진 성취들의 저장고를 말한다. 그래서 고향은 특히나 친밀한 장소인 것이다.[27] 흔히 고향이라 함은 인간이 태어나면서 출산한 태를 묻는 곳,[28] 즉 탯자리를 지칭하는 경우가 많다.

대부분 농가에서는 탯자리가 울타리 안인 경우가 많고, 집은 친밀한 장소이면서 애틋한 장소이고 애착의 장소이다. 그런 까닭에 고향은 태어난 곳이면서 어린 시절을 보내고 성장하면서 경험했던 안전한 장소로서 애착이 강렬한 곳이라 생각하기 마련이다. 인간이 세상을 바라볼 때, 사고의 시작과 의미의 조직화가 나로부터 출발하고, 나의 중심으로부터 집으로 고향으로 확장되어 그 중심에 내가 위치한다. 인간을 장소의 중심에 위치하도록 해주는 곳이 바로 집이고 고향인 것이다.

장소성을 토대로 형성된 고향에 대한 인식이 농경사회에서 산업사회로 전환되면서 많은 변화가 이루어졌다. 농경사회에서 집은 태어난 곳이고 임종을 맞이하는 곳이다. 그래서 집은 인간이 태어나서 경험해야 하는 성장민속의[29] 중심 장소였다. 하지만 의례 장소가 집 안에서 집 밖으로 이동하면서 집의 역할이 축소되고 그 의미도 약화되고 있다. 집에서도 안방은 가장과 살림살이 경영권을 가진 안주인의 공간, 양육과 가족통합의 공간, 의례와 신앙의 중심 장소로서 가정축제의 공간이었지만[30] 단순히 휴식적 공간으로 축소된 것이 그것이다. 다시 말하면 농경사회에서 산업사회로, 특히 농업노동에서 산업노동, 공간 이동의 시간관념에서 물질적 시간관념으로의 변화가 집이 갖는 의미를 변화시켰고, 이것은 고향에 대한 관념이나 인식의 변화도 초래하였다. 비록 산업사회의 확장이 농촌인구의 디아스포라적 이동을 증가시켰지만, 농촌에서 성장했던 사람들이 고향을 떠나 도시에 정착할 때도 여전히 고향에 대한 관념이 작동하고 있음을 확인할 수 있다. 그것은 도시에서 고향과 가장 가까운 곳이고 접근성이 용이한 곳에 정착하는 것이 그 예이다.[31] 물론 이러한 관념도 지식정보산업사회로 전환되면서 점차 희석되어가고 있다. 중요한 것은 향후 디아스포라적인 장소가 더욱 확대되고, 그것이 다문화사회의 근간이 된다는 것이다. 비록 농경사회의 민속문화에서 생태적이고 역사문화적인 환경이 근거가 되어 장소성이 형성되었지만, 도시의 일상문화에서는 디아스포라적인 문화적 전이와 원도심지의 문화적 혼합을 통해 새로운 장소성이 구축되기도 한다. 이처럼 장소성이 끊임없이 외부환경과 상호작용하면서 유동적으로 변화되고 있듯이, 고향에 대한 관념도 이와 같을 것이다.

3) 이주민적 확대와 장소성의 분리

국내에서 디아스포라는 한국전쟁을 통해 북한에서 남한으로 이주한 사람, 댐 축조와 산업단지 및 주택단지 등의 공공적인 토지개발에 따른 집단 이주민, 산업사회와 도시화의 팽창에 따라 농촌에서 도시로 이주한 사람 등이라 할 수 있다. 이러한 것은 외적인 영향을 받아 이주하는 경우가 많지만 내적으로 직장 및 경제적 환경에 적응하기 위해 이사하는 사람들도 적지 않다. 그로 인해 민속문화와 일상문화의 상호작용을 통해 많은 변화가 발생하고, 그것은 생활문화의 장소성의 인식에도 많은 영향을 미친다. 이러한 것은 본질적으로 인간의 충분한 공간을 확보하려는 욕망에서 비롯된 것이고, 고향에 대한 관념을 변화시키기도 한다. 농경사회 민속문화에서 어린 시절의 장소성을 근거로 형성되었던 고향 관념이 일상문화 속에서는 성인이 되어 활동했던 새로운 장소로 이동하여 변화된다. 그것은 현대인들에게서 농어촌 중심의 고향관념이 도시 중심으로 이동하는 경우가 많아지고 있고, 장소의 이동에 따라 고향 관념도 변화되고 있음을 보여주고 있는 것이다. 다시 말하면 민속문화적 고향관념이 일상문화적 고향관념으로 바뀌고 있음을 보여준다.

장소성 형성의 물리적 기반이 장소와 관계된 사건과 행위, 물체인데, 이주민적 이동은 장소성의 물리적 기반을 벗어나는 것이고, 그곳을 공유할 수 없는 사회경제적인 환경으로 인해 장소성을 상실하고 새로운 장소를 경험할 수밖에 없다. 그러면서 민속문화에서 경험했던 장소성은 고향에 대한 향수이고 추억의 대상으로 삼아야만 한다. 다시 말하면 일상문화 속에서 삶을 영위하면서도 불안정한 심리적 환경이 조성되면 무의식 속에 내재되었던 고향의 향수를 소환하는 것에 머문다. 그나마 고향에 가족이 머물고 있는 경우는 설날이나 추석 명절에 추억과 향수의 근원이었던 고향을 방문하는 것으로, 그 장소성이 고향과 도시를 연결시켜 주는 매개체 역할을 한 셈이다. 고향의 향수는 그리움의 원천이고, 그 물리적 기반이 바로 장소성이다. 그래서 지식정보산업사회에서 그리움을 해소하고 고향에 대한 추억을 삶의 에너지로 극대화하기 위해 장소성이 구현된 가상공간을 필요로 하는 지점이기도 하다. 단순히 네이버와 구글의 가상공간에서 서비스되는 위성지도뿐만 아니라 고향의 생태적이고 역사적이며 문화적인 내용의 가상공간을 더욱 필요로 하는 시기인 것이다. 그것은 민속문화의 생태지리적이고 사회역사적인 물리적 기반에서 일상문화의 가상공간으로 확장하여 그것에 근거한 장소성도 구현될 필요가 있음을 말한다.

이처럼 장소성의 분리가 인간의 삶에만 영향을 미치는 것이 아니라 그 민속문화의 기능과 의미에도 많은 변화를 초래한다. 무엇보다도 가택신앙과 마을신앙에서 그 장소성과 분리되면 종교적인 의미가 약화되어 본질적인 의미를 잃게 되어 소멸하는 경우도 많다. 그렇다고 그것을 이주민적 이동을 통해 새로운 장소에 이식시킬 수 있는 것도 아니다. 그것은 민속신앙에서 장소성의 중요성이 어느 정도인지 가늠케 한다. 하지만 성장민속인 의례는 의례의 장소보다도 그 내용과 기능이 중요하기 때문에 장소성의 분리에 따른 의례가 새로운 장소를 통해 구현된다. 집 밖에서 돌잔치, 생일잔치, 성년식, 결혼식, 회갑잔치 등을 거행할 수 있는 새로운 연희 장소나 장례식장 등이 그것이다. 그런가 하면 민속놀이도 장소성이 중요하지만 장소성의 분리가 민속놀이가 갖는 본래적인 기능과 의미를 변화시켜 텍스트 중심으로 작품화되어 재현되기도 한다. 축제 장소나 무대 위에서 공연되는 강강술래와 풍물굿이 그러하고, 고싸움놀이도 마찬가지이다. 그것은 본래의 민속문화적인 의미보다도 하나의 공연작품이면서 문화상품으로서 가치화된다. 이러한 것은 탈놀이나 민속음악, 씻김굿 등 민속예술에서 더욱 구체화되기도 한다.

비록 민속문화에서 장소성은 상실되었지만 새로운 장소를 토대로 복원되어 재현하면서 전승되는 경우도 있다. 그것은 황해도 일대의 해서탈놀이로서 무형문화재로 지정된 봉산탈춤이나 강령탈춤이 그 예이다.[32] 이러한 경우는 탈놀이의 장소성보다도 놀이 내용이 문화재로서 가치가 부각되고 상품화된 공연작품으로서 활용되고 있다. 그렇지만 장소성과 분리되지 않고 그곳에서 공연되는 하회별신굿탈놀이는 더욱 장소성을 강화하고 그 장소가 관광화 되는데 중요한 역할을 하기도 한다. 안동 하회마을은 생태적이고 역사문화적인 배경으로서 별신굿의 무교문화, 풍산 류씨가 입도하기 전의 불교문화, 양반문화와 선비문화로 분화된 유교문화보다도[33] 탈놀이로서 그 명성이 크게 알려진 곳이다. 이와 같이 외적인 환경의 변화와 디아스포라로 인해 장소성의 지속과 분리에 따라 민속문화가 많은 변화를 겪고 있음을 확인할 수 있다.

3. 문화적 공간의 통합과 확장으로서 지역성

인간은 태어나면서부터 다른 사람들과 접촉, 특히 그들 보호자와 즉각적이고 직접적으로 의사소통하려 한다. 아이는 성장하면서 이동하려 하고, 이동 능력이 유의미한 사물의 드넓고 새로운 세계를 열어주며, 목표를 달성하고 의도를 실현할 수 있는 가능성을 열어준다. 이동 능력은 몸의 지각적 능력, 운동 기능, 자세, 표정, 정서와 바람을 경험할 수 있는 능력을 포함하고, 신체적이고 정서적이며 사회적이다. 인간이 태어나 1년이 되면 돌잔치를 하는 것도 이동 능력을 토대로 불안전하지만 직립적으로 이동할 수 있는 출발점이라는 점에서 의미가 크다. 돌잔치야말로 인간이 직립적으로 이동할 수 있는 능력을 축하하는 의례인 것이다.[34] 걷기 시작한 아이는 곧 어떤 목표물을 향해 걷는데, 처음에는 집안 곳곳을 돌아다니고, 더욱 성장하면 집 밖의 마을 공간을 이동하면서 흥미로운 사람들, 물건들, 사건들에 빠져들면서 다양한 지식을 쌓아간다. 중요한 것은 한 장소에서 다른 장소로 이동하게 된다는 것이다. 다시 말하면 근원적인 장소라고 할 수 있는 엄마의 품으로부터 벗어나 집안을 벗어나면 장소에 대한 개념은 더욱 구체적이고 지리적으로 변한다. 처음에는 작은 마을 공동체에 집중되다가 더욱 넓은 지역으로 확장된다. 아이가 점점 커가면서 소유욕이 강해지고, 자신만의 가치를 확인하려 하며, 개인적인 자신만의 장소에 대한 욕구를 갖게 된다.[35] 이러한 것은 모두 인간의 이동 능력을 통해 실현된다.

이동은 집에서 마을로, 마을에서 지역으로 확대되고, 근본적으로 운동을 통해 이루어진다. 운동은 신체적 운동과 사물과의 상호작용을 말하는 것으로, 가장 밀접하고 심오한 방식으로 우리를 세계와 접촉시키는 데 세상사 지식을 제공하며, 그와 동시에 우리 자신의 본질이며 능력과 한계에 대한 중요한 통찰력을 밝혀준다. 그래서 운동이 사물의 의미를 배우고, 세계가 어떤 모습인지를 점진적으로 알게 되는 주요 방법의 하나인 것이다.[36] 따라서 이동 능력은 신체적인 활동과 다양한 의사소통을 활용하여 정신적이고 추상적인 경험을 장소에서 지역으로 확장시키는 데 중요한 역할을 한다. 지역의 출발점이 장소이고, 즉 장소의 연결을 통해 마을, 고을, 지역으로 확대된다는 것이다. 이것은 기본적으로 인간의 이동에 근거하여 교류를 통해 이루어지며,

교류는 마을공동체의 접촉과 상호작용을 통해 민속문화를 변화시킨다. 그로 인해 민속문화의 유사점과 차이점을 경험하게 되고, 유사점을 근거로 민속문화의 분포권을 설정할 수 있다.

민속문화의 공통점은 차이를 전제로 발생하며, 그 차이 또한 유사점을 근거로 형성된다. 이것은 민속문화적 현상의 특징을 이해하는 데 중요한 방식 중 하나가 된다. 그것은 바로 대등한 비교 층위를 근거로 대조와 비교하는 방식으로, 가령 호남 민속문화의 공통점을 근거로 서편제와 동편제로, 우도농악과 좌도농악, 줄감기와 달집태우기 분포권으로 구분하기도 한다.[37] 그리고 신앙장승은 영산강 중하류지역에, 비보장승과 비보입석은 상류인 내륙지역에 분포하고 있으며, 영산강 유역은 입석문화권이고, 조탑은 섬진강 등 산악지역의 대표적인 공간민속이라 할 수 있다.[38] 이것은 섬진강과 영산강 유역 등의 생태적 조건에 근거한 민속문화 분포권을 설명하는 것으로, 여기서 생태적 조건이라 함은 각 지역의 생업환경은 물론 장소와 장소, 마을과 마을, 고을과 고을 등을 연결하는 공간 이동 환경 등을 말한다. 공간 이동은 길(도로)을 통해 이루어지고, 길은 장소와 장소의 연결이고, 그 연결은 지역으로 확장되어 지역성을 형성하는 물리적 기반이다. 따라서 지역성의 형성 근거를 존슨의 영상도식 이론[39]을 통해 설명하면, 즉 지역성은 장소와 장소의 「연결」도식과[40] 장소에서 지역으로 확장되는 「경로」 도식에[41] 근거하여 형성된다. 장소의 연결은 결합을 의미하는 것으로 통합을 형성하는 기본 방식이고, 접속의 지속적인 과정이며, 그것은 순차적 연결과 인과적 연결, 기능적 연결 등이 있다. 이러한 「연결」 도식에 근거하여 「경로」 도식을 바탕으로 장소에서 마을, 고을, 지역, 세계로 확장되는데, 장소가 세계로 향하는 출발점이자 원천이고, 세계는 목표이자 종착점이며, 경로는 한 지점에서 다른 지점으로 이동하는 행로로서 원천과 목표를 연결하는 길이다. 길이 연결되는 장소가 문화적 공간이자 지역성의 원천이라고 할 수 있다. 따라서 지역성에 대한 이해가 텍스트적인 것뿐만 아니라 상호텍스트적인 관심도 수반될 필요가 있는 것이다.

지역성은 공공성과 공익적인 발전의 개념으로 인식하고 있는 경우가 많고, 영상도식에 근거한 장소를 원천으로 삼으며, 한 지역의 독특한 성격을 지닌 로컬리티(locality)로서 의미를 갖는다. 다시 말하면 중심지 밖의 지역으로서 지방이나 변방이라는 영역(regionality)과는 다른 개념인 것이다. 로컬리티는 국가적, 전 지구적 수준의 영향력과 로컬 수준의 사회적 관계망 간의 상호작용 속에서 생성되며, 그렇게 다양한 스케일과 얽혀있는 특정 장소에 삶의 터전을 둔 여러 행위자들에 의해 구성된다.[42] 따라서 로컬리티로서 지역성은 장소와 장소의 「연결」 도식에 근거한 장소성의 확장이고, 「경로」 도식에 근거한 장소의 확장을 통해 형성된 문화적 공간으로서 지역의 정체성을 지니고 있는 것을 말한다. 일반적으로 지역성은 커뮤니티로 대표되는 지역사회의 구성요소로서 지역성이 있고, 특정 지역의 개성을 의미하는 정체성의 측면의 지역성이 있는데,[43] 지역성은 개인 또는 공동체가 특정 공간 또는 장소와 연계해 가지는 일종의 사회적, 집단적 정체성(identity)이라 하겠다.[44] 지역의 정체성은 그 물리적 기반이 되는 주민 또는 주거성이 개방적이고 유동적이기 때문에 타 지역과의 의사소통과 문화접촉의 과정에서 그리고 중앙 정치와의 교호를 통해 변용되기도 한다.[45] 이처럼 지역성은 공간적이고 사회적이며 문화적 개념이 상호작용하여 형성된 것이고, 권력 관계의 맥락 안에서 재구성된다. 그래서 지역성은 기억을 통해 형성되기도 하며 인간과 인문환경의 상호작용에 따라 가변적임을 알 수 있다. 따라서 장소의 정체성이 장소성인 것처럼 지역의 정체성이 곧 지역성인 것이다. 여기서 장소성과 지역성은 지리적이며 문화적인 개념을 근거로 한 텍스트적이며 상호텍스트적인 개념을 의미한다.

지역축제는 장소로부터 지역성으로 확장시키는 종합문화예술행사로서 무엇보다도 축제가 개최되는 장소성이 중요한 역할을 한다. 그래서 장소의 정체성이 지역축제의 정체성 형성에도 적지 않은 영향을 미치기 마련이다.[46] 지역축제가 지역의 민속문화적 전통이나 생태적 특성 혹은 특산물 등을 활용하여 지역의 정체성을 강화하기 위해 개최되는 경우가 많다. 그러한 예로 광주고싸움놀이축제와 진도영등제 등을 들 수 있다. 고싸움놀이축제는 칠석마을에서 행해졌던 정월대보름의 당산제와 고싸움놀이가 기반이 되어 지역축제로 확대되었다. 고싸움놀이는 광주광역시 남구 칠석동 칠석마을에서 전승이 단절된 것을 1969년 지춘상 교수가 재현하고, 1970년에 중요문화재 제33호로 지정되면서 1984년부터 광주광역시를 대표하는 지역축제로 활용되었다.[47] 칠석마을의 장소성에 근거한 고싸움놀이가 광주광역시의 대표적인 지역축제로 확대되면서 지역성을 확보하게 된 것이다. 그것은 칠석마을의 행정적인 명칭이 광산군 칠석면 칠석마을에서 1914년 광산군 대촌면 칠석마을로, 1988년 광산구 칠석동 칠석마을로, 1995년 남구 칠석동 칠석마을로 바뀐 것을 보면, 마을의 장소성과 관련된 지명이 지역의 지명으로 복원 및 확대되고 있음을 알 수 있다. 다시 말하면 고싸움놀이를 통해 마을의 장소성이 지역성으로 확장되고 있는 것이다. 이러한 것은 진도영등제에서도 확인된다. 진도영등제는 진도군 고군면 회동마을의 영등제를 1978년부터 진도군과 마을주민이 합동으로 제사를 지내면서 지역축제로 발전하였다.[48] 특히 1980년부터 용왕제, 뽕할머니기원제, 만가, 들노래, 농악, 강강술래 등 민속문화적인 내용을 중심으로 지역축제로서 모습을 갖추게 되었다. 고싸움놀이축제와 진도영등제야말로 지역의 전통성을 강조하여 문화적인 자부심를 갖게 하는 데 크게 기여했고, 나아가서는 지역의 문화상품으로 활용하는 계기를 만들어주고 있는 것이다. 이러한 지역축제는 길이라는 물리적인 공간이동을 통해 장소성에서 지역성으로 확대되면서 이루어졌다.

지역축제는 지역성을 기반으로 지역의 정체성 재구성에도 크게 기여하기도 한다. 지역 정체성의 형성 및 재구성을 목적으로 행해지는 지역축제에서 역사적 인물이나 서사적 인물을 활용하는 경우가 있는데, 완도장보고축제나 영암왕인문화제, 장성홍길동축제, 곡성심청축제 등이 그 예이다. 이들 축제는 역사적 인물의 행적을 재현한다든지, 서사적 인물의 상징적인 의미를 형상화하여 지역의 이미지로 재구성하고 있다.[49] 그래서 재구성된 정체성은 지역 이미지의 상품화로 귀결시키고, 지역의 농수산물이나 다양한 토산물의 브랜드로 활용하기도 한다. 궁극적으로 지역축제가 공간 이동을 통해 장소성을 통합하여 지역성을 재구성하는 것은 정치적이며 경제적인 목적을 구현하려는 것과 밀접한 관련이 있는 것이다. 지역축제가 장소 통합에 의한 지역의 공간을 효율적으로 정복하기 위한 문화행사로서 교류의 통로인 물리적 공간 이동을 통해 이루어진다. 하지만 앞으로는 공간의 정복이 지역축제를 통해 지리적인 공간에서만이 아니라 메타버스 공간에서도 이루어질 수 있다. 메타버스 공간은 네트워크를 통해 빛의 속도로 물리적인 공간교류 장애를 극복할 수 있게 하고, 다양한 정보와 메시지를 빠른 속도로 이동시켜 물리적 공간의 통합 속도를 단축시켜 준다. 새로운 통신기기 및 영상매체들이 지구를 하나의 지역과 장소로 바꾸어 놓았고, 공간에 대한 인식을 훨씬 먼 곳까지 확대시키고 있다. 공간적으로 멀리 떨어져 있는 사람들이 거의 같은 시간에 연결하여 접촉하는 방식이 가능하게 되었다. 이러한 환경으로 인해 지역성 또한 더욱 빠른 속도로 확장될 수 있는 것이다.

4. 민속문화의 물리적 기반에 근거한 정체성

공동체의 정체성은 장소와 지역의 경계 안에 형성되는 정서적 공동체의 원동력이고, 지역의 다양한 환경의 영향을 받아 형성된 정신적이고 추상적인 경험 내용이다. 그 경험의 물리적 기반이 바로 지역의 자연적, 사회적, 역사적 환경이고, 그 환경에 따라 정체성 형성이 많은 제약을 받는 것이다. 정체성의 물리적 기반이 그릇에 해당하는 지역이고, 지역의 경계 안과 밖에 따라 정체성이 다르게 나타난다. 여기서 안과 밖의 의미 형성은 「그릇」 도식에[50] 근거하여 형성되는 데, 그릇이 어떤 물건은 집어넣고 다른 물건은 꺼낼 수 있는 경험의 물리적 기반이고, 그릇을 통해 포함이나 경계성(boundedness)을 경험한다. 인간은 경계 지어진 공간의 안과 밖을 수없이 이동하며 살아간다. 특히 지역 안은 포함이라는 유사한 문화적 경험을 하고, 지역 밖은 차이를 통해 이질적인 문화 경험을 한다. 그것은 경계를 근거로 다양한 접촉을 통해 이루어지며, 접촉은 의사소통 방식의 가장 중요한 요소이기도 하다. 아이가 울음을 그치지 않을 때 다른 사람이 아닌 엄마가 안아주면 울음을 그치고, 이것은 아이가 수없이 접촉을 통해 엄마와 의사소통한 결과이다. 이처럼 우리는 일상생활 속에서 수많은 접촉의 패턴을 통해 다양한 추상·정신적 경험을 하게 된다.[51] 정체성 또한 접촉과 같은 다양한 의사소통을 통해 형성되고 확장된다.

정체성은 기본적으로 동일성, 통합성, 공유성의 개념을 내포한다.[52] 그렇기 때문에 정체성 형성이 장소를 사용하는 사람들의 집단적인 체험에 근거하기 마련이다. 정체성이 기본적으로 지리적 공간을 근거로 형성된 문화적인 내용이지만 항상 불변하는 것은 아니고, 지역의 경제적, 정치적 요구에 의해 변화되는 경우도 적지 않다. 주로 역사성을 지닌 민속문화보다도 지자체가 활성화된 이후 개최된 지역축제에서 나타난다. 지역축제야말로 지역의 정체성을 강화하고 지역의 브랜드로 활용하려는 경제적이고 정치적 의도가 반영되는 경우가 많기 때문이다. 그것은 정체성이 지역축제보다도 민속문화에서 오랜 시간 동안 지속되어오고 있음을 의미하기도 한다. 민속문화는 지리적 공간을 대표하는 것이고, 그곳의 그 내용을 함축적으로 표현하는 문화현상으로서 정체성을 발현하는 원천이다. 일반적으로 정체성은 공간적으로 장소의 정체성, 지역의 정체성, 국가의 정체성 등으로 확장되기도 한다. 즉 장소의 정체성이 마을 중심의 정체성이라면, 지역의 정체성은 면 단위 고을이나 혹은 시군 단위, 나아가서는 광역자치단체 중심의 정체성이고, 국가의 정체성은 한 나라의 정체성을 말한다. 그런가 하면 정체성이 문화적으로는 장소성, 지역성, 국가성 등으로 확장된다고 할 수 있다. 장소성은 마을사람들, 지역성은 고을이나 지역사람들, 국가성은 국민의 문화적 정체성이 융합되어 그 특성을 드러내고, 그것을 대표하는 문화적 지표로 사용된다. 문화적인 지표를 문화적 공간의 규모에 따라 마을, 지역, 국가로 구분하고, 호남과 한국의 민속문화적 지표로 구분하여 확인할 수 있다.

먼저 호남을 대표할 수 있는 민속문화의 지표로서 고싸움놀이, 강강술래, 홍어음식, 판소리, 상사소리, 육자배기, 추석명절, 씻김굿, 좌도농악과 우도농악 등을 들 수 있다. 다시 말하면 격정성(激情性)을 반영한 고싸움놀이는 벼농사를 물리적 기반으로 형성된 추석명절과 줄다리기라는 도작문화의 대표성을 지니고, 화평성(和平性)을 반영한 강강술래는 서남해안 지역에서 전승되는 추석과 대보름의 대표적인 여성 중심의 민속놀이며, 신명성(神明性)을 반영한 풍물굿은 밑놀이와 장고가락이 발달한 우도농악과 상모돌리기를 비롯한 윗놀이가 발달한 좌도농악으로 구분된다. 그리고 애정성(哀情性)을 반영한 판소리와 상사소리 그리고 씻김굿은 호남 지역사람들의 음악적 정서를 잘 반영하고,[53] 홍어음식은 호남지역의 대표적인 잔치음식인데, 흑산도의 홍어음식이 영산포에 영산도 사람들의 집단이주와 더불어 전해진 것으로 알려져 있다. 홍어음식은 귀한 손님을 접대하는 잔치음식이고, 정치집단을 표현한 정치적 음식이며, 축제 및 문화상품으로서 기호(嗜好)음식이다.[54] 이들 민속문화는 호남을 대표하는 문화적 지표이면서 호남의 정체성을 잘 반영하고 있다고 할 수 있다. 즉 호남의 정체성을 격정성, 화평성, 신명성, 애정성 등의 감성으로 표현할 수 있는 것이다. 이러한 문화적 지표와 정체성은 그 공간에 거주하는 구성원들에게 소속감과 자부심을 갖게 하는 데 중요하게 역할 한다. 정체성 형성의 기반이었던 장소를 벗어나고 도시로 이주한 사람들이 고향의 향수를 체험하기 위해 홍어집 등 호남지역 음식집을 자주 찾는 것도 이러한 것과 무관하지 않다. 그리고 이것은 지역별로 다양한 고향모임 등 〈○○향우회〉를 결성하게 하고, 그들의 결집력을 강화시키는데 중요한 역할을 하기도 한다. 이처럼 디아스포라적인 삶을 살아가는 사람들이 정체성을 정치적이며 경제적으로 활용하고 있는 것도 같은 맥락에서 이해할 수 있다.

두 번째로 국가성을 반영하고 있는 민속문화 지표로 의식주에서는 한복-김치-한옥, 민속예술로는 판소리와 탈춤 그리고 풍물굿, 기록문화유산인 한글을 비롯한 세계문화유산으로 등재된 다양한 문화현상을 들 수 있다. 유네스코의 정신이 투영된 세계문화유산은 모든 문화가 전 인류의 공동 유산이며, 문화적 다양성을 고취하는 것이 중요하다는 것을 강조하는 개념이다. 그 중에서도 2003년 무형문화유산보호협약에 의하면, 무형문화유산이 공동체와 집단의 환경, 자연과의 상호작용, 역사에 따라 끊임없이 재창조되고, 그들에게 정체성과 지속성의 인식을 제공한다고 한다. 주로 이러한 것은 구전 전통, 구전 표현물, 공연 예술, 사회적 관습, 의례, 축제 행사, 자연과 우주에 대한 지식과 실천, 전통 공예기술에 나타나고, 사물이나 인공물 그리고 그와 관련된 문화적 공간이 중요한 의미를 갖는다. 그래서 문화적 공간에 근거해 형성된 무형문화유산은 공동체에 정체성과 지속성을 제공해주고, 무엇보다도 공동체의 사회적 결속력을 강화시켜 주며, 특히 오늘날에는 그 경제적 가치가 매우 크게 확대되기도 한다. 국가성을 반영하고 있는 민속문화 지표야말로 한국의 문화를 대표하면서 한국인의 정체성을 잘 반영하고 있는 것이라 할 수 있다. 이러한 문화적 지표를 통해 세계에서 한국과 한국인을 드러내고자 함이고, 특히 재일동포, 재미교포, 조선족, 고려인 등 해외에 거주하고 있는 한국인들의 삶 속에서 강하게 나타난다. 그래서 해외에서 코리아타운을 조성하여 자주 방문하는 것도 그러한 인식을 바탕으로 이루어진 것이다.

요 약 ─────────────────────────────────────

　지금까지 공간과 장소의 차이를 비롯해 장소성과 지역성의 개념과 그에 근거한 민속문화의 의미를 파악해 보았고, 정체성이 장소성 혹은 지역성과 밀접한 관련이 있음을 확인하였다. 인간은 끊임없이 시간과 공간을 경험하면서 삶의 방식을 만들어내고, 물리적 환경의 변화에 대응하기 위해 다양한 의사소통을 통해 공간의 확장과 의미를 탐색해 왔다. 그 과정에서 공간과 장소, 그리고 장소성과 지역성의 개념이 정립되었고, 그것은 공동체 정체성 형성의 물리적 기반의 역할을 하였다. 따라서 장소성과 지역성 그리고 정체성 모두 고정적이지 않고 유동적임을 확인할 수 있었다.

　장소는 인간이 환경과의 상호작용 속에서 만들어지는 문화적 공간으로서 인간의 경험이 시간의 흐름에 따라 누적된 곳이다. 장소야말로 인간이 정서적인 끈을 형성하며 가치를 부여하는 공간으로서 단순한 물리적 사물뿐만 아니라 인간의 심성과 유대를 통해 형성된 곳인 것이다. 이러한 장소를 근거로 그 곳에서 발생한 사건이나 행위, 그곳에 위치한 자연적이거나 인공적인 물체를 통해 형성되고 구현된 것이 장소성이다. 그래서 장소성의 구현요소를 장소, 사건과 행위, 물체라고 할 수 있다. 장소성은 장소에 대한 개인적, 집단적 체험이 모여 사회적인 의미가 형성된 것이기 때문에 장소의 정체성이면서 이미지인 것이다. 그러한 까닭에 지명이나 고향에 대한 인식이 장소성에 근거하기도 한다. 마을의 지명이 마을신앙의 신체와 밀접한 관련이 있거나 마을의 장소성 형성이 마을신앙을 비롯해 민속놀이 및 세시행사, 성장민속 등 민속문화와 밀접한 관련이 있다는 것에서 확인할 수 있다. 마을에서 장소성의 결합은 장소의 이미지 통합을 통해 마을의 정체성을 형성시키고, 그것은 마을사람들의 고향에 대한 장소적 관념을 갖도록 하는 데 중요한 역할을 한다. 고향에 대한 인식은 마을의 장소적 관념과 그것을 토대로 형성된 마을사람들의 정체성이 결합하여 형성된 것이다.

인간은 이동을 통해 세계와 접촉하면서 세상사 지식을 축적하고 그와 동시에 우리 자신의 본질과 능력 그리고 한계를 깨닫는다. 이동능력은 신체적인 활동과 다양한 의사소통을 활용하여 정신적이고 추상적인 경험을 장소에서 지역으로 확장시키는 데 중요한 역할을 한다. 지역의 출발점이 장소이고, 즉 장소의 연결을 통해 마을, 고을, 지역으로 확대되는 것이다. 이것은 기본적으로 인간의 이동에 근거하여 교류를 통해 이루어지며, 교류는 마을공동체의 접촉과 상호작용을 통해 민속문화를 변화시킨다. 따라서 공간 이동은 길을 통해 이루어지고, 길이 연결되는 장소가 지역성의 물리적 기반으로서 문화적 공간이자 지역성의 원천이다. 지역성은 공공성과 공익적인 발전의 개념으로, 한 지역의 독특한 성격을 지닌 로컬리티로서 의미를 갖는다. 지역성은 공간적이고 사회적이며 문화적 개념이 상호작용하여 형성된 것이어서 지역 정체성이라 할 수 있다. 이러한 지역성은 권력 관계의 맥락 안에서 재구성되기도 하는 데, 그러한 예로 지역축제를 들 수 있다. 그래서 지역성은 기억을 통해 형성되기도 하며 인간과 인문환경의 상호작용에 따라 가변적이다.

정체성은 장소와 지역의 경계 안에 형성되는 정서적 공동체의 원동력이고, 지역의 다양한 환경의 영향을 받아 형성된 정신적이고 추상적인 경험 내용이다. 정체성은 기본적으로 동일성, 통합성, 공유성의 개념을 내포하고, 장소를 사용하는 사람들의 집단적인 체험에 근거한다. 정체성이 기본적으로 지리적 공간을 근거로 형성된 문화적인 내용이지만 항상 불변하는 것은 아니고, 지역의 경제적, 정치적 요구에 의해 변화되는 경우도 적지 않다. 이러한 예는 주로 역사성을 지닌 민속문화보다도 지자체가 활성화된 이후 개최된 지역축제에서 나타난다. 지역축제야말로 지역의 정체성을 강화하고 지역의 브랜드로 활용하려는 경제적이고 정치적 의도가 반영되는 경우가 많기 때문이다. 정체성은 지역의 문화적 지표로 활용되기도 한다.

각 주

1   이진경, 『근대적 사공간의 탄생』, 그린비, 2018, 167쪽.

2   존 듀이 지음(박철홍 옮김), 『경험으로서 예술 2』, 나남, 2017, 111쪽.

3   G.레이코프·M.존슨 지음(임지룡·윤희수·노양진·나익주 옮김), 『몸의 철학』, 박이정, 2018, 207~249쪽.

4   표인주, 「삶과 시간, 그 변화의 체험주의적 해명」, 『용봉논총』, 제59집, 전남대학교 인문학연구소, 2021, 307~308쪽.

5   해, 달, 별의 주기적 움직임에 착안하여 순환형 시간관을 인식했고, 그러던 인식이 초기 기독교 사회에서는 시간의 순환론을 믿지 않고 선형론을 믿었다. 현대의 시간 개념이 기독교적인 것에 바탕을 두고 있지만, 오늘날 캘린더와 시간기록 관행은 로마인들한테서 물려받은 것이다.(G.J.휘트로 지음/이종인 옮김, 『시간의 문화사』, 영림카디널, 1999, 60~118쪽)

6   노양진, 『기호적 인간』, 서광사, 2021, 43쪽.

7   기호의 문제는 세계의 사건이나 사태의 문제가 아니라 우리 자신의 경험, 즉 기호적 경험의 본성과 구조의 문제다. 기호적 경험은 물리적 경험에서 출발하고, 기호적 경험의 원초적 근원이 물리적 경험인 것이다. (노양진, 위의 책, 45~61쪽)

8   임재해는 문화를 향유 주체에 따라 민속(민중)문화, 대중문화, 엘리트문화로 분류하고, 대중문화와 엘리트문화를 민속문화의 상대적 개념으로 인식하기도 한다(임재해, 『민속문화를 읽는 열쇠말』, 민속원, 2004, 49쪽). 임동권은 민속문화를 민속현상의 포괄적인 개념으로서 사용하기도 하고(임동권, 『한국민속문화론』, 집문당, 1983), 국립민속박물관은 민속과 같은 개념으로 사용하기도 한다(국립민속박물관, 『한국 민속문화의 탐구』, 민속원, 1996). 이들 모두 공통적으로 민속문화를 역사성과 전통성이 강한 문화로 인식하고 있음을 알 수 있다.

9   체험주의는 새로운 은유(metaphor)이론에서 출발하여 경험의마가치관에 관한 존 듀이의 실용주의적 관점, 실용주의적 자연주의적 관점의 메를로-퐁티, 생활계에 초점을 두는 하이데거, 후설의 신체화된 마음의 현상학, 신체화된 인지에 대한 실증적 연구를 추구하는 2세대 인지과학을 근거로 한 마크 존슨의 해석방식이다.(마크 존슨/김동환·최영호 옮김, 『몸의 의미』, 문예신서, 2012, 401쪽)

10 노양진, 『몸이 철학을 말하다』, 서광사, 2013, 63~64쪽.

11 아푸 투안 지음(윤영호·김미선 옮김), 『공간과 장소』, 사이, 2021, 19쪽.

12 에드워드 랠프 지음(김덕현·김현주·심승희 옮김), 『장소와 장소상실』, 논형, 2021, 34~104쪽.

13 존 듀이 지음(박철홍 옮김), 『경험으로서 예술 1』, 나남, 2018, 59쪽.

14 하비는 장소를 정적이고 불변하며, 장소의 특수성은 장소 내부의 역사적 결과물로 보고, 장소성에서 고착성에 주목한다. 그에 비해 매시는 장소는 역동적이고 항상 변화하며, 장소의 특수성은 장소 스케일(scale)을 넘어서 상이한 사회적 관계들에 의해 형성되는 것으로 이해하고, 장소성에서 이동성에 주목한다.(황진태, 「장소성을 둘러싼 본질주의와 반본질주의적 이분법을 넘어서가: 하비와 매시의 논쟁을 중심으로」, 『지리교육논집』 55, 서울대학교 지리교육과, 2011, 56~63쪽)

15 멀치아 엘리아데 저(이동하 역), 『성과 속』, 학민사, 1983, 51쪽.

16 멀치아 엘리아데 저(이동하 역), 위의 책, 34쪽.

17 중심은 방향성을 가능케 하기 때문에 그에 따라 중심을 향하는 공간을 구심력적 공간, 중심으로부터

외부로 확장되는 공간을 원심력적 공간이라 부른다.

18 정은혜, 「몽생미셸의 장소성 형성과 변화에 관한 연구」, 『한국도시지리학회지』 제24권 1호, 한국도시지리학회, 2021, 48쪽.

19 이는 민속신앙에서 제문과 축문을 혼용하여 사용하는 것에서도 확인할 수 있다. 제사에서 조상신에게 올리는 글은 제문이라 하고, 자연적인 마을신이나 자연신에게 올리는 글은 축문이라 구분하였다. 고려 왕조와 조선 초까지만 해도 제문과 축문을 구분하여 사용했지만 《주자가례》가 보편화되면서 그 이후에 혼용된 것으로 보인다.(표인주, 『공동체신앙과 당신화 연구』, 집문당, 1996, 66~69쪽)

20 조현주, 「장소아이덴티티의 가변성 사례연구」, 『기초조형학연구』, 9권 1호, 한국기초조형학회, 2008, 736쪽.

21 김용남, 「장소성 강화를 위한 공간스토리텔링 방안 연구」, 『인문사회 21』, 제10권 4호, (사)아시아문화학술원, 2019, 77쪽.

22 김성조·김재학, 「문화재야행 환경에서 지각된 장소성과 태도 및 행동의도 간의 구조적 관계」, 『관광학연구』 제44권 제8호, 한국관광학회, 2020, 158쪽.

23 이윤정, 「장소성을 활용한 공간 그래픽 디자인에 관한 연구」, 『커뮤니케이션디자인학연구』 제68호, 커뮤니케이션디자인학회, 2019, 116쪽.

24 에드워드 랠프 지음(김덕현·김현주·심승희 옮김), 앞의 책, 307~309쪽.

25 표인주, 『남도민속학』, 전남대학교출판부, 2014, 23쪽.

26 민속놀이가 원래 민간의 종교 행사의 한 부분으로 베풀어지던 예능적 행위이었고, 신에게 무사태평과 오곡의 풍양을 기원하는 단계에서 신의 행위를 모방 혹은 재현하고자 하는 행위들이 거행된 것들이기 때문에(김선풍 외, 『민속놀이와 민중의식』, 집문당, 1996, 23쪽) 마을신앙과도 밀접한 관련이 있다.

27 아푸 투안 지음(윤영호·김미선 옮김), 앞의 책, 56~102쪽.

28 태의 처리방법은 마을이나 가정에 따라 다소 차이가 있으나, 주변에 물이 흐르는 강이 있는 경우 그곳에 흘려보내는 경우도 있고, 불사르는 경우도 있다. 하지만 대부분 집안의 마당이나 텃밭 혹은 손 없는 곳에 묻는 경우가 많다.(표인주, 앞의 책, 249쪽)

29 성장민속은 인간이 삶의 패턴에 적응하고 그것을 의미화 시키고 새로운 의미를 만들어가는 시간의 흐름에 근거한 의례적 경험을 말한다. 다시 말하면 태아에서부터 성인이 되기까지 한 개인이 성장하고, 성인이 죽음에 이르고 그 죽음이 제사의 대상이 되기까지 환경과의 상호작용의 결과인 것이다.(표인주, 「성장민속의 지속과 변화의 체험주의적 탐색」, 『한국학연구』 제75집, 고려대학교 한국학연구소, 2020, 183쪽)

30 표인주, 앞의 책, 49쪽.

31 광주광역시의 구체적이고 정확한 데이터를 근거로 한 것은 아니지만 광주에 오래 살아오면서 경험한 것을 토대로 보면, 담양 이주민은 북구 풍향동 일대, 장성 이주민은 운암동 일대, 화순 이주민은 학동과 지원동 일대, 광주 남쪽지역(영암, 강진, 나주 등) 이주민은 백운동 일대, 영광 이주민은 송정동 일대에 정착하는 경우가 많다.

32 강령탈춤은 한국전쟁 이후 월남한 이주민에 의해 1969년에 복원되었다. (정형호, 『강령탈춤』, 화산문화, 2002, 7쪽)

33 박진태, 『하회별신굿탈놀이』, 도서출판 피아, 2006, 35~40쪽.

34 표인주, 「일생의례의 상상적 구조와 해석」, 『호남학』 제65집, 전남대학교 호남학연구원, 2019, 160~161쪽.

35 아푸 투안 지음(윤영호·김미선 옮김), 앞의 책, 192~203쪽.

36 마크 존슨(김동환·최영호 옮김), 『몸의 의미』, 문예신서, 2012, 53~56쪽.

37 표인주, 「대보름과 관련된 달맞이 고찰」, 『비교민속학』 제13집, 비교민속학회, 1996, 469쪽.

38 표인주, 「영산강 유역 마을의 신앙적 조형물의 특징」, 『호남문화연구』 제44집, 전남대학교 호남학연구원, 2009, 374~377쪽.

39 영상도식(image schema)은 신체적 활동을 통해 직접 발생하는 인간들이 공유하는 구조이고, 반복적이고 규칙성을 지닌 기본적인 패턴들이다. 대부분 문화는 비교적 소수의 영상도식을 공유하지만, 영상도식은 물리적 대상이나 추상적 대상에 사상되는 과정에서 자연적, 사회적, 문화적 요소들의 영향을 받는다.(노양진, 『몸이 철학을 말하다』, 서광사, 2013, 74~78쪽)

40 「연결(Link)」 도식은 일상적인 삶에서 경험하는 두 개체(A와 B)가 결합하는 도식이다. 연결이 없으면 우리는 존재할 수도, 인간일 수도 없을 것이다. 우리는 우리를 기르고 유지시키는 탯줄에 의해 생물학적 어머니와 연결되어 태어난다. 인간은 사회 전체에 대한 어떤 비물리적 연결들을 필요로 한다. 그것은 바로 연결과 결합, 접속의 지속적인 과정을 말한다. 그러한 예로 물리적 대상들의 짝짓기, 시간적 연결, 인과적 연결, 유전적 연결, 기능적 연결 등을 들 수 있다.(M.존슨 지음/노양진 옮김, 『마음 속의 몸』, 철학과 현실사, 2000, 234~235쪽)

41 「경로(Path)」 도식은 ①원천 또는 출발점, ②목표 또는 종착점, ③원천과 목표를 연결하는 연속적인 위치들의 연쇄라는 내적인 구조를 가지고 있다. 경로는 한 지점에서 다른 지점으로 이동하는 행로이기 때문에 신체적 활동 수행의 관점인 경로 도식에 근거하여 은유적인 해석 방식으로 추상적인 목표나 목적을 이해하는 것이다. 여기서 경로에 따르는 운동은 원천영역이며, 목표나 목적은 표적 영역이다. 표적 영역은 원천영역에 제약을 받는다.(M.존슨/노양진 옮김, 위의 책, 228~233쪽)

42 정은주, 「장소성에 기반한 초국가 시대 이주 연구」, 『지역과 세계』 제43집 제1호, 전북대학교 사회과학연구소, 2019, 46쪽.

43 박병훈·김한배, 「도시재생의 실천적 움직임과 지역성 개념의 변화 고찰」, 『한국경관학회지』 12(1), (사)한국경관학회, 2020, 19쪽.

44 송준서, 「지역성 개념과 러시아 지방연구」, 『Russia & Russian Federation』 1권 1호, 한국외국어대학교 러시아연구소, 2010, 53~54쪽.

45 천정환, 「지역성과 문화정치의 구조」, 『사이間SAI』, 제4호, 국제한국문학문화학회, 2008, 166쪽.

46 배만규·오순환, 「축제의 장소 정체성」, 『관광학연구』 제33권 제1호, 한국관광학회, 2009, 36쪽.

47 표인주, 『남도민속과 축제』, 전남대학교출판부, 2005, 407~421쪽

48 나승만, 「영등제의 전승과 축제화」, 『비교민속학』 제13집, 비교민속학회, 1996, 195쪽.

49 표인주, 『영산강 민속학』, 민속원, 2013, 204~207쪽.

50 「그릇(Container)」 도식은 ①안(in), ②경계성(boundedness), ③밖(out)라는 내적인 구조를 가지고 있다. 몸이 어떤 물건들을 집어넣고, 다른 것들을 유출하는 삼차원의 그릇이라는 사실을 친숙하게 알고 있다. 처음부터 우리는 환경, 즉 우리를 둘러싸고 있는 사물들 안에서 지속적으로 물리적 포함을 경험하는 데, 무수한 종류의 경계 지어진 공간의 안과 밖으로 움직인다. 여기서 안-밖 지향성의 체험적 근거는 바로 공간적 경계성의 경험이다.(M.존슨/노양진 옮김, 앞의 책, 93쪽)

51 「접촉(contact)」 도식은 인간의 가장 기본적인 신체적 감각운동의 하나인 촉각적 경험의 반복적인 패턴을 말한다. 접촉은 기본적으로 시각적 경험을 통해 판단한 상태에서 이루어지는 경우가 많다. 인간은 태어나면서 지각적인 감각운동을 통해 주변의 사물을 이해한다.(표인주, 「마을축제의 영상도식과 은유체계의 이해」, 『한국학연구』 제68집, 고려대학교 한국학연구소, 2019, 318쪽)

52 조현주, 앞의 논문, 733쪽.

53 표인주, 「민속에 나타난 감성의 본질과 발현양상」, 『호남문화연구』 제45집, 전남대학교 호남학연구원, 2009, 533~545쪽.

54 표인주, 「홍어음식의 기호적 전이와 문화적 중층성」, 『호남문화연구』 제61집, 전남대학교 호남학연구원, 2017, 9~28쪽.

제 3장

의사소통과 인간관계, 가족공동체와 마을공동체

1. 인간관계의 물리적 기반으로서 공간

인간은 끊임없이 공간과 시간을 경험하면서 삶의 방식을 만들어가고, 그 것이 일정 기간 동안 지속되고 축적되어 형성된 것이 민속이자 문화이다. 인 간이 공간 속에서 생활하기 위해 시각적인 활동을 이용하고, 운동과 사건과 같은 다양한 움직임을 경험한다. 따라서 우리의 시각 능력과 공간 통과 능력 이 공간관계 개념들과 그것들의 논리를 구성하는데 사용되는 것이다. 다시 말하면 우리 두뇌의 시각 체계가 공간관계 개념들을 특징짓는데 사용된다는 것을 의미한다.[1] 인간은 태어나면서 시각적인 활동을 통해 사물을 관찰하고 타인의 행동을 모방하기 시작한다. 그것이 공간 이동을 야기하고, 공간 이동 은 인간의 욕구를 실현시킬 수 있는 출발점이다. 따라서 인간의 욕구 실현이 공간 이동을 통해 이루어지고, 이것은 인간의 의사소통으로 확장되어 실천 된다.

공간은 그릇 도식[2]에 의하면 내부, 경계, 외부의 구조를 갖는다. 이것은 전 체 없이 부분들의 뜻이 이해되지 않는다는 의미에서 게슈탈트 구조이다. 경 계 및 외부가 없는 내부는 없으며, 경계 및 내부가 없는 외부도 없다. 그리고 측면이 없는 경계도 없다. 그렇기 때문에 안과 밖이라는 공간적 의미는 경계를 토대로 이루어진다. 경계는 시각적으로 확인되는 물리적 경계로서, 방이나 컵이라는 구체적 대상이나, 농구코트나 축구장처럼 공간 속의 제한된 지역으로서 경계를 말한다. 물리적 경계는 강력하며 시각적인 제약을 부과할 수 있다. 즉 그것은 그릇의 내용물을 보호하며, 그 내용물의 운동을 제약하며, 그 내용물이 보이지 않게 만든다.[3] 이것은 모두 물리적 경계를 통해 발생하는 것이다. 인간은 욕구 실현을 위해 끊임없이 물리적 경계를 통해 이동의 경험을 한다. 따라서 공간적인 이동이 인간의 욕구를 실현하기 위한 수단인 것이다.

인간은 공간의 효율적인 이동을 위해 시간을 활용한다. 시간이 우리의 몸과 두뇌에 의해 창조된 것이지만, 우리의 실재적 경험을 구조화하고 우리의 세계와 물리, 역사에 관한 중요한 이해를 가능하게 해 준다. 이러한 시간은 사건들과 상호관계에 근거한 환유적 개념이고, 운동과 자원에 근거한 은유적 과정을 통해 형성된 개념이다.[4] 중요한 것은 인간이 공간상에서 이동의 경험을 은유적으로 개념화한 시간이 가장 근원적이라는 점이다. 인간이 욕구를 실현하기 위해 공간 이동을 한 것이고, 그것이 시간으로 개념화되었다는 것은 공간과 시간의 경험이 인간의 움직임을 말하고, 그것은 인간이 삶에 필요한 물자를 얻기 위한 행동으로서, 곧 노동이라고 할 수 있다. 인간이 노동을 하면서 다양하게 공간과 시간을 경험한다는 것을 의미한다.

공간과 공간의 물리적 경계가 관계의 장애물이자 매개물이다. 물리적 경계는 관계를 방해하는 장애가 되기도 하고, 관계를 소통시켜주는 매개물이 되기도 한다. 여기서 물리적 경계가 정신적이며 추상적인 관계로 확장되어 나타나는데, 그것은 인간과 인간의 관계를 말한다. 인간관계로서 물리적 기반이 공간의 물리적 경계라고 할 수 있는 것이다. 공간의 원활한 이동이 인간의 유대관계를 강화시켜준다. 관계가 의사소통의 통로이기 때문에 인간관계의 단절은 의사소통을 차단하고, 공간의 이동을 제한한다는 것을 의미한다. 즉 인간의 의사소통은 공간 이동을 순조롭게 만들어 주고, 인간의 만남이 시간과 공간의 결합을 의미한다. 이와 같은 인간의 관계가 다양한 형태로 구현되고, 흔히 인간을 사회적 동물이라고 한 것은 관계를 중요시 여기는데서 비롯됨을 알 수 있다.

따라서 본고는 체험주의적인[5] 측면에서 인간이 왜 관계를 지향해야 하는지, 그 관계를 통해 무엇을 추구하는지, 그것이 생활 속에서 어떻게 실현되고 있는가를 분석하고, 시간의 흐름에 따라 어떻게 변화되며, 그 요인이 무엇인지를 파악하는 것에 소기 연구 목적이 있음을 밝혀두고자 한다.

2. 기호적 활동으로서 소통과 욕망

인간은 태어나는 순간부터 자립적으로 생존할 수 있는 존재가 아니다. 생존을 위해서는 다른 사람들, 엄마와 가족들의 보호를 받으면서 의사소통할 수 있는 능력을 가지고 세계에 첫발을 내딛는다. 인간의 신체적인 활동 가운데 가장 중요한 것이 무엇보다도 시각적 활동이다. 우리는 시각을 통해 대부분의 지식을 얻는다. 일상 경험 중 가장 흔한 이것이 우리로 하여금 아는 것을 보는 것으로 개념화하게 한다. 다시 말하면 아는 것과 관련된 다른 개념들은 보는 것과 관련된 대응 개념들에 의해 개념화된다는 것이다. 우리가 경험하고 있는 상당수가 시각을 통해서 형성된 것임을 알 수 있다. 예컨대 아는 것은 보는 것이고, 알게 되는 것이 눈에 띄는 것이며, 알 수 있음은 볼 수 있음을 의미하는 은유가 그것이다.[6] 이처럼 시각이 인간이 지식을 얻는 능력에 지배적인 역할을 하고 있다. 갓 태어난 아이들이 엄마의 행동을 관찰하고, 그것을 통해 가족들의 행동을 이해하려고 할 것이다. 여기서 아이가 경험한 것을 타인에게 전달하지 않으면 그 어느 누구도 아이의 경험을 알 수 없다. 이것은 아이 뿐만 아니라 어른들도 마찬가지이다.

인간은 서로간의 의사소통 없이는 타인의 경험을 공유할 수 없으며, 자기 자신도 자기 경험 안에 갇혀 있기 마련인데, 이러한 것을 유폐성(incarceratedness)이라 한다.[7] 인간이 각자의 경험 안에 갇혀 있다는 것은 내가 다른 사람의 경험에 직접적으로 접속할 수 없고, 그 반대도 마찬가지라는 점을 의미한다. 유폐된 경험들은 인간의 삶에 생산적으로 영향을 미치지 않는 것은 물론 삶의 의미를 갖지 못한다. 그렇기 때문에 인간이 경험의 유폐성을 극복하기 위해 많은 노력을 하는데, 그것은 다름 아닌 의사소통이다. 의사소통은 삶에서 스타일의 문제가 아니라 유기체적 생존의 문제인 까닭에 인간이 생존하기 위해 의사소통을 할 수밖에 없다. 유폐된 경험들이 의사소통을 통해서 의미를 갖게 된다. 가령 내가 경험한 희노애락을 타인에게 알리고 싶을 때 그 감각적 경험 자체를 직접 전할 수 없다. 그것을 알리기 위해 사용하는 몸짓이든 소리든 언어든 모든 것은 기표들이지만 그 기표들이 희노애락 그 자체는 아니다. 다만 우리는 그러한 기표들을 통해서 타인의 감각적 경험을 이해하거나 경험할 수 있다. 이처럼 유폐된 경험들이 기표들을 통해 서로에게 이어질 수 있으며, 이러한 기표들은 기호적 해석을 거침으로써 의미를 갖게 되는, 즉 기호적 활동을 통해 의미를 갖게 된다. 감각적 경험의 본성적인 특유성과 일회성을 감안하면 그 경험의 전달과 공유가[8] 기호적으로 이루어질 수밖에 없는 것이다.

인간이 기호적 활동을 통해 삶의 가치를 파악하는 것은 물론 세계와 존재를 경험하고 인식한다. 그래서 인간이 욕구를 실현하기 위해 끊임없이 의사소통하려 하고, 그것은 기호적 활동을 통해 이루어진다. 여기서 의사소통이 의미 만들기(meaning making)의 한 과정이며, 그것은 소리나 문자를 통한 언어적 활동 이외에도 표정, 몸짓, 언어 등 외부 세계에 지향되는 모든 활동을 가르킨다.[9] 그래서 의사소통에 대한 이해가 물리적 경험과 기호적 경험이라고 하는 경험의 구조에 관한 포괄적인 이해로부터 시작되어야 한다. 의사소통은 그 본성이 기호적이며, 유폐된 경험을 전달하고 해석하는 유일한 통로인 것이다. 기호 활동이 인간의 본성이고, 그 핵심은 의사소통과 정신적이고 추상적인 확장이다. 즉 의사소통과 욕망 실현이 인간의 가장 본성적인 기호적 활동의 계기가 된다고 할 수 있다. 인간이 그토록 갈망하는 욕망 실현의 원초적 기반이 의사소통이고, 그것은 인간의 열망과 욕구 실현에 많은 제약을 가한다는 것을 말한다. 중요한 것은 의사소통의 본질적인 목적이 인간의 욕구를 실현하기 위해 이루어지고, 의사소통이 인간 경험의 유폐성을 극복하기 위한 수단이라는 점이다. 그런가 하면 의사소통의 궁극적인 목적이 새로운 인간관계를 구축하기 위한 것이기도 하다.

인간관계를 구축하는 방법 가운데 가장 중요한 것이 의사소통이다. 그것은 기호적 활동으로 이루어지고, 관계나 상황에 따라 다양하게 이루어진다. 한 실례로 상호간의 인사방식을 보면, 인사가 단순히 상호간의 주종관계나 상하관계를 실천하는 수직적 의사소통만이 아니라 새로운 관계를 구축하기 위함이고, 기존의 관계를 유지하기 위한 수평적 의사소통이기도 하다는 점이다. 신과 인간, 어른과 아랫사람, 상급자와 하급자, 동료, 낯선 사람 등 다양한 상황과 관계에 따라 인사가 달라지지만, 중요한 것은 상호간의 의사소통의 기본이자 새로운 인간관계를 만들어가는 출발점이라는 것이다. 이것은 인사라는 의사소통을 통해 인간의 욕망을 실현시켜 줄 수 있는 인간관계를 구축하고자 함을 알 수 있다. 따라서 인간관계가 의사소통이 추구하는 목표이자 도구이기도 한 셈이다.

인간관계가 개인적이거나 집단적일 수 있는데, 개인과 개인, 개인과 공동체[10]의 관계를 말한다. 인간이 태어나서 가장 먼저 경험할 수 있는 것이 가족이고, 그것으로부터 확장되어 마을공동체를 경험하게 된다. 가족이 혈연적이면서 수직적 구조의 공유생활 공동체이고, 마을공동체는 지연적이면서 생활공동체이고 경제적이고 특정한 이익을 추구하는 협업공동체의 성격이 강하다. 게다가 가족이 사회의 최소 단위로서 씨족문화 형성의 기본 토대이고, 마을은 지연집단의 최소 단위로서 공동체문화의 기본 토대라고 할 수 있다.[11] 여기서 가족문화의 물리적 기반이 가정과 가족이며, 공동체문화의 물리적 기반은 마을과 다양한 조직으로 구성된 공동체인 것이다. 따라서 기호적 경험인 공동체문화가 공동체에 많은 제약을 받게 되고, 물리적 경험 영역인 공동체는 자연적, 사회적, 역사적 영향을 받아 변화될 수밖에 없다.

오늘날 가족공동체와 마을공동체가 시기나 지역에 따라 다르고 다양한 모습으로 변화되어 지속되고 있다. 그러한 까닭에 이들 공동체를 특정 시기나 지역을 대상으로 치밀하게 검토하는 것이 바람직하다. 그렇지만 오늘날 공동체가 다양하게 1~4차 산업과 연계되어 복합적으로 존재하고 있는 것이 현실이고, 공동체의 지속과 변화를 파악하기 위해 과거완료(1차 산업) → 과거(2차 산업) → 현재(3·4차 산업)의 흐름에 맞추어 공동체의 실상을 파악하는 것도 하나의 방법이 아닌가 한다.

3. 가족공동체의 기호적 확산과 통합

일반적으로 가족(家族)은 가구(家口)나 식구(食口)의 명칭과 혼용되어 사용하고 있는데, 가족이 건조물이자 집 안이라는 공간적인 개념을 지니고 있는 집

(家)과 겨레와 무리라는 개념을 지닌 족(族)의 합성어로서 '집 안에 거주하는 무리'라는 의미를 지닌 구성원적인 개념이다. 그러한 까닭에 '집 안에 입을 가진 사람'으로서 가구나 '먹는 입을 가진 사람'으로서 식구라는 말도 바로 여기에서 비롯되는 개념이다. 《한국민속학개설》에서 가족을 "결혼에 의해 결합된 부부와, 이 부부의 자녀를 구성원으로 주거를 공동으로 하며, 경제적으로 하나의 단위를 이루는 것"이라고 정의한다.[12] 이와 같은 내용을 토대로 보면, 가족이 한 울타리 안에 거주하는 ①혈연집단의 구성원, ②공동주거생활의 구성원, ②공동경제생활의 구성원 등을 지칭하는 말임을 알 수 있다. 따라서 가족 형성은 다름 아닌 정착생활을 바탕으로 한 주거방식과 생업구조 등의 물리적 기반이 중요한 역할을 한 것으로 파악된다. 그 가운데서도 가장 핵심적인 것이 바로 생업방식이다.

인간은 기본적으로 탄수화물과 단백질을 섭취하는 것을 식생활의 과제로 삼아왔다. 선사시대 이래로 수렵채취시대에 남자들의 사냥활동과 여자들의 식물채집이 탄수화물과 단백질을 확보하기 위한 생활방식이었다. 그러다가 신석기 후기부터 이동에서 정착의 생활이 본격화되면서 농사를 지어서 탄수화물을, 가축을 길러 단백질을 섭취하게 되었다. 이것은 인간의 생업방식의 변화를 통해서 이루어진 것이다. 농경사회에서 인간의 생업방식이 기본적으로 자연환경에 의해 결정된다. 여기서 자연환경은 기후와 공간 조건을 말하고, 즉 건조하고 눈이 많거나, 습하고 비가 많든지, 사계절의 변화에 따라 생업 방식이 결정되고, 산이 많거나 평지가 많은가에 따라 생산물이 결정된다. 이러한 생업방식이 삶의 주거공간을 결정하는데도 중요한 역할을 한다. 그것이 가족 형성에도 당연히 영향을 미치기 마련이다. 이와 같이 민속에서 가족은 농경사회라는 물리적 기반을 근거로 개념화된 것으로, 울타리라는 물리적 경계를 가진 가정(家庭)이라는 공간 속에서 생활하는 혈연적이고, 공동의 주거생활과 경제생활을 영위하는 구성원을 일컫는 말이다. 따라서 가족의 개념에서 그 대상이나 삶의 내용이 생업방식의 변화에 따라 달라진다는 것을 알 수 있다.

1) 농업노동이 중심이 되는 농경사회의 대가족

농경사회에서 농업노동은 생산과 삶의 방식 그 자체이었다. 농사를 지으려면 무엇보다도 계절을 잘 파악할 수 있어야 하고, 계절에 따라 삶의 방식이 달라지기 때문이다. 그것은 바로 공간상에서 이동의 경험을 은유적으로 개념화한 시간을 바탕으로 하고 있음을 알 수 있는데, 시간이 흐르면 계절이 변화되고 그에 따라 농업노동의 방식을 선택한다. 농업노동이 전적으로 시간 인식에 따라 결정됨을 알 수 있다. 농경사회에서 인간의 욕망은 무엇보다도 농사의 풍요이다. 그것은 인간이 적절한 시간의 활용과 공간 이용을 통해서 이루어지기 때문에 시간 인식 능력과 많은 것을 채울 수 있거나 많은 농사를 지을 수 있는 공간이 가치화되기 마련이다. 농사지을 공간을 많이 확보하려는 것도 이러한 인식에서 비롯된다. 즉 농경사회에서 풍요가 농업노동을 수행할 수 있는 시간 인식능력과 공간 확보능력을 갖춤으로서 이루어진다는 것을 말한다. 농업노동에서 중요한 것이 시간에 따라 효율적으로 활용할 수 있는 충분한 인력 확보이다. 대가족이 필요한 이유도 여기에 있다.

대가족(extended family)은 가족의 구성원 수가 가정마다 다르겠지만 최소한 3세대가족이면서 6인 이상의 가족을 말한다. 대가족이 남성 중심의 수직적 관계를 통해 질서화 되고, 특히 17세기 후기에 주자학이 양반은 물론 서민층까지 확대 보급되면서 반친영제의 정착과 더불어 부계 중심의 질서가 강화되었다.[13] 특히 가장이 가족을 외부에 대표할 수 있는 대표권, 가족 구성원을 지휘 감독할 수 있는 가독권, 집안의 모든 재산을 관리할 수 있는 재산권, 조상에 대한 제사를 받들 수 있는 제사권[14] 등을 총괄할 수 있는 권한을 가지고 있고, 그것을 통해 대가족을 유지해 나간다. 그렇기 때문에 대가족은 가장 중심으로 생활이 이루어질 수밖에 없다. 대가족에서 남자와 여자의 성별은 생물학적인 개념이고, 조부모, 부모, 삼촌, 고모, 형제, 남매 등을 호칭하는 친족 명칭은 사회학적 개념이다. 하지만 삶의 태도나 방식은 아버지와 아들, 엄마와 딸이라고 하는 생물학적 관계를 통해 전승되고 학습된다. 이것은 남녀구분과 상하관계라고 하는 수직적 구조의 의사소통방식을 토대로 가족문화가 형성되고 있음을 보여주고 있는 것이다. 따라서 대가족의 가족문화의 물리적 기반이 농업노동과 부계 중심의 수직적 구조에 따른 의사소통방식이라고 할 수 있다. 덧붙여서 대가족문화와 연계하여 우리라는 말에 대한 관심도 가질 필요가 있다.

인간은 본능적으로 충분한 삶의 공간을 확보하려는 본능을 가진 동물이다. 동물들이 자기들의 영역을 표시하는 것도 이와 같은 본능의 표현이다. 가족은 물리적 경계인 울타리 안에 거주하는 구성원으로, 울타리가 가족의 생활을 보호할 수 있고, 가족이 울타리에 많은 제약을 받는다. 가족의 경계가 바로 울타리인 것이다. 우리의 개념이 대가족에서 비롯된 것으로, 울타리 안에 거주하는 가족을 모두 우리라고, 즉 구체적 대상이고 물리적 경계인 울타리 안에 거주하는 사람을 말한다. 이는 그릇 도식을 근거로 한 방이나 컵이 안과 밖이 서로 다른 성격을 지니고 있는 것처럼, 울타리 안의 사람이 나와 친밀한 사람이고, 울타리 밖의 사람은 나와는 거리가 먼 사람을 의미한다. 이것은 우리의 어원이 울타리의 '울'에서 비롯되었음을 보여주는 지점이다.

이처럼 우리의 개념이 가족의 혈연적인 개념으로부터 비롯되었고, 타인이 아닌 '내 편'의 의미를 지니면서 지연적인 개념으로 확장된 것으로 보인다. 즉 우리라는 말이 내 편으로 내가 소속한 집단이나 공간 등을 지칭하는 말로 사용되고, 그러한 예로 우리 집, 우리 식구, 우리 회사, 우리나라, 우리 동네, 우리 고향 등이 그것이다. 이것은 인간이 공동체를 지향하고 확장하려는 의도에서 비롯되는 것으로, 공동체 지향 의식이 반영된 개념이 바로 우리라는 것을 보여주고 있다. 뿐만 아니라 울타리가 인간이 삶의 공간을 확보하고 가족을 보호하는 것뿐만 아니라 가축을 지킬 수 있는 수단으로 만들어진 인공물이기도 하다. 그것은 울타리 안에 함께 거주하는 모든 동물도 가족이고 우리가 될 수 있음을 말한다.

2) 산업노동에 근거한 산업사회의 핵가족

산업사회는 산업노동을 물리적 기반으로 대량 생산과 소비를 가능하게 하고, 대중매체와 교통·통신 체계의 발달을 통해 계층 간의 수평적인 의사소통이 다양하게 이루어지도록 한다. 산업사회가 대량생산을 강조하고 기술집약적 산업을 중시한 까닭에 농촌인구의 감소와 도시화가 가속화 되며, 농경사회의 가정이나 마을에서 행해졌던 유희적, 의례적, 종교적 기능이 도시로 이행되는 결과를 가져오게 하였다.[15] 게다가 농경사회에서 농업노동이 생산과 삶의 방식 그 자체였지만, 기술 중심의 산업노동은 노동력을 판매하는 도구이자 삶의 맥락이 배제된 노동을 상품화시키기도 했다. 노동 상품은 기술을 토대로 하고 대량생산에 적합한 기술집약적인 노동방식이다.[16] 노동의 상품화가 곧 시간이 물질적으로 개념화되었음을 의미한다. 시간이 자원으로, 특히 돈으로 개념화 된 것은 서구문화의 가장 현저한 특징이지만,[17] 그것은 산업사회가 본격화되면서 이루어진다. 노동자가 노동력의 대가로 임금을 받는데, 노동의 양이 시간의 양이고, 시간의 양은 임금이다. 이것은 시간이 물질이고, 자원은 곧 시간이라는 개념에 근거한다. 산업사회에서 상품의 생산과 저장이 가능한 건조물적 공간의 중요성 때문에 농업노동의 공간을 기호적 전이를 통해 건조물적 공간으로 변화시킨 것이다. 즉 농토보다는 공장과 창고 등 다양한 건조물적 공간의 가치가 확대되는 결과를 가져오게 하였다. 이러한 환경 속에서 등장한 새로운 형태의 가족 유형이 핵가족(소가족)이다.

핵가족(nuclear family)은 부부와 결혼하지 않은 자녀로만 구성된다. 어느 사회나 가장 기본적인 가족 형태로서, 그 규모가 5인 이하의 가족이 많고, 대가족처럼 가계계승이나 살림살이 경영권이 계승되지 않는다. 핵가족이 산업사회에서 확산된 것은 산업노동을 물리적 기반으로 삼고 있는 것과 밀접한 관련이 있고, 농경사회의 대가족과 다른 점은 부모의 직업을 계승하는 경우가 많지 않다는 점이다. 그것은 직업을 계승보다도 선택의 측면에서 인식하는 것이고, 그러한 인식이 가족문화 계승에도 적지 않은 영향을 미치고 있다. 핵가족이 농촌인구의 도시 이동과 1960년대부터 가족계획사업이 추진되면서 확산되었다. 핵가족은 농촌보다도 도시의 전형적인 가족 형태가 되었고, 공동체보다도 개인적이며, 대가족보다도 수평적인 의사소통의 구조가 확대되는 것이 특징이다. 이러한 핵가족의 확산과 더불어 대중매체와 통신의 발달이 일방의사소통 방식의 확대 그리고 물리적이고 심리적 공간이동의 단축을 초래하고, 시간의 속도 중요성을 인식하는 계기를 만들기도 했다.

3) 조작노동이 강화되는 지식정보산업사회의 수정가족

지식정보산업사회는 정보통신의 발전으로 다양한 산업에서 정보화가 이루어진 사회로서 지식정보를 주요자원으로 하는 사회이다. 그렇기 때문에 지식정보산업사회가 다양한 정보의 생산, 유통의 급격한 증대, 정보기술의 고도화 등을 중요시 하는 사회인 것이다. 특히 정보와 지식의 가치가 높아지면서 정신적 노동이 급격히 증가하고, 물질적 생산 중심에서 정보와 지식의 생산으로 이동하는 사회를 말한다.[18]

뿐만 아니라 조작(操作)노동이 확대되어 노동의 가장 원초 형태인 육체노동이 점차 줄어드는 사회이고, 여기서 조작노동은 기계나 컴퓨터 등의 기기(器機)를 조종하는 노동이다. 무엇보다도 이 사회가 시간을 초월하여 공간을 확대하는 삶을 추구하고, 시간을 단축하고 압축하는 질적인 변화를 추구한다. 즉 시간을 물질로서만 인식한 것이 아니라 속도의 중요성을 인식하게 된 것이다. 속도가 시간의 양을 줄이고, 공간의 이동을 단축시키는 역할을 하기 때문이다. 공간 이동의 단축은 담장이나 시군구의 경계, 국경 등 삶의 물리적 경계를 허물고, 통합적 공간의 삶을 확대시킨다. 공간 인식의 변화가 교류와 소통이 자유롭게 이루어지는 유통 공간의 가치가 확대되는 결과를 갖게 한다. 이러한 변화 속에서 대가족과 핵가족을 변형시킨 수정가족이 등장하게 된 것이다.

수정가족(modified family)은 공동의 경제생활과 주거생활이 일치하지 않는 변형된 가족유형이다.[19] 수정가족이 외형적으로 대가족에 대한 향수를 충족하고, 핵가족의 한계를 극복하려는 심리적 가족공동체로 보이지만, 현실적으로는 육아문제를 해결하고 경제적 결핍을 보완하려는 인식에서 비롯되는 경우도 있다. 이것은 크게 두 가지 측면에서 생각할 수 있는데, 먼저 주거생활은 독립되어 있지만 경제생활이 그렇지 않는 경우이다. 농촌에서 핵가족의 형태로 노부부는 농촌에서, 자녀부부가 도시에서 각각 생활하면서 경제적인 지원을 주고받다가, 명절 기간 동안 일시적이나마 도시나 농촌에서 대가족 형태로 통합되어 생활한다. 이러한 경우는 도시에서도 마찬가지이다. 예컨대 2층 단독주택에서 아래층에 시부모가, 위층에 아들 내외가 살거나, 아파트에서는 시부모가 앞집이나 위층에 살거나, 혹은 한 아파트 단지에 거주하는 경우가 있다. 두 번째는 도시에서 핵가족의 형태로 각각 독립적으로 생활하면서 대가족의 심리적 울타리를 갖추고 사는 경우이다. 이것은 가정의 물리적 경계를 극복하고 심리적 공감장으로 통합하려는 의도에서 비롯된 것이다. 부모나 자녀들이 어느 정도 독립생활을 보장하면서 왕래가 자유로운 곳, 즉 같은 아파트 단지에 집합적으로 거주하면서 왕래한다.

수정가족은 전통적인 가족의 개념을 변화시키고 있다. 즉 가족의 물리적 경계에서 정서적 공감장으로[20] 변화된 개념이 그것이다. 농경사회에서 가족이 구성원이 소통하고 공유하는 공간에 주안점을 둔 개념이라면, 지식정보 산업사회는 공간보다도 소통할 수 있는 구성원에 초점을 두고 있다. 혈연가족을 초월하여 서로 소통하고 공유할 수 있는 사람을 중요시 여기고 있는 것이다. 최근 들어 핵가족이 자녀 없이 부부로만 구성되기도 하고, 1인 가구로 구성되는 경우가 많아지면서 반려동물을 인격화시켜 가족으로 인식하기도 한다. 이처럼 가족의 개념이 혈연 중심적이고 물리적 경계가 아닌 정서적 공감장을 근거로 확대되고 있음을 확인할 수 있다. 이러한 것은 정보화로 인한 다양한 형태의 가상공간이 형성되는 것과 밀접한 관련이 있고, 특히 인터넷이나 스마트폰이 가족들 간의 쌍방의사소통을 가능하게 함으로서 가족과의 물리적 경계를 극복해주고 있는 것이다.

4. 마을공동체의 기호적 전이와 확장

마을은 각 가정의 공간이 결합되어 형성된 공동체적 공간에 국가의 영향력이 미치는 최소단위이자, 오랜 역사성을 지닌 자연집단이고 사회집단이다. 마을이 기본적으로 추운 겨울에 북쪽의 바람을 막아줄 수 있어야 하고, 식수나 농업용수로 사용할 수 있는 물이 풍족한 곳에 형성되며, 무엇보다도 농사 지을 수 있는 삶의 터전이 있는 곳에 형성된다. 그러면서 이웃마을과 소통하며 다양한 정보를 주고받을 수 있는 곳을 이상적인 공간으로 인식되어 왔다. 마을은 농경생활과 정착생활이 이루어지면서 본격적으로 형성되는데, 신라시대의 마을이 호수나 인구를 기록하고 있고, 출생자와 사망자, 전출자 등이 기록되어 있으며, 징병 과세의 단위가 마을 단위로 기록되어 있는 것으로 보면[21] 마을이 중요한 생활공동체이었음을 알 수 있다. 마을이 생업공간과 주거공간의 기능을 기본으로 여가생활의 유희적 공간이자, 민속신앙의 종교적 공간이고, 혼례식과 장례식이 거행되는 의례적 공간 등의 역할을[22] 하고 있기 때문이다. 마을은 삶의 협력공간으로서 집단의식과 공동체적 가치를 중요시 여기고, 공동체적 삶의 질서를 중요시 여길 수밖에 없는 곳이다.

인간은 사회적 존재로서 경험의 유폐성을 극복하기 위해 다양한 소통을 통해 자기 욕망을 실현할 수 있는 공동체적 경험에 대한 강한 욕구를 가지고 있다. 그래서 마을이 여러 집이 모여 생활하는, 즉 공통의 생활공간을 근거로 삶의 다양한 공동체로 구성되어 있는 것이다. 마을공동체는 기본적으로 동일한 공간을 근거로 개인적인 이익을 기반으로 하고 있다는 점에서 공통적이지만, 공동체가 지향하는 목적에 따라 그 성격이 다르다. 마을공동체가 공통의 생활공간이라고 하는 물리적 기반과 공동체의 지향 목적에 따라 크게 제약을 받는다는 것을 말한다. 마을공동체를 크게 구성적 공동체(constituve community)와 도구적 공동체(instrumental community)로 구분할 수 있는데, 구성적 공동체가 공동의 실천과 목적, 도덕적 성원의식을 기반으로 하고, 도구적 공동체는 개인적 이익을 추구하는 것을 기반으로 한다.[23] 마을의 구성적 공동체로 가족과 촌계가 있고, 그 가입은 강제성을 지니지만, 그 차이는 가족이 혈연을 기반으로, 촌계가 가족을 초월한 지연을 기반으로 한다는 점이다. 도구적 공동체는 상호간의 친목을 도모하거나 상부상조를 목적으로 하는 계(契)로서 가입은 대체로 개인의 자유의사에 따라 이루어진다. 그러한 예로 친목계, 혼상계, 상부계, 서당계, 동갑계, 화수계, 낙찰계 등이 있다. 이러한 구성적 공동체와 도구적 공동체가 마을마다 시기마다 다소 차이가 있지만, 마을에 거주하려면 다른 공동체보다도 촌계와 상부계에 반드시 가입하는 것이 관행처럼 여겨지는 경우도 많다.

하지만 구성적 공동체와 도구적 공동체가 그 물리적 기반인 농업노동 → 산업노동 → 조작노동으로, 즉 생업방식의 변화에 따라 소멸되거나 변화되어 지속되기도 한다. 그것은 1960년대 이후 도시화가 마을의 인구 구성을 바꾸고 인구를 감소시킨 것과 밀접한 관련이 있고, 특히 1970년대 새마을운동은 이러한 현상을 더욱 가속화시켰다. 따라서 전통적인 농촌마을, 1970년 이후의 새마을, 그리고 지자체가 본격화되는 1995년 이후의 문화마을로 구분하여 공동체의 지속과 변화 실상을 파악할 필요가 있다.

1) 농촌마을의 촌계 그리고 두레와 상부계

농촌마을의 대표적인 구성적 공동체가 촌계, 도구적 공동체가 두레와 상부계이다. 이들 공동체는 마을이나 시기마다 명칭이나 그 성격이 다르지만, 공통의 생활공간을 물리적 기반으로 하고 있다는 점에서는 유사하다. 촌계가 신앙공동체이면서 놀이공동체이고 예능공동체이며, 공동체생활 전반을 통제하고 수행하는 역할을 한다.[24] 그렇기 때문에 마을사람들이라면 의무적으로 촌계의 구성원이 되어야 하고, 마을에 새로 이주해온 사람은 규칙에 따라 정해진 기금을 내고 촌계의 계원이 된다. 촌계가 마을신앙을 주관하고, 도로 및 우물 등 공공시설을 보수하고 관리하며, 두레와 같은 공동노동조직을 주관하기도 한다.[25] 그러한 점에서 촌계는 공동의 도덕적 의식을 바탕으로 공동의 목적을 실현하려는, 즉 마을 공간을 근거로 쌍방의사소통을 통해 강한 결속력을 구축하는 공동체인 것이다. 촌계의 임원이 마을의 행정적이고 공동체적인 임원의 역할을 겸하는 경우가 대부분이기 때문에 마을회의를 통해 선출된다.

촌계가 마을의 공식적 조직에 해당하고, 비공식적 조직인 두레와 상부계에도 적지 않은 영향을 미치기도 한다. 두레는 많은 노동력을 필요로 하는 벼농사에서 모심기를 시작할 무렵에 결성되고, 김매기가 끝나면 해체되는 노동공동체이다. 그리고 상부계는 상장례를 원활하게 거행하기 위한 것을 목적으로 결성된 의례공동체이다. 이 두 공동체는 공간상 이동의 은유적 시간을 바탕으로 생산적인 의미로서 공간적 가치를 중요시하는 관념이 바탕이 되고 있다. 두레와 상부계가 어떠한 도구적 공동체보다도 유기적인 연대감이 강하기 때문에 벼농사를 짓고 부모를 모시고 있는 가정에서는 반드시 가입해야 한다. 그것은 준강제성의 성격을 지닌다는 점에서 강제성이 강한 촌계와 유사하다. 하지만 촌계가 신앙공동체와 놀이공동체 혹은 예능공동체로서 역할이 약화되더라도 변화되어 지속되지만,[26] 두레는 일제강점기에 약화되어 1970년대까지 두레풍물굿을 통해 파편적으로 지속되다가 소멸되고,[27] 상부계는 장례전문예식장이[28] 등장하면서 약화되기 시작하였다.

이와 같이 농촌마을의 공동체가 강한 결속력을 구축하고 유기적인 연대감을 강화시켜 공동체의식을 발현시키고, 집단적인 가치를 중시하는 공동체문화를 형성하는 물리적 기반의 역할을 하고 있음을 알 수 있다. 그러한 공동체는 공통의 생활주거공간과 농업노동이라고 하는 공통의 생업방식을 물리적 기반으로 삼는다. 즉 공통의 생활주거공간과 농업노동이 공동체 형성에 많은 제약을 하고, 공동체 의식과 문화는 공동체에 의해 결정된다는 것을 의미한다. 따라서 공통의 생활주거공간과 생업방식의 변화가 공동체의 변화를 초래하고, 그에 따라 공동체 의식과 문화가 변화된다는 것이다. 이것은 모두 물리적 기반의 계기적 변화를 통해 기호적 경험이 끊임없이 변화되는 것을 보여준다.

2) 새마을의 마을총회 그리고 작목반과 농협

새마을운동은 1970년 4월 22일 '새마을가꾸기운동'을 주창하는 관주도의 운동이 1980년 〈새마을운동조직육성법〉에 의한 새마을운동중앙본부가 설립되어 민주도의 운동으로 전환되고, 2011년 〈새마을운동조직 육성법〉에 의해 '새마을의 날'이 국가기념일로 제정되는 과정을 통해 전개되어 왔다. 특히 1970년대 새마을운동이 마을환경개선사업을 비롯하여 영농기반사업, 정신계발사업과 생산소득사업 등으로 확대되나, 실질적으로 농가의 소득증대는 큰 효과를 거두지 못한다. 오히려 1979년에 이르러 농촌인구 1/3이 감소하고, 농촌에 장·노년층과 부녀자들만 남게 되는 이농현상이 심화되었다. 그리고 1980년대 전두환 정권이 새시대 정신혁명운동으로 승화시킨다는 국민운동으로 새마을운동의 확장과 보편화를 강조하지만,[29] 이러한 일련의 과정에서 무엇보다 중요한 것은 새마을운동이 농촌마을은 물론 도시에 이르기까지 적지 않은 영향을 미쳤다는 사실이다.

새마을운동이 중요한 사회적, 국가적 이념의 역할을 하면서 마을공동체도 많은 변화가 이루어졌다. 특히 1970~1980년대는 마을의 전통적인 공동체가 약화되고 새로운 공동체가 조직되어 활동하는 시기이다. 구성적 공동체인 촌계가 신앙이나 노동, 의례적인 기능이 약화되어 공식적 조직인 마을총회로 변화되고, 그러면서 마을총회는 노인회, 부녀회, 청년회 등 공식적인 조직과 상보적 관계 속에서 활동한다.[30] 마을의 노인회가 1980년대부터 활성화되었고, 청년회는 4H(知·德·勞·體)운동이 1973년 새마을운동과 결합된 조직이다. 그리고 부녀회가 1980년 새마을운동중앙회가 발족되면서 마을 단위까지 조직되었는데, 농촌여성이 가부장적 관념 아래 사회·경제적 지위가 매우 낮았기 때문에 이를 개선하기 위해 구성되었다.[31] 이와 같이 마을의 노인회나 청년회, 부녀회 모두 새마을운동과 밀접한 관련이 있음을 알 수 있다. 새마을운동과 더불어 두레의 소멸과 상부계의 약화를 비롯한 도구적 공동체의 축소가 이루어고,[32] 새로운 공동체 작목반이[33] 결성된다.

작목반은 1970년부터 산지 생산·유통의 기초 조직으로서 농협에 의해 육성되어 왔지만, 1980년 전후에 쌀 작목반이 해체되어 새마을영농회로 흡수되고, 원예와 축산 등 이른바 성장작목 중심으로 전환된다. 이것은 상업적 영농에 대한 관심을 갖게 하는 계기가 되었다.[34] 그러면서 1980년대 중반 이후 작목반이 활성화되어 채소, 원예, 축산, 과일 등의 작목으로 확대된다. 작목반이 한 마을 내지는 2~3개 마을 단위로 이루어져 지역적 범위로 확대되기도 하고, 전국적인 협회로 발전하기도 한다.[35] 이러한 작목반은 새로운 형태의 노동공동체이면서도 친목을 도모하는 경제적 이익을 추구하려는 도구적 공동체의 성격을 지니고 있는 것이다.

새마을운동은 산업노동을 기반으로 한 산업사회와 밀접한 관련이 있다. 산업화가 농업, 농촌, 농민의 희생을 통해 공업화와 도시화를 추구하는 방향으로 전개되었기 때문이다. 산업사회는 노동이 상품화되고, 시간의 물질적 개념이 확대되며, 건조물적 공간의 가치를 중요시 여기는 사회이다. 이러한 사회에서 농촌의 경제적 침체를 극복하려 한 것이 1970~1980년대 새마을운동의 소득증대 사업이다. 1971년에 장기 저리의 정부 융자 공급, 국산품 수급 원칙 아래 농기계가 대량으로 공급되기 시작하고, 1974년 새마을 소득증대 특별사업을 시행하면서 특용작물, 원예작물, 양송이, 밤, 표고 등 21개 품목을 지정하여 추진된다. 그리고 1980년대에도 영농구조 개선사업과 과학영농, 협동생산, 유통구조 개선사업 등과 함께 소득증대 특별사업이 추진되었다.[36] 이러한 과정에서 농협이 국가 정책의 교량역할을 하면서 마을에 많은 영향력을 행사한 것이다. 예컨대 농협이 신품종 보급, 비료와 농약 공급, 각종 농자재 보급과 농업 기계화, 금융 공급 등을 주관하고 지원했다. 이에 따라 마을사람들에겐 농협의 가입이 선택이 아닌 필수와 같은 것이 될 정도로, 농협이 마을공동체에도 적지 않은 영향을 미쳤을 것으로 보인다. 실질적으로 농협이 마을의 도구적 공동체의 역할을 대체하는 데서 확인할 수 있다.

3) 문화마을의 마을총회 그리고 영농조합법인과 협동조합

1995년 민선 지방자치 부활 이후 문화체육관광부와 농림축산식품부가 지자체와 연계한 문화역사마을, 문화마을, 농촌관광마을 등의 〈마을 만들기 사업〉이 본격화되었다. 이 사업은 생태, 역사, 문화적 자원을 활용하여 농촌경제의 활성화를 도모하기 위한 마을문화상품을 만드는 것이다. 각 부처나 지자체마다 사업의 명칭만 다를 뿐 핵심은 문화마을 만들기라고 할 수 있다. 예를 들면 〈문화역사마을 가꾸기 사업〉은 방문자를 유도하여 경제적 자립이 가능한 마을을 만들기 위해 문화체육관광부가 예산을 지원하고 한국문화원연합회와 지방문화원들이 참여하는 사업으로, 2009년 13개 마을이 역사문화자원을 어떻게 활용할 것인가에 주안점을 두고 있다.[37] 이러한 사업이 도시에서도 이루어졌고, 〈2006년 성남의 우리동네문화공동체만들기 사업〉을 통해 공동체의식이 한 지역에서 거주 기간이 길수록 증가하고, 거주자들의 협력적인 활동이 형성되는 장이 마련된 경우에 형성되며, 문화시설 공간의 쾌적한 환경 유지가 공동체의식을 증가시키는데 도움이 된다는[38] 결과를 보여주고 있다. 그리고 2009년 이후 아시아문화중심도시 사업의 일환으로 추진되는 〈광주광역시 양림동문화마을 만들기 사업〉 등이 대체로 자연마을이 아니라 동(洞)의 규모로 이루어지는 경우가 많았다. 그렇지만 2014년 이후 2017년까지 〈문화특화지역 문화마을 사업〉은 마을 공간에 기반을 둔 문화공동체를 만들어갈 수 있는 농촌과 도농복합지역의 32개 마을을 선정하여 진행되었다.

문화마을은 마을사람들이 일과 주거가 공존하는 곳이나, 혹은 분리되더라도 주거생활과 여가생활이 공존하는 곳에서 과거의 문화를 통해 현재의 문화적인 의미를 파악하고, 미래의 문화를 창출할 수 있는 마을이다. 문화마을의 구성적 공동체가 노인회, 청년회, 부녀회를 통합한 공식적 조직인 마을총회이고, 도구적 공동체인 작목반은 영농조합법인으로 전환되고, 생산자의 이익을 보호하고 확대하기 위한 협동조합으로 발전되기도 한다. 영농조합법인의 출발은 작목반에 있고, 수도작 이외의 작물들의 상업화가 진전되고 사업적 성격이 강화되면서 지역단위 농민들의 다양한 결집체로 성장하기 시작했다. 그래서 생산과정과 판매사업 등을 공동으로 하고, 유통과 가공을 결합하려는 움직임으로 나타나기도 한다.[39] 그리고 협동조합은 2012년 협동조합기본법이 제정되어 발기인 5인 이상이면 설립할 수 있도록 완화되면서 결성된 농업생산조직체이고, 농산물을 공동으로 판매할 수 있는 생산조합의 성격이 강하다. 이것은 농업 생산조건의 변화와 더불어 농업 생산주체도 변화하고 그에 따라 새로운 농업 생산조직들이 등장하고 있는 것을 보여주고 있는 것이다. 여기서 중요한 것은 마을총회가 공통의 생활공간을 근거로 구성원들의 결속력이 강하다면, 영농조합과 협동조합은 생활공간을 초월한 외부인과의 연대감이 강하다는 점에서 차이가 있다.

문화마을에서 구성적 공동체인 마을총회가 농촌마을 촌계의 전통을 이어가고 있는 것은 공식적 조직의 성격을 지니고 있기 때문이고, 촌계의 기호적 전이를 통해 변화되어 지속된다. 도구적 공동체는 개인적 이익을 추구하는 것이 공통적이지만 그 방식과 형태가 변화되고 있다. 예컨대 두레가 작목반으로, 작목반이 영농조합법인으로 변화되고, 마을에서 지역으로 혹은 전국적으로 확대되며, 협동조합의 증가가 그것이다. 이러한 것은 인간의 욕망을 실현하려는 기호적 확장을 통해 도구적 공동체가 경제적 이익을 추구하려는 경향에서 비롯된다. 즉 문화마을의 공동체 변화가 농업 생산 환경의 변화, 즉 농기계의 확대와 자동화에 따른 대단위 농지 경영, 소품종 벼농사 중심에서 다양한 농산물 재배로 확대, 생산자와 소비자 간의 직거래 등이 실현되면서 이루어진 것이다. 이것은 근본적으로 공간상의 이동이나 물질보다도 속도가 강화된 은유적 시간관념을 바탕으로 농업노동이나 산업노동보다도 조작노동을 중시하게 되고, 생산이나 건조물적 공간보다도 유통이나 온라인 공간을 더욱 가치화시키는 것을 토대로 하고 있다.

오늘날 문화마을 공동체는 마을의 인구 구성에 따라 크게 영향을 받는데, 과거에 비하면 인구의 감소, 남성보다도 여성 인구 증가, 고령화가 심화되고 있고, 구성원의 출신, 이주, 직업 등의 성향에 따라 영향을 받기도 한다. 특히 마을구성원이 원주민, 귀향인, 귀농인, 이주민 등으로 확대되고 있다.[40] 무엇보다도 이주여성에 대한 관심을 가질 필요가 있는데, 1990년 후반부터 국제결혼의 증가와 결혼이민자들의 정주화가 본격화되고, 2006년에 처음으로 다문화가족지원센터가 지방자치단체 차원에서 운영되기 시작하면서 마을 공동체 구성에도 영향을 미치고 있기 때문이다. 이러한 환경은 공동체의 역할과 성격의 변화를 초래하기도 한다.

5. 공동체의 변화 요인

이와 같이 인간은 경험의 유폐성을 극복하기 위해 끊임없이 의사소통의 노력을 강구해왔는데, 그것은 공동체의 결성으로 이어졌고, 공동체가 물리적 기반의 변화에 따라 다양한 모습을 보여주고 있는 것을 확인할 수 있었다. 이러한 변화의 요인을 크게 두 가지 방향으로 정리할 수 있다.

먼저 농촌마을의 노동방식이 공동체 변화에 많은 영향을 미친다. 1970년까지만 해도 농촌마을의 노동방식은 자연의 변화에 따른 육체노동이 주류였지만, 새마을운동과 산업화 그리고 도시화가 가속화되는 1970~1980년대는 농기계의 확대가 이루어지고 원예농업이 본격화되는 시기다. 2차 산업이 발달하여 농기계가 육체노동을 대신하고, 온도 조절능력을 갖춘 각종 농자재가 생산되면서 농업의 변화가 가속화되었다. 지방자치가 본격적으로 이루어지기 시작한 1995년 이후부터는 농산물의 생산에만 그치는 것이 아니라 농산물의 가공과 유통을 요구하게 된다. 그에 따라 조작노동을 바탕으로 한 농기계의 발달과 첨단정보기술농법이 확대되고 있다. 농업이 단순히 육체노동으로만 이루어지는 것이 아니라 산업노동과 조작노동을 가능케 하는 정신노동을 요구하고 있는 것이다. 정리하자면 노동방식이 농업노동 → 산업노동 → 조작노동으로 변화되어 확대되고 있음을 보여주고 있다.

일반적으로 노동방식이 산업과 밀접한 관련이 있고, 그것은 사회의 성격을 규명하는데 중요한 역할을 한다. 예컨대 농경사회가 1차 산업 농업이 주업이고, 농업의 육체노동을 물리적 기반으로 한다면, 산업사회는 2차 산업 제조업이 중심이고, 대량생산과 노동의 상품화에 따른 기술집약적 산업노동을 물리적 기반으로 한다. 그리고 지식정보산업사회가 3차~4차 산업인 서비스업과 정보산업이 주류이고, 육체노동보다도 정신노동이 강화되는 조작노동을 물리적 기반으로 한다. 이처럼 노동방식의 변화가 가족공동체의, 즉 대가족 → 핵가족 → 수정가족으로의 변화를 초래하고, 마을공동체의 구성적 공동체인 촌계가 노인회-청년회-부녀회를 포괄한 마을총회로, 친목 및 의례적 기능의 도구적 공동체는 약화되지만, 공동 노동과 생산의 기능을 수행하는 도구적 공동체가 두레 → 작목반 → 영농법인으로 변화되는데 영향을 미쳤다.

노동방식의 변화가 시간과 공간 관념을 변화시키고, 이것은 시간과 공간 관념 변화가 노동방식에 영향을 미치기도 한다는 것을 의미한다. 시간은 그 자체로 개념화되는 것이 아니라 공간상에서 운동과 사물에 근거한 은유적 인지과정과 사건들과 상호관계에 근거한 환유적 인지과정에 의해서 형성된다.[41] 여기서 가장 근원적인 시간 개념화 근거가 공간상의 이동과 사건이고, 그것은 다름 아닌 인간의 노동이 가장 원초적인 근거가 되는 것이다. 노동은 과거로부터 오늘에 이르기까지 인간 생존의 중요한 조건이고, 노동에서 효율성을 높이기 위한 도구가 바로 시간이었다. 즉 농업노동을 기반으로 하는 농경사회는 공간 이동적 시간관념, 산업사회가 물질 중심의 시간관념, 지식정보산업사회는 속도 중심의 시간관념을 갖게 되었던 것처럼 시간에 대한 인식이 변화되었다. 특히 속도 중심의 시간관념이 물리적 공간경계를 극복하여 공간을 통합하고, 가상공간의 삶으로 확장시키는데 중요한 역할을 하였다. 이러한 시간관념의 변화가 공간 가치의 변화에도 영향을 미친다. 농경사회는 농산물의 생산 공간, 산업사회가 건조물을 구축할 수 있는 공간, 지식정보산업사회는 다양한 물질을 유통할 수 있는 공간이나 가상공간이 중요한 가치를 갖게 한다. 즉 시간관념의 변화가 생산적 공간 → 건조물적 공간 → 유통 공간/가상공간의 가치로 변화시킨 것이다.

두 번째로 공공정책이 공동체의 변화에 적지 않은 영향을 미친다. 마을의 공동체가 노동방식에 따라 크게 변화되지만, 이것은 어디까지나 생산조건의 환경 변화와 맞물려 있다. 생산조건이 노동방식에 많은 영향을 미치고, 그 것은 생산조직인 마을공동체에도 영향을 미치기 마련이다. 농경사회의 생산 조건으로 자연환경이 크게 작용하지만, 산업사회와 지식정보산업사회의 생 산조건은 상당부분 인공적으로 극복되면서 노동방식이 변화되고, 그에 따 라 공동체도 변화된다. 특히 생산조건의 변화가 국가나 지자체에서 추진하 는 공공정책의 영향을 받을 수밖에 없다. 공공정책은 기본적으로 농촌마을 의 경제성을 향상시키는데 주안점을 두는데, 산업사회와 지식산업사회의 새 마을운동과 마을만들기 사업이 대표적인 예이다.

새마을운동은 근면·자조·협동의 기본 정신과 실천을 추진하는 운동으로, 1970년대 공업화 우선 정책에 따라 농촌의 후진성을 극복하려는 박정희 정 권의 농촌개발정책으로부터 시작되었다. 새마을운동이 지역새마을운동, 부 녀새마을운동, 새마을청소년운동 등으로 분화되었는데, 이것은 마을에서 부 녀회와 청년회가 결성되어 활동할 수 있었던 배경이 되었다. 즉 부녀회와 청 년회가 새마을운동 실천조직의 하나이기 때문에 마을의 중요한 공동체로 정 착한 것이다. 1970~1980년대는 농촌에서 부녀회와 청년회가 마을총회와 상보적 관계를 유지하면서 공동체운동의 중심 역할을 했다. 이러한 운동은 1995년 이후 마을만들기 사업이 전개되고 있는 오늘날까지도 지속되고 있 다. 비록 청년회가 지속되고 있지만 마을 인구 고령화로 인해 예전처럼 활발 하지는 않다. 〈마을 만들기 사업〉은 문화체육관광부나 농림축산식품부, 혹 은 지방자치단체에서 주도적으로 시행하는 공공정책의 하나이다. 이러한 정 책의 핵심은 마을의 경제적 활성화를 도모하려는 것으로, 작목반이나 영농 법인, 협동조합 등이 결성되는 계기가 되었다.

요 약 ───

   지금까지 인간이 기호적 존재로서 왜 관계를 지향해야 하고, 그것이 공동체 결성에 어떻게 작용되었는지, 공동체 변화의 요인에 대해 살펴보았다. 앞서 논의한 것을 네 가지로 정리할 수 있다.

   먼저 인간은 사회적 존재로서 다양한 인간관계를 구축하기 위해 끊임없이 노력한다. 그것은 기호적 활동으로 이루어지고, 의사소통이라는 의미 만들기 과정을 통해 세계와 존재를 경험하고 인식해 온 것이다. 여기서 인간이 경험의 유폐성을 극복하기 위해 의사소통하는 것은 선택의 문제가 아니라 유기체적 생존의 문제이다. 의사소통이야말로 인간이 갈망하는 욕구 실현에 중요한 역할을 하기 때문이다. 따라서 인간에게 욕구의 실현은 의사소통을 통해 이루어지고, 의사소통이 경험의 유폐성을 극복해준다는 것을 의미한다. 의사소통으로서 기호적 활동은 다양한 인간관계를 구축하도록 해주고, 그것이 가족공동체와 마을공동체 형성으로 전개된 것이다.

   두 번째로 가족공동체가 생업방식에 따라 변화된다. 농경사회에서 농업노동은 생산과 삶의 방식이었고, 시간 인식에 따라 결정되었다. 그렇기 때문에 농사에서 중요한 것은 계절의 흐름을 파악할 수 있는 능력을 갖추는 것이고, 그에 따라 충분한 노동력을 확보할 수 있는 대가족을 선호했다. 대가족은 부계 중심의 수직적 구조에 근거한 의사소통 방식의 가족문화를 가지고 있다. 이것은 농경사회에서 산업사회로 전환되면서 많은 변화가 이루어진다. 산업노동에서 시간은 물질적으로 개념화되어 노동이 상품화되고, 농촌인구의 감소와 도시화가 생산적 공간보다도 건조물적 공간의 가치를 확대시키며, 그에 따라 핵가족이 확산되었다. 핵가족이 계층 간의 수평적 의사소통을 다양하게 이루어지게 한다. 그러면서 정보통신의 발전과 정신노동이 급격히 증가하여 조작노동이 확대되는 지식정보산업사회로 전개된다. 시간의 속도를 강조하고 유통공간과 가상공간의 가치가 확대되는 삶의 문화가 형성된 것이다. 그것은 물리적 공간의 경계를 극복하고 통합적 삶을 확대하는데 중요하게 영향을 미쳤음을 보여준다. 이러한 배경 속에서 등장한 것이 수정가족이다. 수정가족은 핵가족이 갖는 물리적 경계를 극복하여 정서적 공감장으로 연대하는 가족을 말한다. 가족의 연대가 정보화에 따른 쌍방의사소통을 통해 이루어진다.

세 번째로 마을공동체가 노동방식에 따라 변화된다. 마을공동체는 공통의 생활공간을 물리적 기반으로 삼고, 구성적 공동체와 도구적 공동체로 구분된다. 농업노동이 중심이 되는 농촌마을의 구성적 공동체가 촌계이고, 두레와 상부계는 도구적 공동체이다. 이러한 공동체는 공통의 생활주거공간과 농업노동이라고 하는 공통의 생업방식을 물리적 기반으로 삼고 있다. 1970~1980년대 새마을운동은 산업노동이 기반인 산업사회와 밀접한 관련이 있고, 농촌마을이 새마을로 변화되는 중요한 계기이었다. 새마을의 구성적 공동체는 노인회, 청년회, 부녀회를 하위조직으로 구성하고 있는 마을총회이고, 도구적 공동체가 작목반이다. 작목반은 두레의 공동노동조직이 기호적 전이를 통해 변형된 원예농업의 생산조직이다. 여기에는 무엇보다도 농협이 중요한 역할을 하였다. 농협 또한 마을공동체에 많은 영향을 미치고 있음을 보여주고 있는 것이다. 이러한 것은 지방자치가 본격화되는 1995년 이후에도 지속되고, 문화마을 만들기 사업이 농촌과 도시에서 다양하게 이루어진다. 문화마을의 구성적 공동체는 마을총회이고, 도구적 공동체가 작목반이 기호적 전이를 통해 영농법인으로 전환되고 협동조합으로 확대된다. 그것은 마을에서 지역으로 확대되고, 구성원의 결속도 중요하지만 연대를 강조하는 계기가 되기도 한다.

네 번째로 공동체 변화의 중요한 요인은 노동방식과 공공정책이다. 노동방식이 농업노동 → 산업노동 → 조작노동으로 변화되어 확대되자, 가족공동체는 대가족 → 핵가족 → 수정가족으로 변화되고, 마을의 구성적 공동체인 촌계가 노인회-청년회-부녀회를 포괄한 마을총회로, 친목 및 의례적 기능의 도구적 공동체는 약화되지만, 공동 노동과 생산의 기능을 수행하는 도구적 공동체가 두레 → 작목반 → 영농법인으로 변화되었다. 이것은 시간과 공간 관념 변화와 밀접한 관련이 있는데, 시간은 공간 이동적 시간관념 → 물질 중심의 시간관념 → 속도 중심의 시간관념으로 변화되고, 공간이 생산적 공간 → 건조물적 공간 → 유통 공간/가상공간의 가치로 변화된 것이다. 그리고 공동체가 생산조건의 변화에 따라 영향을 받게 되고, 생산조건의 변화는 국가나 지자체에서 추진하는 공공정책의 영향을 받을 수밖에 없다. 공공정책은 기본적으로 농촌마을의 경제성을 향상시키는데 주안점을 두고, 산업사회와 지식정보산업사회의 새마을운동과 〈마을 만들기 사업〉이 대표적인 예이다.

각 주

1 G.레이코프·M.존슨 지음(임지룡·윤희수·노양진·나익주 옮김), 『몸의 철학』, 박이정, 2018, 77쪽.

2 「그릇(Container)」 도식은 ①안(in), ②경계성(boundedness), ③밖(out)라는 내적인 구조를 가지고 있다. 몸이 어떤 물건들을 집어넣고, 다른 것들을 유출하는 삼차원의 그릇이라는 사실을 친숙하게 알고 있다. 처음부터 우리는 환경, 즉 우리를 둘러싸고 있는 사물들 안에서 지속적으로 물리적 포함을 경험하는데, 무수한 종류의 경계 지어진 공간의 안과 밖으로 움직인다. 여기서 안-밖 지향성의 체험적 근거는 바로 공간적 경계성의 경험이다.(M.존슨 지음/노양진 옮김, 『마음 속의 몸』, 철학과 현실사, 2000, 93쪽)

3 G.레이코프·M.존슨 지음(임지룡·윤희수·노양진·나익주 옮김), 앞의 책, 67~68쪽.

4 G.레이코프·M.존슨 지음(임지룡·윤희수·노양진·나익주 옮김), 위의 책, 248~249쪽.

5 체험주의는 1980년대 초에 레이코프(G. Lakoff)와 존슨(M. Johnson)의 주도로 출발한 신생 철학으로, 우리의 경험 구조를 해명하는 것에 주안점을 두고 있다. 경험은 신체적/물리적 층위의 경험과 정신적/추상적 층위의 경험의 중층적 구조로 이루어지고, 정신적/추상적 층위의 경험은 항상 신체적/물리적 층위의 경험에 근거하고 있으며, 그것을 토대로 은유적으로 확장되어 나타난다. 경험의 은유적 확장 과정은 다름 아닌 기호화 과정이며, 이러한 관점에서 우리 경험을 물리적(비기호적) 경험과 기호적 경험으로 구분할 수 있다. 신체적/물리적 경험에 근거하여 은유적으로 확장되어 나타난 것이 정신적/추상적 층위의 경험이라는 것은, 곧 기호적 경험은 물리적 경험에 근거하여 형성되기 때문에 그 경험에 많은 제약을 받는다는 것을 의미한다.(노양진, 『몸 언어 철학』, 서광사, 2009, 157~180쪽)

6 G.레이코프·M.존슨 지음(임지룡·윤희수·노양진·나익주 옮김), 위의 책, 351~352쪽.

7 노양진, 『철학적 사유의 갈래』, 서광사, 2018, 167쪽.

8 경험의 전달과 공유는 우리가 동일한 종으로서 공유하는 삶의 형식의 유사성에 근거하기 때문에 공공성과 변이성에 따라 달라진다. 의사소통은 물리적 층위의 경험 영역에서 현저한 공공성을 드러내며, 기호적 층위로 확장되는 과정에서 점차 더 큰 변이를 드러낼 것이다. 물리적 경험이란 물리적 사물과의 직접적인 신체적 상호작용을 말한다.(노양진, 위의 책, 173~174쪽)

9 노양진, 『몸이 철학을 말하다』, 서광사, 2013, 89쪽.

10 공동체는 생활 터전을 같이 하는 집단으로 개별적인 의식과 가치보다는 집단적 의식과 가치를 중요시 하는 삶의 협력체이다. 삶의 협력체 속에서 문화가 전승되고 학습되어 공유된다.(표인주, 「칠석마을 공동체의 지속과 변화」, 『호남문화연구』 제50집, 전남대학교 호남학연구원, 2011, 348쪽)

11 표인주, 『남도민속학』, 전남대학교출판부, 2014, 12~22쪽.

12 이두현 외, 『한국민속학개설』, 일조각, 1993, 41쪽.

13 지춘상 외, 『남도민속학개설』, 태학사, 1998, 126~130쪽.

14 표인주, 앞의 책, 16쪽.

15 표인주, 「홍어음식의 기호적 전이와 문화적 중층성」, 『호남문화연구』 제61집, 전남대학교 호남학연구원, 2017, 12~13쪽.

16 표인주, 「호남지역 민속놀이의 기호적 변화와 지역성」, 『민속연구』 제35집, 안동대학교 민속학연

구소, 2017, 367쪽.

17 G.레이코프·M.존슨 지음(임지룡·윤희수·노양진·나익주 옮김), 앞의 책, 240쪽.

18 표인주, 『체험주의 민속학』, 박이정, 2019, 174쪽.

19 최인학 외, 『한국민속학 새로 읽기』, 민속원, 2001, 63쪽.

20 공감장이란 파편화되고 고립된 삶에 준안정적 통일성을 부여하고 지속적으로 자기를 배려하고 동시에 사회적 관계성을 구축해 나가는 삶의 기예가 펼쳐지는 장소이다.(정명중, 『신자유주의와 감성』, 전남대학교출판문화원, 2018, 198쪽)

21 이두현 외, 앞의 책, 24쪽.

22 표인주, 『남도민속학』, 전남대학교출판부, 2014.

23 최협 외, 『공동체론의 전개와 지향』, 선인, 2001, 26~35쪽.

24 최협 외, 『공동체의 현실과 전망』, 선인, 2001, 118쪽.

25 표인주, 앞의 책, 29~30쪽.

26 칠석동에서는 마을의 정기적인 전체회의를 대공사(大公事)라고 부른다. 대공사는 매년 음력 2월 초하루에 개최되는데, 마을 주민 모두가 참여하여 마을의 각종 운영에 관한 최고 의결의 장이다. 가장 중요한 안건은 임원 선출을 비롯하여 수세 결정, 고지, 가래삯, 각종 노임 등 농업활동에 관한 것이다.(표인주, 「칠석마을 공동체의 지속과 변화」, 『호남문화연구』 제50집, 전남대학교 호남학연구원, 2011, 356쪽)

27 칠석동에서는 두레가 오래 전에 단절되었지만, 두레와 같은 공동노동조직의 역할을 하는 '논메기'가 1975년도까지 지속되었다. 논메기는 고지를 먹는 사람, 품앗이, 놉, 쟁기질 삯을 받을 사람들을 중심으로 구성된다. 논메기가 끝나면 즉흥적으로 소를 타자고 제의가 이루어지고, 농악대와 일꾼들이 행진을 하면서 머슴을 태운 소를 몰고 주인집으로 향한다. 주인집에 도착하면 농악가락에 맞추어 노래 부르고 춤을 추는 풍물굿놀이를 하고, 이에 주인집은 음식으로 대접한다. 이 놀이를 칠석동에서는 '들놀이'라고 부른다.(표인주, 『남도민속문화론』, 민속원, 2002, 317쪽)

28 장례식장은 1973년부터 의례식장업과 도구 등의 대여업이 허가제로 바뀌고, 장례식장의 규격을 시행규칙으로 제정함으로써 장례식장의 공식화를 촉진하면서 장례식장이 공식적으로 탄생되었다. 이에 따라 가정에서 행해졌던 상례가 장례식장에서 본격적으로 치러지게 되었다.(김시덕, 「도시 장례식장에서 지속되는 상례의 문화적 전통」, 『실천민속연구』 제9호, 실천민속학회, 2007, 109쪽)

29 윤충로, 「새마을운동 이후의 새마을운동」, 『사회와 역사』 109권, 한국사회학회, 2016, 198~218쪽.

30 칠석동에서는 마을총회나 행사를 노인회, 부녀회, 청년회가 모두 협력해서 마을의 모든 행사를 원활하게 수행하고 있다.(표인주, 앞의 논문, 378쪽)

31 새마을부녀회의 사회·경제적 활동은 농촌여성의 사회적 자본 형성으로 이어졌고, 가정 혹은 지역사회 내에서 역할이 부여되고, 이에 상응하여 사회·경제적 지위가 향상되었다. 이 과정에서 마을부녀회 회원 간 지역사회 구성원 간의 신뢰관계가 구축되었으며, 결국 여성의 권익이 신장되고 양성평등이 크게 개선되었다. (지성태·이요한, 「ODA관점에서 본 새마을운동의 범분야(Cross-Cuting) 이슈에 관한 연구」, 『한국지역개발학회지』 28권 4호, 2016, 70쪽)

32 칠석동의 마을공동체는 마을총회, 큰상부계, 수리계, 작목반 등이고, 소규모 공동체로는 부녀회, 노인회, 청년회, 위친계, 죽령계, 옻돌계 등이 있다. 이러한 공동체의 역할은 상당부분 고싸움놀이보존회가 담당하고 있지만, 상부계인 큰상부계와 위친계는 크게 약화되어 그 활동이 미약하다.(표

인주, 앞의 논문, 377~384쪽)

33 작목반이란, 거주 지역 또는 경지집단별로 동일 작목을 재배하는 농가들이 모여 협동을 통한 생산성 증대를 목적으로 활동하는 농산물 산지유통의 핵심조직이다.(이상영, 「작목반 육성과 농협의 과제」, 『한국농촌지도학회지』 제3권 제2호, 한국농촌지도학회, 1996, 219쪽)

34 이상영, 위의 논문, 221쪽.

35 윤수종, 「농업생산조직과 지역발전」, 『현대사회과학연구』 13권, 전남대학교 사회과학연구소, 2009, 65쪽.

36 황병주, 「새마을 운동을 통한 농업 생산과정의 변화와 농민 포섭」, 『사회와 역사』 90권, 한국사회사학회, 90권, 2011, 5~48쪽.

37 김둘이·소현수, 「문화역사마을가꾸기 사업의 역사문화자원 활용 방식 고찰」, 『농촌계획』 제24권 제1호, 한국농촌계획학회, 2018, 33~43쪽

38 박수현·김태영·여관현, 「문화마을만들기에서 공동체의식 형성요인 연구」, 『한국지역개발학회지』 25권 5호, 한국지역개발학회, 2013, 226~227쪽.

39 윤수종, 앞의 논문, 67~69쪽.

40 원주민은 마을에서 태어났거나 결혼한 사람으로 지속적으로 생활해온 사람이고, 귀향인은 마을에서 태어나고 성장했지만 도시에서 생활하다가 귀향한 사람이며, 귀농인은 마을과는 연고가 없으나 농업을 위해 귀촌한 사람이다. 이주민은 국제결혼을 통해 정착한 이주여성, 농업과 관련 없는 공간을 마련하여 활동하는 사람, 거주생활만 하는 사람 등을 말한다.

41 G.레이코프·M.존슨 지음(임지룡·윤희수·노양진·나익주 옮김), 앞의 책, 207~251쪽.

The Experientialist Account of
The Succession and Change of Folk

제1장

시간민속인 세시행사의 특징과 변화

1. 시간민속의 개념

민속은 인간이 공간과 시간의 경험을 통해 형성되어 축적된 삶의 체계로서 자연적, 사회적, 역사적 조건 등에 결정된 경험내용들이다. 특히 시간은 세시풍속이나 일생의례, 마을신앙 등에서 중요한 의미를 갖는다. 순환적 시간 체계를 가지고 있는 세시풍속에서는 주기적으로 반복되는 시간을 통해 이루어진 인간의 행동이 다양한 의미를 지니고 있고, 일생의례에서는 통과의례적 행동이 이루어지는 시간, 즉 과거와 현재, 그리고 미래의 역전불가능하고 지향적인 특성을 지닌 시간이 중요한 의미를 갖고 있다. 마을신앙에서도 시간은 기본적으로 인간과 신의 만남, 그리고 인간과 인간의 만남을 가능하게 해주는 제의적 장치로서 의미가 크다. '시간민속'이라 함은 시간이 중요한 의미를 갖는 민속을 일컫는 말이다.

시간민속에 대한 논의는 《기층문화를 통해 본 한국인의 상상세계》에서 집중적으로 논의된 바 있는데, 장주근의 〈세시풍속면에서 본 한국인의 시간민속〉, 장철수의 〈인간을 위한 의례의 의미〉, 임재해의 〈설 민속의 형성 근거와 시작의 시간 인식〉과 〈시간 주기의 프랙탈 현상과 시간 인식〉, 황루시의 〈죽음의 의례에 나타난 한국인의 시간관〉, 김광언의 〈한국인의 상상체계–민속놀이〉, 최인학의 〈설화를 통해 본 시간의식〉이 그것이다.[1] 이 가운데 시간의 개념과 의미를 파악하려고 한 임재해의 논의가 주목된다. 다만 직선형과 순환형의 시간관을 비롯한 연월일시라는 시간체계의 논의가 시간민속 연구의 지평을 확대하고 있다는 점에서 의미가 있지만, 시간 개념의 치밀한 논의가 다소 미흡하다는 점은 아쉽다.

시간은 의식적으로 구성된 개념이 아니라 무의식적이고 자동적으로 사용하는 관습적인 개념을 토대로 이해할 필요가 있다. 관습적으로 이해하는 시간은 운동, 공간, 사건과 같은 개념들과 밀접한 관련이 있다. 시간은 그 자체로 개념화되는 것이 아니라 적지 않게 은유적, 환유적으로 개념화되기 때문이다.[2] 먼저 시간의 은유적 개념은 공간 속에서 운동에 대한 우리의 이해를 통해 이루어진다. 즉 운동이 일차적인 것이며, 시간은 운동에 의해 은유적으로 개념화된다. 공간상의 운동의 관점에서 개념화된 것이 시간인 것이다. 이것은 인간이 정지해 있고 사물이 이동하는 경우와 인간이 이동하고 사물이 정지해 있는 경우를 통해 이해할 수 있다. 사물의 이동은 천체(해와 달)의 이동을 비롯해 물체의 수직·수평적 이동, 물의 흐름 등을 말하고, 인간의 이동은 정지된 사물을 배경으로 이루어지는 것을 말한다. 이들은 기본적으로 공간상의 이동이라는 공통점을 가지고 있다.

두 번째로 시간의 환유적 개념은 공간상에서 발생한 사건들의 상호관계뿐만 아니라 규칙적이고 반복적인 사건들을 통해 이루어진다. 사건들은 공간에서 이루어지는 운동과 상호 관련되기도 하고, 사건들의 경험을 통해 시간을 경험한다는 것이다. 사건이 지향적이고 연속적인 것처럼 시간 또한 마찬가지이다. 우리가 사건을 연속적인 것으로 경험하기 때문에 시간도 연속적이다. 주기적 사건은 시작과 끝이 있으며, 시간은 분절적이고 사건의 반복을 헤아릴 수 있다. 그렇기 때문에 시간은 측정될 수 있는 특성을 가지고 있는 것이다.[3] 이와 같이 우리가 시간을 경험하는 것은 사건에 의해 우리의 신체화된 시간 개념화에 의존한다. 즉 시간은 사건들의 경험에 근거한다는 것을 의미한다.

정리하자면 시간 개념이 공간상에서 운동과 사물에 근거한 은유적 인지과 정과 사건들과 상호관계에 근거한 환유적 인지과정에 의해서 형성된다. 인지적 관점에서 볼 때 공간에서 운동과 사건은 시간보다 더 기본적이고, 공간에서 운동과 사건의 경험을 통해 시간을 개념화할 수 있다는 것이다. 이처럼 공간상의 운동 경험에 근거한 시간은 우리의 삶의 체계를 구조화하고, 우리의 세계와 물리, 역사를 이해하는데 중요한 역할을 한다. 이것은 공간 이동의 경험적 지식이 축적되어 형성된 인식 수단이 시간이기 때문이다.

시간이 중요한 역할을 하고 있는 삶의 경험체계로서 시간민속을 체험주의 적인 측면에서 이해할 필요가 있다. 체험주의는 우리의 경험 구조를 해명하는 것으로, 경험은 신체적/물리적 층위의 경험과 정신적/추상적 층위의 경험의 중층적 구조로 이루어지고, 정신적/추상적 층위의 경험은 항상 신체적/물리적 층위의 경험에 근거하고 있으며, 그것을 토대로 은유적으로 확장되어 나타난다고 주장한다.[4] 경험의 은유적 확장 과정은 다름 아닌 기호화 과 정이며, 이러한 관점에서 우리 경험을 물리적(비기호적) 경험과 기호적 경험으로 구분할 수 있다.[5] 신체적/물리적 경험에 근거하여 은유적으로 확장되어 나타난 것이 정신적/추상적 층위의 경험이라는 것은, 곧 기호적 경험은 물리적 경험에 근거하여 형성되기 때문에 그 경험에 많은 제약을 받는다는 것을 의미한다.

몸과 마음에서도 마찬가지로 몸과 마음이 분리되어 서로가 배제되는 것이 아니라 상호작용하는 관계이다. 마음은 몸에 근거하여 형성되고, 몸은 마음의 형성에 많은 제약을 가한다는 것이다. 이러한 논리를 공동체민속에 적용하면, 조직이라는 공동체가 물리적 기반에 해당되고, 그에 의해 형성된 민속은 기호적 경험으로서 공동체에 의해 많은 제약을 받는다고 설명할 수 있다. 마을신앙이 마을공동체를 근거로 형성되기 때문에 그 공동체의 제약을 받기 마련이고, 공동체의 변화는 마을신앙의 변화를 수반하게 된다. 이러한 공동체는 자연적, 사회적, 문화적 조건에 의해 결정되기도 하고 변화되기고 한다. 시간민속 또한 마찬가지이다. 시간민속은 기호적 경험에 관한 것으로 정신적/추상적 층위의 경험이며, 그 형성의 원초적 기반은 다름 아닌 물리적 기반이다. 따라서 시간민속의 이해를 위해 그 형성 기반인 물리적 토대의 검토로부터 시작할 필요가 있다.

2. 시간민속의 물리적 기반

인간이 경험한 시간은 도형의 기본요소라고 할 수 있는 점과 선으로 표현할 수 있다. 앞서 환유적 개념에서 사건을 헤아릴 수 있듯이 시간도 측정될 수 있다고 한 것처럼, 사건의 내용을 시간의 양으로 이해할 수 있듯이 시간의 처음과 끝이 '출발점과 도착점'이고, 처음과 끝을 연결한 선은 '시간의 양'으로 표현할 수 있다. 여기서 시간의 양은 공간 이동의 운동량을 말한다. 뿐만 아니라 시간의 양은 사건을 비롯한 물질적인 양을 측정하는데도 활용되기도 한다. 가령 시간의 은유를 통해 인간이 수행하고자하는 사업계획을 설명한다면, 시간의 출발점이 사업개시이고, 시간의 도착점은 사업목표이다. 그리고 사업내용은 물질적인 양에 해당한다. 이러한 과정을 시간적으로 설명할 수 있다. 이렇듯 시간의 개념화 근거가 공간상의 이동과 사건이기 때문에 그것은 다름 아닌 인간의 노동이 가장 원초적인 근거가 되는 것이다.

인간이 시간을 인지하고자 했던 것은 생존하기 위한 것이고, 삶의 편리성을 확대하려는 노력의 일환이다. 그것은 바로 인간의 풍요로운 의식주생활 해결이다. 시간은 인간의 의식주생활의 체계화에 중요한 역할을 했고, 의식주의 해결은 바로 노동을 통해 이루어졌다. 그렇기 때문에 노동은 다름 아닌 시간의 물리적 기반에 해당한다고 말할 수 있다. 노동은 인간이 공간상에서 물자를 획득하기 위해 행동하거나, 그것을 이동시키기 위한 행동, 즉 몸을 움직여서 생활에 필요한 물자를 얻기 위한 행동이다. 그렇기 때문에 과거로부터 오늘에 이르기까지 노동은 인간 생존의 중요한 조건인 셈이다. 인간이 노동에서 효율성을 높이기 위한 도구가 바로 시간이었던 것이다.

시간은 노동에서 뿐만 아니라 정치, 사회, 종교 전반에서 권력의 도구로 이용되어왔다. 이러한 것은 문명의 발달과정에서 시간의 활용이 은유적으로 확장된 것이다. 정치적 통제 수단으로서 시간을 활용하는 것은 물론 종교적 권능을 강화하기 위한 수단으로 이용했고, 그것은 궁극적으로 인간을 통제하기 위한 수단으로 활용한 것임을 알 수 있다. 정치적 혹은 종교적 건물에 시간을 알리는 종탑이 있거나, 시계탑이 있는 것도 이와 무관하지 않다. 노동에서는 정치나 종교와는 달리 권력의 도구로 시간을 활용하기 보다는 생산의 효율성을 극대화하기 위해서였다. 이처럼 시간은 우리 인간의 삶 모든 영역에서 중요한 역할을 해 왔음을 알 수 있다.

노동은 형태나 방식에 따라 육체적 노동, 정신적 노동, 조작적(操作的) 노동 등으로 구분된다. 노동의 가장 기본적이며 원초적인 형태는 몸의 움직임을 통해 이루어지는 육체적 노동인데, 육체적 노동도 자급자족을 위한 노동과 잉여생산을 목표로 하는 것이 다를 수밖에 없다. 자급자족의 노동이 농경사회의 노동형태라면, 잉여생산의 노동은 산업사회의 노동이라는 점에서 그렇다. 정신적 노동은 지식정보산업사회가 형성되면서 더욱 증가했고, 조작적 노동은 미래에 더욱 확대되어 나타날 것이다. 인공지능의 발달이나 조작적 노동의 확대는 그만큼 육체적 노동의 양을 감소시킨다.

노동은 자본주의적 개념이 등장하면서 더욱 변화되고 다양한 모습을 지닌다. 자본주의 등장은 서구의 근대화와 밀접한 관련이 있는데, 이 시기에 시간의 관념 또한 변화를 겪을 수밖에 없었다. 서구 문화의 가장 현저한 특징 중 하나는 일반적으로 시간이 자원으로, 특히 돈으로 개념화된다.[6] 그 결과 시간을 낭비한다거나 저축한다는 것은 자원(돈)을 낭비하거나 저축하는 것으로 인식하였다. 이러한 것은 〈시간은 자원(돈)〉 은유과정을 통해 이루어진 것이다. 그에 따라 인간이 일하는 시간의 양에 따라 돈을 지불하는, 즉 시급제, 월급제, 연봉제라는 제도가 등장하였다. 이처럼 시간을 물질적인 것으로 개념화하고 있는 것을 보면, 시간이 노동과 밀접한 관련이 있음을 알 수 있다.

이처럼 시간 인식의 변화는 당연히 노동 형태의 변화를 초래한다. 예컨대 수렵채취시대에는 노동이 공동으로 발생하고 집단적이었다. 사냥하거나 열매를 채취하고, 물고기 잡는 행동과 같은 노동은 혼자서 할 수 있는 것이 아니라 공동체적인 방식으로 할 수밖에 없었을 것이다. 그렇기 때문에 노동의 성과물 또한 공동으로 분배되었고, 생산과 소비가 일치하는 노동형태를 가졌을 것으로 짐작된다. 그런가 하면 농경사회는 본격적인 정착사회를 이루면서 공동체생활을 해야 했기 때문에 더욱 시간의 중요성을 인식하게 되었다. 농사를 잘 지으려면 무엇보다도 계절을 잘 알아야 하고, 그것은 철을 아는 것으로 농부가 농사지을 능력을 지녔음을 의미한다. 뿐만 아니라 농경사회에서도 또한 수렵채취시대의 공동노동 관행이 지속되었을 것이고, 그것은 공동체노동으로 발전했을 것이다. 비록 생산물을 공동으로 분배하지는 않더라도 어느 정도 생산과 소비의 일치가 지속되는 시기이다. 농경사회 이전까지는 어느 정도 시간 개념화의 원초적 근거가 되었던 육체적 노동이 중심이 되었던 것으로 보인다.

산업사회는 대량생산을 강조하고 기술집약적 산업을 중시하는 사회이다. 그러한 까닭에 이 시기에는 다양한 생산 활동이 이루어지고 농촌인구의 감소와 도시화가 가속화 되었다. 그것은 농경사회에서 행해졌던 유희적, 의례적, 종교적 기능이 도시로 이행되는 결과를 가져왔다.[7] 농경사회에서는 농업노동이 생산과 삶의 방식 그 자체였지만, 기술 중심의 산업노동은 노동력을 판매하는 도구이자 삶의 맥락이 배제된 노동 상품에 불과했다.[8] 즉 농경사회 이전의 노동은 노동과 삶이 일치했다면, 산업사회에서는 노동과 삶이 분리되고, 노동이 상품화되었다는 것이다. 노동의 상품화는 곧 시간이 물질적으로 개념화되었음을 의미한다. 노동자는 노동력의 대가로 임금을 받는데, 노동의 양이 시간의 양이고, 시간의 양이 임금이다.

인간이 지식정보산업사회에 효율적으로 적응하기 위해서는 무엇보다도 과거에 경험했던 시간관념을 바꾸어야 한다. 지식정보산업사회는 다양한 정보의 생산, 유통의 급격한 증대, 정보기술의 고도화 등을 중요시 하는 사회이다. 특히 정보와 지식의 가치가 높아지면서 정신적 노동이 급격히 증가하는 사회라고 할 수 있다.[9] 뿐만 아니라 조작적 노동이 확대되면서 육체적인 노동은 점차 줄어드는 사회이다. 무엇보다도 이 사회는 시간을 초월하여 공간을 확대하는 삶이 이루어지면서 시간을 양적으로 중요시 여기는 것이 아니라 단축하고 압축하는 질적인 변화를 추구하고 있다. 그것은 시간을 낭비하지 않고 저축하는 것을 중요시 여기는 관념을 갖게 된 것이다.

오늘날 마을공동체에서 겪고 있는 생활도 이러한 변화를 고스란히 겪고 있다. 즉 농경민적 사고를 바탕으로 산업사회를 경험하고 지식정보산업사회 삶의 패러다임에 직면하고 있는 것이다. 무엇보다도 마을공동체 구성원들의 변화가 급격하게 이루어지고 있는데, 종래는 거의 원주민으로만 구성되었지만, 최근 들어 원주민, 귀향인, 귀농인, 이주민(거주자, 외국인 며느리) 등으로 구성되는 경우가 많아지고 있다. 또한 구성원들의 직업이 다양해지고, 이러한 것은 공동체 구성에 적지 않은 영향을 미치고 있다. 게다가 두레노동이 해체되는 것을 시작으로 공동체노동이 약화되고, 그것을 극복하기 위해 작목반이나 협동조합 등 새로운 공동체가 만들어지고 있기는 하나 노동의 형태가 많은 변화를 겪고 있다.

3. 12달 세시행사의 실상과 특징

세시행사는 1년을 주기로 일정한 날에 반복되는 행사를 지칭하는 말로, 세시(歲時)는 한 해를 의미하는 세(歲)와 사계절을 의미하는 시(時)라는 말의 합성어이다. 따라서 세시행사는 일 년이나 사계절의 연중행사라고 할 수 있다. 이러한 세시행사는 자연적, 사회적, 역사적 영향을 받기 때문에 지역마다 다르고, 시기마다 다를 수밖에 없다. 이것은 공동체마다 다른 것은 물론 개인마다 다를 수 있다는 것을 의미한다. 세시행사는 시간을 기준으로 반복되는 행사로 시간은 물론 그 시기에 행해지는 행동이 다양한 의미를 갖기 마련이다. 따라서 세시행사를 크게 농경사회를 근간으로 하고 있는 세시명절과 산업사회의 국가적 차원에서 행해지는 기념일, 관계공감대와 이익실현을 위한 기념일로 구분하여 이해할 필요가 있다.

1) 농경사회 농업노동을 근거로 한 세시명절

농업노동을 근거로 하고 있는 세시명절이 월별로 배치되어 있는데,《한국의 세시풍속》[10]과《한국민속대관》[11], 그리고《남도민속학》[12]과《한국농경세시의 연구》[13]를 중심으로 정리하면 다음과 같다.

월	세시명절	세시행사 내용
1월	설날	설빔, 차례, 세배, 세찬, 세주, 성묘, 덕담, 문안비, 복조리, 세화, 야광귀쫓기, 머리카락사르기, 삼재 막기, 경로행사, 법고 등
	정초행사	널뛰기, 윷놀이, 연날리기, 화투놀이, 승경도놀이, 돈치기, 용왕제, 십이지일 등
	입춘	춘축, 보리뿌리점, 입춘굿 등
	대보름	유지지세우기(볏가릿대), 복토훔치기, 용알뜨기, 부럼, 귀밝이술, 다리밟기, 나무시집보내기, 새쫓기, 오곡밥, 묵은나물과 복쌈, 백가반, 나무아홉짐, 약밥, 곡식안내기, 제웅치기, 나무조롱, 더위팔기, 개보름쇠기, 모깃불과 모기쫓기, 방실놀이, 뱀치기, 잰부닥불넘기, 매생이심기, 엄나무걸기, 노두놓기, 뱃고사 등
		달맞이와 농사점(달점), 사발재점, 그림자점, 달불이, 집불이, 소밥주기, 닭울음점, 실불점 등
		솟대세우기, 달집태우기, 지신밟기, 동제, 별신굿, 안택, 용궁맞이(용왕제), 헌식과 봉기, 기세배, 사자놀이, 관원놀음, 들놀음과 오광대탈놀음, 쥐불놀이, 줄다리기, 고싸움, 보름줄다리기, 등싸움, 나무쇠싸움, 차전놀이, 석전, 햇불싸움, 놋다리밟기, 디딜방아훔치기, 축귀놀이, 연날리기 등
2월	초하루	노래기쫓기, 콩볶기, 영등굿, 좀생이점, 개구리알먹기, 춘추석전 등
3월	삼짇날	화전놀이, 활쏘기, 풀각시, 풀놀이 등
	한식	성묘, 춘계석전 등
4월	초파일	연등행사, 낙화등놀이, 탑돌이, 봉선화물들이기 등
5월	단오	단오차례, 단오고사(산맥이), 단오굿, 씨름, 그네뛰기, 상추이슬분바르기, 창포탕과 창포비녀, 익모초즙먹기, 대추나무시집보내기, 단오선, 단오부적, 제호탕과 옥추단, 태종우, 대욺겨심기 등
6월	유두	유두천신, 용왕굿, 물맞이 등
7월	칠석	칠석맞이, 샘제 등
	백중	두레삼, 호미씻기, 풍장놀이, 땅뺏기놀이, 마불림제, 우란분회 등
8월	추석	차례, 올벼심리와 풋바심, 강강술래, 씨름, 소놀이, 소싸움과 닭싸움, 거북놀이, 가마싸움, 반보기와 근친, 추계석전, 조리희 등
9월	중구	단풍구경 등
10월	상달	고사, 조상단지모시기, 말날, 시제, 김장 등
11월	동지	동지팥죽 등
12월	그믐날	폭죽놀이, 묵은세배, 수세 등
윤달	공달	이사, 집수리, 선산단장, 수의, 이장 등

위의 표는 단순히 월별 세시명절과 그 내용을 평면적으로 제시하고 있지만, 제의적인 내용을 비롯해 점복행위와 주술적인 행사, 민속놀이 등으로 구성되어 있다. 이를 통해 몇 가지 의미를 파악할 수 있는데, 첫 번째는 세시명

절의 성격을 이해할 수 있다는 점이고, 두 번째는 시간에 초점을 맞추어 의미를 파악할 수 있으며, 세 번째는 생업방식의 하나인 농업과 조상신을 섬기는 의례에 관한 것이다.

(1) 세시명절의 성격을 파악할 수 있다.

장주근이 세시명절의 성격과 형성 요인으로 자연적, 농경문화적, 종교적인 요인을 지적한 것처럼,[14] 세시행사는 지역마다 자연환경이 다르고 그에 따라 생업방식이 다르기 때문에 다양한 모습을 지닌다. 무엇보다도 자연환경은 생업방식을 결정하는데 중요하게 영향을 미친다. 논농사나 밭농사가 중심이 되거나, 아니면 논농사와 밭농사를 병행하는 경우, 논농사와 어업을 겸하는 경우를 보면 자연환경이 생업방식을 결정하고 있음을 알 수 있다. 그에 따라 당연히 세시행사가 형성되는 것이다. 뿐만 아니라 인간은 유한한 존재로서 초월적인 존재에 의탁하여 어려운 난관을 극복하려 한다. 그것은 바로 신앙생활, 즉 종교적인 방법이다. 그래서 종교적인 관념이 작용한 세시명절이 형성될 수밖에 없다. 이와 같은 세시명절의 성격을 다섯 가지로 정리할 수 있다.

첫 번째로 1월 15일 대보름과 8월 15일 추석은 그 어느 세시명절보다도 오랜 역사성을 지닌 토속적 세시명절이다. 이들 세시명절의 핵심은 달(月)과 관련된다. 달은 한 달을 주기로 변화를 한다는 점에서 여성의 생체주기와 일치하고, 달이 차고 기우는 것처럼 생생력을 가지고 있으며, 여성 또한 생산성을 가지고 있다는 점에서 모두 풍요를 상징한다. 무엇보다도 농사 풍요의 대상이 된다는 점이다. 이것은 농경이 시작되면서 형성된 관념이었으며, 그에 따라 1월 15일 대보름은 한 해 농사의 풍요를 기원하는, 즉 기풍제의적인 명절이었고, 농사의 수확이 이루어지는 8월 15일 추석은 한 해 농사 풍요에 감사하는 추수감사제의적인 명절의 성격을 지닌 것으로 이해할 수 있다.

두 번째로 1월 1일 설날, 3월 3일 삼짇날, 5월 5월 단오날, 7월 7일 칠석날, 9월 9일 중양절은 음양사상의 영향을 받아 형성된 세시명절이라고 할 수 있다. 한국인의 삶은 적지 않게 음양사상에 입각해 체계화되어 있는 경우가 많다. 가령, 오른손(오른쪽)과 왼손(왼쪽)을 구분하여 사용하는 것을 비롯해, 특히 양(陽)의 수를 선호하는 것이 그것이다. 수의 배열에서 양의 수가 홀수이고, 음의 수는 짝수이다. 한국인이 선호하는 수로 3인 것은 양의 수 1과 음의 수인 2가 결합하여, 즉 음과 양의 결합이 번창을 상징하는 의미를 지녔기 때문이다. 특히 사찰에서 석탑의 층수가 3층탑, 5층탑, 7층탑 등 홀수가 대부분이라는 점도 양의 수를 선호하는데 비롯된 것이다. 5월 5일은 양기가 가장 충만한 날이고, 9월 9일은 양의 수가 겹친 중양절(重陽節)이라고 한 것을 보면, 이러한 관념이 세시명절 형성에도 적지 않게 영향이 미쳤을 것으로 보인다.

세 번째로 4월 초파일은 불교적 축제일이다. 불교가 삼국시대에 왕권국가를 정착시키는데 중요한 역할을 하면서 불교를 국교로 삼았고, 그것은 고려시대까지 지속됨으로써 불교가 한국인의 삶에 많은 영향을 미쳐왔다. 의식주는 물론 의례생활, 신앙생활 할 것 없이 폭넓게 불교적인 의식이 자리하고 있다. 그 가운데 중요한 세시명절의 하나가 초파일이다. 비록 조선왕조 이후는 불교적인 행사가 위축되었지만 여전히 초파일이 세시행사로 지속되고 있다. 초파일의 핵심적인 행사는 다름 아닌 연등행사이고, 중요한 것은 불에 관한 행사이다. 등불이 인도에서 죽음으로부터 부활을 상징하고 전형적인 다산숭배의 한 형태이고,[15] 세시행사 가운데 쥐불놀이를 비롯한 잿부닥불넘기, 달집태우기, 등싸움, 횃불싸움, 낙화등놀이 등에서 불은 생산(풍요), 재액, 정화, 주술적인 의미를 지니고 있다.[16] 초파일의 연등행사가 오늘날까지도 지속되고 있는 것은 연등이 갖는 의미와 불이 갖는 의미가 결합되어 있는 것과 밀접한 관련이 있다.

네 번째로 모든 세시명절이 태음력을 근거로 하지만, 입춘과 동지는 태양력을 근거로 하고 있다. 고종 32년(1895)에 태양력을 공식적으로 사용하기 전까지는 태음력을 사용해왔다.[17] 입춘은 대개 2월 4일 경으로 동지로부터 44일째 되던 날이며, 설과 대보름 사이인 경우가 많다. 농가에서 입춘날의 중요한 행사가 '보리뿌리점'이라는 것은 농사가 시작된다는 의미를 지니고 있다. 그런가 하면 동지는 12월 22일로 밤과 낮의 길이가 같으며, 낮의 길이가 길어지기 시작하는 첫날이다. 입춘과 동지의 공통점은 '시작된다'라는 점이고, 차이점은 입춘은 생산력으로서 농사의 시작이고, 동지는 태양력적인 첫날이라는 점이다. 입춘날의 농경의례를 보더라도 농사의 시작을 확인할 수 있고, 동지에 팥죽을 먹으면 나이 한 살을 더 먹었다고 한 것을 보면 동지가 한 해의 시작임을 알 수 있다. 동지가 '작은 설'이라는 관념이 남아 있는 것도 본래 설을 동지에 지냈기 때문으로 보인다. 이러한 점에서 입춘과 동지는 시작이라는 시간적인 의미를 지니고 있다.

(2) 시간을 초점으로 세시명절의 의미를 파악할 수 있다.

세시명절이 12달에 골고루 배치되어 있지만, 1월에 집중되는 세시행사가 많고, 설날에 대한 관심을 통해 시간적인 의미를 파악할 수 있다. 1월은 사계절 12달 가운데 시작하는 첫 달이고, 1일은 1년의 시작이 이루지는 첫날이다. 1월 달은 설날을 비롯하여 다양한 정초행사, 입춘, 대보름 등 다양한 세시명절이 진행된다는 점에서 나머지 11달과는 비중이 다르다. 게다가 1월 1일 설날은 세시명절 가운데 가장 큰 명절이다. 시간에 초점을 맞추면 1월은 시작하는 첫 달이고, 12월은 마지막달이며, 1일은 한 해의 첫날로서 시작이고, 섣달 그믐날은 한 해의 마지막인 셈이다. 시간적으로 1월과 1일은 일 년 동안 인간의 삶이 시작하는 출발점이라는 의미를 갖는다. 그래서 한 해의 풍요로운 생산을 기원하는 것과 안녕을 빌고 복을 기원하는 것이 이루어진다. 그것은 부정적인 것보다도 긍정적인 삶의 기대감을 크게 갖게 하는 시기라는 것을 바탕으로 하고 있다. 이와 같이 시작한 첫 달과 첫날에 다양한 세시명절이 진행되는 것은 시간이 갖는 의미와 밀접한 관련이 있음을 알 수 있다.

한 해의 첫 달이면서 첫날은 설날이다. 임재해는 설의 어원을 새날이자 으뜸날이라 했고, 설은 새해 첫날로서 최초로 겪게 되는 시작의 날이라는 의미를 갖고 있다고 했다.[18] 시간은 공간적 이동의 은유적 개념이기 때문에 시작하는 처음은 출발점으로 계획을 세우는 단계이고, 마지막 날은 종착점으로서 계획을 달성하고자 하는 목표지점이다. 한 해 삶의 내용은 첫날부터 마지막 날까지 몸을 움직이면서 경험한 것들을 말한다. 그 내용은 한 해라고 하는 시간의 양이자 삶의 내용인 것이다. 그렇기 때문에 삶의 내용이 시작하는 첫 달과 첫날이 시간적으로 중요한 의미를 갖는다. 이것은 삶의 가르침으로 '시작이 반이다'라는 격언을 갖게 하는 것과도 무관하지 않다. 시간은 인간의 몸과 두뇌에 의해 창조된 것이지만, 시간이 길이(척도), 흐름(이동), 낭비(물질) 등의 은유적 개념[19]을 가지고 있어서 삶의 세계를 이해하는데 중요한 역할을 한다.

(3) 세시명절의 물리적 기반이 농업이라는 것을 파악할 수 있다.

세시명절의 물리적 기반이 농업이라는 것은 세시행사 내용을 통해 확인된다. 1월의 세시행사로 입춘날의 보리뿌리점과 입춘굿, 대보름의 달맞이와 농사점, 그리고 동제, 달집태우기, 줄다리기, 고싸움놀이, 기세배 등의 공동체 민속놀이 등이 농사의 풍요를 기원하고, 2월 초하루의 좀생이점과 영등할머니의 하강을 통해 농사 풍요를 점치는 행위가 모두 농업과 밀접한 관련이 있다. 그리고 5월의 단오굿이나 6월 용왕굿, 7월의 호미씻기와 풍장놀이, 8월의 올벼심리와 풋바심, 10월의 고사와 조상단지 모시기 등도 모두 농업과 관련된 세시행사이다. 농업이야말로 한국 세시명절의 중요한 물리적 기반임을 말해주고 있는 것이다.

농업에서도 두레와 같은 농업노동의 공동체가 세시행사의 물리적 기반으로서 중요한 역할을 하는데, 그것은 공동체 민속놀이가 대표적이다. 농사의 성패는 이웃과 마을공동체의 관계에 달려 있다고 해도 과언이 아니다. 그들의 관계를 바탕으로 형성된 것이 마을공동체 조직이다. 그 조직은 농업노동의 공동체 역할을 하는 것은 물론 놀이공동체의 역할을 한다. 이러한 놀이공동체를 바탕으로 1월 대보름의 솟대세우기, 달집태우기, 지신밟기, 동제, 별신굿, 기세배, 줄다리기, 고싸움, 보름줄다리기, 등싸움, 나무쇠싸움, 차전놀이 등이 이루어졌던 것이고, 7월의 호미씻기, 풍장놀이, 땅뺏기놀이 등, 8월의 소놀이와 거북놀이 등도 마찬가지이다. 이들 놀이는 농업을 근거로 형성된 민속놀이며, 무엇보다도 중요한 것은 농업노동의 공동체가 중요한 역할을 한다는 점이다. 따라서 공동체의 와해는 경제, 사회적인 변화가 영향을 미쳤겠지만 무엇보다도 농업의 경작방식이 크게 영향을 미쳤다고 할 수 있다. 그것은 농약과 농기계의 등장이 농업노동의 획기적인 변화를 가져왔고, 적지 않게 공동체 민속놀이에도 영향을 미친 것이다.

농업을 물리적 기반으로 한 세시명절은 기본적으로 공간상에서 운동과 사물에 근거한 은유적 인지과정을 통해 인식한 시간 개념을 근거로 하고 있다. 특히 농업노동은 다양한 움직임을 통해 인간에 필요한 물자를 획득하는 과정이기 때문에 시간의 흐름에 맞추어 그에 적합한 노동을 한다. 다시 말하면 시간의 흐름에 따라 노동이 다른 것이다. 봄철의 농업노동이 다르고, 여름철 농업노동이 다른 것은 식물의 성장 과정이 시간에 따라 다르기 때문이다. 농업노동에서는 움직이는 물체의 이동에 근거하여 시간을 인지한다. 예컨대 일하다보면 시간이 흘러갔다거나 훌쩍 지나가버렸다고 표현하거나, 일할 시간이 다가오거나 끝나간다든지, 이러한 것은 삶에도 그대로 반영되어 인생이 빠른 속도록 지나가니 짧다거나, 젊은 시절은 왜 이렇게 짧은지 등으로 표현한다. 즉 공간상에서 운동과 사물의 은유화를 통해 시간을 인식한 것이고, 농업노동과 밀접한 관련이 있음을 확인할 수 있다.

(4) 세시명절에서 조상신의 의례를 중요시 하는 것을 파악할 수 있다.

세시행사 가운데 조상신의 행사가 바로 차례와 시제인데, 차례는 설날, 한식, 단오, 추석에 지내며, 지역에 따라 대보름에도 지내기도 한다. 그러한 까닭에 유교를 숭상하는 사회에서 차례를 모시는 명절을 큰 명절이라 한 것이고, 한국의 4대 명절을 설날, 한식, 단오, 추석을 일컫는 것은 모두 조상신을 섬기는 차례에서 비롯된 것이다. 뿐만 아니라 이들 명절에 성묘를 하는 데서도 조상신의 의례가 확인된다. 일반적으로 차례는 집에서 돌아가신 조상을 섬기는 의례이고, 성묘는 산소에서 이루어진다는 점에서 장소의 차이가 있다. 특히 설날에 부모님과 집안 어른들께 세배하는 것도 살아계신 조상을 섬긴다는 점에서 조상숭배적 의미를 지닌다. 이와 같이 세시행사 중 조상신을 섬기는 명절을 중요시 여긴 것은 모두 한국인의 조상숭배 의식에서 비롯된 것으로 보인다.

조상신의 의례는 명절뿐만 아니라 10월의 세시행사를 통해서 확인할 수 있다. 10월을 상달이라고 한 것은 조상신을 섬기는 달이기 때문이기도 할 텐데, 10월 세시행사의 하나는 각 가정에서 조상단지를 모시는 행위이고, 두 번째는 문중에서 시제를 모시는 것이다. 조상단지 모시기는 조상신의 신체를 교체하는 의례이고, 그 해 농사를 지어서 가정주부가 햇곡식으로 묵은 곡식을 교체하고 간단한 의례를 거행한다. 그리고 시제는 문중 단위로 선산에서 행해지는 제사로, 5대조 이상의 조상을 대상으로 한다. 일반적으로 기제사는 4대조 조상까지 집안에서 기제사나 차례로 모시지만, 그 이상의 조상은 문중의 시제로 통합하여 모신다. 오늘날에 와서는 이와 같은 조상신을 모시는 범위가 바뀌고 있지만, 시제는 단순히 조상신을 섬기는 것뿐만 아니라 자손들이 시제를 통해 혈연적인 뿌리를 파악하고, 나아가서는 혈연공동체의 결속을 강화하는 역할을 한다.

2) 산업사회 공공적 공동체에 근거한 기념일

기념일은 국가가 어떤 특정한 날을 기념하기 위해 제정한 날을 말한다. 1973년 3월 30일 〈각종 기념일 등에 관한 규정〉이 제정되어 시행되어 오고 있는데, 기념일은 법률로 지정된 ①국경일, ②관공서의 공휴일에 관한 규정에 의한 법정공휴일, ③각종기념일 등에 관한 규정에 의해 정부가 제정하고 주관하는 국가기념일로 구분된다. 국경일은 〈국경일에 관한 법률〉에 따라 국가의 경사로운 날을 기념하기 위한 날로서, 다른 공휴일보다 격이 다소 높은 날이기 때문에 태극기를 게양하는 것이 권장된다. 이에 비해 법정공휴일은 〈관공서의 공휴일에 관한 법률〉(대통령령)에 의해 공휴일이 된 날, 즉 관공서가 쉬는 휴일이다. 그렇기 때문에 일요일은 항상 법정공휴일이다. 그리고 국가기념일은 〈각종 기념일 등에 관한 규정〉(대통령령)에 따라 정부가 제정하고 주관하는 법정기념일이다. 따라서 한국인의 삶에 영향을 미치고 있는 기념일을 정리하면 다음과 같다.

월	날짜	행사	종류	내용
1월	양력 1일	새해 첫날(양력 설날)	법정공휴일	1949년 공휴일 지정
	음력 1일	설날	법정공휴일	1989년 공휴일 지정 1985~1988년까지 민속의 날
2월	양력 10일	문화재 방재의 날	법정기념일	문화재청 행사
3월	양력 1일	삼일절	국경일	
	양력 8일	여성의 날	법정기념일	여성가족부 행사
4월	음력 8일	부처님오신 날	법정공휴일	1975년 공휴일 지정
	양력 15일	식목일	법정기념일	1949년 공휴일 지정/2006년 해제
	양력 19일	4·19혁명 기념일	법정기념일	국가보훈처 행사
5월	양력 1일	근로자의 날	법정기념일	고용노동부 행사
	양력 5일	어린이날	법정공휴일	1975년 공휴일 지정
	양력 8일	어버이날	법정기념일	보건복지부 행사
	양력 15일	스승의 날	법정기념일	교육부 행사
	양력 18일	5·18민주화운동 기념일	법정기념일	국가보훈처 행사
	셋째월요일	성년의 날	법정기념일	여성가족부 행사
	양력 21일	부부의 날	법정기념일	여성가족부 행사
6월	양력 6일	현충일	법정공휴일	1956년 공휴일 지정
	양력 10일	6·10민주항쟁기념일	법정기념일	안전행정부 행사
	양력 25일	6·25전쟁일	법정기념일	국가보훈처 행사
7월	양력 17일	제헌절	국경일	1949년 공휴일 지정, 2008년 공휴일 해제
8월	양력 15일	광복절	국경일	1949년 공휴일 지정
	음력 15일	추석	법정공휴일	1949년 공휴일 지정
9월	양력 7일	사회복지의 날	법정기념일	보건복지부 행사
	양력 10일	자살예방의 날	법정기념일	보건복지부 행사
10월	양력 1일	국군의 날	법정기념일	국방부 행사
	양력 3일	개천절	국경일	1949년 공휴일 지정
	양력 9일	한글날	국경일	1949년 공휴일 지정/1991년 공휴일 해제/2013년 공휴일 재지정
	양력 15일	체육의 날	법정기념일	문화체육관광부 행사
11월	양력 3일	학생독립기념일	법정기념일	교육부·국가보훈처 행사
	양력 11일	농업인의 날	법정기념일	농림축산식품부 행사
12월	양력 25일	성탄절	법정공휴일	1949년 공휴일 지정
	양력 31일	제야의 종	기타	

위의 표에 보면 월별로 다양한 기념일이 배치되어 있는데, 1949년 5월 24일에 국무회의를 통해 국경일(國慶日)과 공휴일(公休日)이 제정되어 6월 4일부터 본격적으로 기념일(記念日)이 지정되어 시행되어 오고 있다. 그 당시 공휴일은 일요일, 국경일(3·1절, 제헌절, 광복절, 개천절), 양력설, 식목일, 추석, 한글날, 성탄절, 기타 정부에서 수시 지정하는 날이었다. 이 가운데 음력설보다도 양력설이, 부처님오신 날보다도 성탄절이 먼저 공휴일로 지정되었다. 이것은 당시의 근현대화라고 하는 사회문화적 분위기와 이승만 정권의 친기독교적인 성향과 밀접한 관련이 있다. 그리고 부처님오신 날이 1975년 10월 14일에 공휴일로 제정된 것은 국가재건최고회의 의장 출신인 박정희 정권의 친불교적인 성향이 영향을 미쳤을 것이다.

　　2019년 기준으로 정부에서 주관하고 있는 기념일이 51종이고, 지방자치단체에서 지정하는 기념일을 포함하면 훨씬 많은 기념일이 개최되고 있다. 이와 같은 기념일의 등장은 한국의 공공적 공동체가 크게 영향을 미쳤고, 근현대화와 적지 않은 관계를 맺고 있다. 한국의 근현대화는 한국전쟁을 경험하고 난 뒤 이승만과 박정희 정권에서 본격화되었다. 그것은 전통적인 1차 농업노동보다는 2차 산업노동을 중시하는 사회에 직면하게 되었고, 특히 60년대 경제개발과 70년대 새마을운동은 노동형태의 변화에 크게 작용했다. 그 시기는 한국사회의 농촌인구 감소와 2차 산업노동을 바탕으로 한 도시화가 본격적으로 가속화되었기 때문이다. 이와 같은 변화 속에서 오늘날 한국인의 삶에 적지 않게 영향을 미치고 있는 기념일의 특징을 몇 가지로 정리할 수 있다.

　　첫째로 한국인의 자주독립성과 민족성을 강조하는 기념일이다. 자주독립성과 민족성은 국가와 민족의 정체성을 구성하는데 중요한 역할을 한다. 정체성은 오랜 기간에 걸쳐 형성되고 누적된 환경, 사회, 역사, 문화적 경험의 산물이다. 그렇기 때문에 정체성은 공동체의 결속을 강화시켜주고 지속시켜 주는 역할을 한다. 뿐만 아니라 공동체 구성원들의 자부심과 소속감을 갖도록 해 준다.[20] 이와 같은 의도에서 삼일절, 학생독립기념일, 광복절, 제헌절, 개천절, 한글날, 4·19혁명 기념일, 5·18민주화운동 기념일, 6·10민주항쟁기념일, 6·25전쟁일, 현충일 등의 기념일을 국가 차원에서 제정하여 다양한 행사를 개최해 온 것으로 생각할 수 있다.

두 번째는 문화적 전통성을 강조하는 기념일이다. 문화적 전통성은 설날과 추석날을 공휴일로 지정했다는 점에서 확인할 수 있다. 한국인의 전통적인 세시행사가 설날을 중심으로 정월에 집중되어 있고, 벼농사를 주업으로 하고 가을철의 대표적인 추수감사제의 명절이 추석이라는 점을 근거로 전통문화계승발전의 의미를 구현하려는 의도에서 비롯된 것이다. 비록 설날이 1949년도에는 양력설을 기준으로 삼았지만, 1985년부터 1988년까지는 음력설을 민속의 날로 개념화하여 문화적 전통성을 이어가고자 했으며, 1989년에는 민속의 날이 아니라 설날의 명칭을 회복하게 되면서 공휴일로 지정되었다. 이와 같이 설날과 추석은 한국 전통문화의 상징적인 기념일인 셈이다.

세 번째는 유교적 관념과 가족공동체성을 강조하는 기념일이다. 그러한 예로 어린이날, 어버이날, 스승의 날, 성년의 날, 부부의 날이 있다. 이들은 사랑, 효도, 존경, 배려 등의 유교적 가치를 지속시키고 구현하기 위한 기념일이다. 이것은 어린이를 사랑하여 미래를 준비하기 위함이고, 스승의 가르침을 통해 사회적 인간으로서 성장하여 부모를 공경하며, 부부관계를 통해 가족공동체의 건강함을 지속시키고자 하는 의도가 강하게 반영되어 있다. 사회의 최소 단위인 가족의 건강한 정서적 문화를 토대로 미래지향적인 사회의 발전과 민족의 부흥을 꾀하고자 하는데서 비롯된 것으로 생각한다.

네 번째로 종교적 축제의 기념일이다. 그것은 부처님 오신 날과 성탄절을 말하는데, 불교와 기독교와 관련된 기념일이다. 이처럼 특정 종교와 관계된 축제일을 공휴일로 제정하고 있는 것은 공휴일 정책이 종교적 환경의 영향을 받고 있음을 보여주고 있는 것이다. 대한민국 헌법 제20조에는 종교의 자유를 인정하고 국교는 인정되지 아니하며 종교와 정치를 분리하고 있다. 그럼에도 불구하고 특정 종교와 관계된 축제일을 공휴일로 제정하는 것은 어떠한 국가적인 명분도 존재하지 않는다. 다만 이것은 공공적으로 정치와 종교를 분리하고 있지만, 정서적이며 정치적인 논리에 입각해 특정 종교와 관계된 축제를 공휴일로 지정하고 있는 것으로 해석할 수밖에 없다.

다섯 번째로 사회문화적 복지를 강조하는 기념일이다. 인간은 경제성장이 이루어지고 인간 삶의 질을 중시하게 되면, 삶의 공동체도 중요하지만 개인의 권리도 중요하게 여긴다. 더불어서 문화, 복지, 건강 등에 대한 관심도 증가하게 된다. 이와 같은 관점에서 문화재 방재의 날, 사회복지의 날, 체육의 날 등의 기념일에 대한 관심을 갖게 된 것으로 보인다. 문화재 방재의 날은 단순히 문화재 지킴이에서 벗어나 문화유산의 올바른 이해를 토대로 우리 문화의 중요성과 소중함을 일깨워주는 날이기도 하다. 사회복지의 날도 국민들의 사회복지에 대한 이해를 증진시키고 관심을 갖도록 하는 날이고, 체육의 날은 국민의 체력을 증진하여 공동체간의 결속 강화는 물론 심신을 단련하여 건강한 삶을 갖도록 하는 날이다. 이와 같이 앞으로 다양한 공동체 혹은 직능별로 기념하는 날이 더욱 증가할 것으로 예상된다.

여섯 번째로 노동적 가치를 강조하는 기념일이다. 그 예로 근로자의 날과 농업인의 날이 해당한다. 모든 인간은 존엄과 가치를 갖는 것처럼 노동자 또한 마찬가지이다. 인간은 삶의 다양한 영역에서 차별을 받지 아니하고, 행복을 추구할 권리를 갖는 것처럼 노동적 가치가 존중되고 강조하는 기념일이 근로자의 날이다. 이 기념일은 주로 2차 산업현장에 종사하는 노동자들의 권익과 복지를 강화하기 위한 날로 인식하는 경우가 많았지만, 근로자는 다양한 직종에 종사하는 모든 노동자를 지칭하는 말이다. 근로자는 다름 아닌 2차 산업노동에 종사하는 경우가 많다.

산업노동에 종사하는 근로자는 앞서 농업노동에서 경험한 시간 개념을 반복하기도 하지만, 노동 형태에 따라 다소 차이가 있다. 농업노동은 계절에 따라 다르지만, 산업노동은 계절보다는 제품의 완성 과정에 따라 달라진다. 농업노동을 통해 획득한 물자는 시간의 흐름, 즉 계절에 따라 결정되지만, 산업노동을 통해 획득한 물자는 계절의 영향을 받지 않고 제품을 완성하는 시간의 양에 따라 결정된다. 시간의 양이 제품을 생산하는 양, 즉 시간은 물자를 획득할 수 있는 양이다. 이것은 다시 물자가 돈이라는 환유적 과정을 통해 〈시간은 돈〉의 은유로 확장된다. 산업노동을 중요시 여기는 사회에서는 당연히 시간을 돈으로 인식한다. 산업노동 현장에서 일하는 시간만큼 제품이 생산되기 때문에 그 시간에 근거하여 급여를 제공하고 있는 것이다.

이처럼 산업노동에 종사하는 근로자는 삶의 여가생활을 확대하고자 노동 시간을 줄이고 싶어 하고, 근로자를 감독하는 생산기관은 제품의 생산을 증가시키기 위해 노동 시간을 늘리고 싶어 한다. 이런 점에서 사용자와 근로자 간의 적지 않은 충돌이 발생하고 갈등이 형성된다. 이것은 시간을 통해 추구하고자 하는 관점이 다른 데서 비롯된 것이다. 산업노동에 종사한 사용자와 근로자는 당연히 물질적 관점에서 인식하는 시간을 일상적인 삶에 반영하기 마련이다. 실제로 시간을 아껴야 돈을 번다고 생각하는 것이라든가, 돈을 낭비하는 것은 시간을 소비하는 것으로 생각하고, 삶의 공간상에서 아무 움직임이나 이동을 하지 않고 시간을 보내는 것은 인생을 허비하는 것으로 생각하는 것도 이러한 관념에서 비롯된 것으로 보인다.

근로자의 날이 있음에도 불구하고 농업인의 날을 지정한 것은 오랜 역사성을 지닌 농업노동에 종사하는 농민들의 권익 향상을 도모하고, 농업이 국민 경제의 바탕임을 국민들에게 인식시키고 농업의 활로를 모색하기 위해 제정한 것이다. 농업인의 날은 농경민적인 삶의 방식이 존중되어야 하고, 그것이 한국인의 삶의 근본임을 강조하기 위한 날이기도 하다. 시간이 돈이라고 인식하고 있는 산업사회에서도 농업은 여전히 지속되고 있고, 농업노동에 근거한 삶이 지속되고 있기 때문이다.

지금까지 국가가 제정하고 시행하는 기념일을 중심으로 살펴보았지만, 앞으로는 공공적 기관이 주관하는 축제에 대해서도 관심을 가질 필요가 있다. 축제는 제의적, 유희적, 의례적, 경제적인 행사로서[21] 1년을 주기로 반복되는 연중행사이기 때문이다. 1992년 지방자치 실시 이후 축제가 기하급수적으로 증가하고 있다. 2019년 문화체육관광부에 등록된 축제만 해도 884개인데, 이것은 2일 이상 지역주민, 지역단체, 지방정부, 불특정 다수인이 함께 참여하는 문화관광축제, 특산물축제, 문화예술제, 일반축제 등을 말한다.[22] 이러한 축제가 일회성으로 그치지 않고 반복적으로 거행되고, 지역 중심의 종합문화예술행사라는 의미를 지니고 있다. 게다가 축제를 공휴일을 고려하여 그 시기를 결정하기도 하고, 국경일이나 지역의 기념일과 연계하여 개최하는 경우도 많아서 더욱 관심을 가져야 한다. 기본적으로 세시명절이나 기념일이 축제적 성격을 지니고 있기 때문에 더욱 그렇다.

3) 산업사회 관계공감대와 이익실현을 위한 기념일

국가가 제정한 기념일 이외에도 다양한 직능단체나 상업 목적으로 지정하여 세속화 시킨 기념일도 적지 않다. 그것은 주로 생산단체나 연령 혹은 계층별로 이루어지는 경우가 많다. 이러한 기념일은 역사적, 문화적 기원을 가지고 있지 않지만, 주로 80년대를 전후로 발생한 것으로 일본이나 외부의 다양한 경제적 요인이 작용하여 형성된 것이다. 기념일을 개인에 따라 다양한 차이를 보이고 있지만, 연례적으로 반복되는 행사를 중심으로 정리하면 다음과 같다.

월별	날짜	행사	행사 내용
1월	양력 14일	다이어리데이	연인들끼리 일기장을 선물하는 날
2월	양력 14일	밸런타인데이	여자가 좋아하는 남자에게 초콜릿 따위를 선물하는 날
3월	양력 3일	삼겹살데이	축협의 행사, 삼겹살 먹는 날
	양력 14일	화이트데이	남자가 좋아하는 여자에게 사탕을 선물하는 날
4월	양력 14일	블랙데이	2/3월에 선물을 받지 못한 남녀들이 외로움을 달래는 날
5월	양력 2일	오리데이 오이데이	농협의 행사, 오리고기 먹는날 농촌진흥청의 행사, 오이 먹는 날
	양력 14일	로즈데이	연인들끼리 장미꽃을 주고 받는 날
6월	양력 14일	키스데이	연인들이 입맞춤하는 날이고 머그잔을 선물하는 날
7월	양력 14일	실버데이	연인들이 은반지를 주고 받는 날
8월	양력 8일	장어먹는 날	전북 고창군의 축제행사, 풍천장어를 먹는 날
	양력 14일	그린데이	연인끼리 숲에서 무더위를 달래는 날
9월	양력 14일	포토데이	연인끼리 기념사진 찍는 날
10월	양력 14일	와인데이	연인들끼리 포도주 마시는 날
	양력 24일	사과데이	친구나 애인이 서로 사과를 주고 받는 날
11월	양력 11일	빼빼로데이 가래떡데이	빼빼로 과자를 선물하는 날 가래떡 먹는 날
	양력 14일	무비데이 쿠키데이	연인끼리 영화 보는 날 좋아하는 사람에게 쿠키를 주는 날
12월	양력 14일	머니데이 허그데이 양말데이	애인에게 이벤트 해주는 날 연인, 가족, 친구에게 포옹하는 날 연인에게 양말을 선물하는 날

위의 표에서 보면 기념일이 매월 14일마다 이루어지고, 그 외 3월 3일, 5월 2일, 8월 8일, 11월 11일에도 이루어지면서 점차 기념일이 증가하고 있는 것을 확인할 수 있다. 일반적으로 이와 같은 현상은 밸런타인데이나 화이트데이가 연인들 중심의 기념일이 정착되면서 그로 인해 매월 14일의 기념일이

증가되었고, 그것을 토대로 여타의 기념일도 형성된 것으로 생각한다. 이러한 기념일에서 두 가지의 의미가 파악된다.

하나는 연인들 중심의 기념일이 많고, 인간과 인간의 욕구적 관계, 즉 관계공감대를 추구하려는 것이 특징이다. 그것은 매월 14일에 이루어지는 기념일이 대표적이다. 밸런타인데이나 화이트데이는 연인들의 축제로서 관계의 결속력을 강화하거나 새로운 관계를 만들어가는 날이다. 사탕이나 초콜릿을 주고받는 경우가 많은데, 〈사랑은 사탕〉의 은유를 토대로 이루어진 것으로 사탕이 달콤한 것처럼 달콤한 사랑을 추구하고자 하는 인식에서 비롯된 것이다. 이처럼 매월 14일의 기념일에 선물하고 그에 따라 행동하는 것은 욕구적 관계를 만들어가는 은유적 표현의 실천이다. 어떻게 보면 매월 14일의 행사는 인간과 인간의 관계를 확장해가는 과정에서 증가한 것으로 생각한다. 즉 연인의 관계에서 우정의 관계, 가족의 관계 등으로 확대되면서 14일의 기념일이 증가한 것이다. 하지만 이러한 기념일은 상업적인 마케팅의 일환으로 등장했다고 하는 비판적 견해도 적지 않다. 중요한 것은 이러한 기념일이 다양한 관계를 바탕으로 지속적으로 이루어지고 있다는 점에 주목해야 한다.

두 번째로 경제적 목적을 구현하기 위해 기념일이 증가하고 있다. 삼겹살데이나 로즈데이, 사과데이, 와인데이, 오리데이, 오이데이, 장어먹는 날 등이 그것이다. 이들 행사는 기본적으로 지역경제의 활성화, 상품의 판로를 모색하려는 마케팅의 하나로 기념일을 기획하여 홍보하고, 그것이 소기의 경제적 성과를 올리고 있다는 점에서 의미를 지닌다. 이것은 연인들 중심의 기념일이 서로 선물을 주고받는 행사로 정착하고 그 경제적인 효과가 기반이 되었다. 앞으로 이러한 기념일이 각 지역의 축제행사와 연계하여 더욱 증가할 것이다.

이와 같이 공동체보다도 개인 중심의 기념일 행사가 많아지게 된 것은 시간을 마케팅의 수단으로 활용하면서 나타난 현상이다. 축협의 돼지고기 소비를 증가 시키기 위한 기념일, 농협의 농산물 판로를 확대하기 위한 기념일 등은 〈시간은 물질(돈)〉 은유를 토대로 하고, 시간은 돈이라는 경제적인 의미를 토대로 이루어진다. 일반적으로 농업노동이 중심이 되는 농경사회에서는 시간의 흐름에 따라 인간이 필요한 물자를 획득하지만, 분업화되고 전문적인 산업노동을 요구하는 산업사회에서는 물자를 획득하기 위해 시간을 활용한다는 점에서 차이가 있다. 특히 산업사회의 시간 마케팅은 다름 아닌 시간을 효율적으로 활용해서 다양한 상품을 판매하고자 함이고, 이것은 경제적목적을 구현하는데 그 목적이 있다.

4. 세시행사의 지속과 변화

세시행사는 기본적으로 생업구조와 밀접한 관련을 맺고 있기 때문에 그 변화에 따라 약화되고 변화되기 마련이다. 생업구조는 자연환경의 변화를 비롯해 사회적 구조, 역사적 사건 등에 영향을 받는다. 산업화 이전에는 농업을 주업으로 삼는 경우가 많아 농업노동의 방식에 따라 삶의 체계가 이루어졌고, 그 이후에는 도시화가 가속화되고 2차 산업을 비롯한 다양한 형태의 산업이 발달하면서 그에 따른 노동방식이 등장하게 되었다. 세시행사 또한 이러한 변화를 토대로 단절되거나 혹은 변화를 통해 지속되어 온 것이 사실이다. 따라서 세시행사의 지속과 변화에 어떠한 요인이 작용하고, 세시행사의 본질적인 의미가 어떻게 변화되는가, 그리고 어떠한 세시행사가 새롭게 정착될 것인지를 파악하는 것도 중요한 의미를 갖는다. 이를 크게 다섯 가지로 정리할 수 있다.

먼저 농업노동보다는 다양한 산업노동을 근거로 한 세시행사가 더욱 확대될 것이다. 농업노동을 근거로 형성되었던 세시명절은 설날과 대보름 그리고 추석 정도 지속되고 있다. 그 여타의 세시행사는 소멸되거나 잔존기억으로 남아있다. 1차 산업에서 2차 산업으로의 경제적 전환이 농경사회의 많은 변화를 초래했는데, 특히 농업노동 공동체 와해가 그것이다. 비록 일제강점기에 공동체의 탄압으로 인해 공동체 세시행사가 상당부분 약화되거나 위축되는 경우가 많았더라도 그 이면에는 무엇보다도 농약과 농기계의 등장이 중요한 역할을 했다. 이것은 농업노동의 변화를 초래했고, 급기야는 농촌에 거주하는 사람들의 삶을 바꾸는데도 중요한 역할을 하였다.

도시의 구조는 농업보다도 2차 산업을 근간으로 형성되는 경우가 많아 당연히 산업노동에 종사하는 근로자가 대다수를 차지한다. 산업노동을 중시하는 공공적 공동체가 근로자를 위한 다양한 행사를 제정하여 시행하고, 이것은 근로자의 권익단체인 노동조합이나 유관 기관의 영향을 받을 수밖에 없다. 그래서 근로자 삶의 체계를 토대로 이루어진 세시행사는 농경사회의 세시행사와는 다르기 마련이다. 이에 따라 농업을 기반으로 형성되었던 세시행사는 약화되고, 산업노동을 바탕으로 한 새로운 세시행사가 등장하게 되는데, 다름 아닌 공공적 공동체가 주도적으로 관여하는 기념일이 그것이다.

두 번째로 공휴일 정책이 세시행사 지속에 적지 않은 영향을 미치고 있다. 공휴일은 '공공기관이 쉬는 날'이라는 말에서 비롯된 개념이다. 공공기관이 쉬는 날은 생산기관에도 영향을 미치고, 우리의 삶에도 많은 영향을 미치고 있다. 특히 공휴일 가운데 일요일은 우리의 삶에 적지 않은 영향을 미쳐왔다. 일주일 단위 삶의 질서가 형성된 것은 갑오개혁 기간인 1895년 이후이고, 최근 들어서 모든 삶이 토요일과 일요일 중심으로 반복되고 있는데, 즉 생일잔치, 회갑잔치, 돌잔치, 결혼식을 비롯한 일생의례 상당수가 주말에 집중적으로 이루어지고 있는 것이나, 축제를 비롯한 다양한 세시행사도 주말에 집중되는 것이 그것이다. 이러한 것은 일요일뿐만 아니라 공휴일까지도 확장되어 나타나고 있다. 중요한 것은 공공기간이 쉬는 날에 다양한 삶의 행사가 이루어지고 있다는 것인데, 공휴일이 우리 삶의 질서체계인 세시행사에 적지 않은 영향을 미치고 있음을 보여주고 있는 것이다.

농경사회의 세시명절 가운데 설날과 추석만이 공휴일로 지정되어 있다. 이러한 공휴일 정책이 전통적인 세시행사의 변화를 초래하였다. 김택규는 한국의 명절권을 한강 이북의 단오권, 호남의 추석권, 낙동강 유역의 추석단오복합권으로 구분한 바 있다.[23] 이것은 추석과 단오가 추수감사제의적 성격을 지닌 중요한 명절임을 말해주고 있는 것이다. 그리고 고려와 조선시대의 관공서에서 단오에는 3일 쉬고, 추석에는 하루 쉬었다고[24] 하는 것으로 보면 무엇보다도 단오가 중요한 명절이었음을 확인할 수 있다. 그런데 추석은 공휴일로 지정되고, 단오는 공휴일에서 배제됨으로써 단오명절의 세시행사가 약화되거나 단절되었다고 해도 과언이 아니다. 이러한 현상은 바로 공휴일 정책의 영향이라고 하지 않을 수 없다.

뿐만 아니라 우리 헌법에 종교의 자유를 인정하여 국교를 지정하고 있지 않음에도 불구하고 부처님오신 날과 성탄절을 공휴일로 지정하고 있다. 이것은 정치와 종교의 분리를 강조하고 있지만, 그 이면에는 종교적 환경이 정치에 적지 않게 영향을 미치고 있음을 보여준다. 문화의 꽃이라고 부르는 종교가 그 민족의 문화적 정체성을 형성하는 중요한 역할을 한다. 그렇지만 부처님오신 날과 성탄절을 공휴일로 지정하는 것은 한국 문화적 정체성과도 부합되지 않기 때문에 당연히 해제되어야 한다. 어찌됐건 공휴일 정책이 세시행사에 많은 영향을 미치고 있음을 알 수 있다.

세 번째로 시간 개념의 확대가 세시행사에 적지 않은 영향을 미치고 있다. 시간 개념의 확장이 농업노동을 근거로 한 세시명절은 점차 약화시키고, 1949년 이후 산업노동을 근거로 한 기념일은 한국의 삶의 주기 속에서 중요한 역할을 하고 있으며, 나아가서는 다양한 계층과 직종 그리고 연령대의 기념일을 더욱 증가시키는데 중요한 역할을 하고 있다. 농경사회에서 농업노동을 근거로 한 시간 개념은 〈시간은 공간상에서 이동과 사건〉은유를 통해 형성된 것이어서 시간의 흐름에 따라 삶이 체계화 되었고, 무엇보다도 시간 인식 능력을 중요시 여겼다. 즉 시간에 따라 인간이 필요로 하는 삶의 물자를 확보할 수 있다고 생각했기 때문이다.

농경사회의 시간 개념이 〈시간은 자원(돈)〉은유를 통해 확장되면서 시간이 돈이고, 돈이 곧 시간을 의미한다는 삶, 그에 따라 산업노동을 근거로 한 삶의 방식이 형성되었다. 이것은 삶에서 시간의 중요성을 강조하고 있고, 삶의 풍요를 극대화하기 위해 시간을 최대한 활용해야 한다는 인식을 갖게 했다. 단순히 시간의 흐름에 따라 인간이 필요로 하는 물자를 확보하는 것이 아니라, 도리어 풍요로운 것을 확보하기 위해 시간을 어떻게 활용해야 할 것인지를 고민하게 된 것이다. 나아가서 물질화된 시간 개념을 마케팅의 전략으로 활용하는 단계로까지 확대되고 있다.

네 번째로 세시행사의 본질적인 의미 변화가 이루어지고 있다. 앞서 세시행사의 실상을 파악해본 것처럼 세시행사는 다양한 의미를 지니고 있다. 그러한 세시행사의 본질적 의미는 약화되고, 공휴일과 더불어 명절이나 기념일을 단순히 여가생활 하는 날로 인식하는 경향이 증가하고 있다. 특히 공휴일로 지정된 세시행사가 국가나 공공적 공동체가 추구하는 세시행사의 본질적 의미보다 잠시 노동의 시간을 멈추는, 즉 휴식을 취하는 여가적 시간을 갖고자 하는 경우가 많아지고 있다. 그것은 공휴일을 이용하여 가족이나 단체 여행을 가거나, 여가생활을 확대하려는 삶을 통해서 확인된다. 이것은 세시행사를 노동하지 않고 단순히 여가생활 하는 날로 개념화하는데 적지 않은 영향을 미치게 될 것으로 보인다.

다섯 번째로 밸런타인데이나 화이트데이 등 관계공감대를 형성하는 기념일이나, 공동체의 경제적 목적을 실현하기 위한 기념일도 점차 증가할 것으로 생각한다. 이러한 기념일은 세시명절과 국가 주도 기념일의 물리적 기반과는 다른 모습을 가지고 있다. 세시명절이 전통적인 농업노동의 공동체를 근거로 하고, 기념일은 국가나 공공적 공동체를 근거로 한다면, 최근에 증가하고 있는 다양한 기념일은 특정 연령층이나 계층, 이익단체 등을 근거로 이루어지고 있다는 점에서 차이가 있다. 하지만 앞으로 우리 사회에서 정치 및 경제 발전이 이루어지면서 인간의 수직적인 관계보다 수평적 관계가 더욱 확대되어 다양한 주장이 분출될 것이다. 그것은 세시행사가 다양하게 이루어지고, 획일적이고 강제성이 강한 기념일보다는 개성과 자율성을 토대로 한 기념일을 더욱 증가시키게 될 것으로 생각한다.

요 약 ─────────────────────────────────

　지금까지 체험주의적인 측면에서 시간의 개념을 이해하고, 시대별로 노동
방식과 세시행사를 파악하여 그것이 오늘날까지 어떻게 지속되고 있고, 그
의미가 어떻게 변화되고 있는가를 파악해보았다. 시간이 유목 및 농경민적
생산의 도구로 활용되는 것은 물론 삶의 체계화에 적지 않은 역할을 해왔음
을 알 수 있고, 나아가서는 종교적 권력 도구로 사용되기도 했으며, 오늘날
에 와서는 경제적인 가치의 척도가 되고 있음을 알 수 있다.

　시간은 무의식적이며 자동적으로 사용하는 관습적 개념으로서 은유적이며
환유적인 개념이다. 공간상에서 운동과 사물에 근거하여 은유적으로 형성된
개념이 시간이고, 사건들의 상호관계와 규칙적이며 반복적인 관계를 통해 환
유적인 인지과정으로 통해 형성된 개념이 시간이다. 다시 말하면 시간은 공
간상의 이동과 사건을 근거로 형성된 개념이기 때문에 노동과 밀접한 관련이
있다. 노동은 형태나 방식에 따라 육체적 노동, 정신적 노동, 조작적 노동 등
으로 구분되고, 농경사회의 육체적 노동이야말로 원초적이며 시간의 물리적
근원이라고 할 수 있다. 농경사회의 시간 개념이 정신적인 노동과 조작적 노
동을 중요시 여기는 지식 및 정보산업사회에서는 물질적인 개념으로 확장된
다. 즉 〈시간은 자원이고 돈이다〉라는 시간 개념의 물리적 기반은 노동이 상
품화된 산업노동인 것이다. 이것은 〈노동은 상품이고, 시간이 돈이다〉라는
관념을 갖게 하였고, 시간을 상품판매 전략으로 활용하는 단계까지 이르게
하였다. 이처럼 시간은 인간이 생명을 유지하고 이어가기 위한 노동과 밀접
한 관련이 있고, 그러한 관념을 바탕으로 다양한 세시행사가 이루어져 왔다.

　세시행사는 크게 농경사회를 근간으로 하고 있는 세시명절과 산업사회의
국가적 차원에서 행해지는 기념일, 관계공감대와 이익실현을 위한 기념일이
있다. 먼저 세시명절의 성격을 몇 가지로 정리할 수 있는데, ①보름달과 관

련된 토속적 세시명절, ②음양사상의 영향을 받은 세시명절, ③불교적인 세시명절, ④태양력을 근거로 한 세시명절 등이다. 그 가운데서도 1월에 집중되는 세시행사가 많고, 그 중에서도 1일 설날이 시간적으로 중요한 의미를 갖고 있으며, 세시명절의 물리적 기반이 농업이라는 점, 세시명절에서 조상신의 의례가 많다는 점 등이 세시명절의 특징이다.

두 번째로 산업사회 공공적 공동체에 근거한 기념일은, 즉 1949년 5월 24일 이후 국가가 어떤 특정한 날을 기념하기 위해 제정한 날을 말하는데, ①국경일, ②관공서의 공휴일에 관한 규정에 의한 법정공휴일, ③각종기념일 등에 관한 규정에 의해 정부가 제정하고 주관하는 국가기념일로 구분된다. 2019년 기준으로 정부에서 주관하고 있는 기념일이 51종이고, 이러한 기념일은 ①한국인의 자주독립성과 민족성을 강조, ②문화적 전통성을 강조, ③유교적 관념과 가족공동체성을 강조, ④종교적 축제, ⑤사회문화적 복지를 강조, ⑥노동적 가치를 강조하는 등 다양한 특징을 지닌다. 앞으로는 공공적 기관이 주관하는 축제, 즉 일회성으로 그치지 않고 반복적으로 거행되고, 종합문화예술행사인 축제도 관심을 가져야 한다.

세 번째로 산업사회 관계공감대와 이익실현을 위한 기념일은 생산단체나 연령 혹은 계층별로 이루어지는 경우가 많다. 이러한 기념일은 역사적, 문화적 기원을 가지고 있지는 않지만, 매월 14일마다 이루어지고 있고, 그 외 3월 3일, 5월 2일, 8월 8일, 11월 11일에도 이루어지면서 점차 기념일이 증가하고 있다. 이러한 기념일의 특징을 두 가지로 정리할 수 있는데, 하나는 연인들 중심의 기념일이 많고, 인간과 인간의 욕구적 관계, 즉 관계공감대를 추구하려는 것이 특징이고, 두 번째로 경제적 목적을 구현하기 위해 기념일이 점차 증가하고 있는 것이 특징이다.

세시행사의 지속과 변화에 어떠한 요인들이 작용하고 있고, 세시행사의 본질적인 의미가 어떻게 변화되는가, 그리고 어떠한 세시행사가 새롭게 정착될 것인지를 파악하는 것도 중요하다. 이를 정리하자면 ①농업노동보다는 다양한 산업노동을 근거로 한 세시행사가 더욱 확대될 것으로 보이고, ②공휴일 정책이 세시행사 지속에 적지 않은 영향을 미치고 있으며, ③시간 개념의 확대가 세시행사에 적지 않은 영향을 미치고 있다. 그리고 ④세시행사의 본질적인 의미 변화가 이루어지고 있고, ⑤밸런타인데이나 화이트데이 등 관계공감대를 형성하는 기념일이나, 공동체의 경제적 목적을 실현하기 위한 기념일이 점차 증가하고 있다. 특히 획일적이고 강제성이 강한 기념일보다는 개성과 자율성을 토대로 한 기념일이 더욱 증가하게 될 것으로 생각한다.

각주

1 최인학 외, 『기층문화를 통해 본 한국인의 상상세계(중)-시간민속·물질문화-』, 민속원, 1998, 11~203쪽

2 G.레이코프·M.존슨 지음(임지룡··윤희수·노양진·나익주 옮김), 『몸의 철학』, 도서출판 박이정, 2018, 207~251쪽.

3 G.레이코프·M.존슨 지음(임지룡··윤희수·노양진·나익주 옮김), 위의 책, 209쪽.

4 노양진, 『몸이 철학을 말하다』, 서광사, 2013, 160쪽.

5 노양진, 『몸 언어 철학』, 서광사, 2009, 157~180쪽.

6 G.레이코프·M.존슨 지음(임지룡··윤희수·노양진·나익주 옮김), 앞의 책, 240쪽.

7 표인주, 「홍어음식의 기호적 전이와 문화적 중층성」, 『호남문화연구』제61집, 전남대학교 호남학연구원, 2017, 12~13쪽.

8 표인주, 『체험주의 민속학』, 박이정, 2019, 317쪽.

9 표인주, 위의 책, 174쪽.

10 장주근, 『한국의 세시풍속』, 형설출판사, 1989.

11 고대민족문화연구소, 『한국민속대관』 4, 고대민족문화연구소 출판부, 1995.

12 표인주, 『남도민속학』, 전남대학교출판부, 2014.

13 김택규, 『한국농경세시의 연구』, 영남대학교출판부, 1985.

14 장주근, 앞의 책, 16~22쪽.

15 김경학 외, 『암소와 갠지스』, 산지니, 2005, 47~48쪽.

16 표인주, 「민속에 나타난 불의 물리적 경험과 기호적 의미」, 『비교민속학』 제61집, 비교민속학회, 2016, 139~166쪽.

17 표인주, 『남도민속학』, 전남대학교출판부, 2014, 54쪽.

18 최인학 외, 앞의 책, 47~73쪽.

19 G.레이코프·M.존슨 지음(임지룡··윤희수·노양진·나익주 옮김), 앞의 책, 250쪽.

20 표인주, 『체험주의 민속학』, 박이정, 2019, 150쪽.

21 표인주, 『축제민속학』, 태학사, 2007, 24쪽.

22 https://www.mcst.go.kr/kor/s_culture/festival/festivalList.jsp

23 김택규, 앞의 책, 453쪽.

24 최정훈·오주환, 『조선시대의 역사문화여행』, 북허브, 2013.

제2장

성장민속인 일생의례의
실상과 의미 변화

1. 인간의 생존으로서 의사소통

인간은 무지하고, 무능하고, 미숙하고, 미성숙한 모습으로 태어나기 때문에 불안정성과 불완전성을 갖는다. 즉 인간이 기본적으로 불안정성과 불완전성을 가지면서 살아간다는 것을 의미한다. 그렇기 때문에 인간은 끊임없이 안정을 추구하고 완전한 모습을 갖추려고 노력할 수밖에 없다. 그런데 인간은 모든 유기체와 마찬가지로 자신의 경험 안에 유폐된(incarcerated) 존재이다. 우리는 다른 존재와 경험을 공유할 수 없으며, 나는 나의 경험 안에 갇혀 있다.[1] 중요한 것은 인간이 자신의 경험 안에만 갇혀 있으면 다른 존재와 경험을 공유할 수 없고, 더욱 불안정하고 불완전한 존재로부터 벗어날 수 없다. 인간의 불안정성과 불완전성을 극복하기 위해 필연적으로 다른 사람과 경험을 공유해야 하고, 그것만이 인간의 유폐성을 극복하는 길이다. 따라서 자신의 경험을 타인과 공유하는 것은 바로 인간의 생존과 관련된 것이다.

인간의 경험을 공유하는 방법은 다름 아닌 의사소통인 기호적 활동이다. 기호적 활동이 몸짓이든, 소리든, 문자 등 모든 활동을 말하고, 여기서 의사소통은[2] 스타일의 문제가 아니라 유기체적 생존의 문제로서 합의된 약속과 이해를 바탕으로 이루어진다. 의사소통이 유폐된 경험을 서로에게 이어줄 수 있기 때문에 의사소통의 내용을 이해하려는 노력은 인간의 경험을 탐구하는 길이기도 하다. 즉 인간이 경험한 기표가 기호적 해석을 통해 의미를 갖게 되고, 이런 의미에서 의사소통은 탈유폐적 기호화 과정(ex-carcerating process of symbolization)이라 할 수 있다.[3] 기호는 내가 타자와 소통할 수 있는 유일한 통로이다. 다시 말하면 의사소통이 타인의 경험을 전달하고 파악하는 유일한 통로이고, 기표를 사용해 이루어질 수밖에 없다는 점에서 본성적으로 기호적이다. 즉 모든 기호적 활동은 인간이 고립되지 않고 풍요롭게 살기 위해 다양하게 의사소통하는 것이 그 본질이라고 할 수 있다.

인간이 경험의 유폐성을 극복하기 위해 기호적 활동을 하는 것은 공유의 차원에서만 머무는 것이 아니라 경험을 재현하기도 한다. 여기서 재현은 인간에게 주어진 세계와 지속적으로 상호작용해서 획득된 경험을 직접적이건 간접적이건 기억이라는 장치를 통해 의미를 부여하는 과정을 말한다.[4] 기억은 의미를 발생시키고 의미가 기억을 고정한다. 의미는 항상 구성의 문제이자 나중에 부과된 해석물이다.[5] 이렇듯 인간은 자신의 경험을 기호와 상징을 통해서 보존하고 기록함으로써 기억하는 존재이다.[6] 따라서 경험의 기억은 개인적이든 집단적이든 간에 단순히 흔적이나 잔존물로서가 아니라 현재의 시각에서 의미 있는 다양한 기표로 새롭게 재현될 수 있는 것이다. 그것이 축적되어 형성되고 패턴화된 것이 문화이며, 기억은 문화 전승의 중요한 역할을 하고, 그 방식은 다양한 기호적 활동으로 이루어진다. 기호적 활동은 인간의 유폐성을 극복하는 것이며, 기억은 우리 삶에 연속성을 제공하여 과거에 대한 정합적인 상을 제공하고, 그 상은 현재의 경험을 일목요연하게 정리해준다. 기억의 결합력이 없다면 경험은 살아가는 동안 만나는 무수한 조각들로 산산이 부서질 것이다.[7] 인간이 경험의 내용을 기억하고 지속하는 것은 다름 아닌 인간 삶의 형식을 패턴화 하는 것이고, 지속시키기 위한 것이다.

문화는 인간이 환경과의 상호작용 속에서 경험한 것을 축적해서 패턴화하고, 그것이 일정 기간 동안 지속된 것을 말한다. 인간은 자연적, 사회적, 역사적 조건 등 다양한 환경과 상호작용하면서 경험한 것을 반복하고 지속하면서 형성된 삶의 양식, 즉 삶의 패턴을 갖게 된다. 여기서 삶의 패턴이 가족이나 마을 등의 공동체 유지에 중요하게 역할 하지만, 환경의 변화에 따라 변화하는 유동적인 패턴을 의미한다. 시간과 공간의 조건에서 삶의 패턴이 상당기간 동안 고정적으로 지속되나 그대로 머물러 있어야 할 이유는 전혀 없다. 그것은 끊임없는 혼성작용을 통해 이루어지는, 즉 문화가 변화하면서 지속된다는 것을 의미한다. 특히 일생의례에서 더욱 그러하다. 일생의례는 인간과 세계가 상호작용하면서 다양한 의미를 시간의 흐름에 따라 부여하는 의례적 절차로서 일정한 패턴을 가지고 있다. 그 패턴에 따라 인간은 의례를 경험하고 의미를 찾는다. 그래서 인간은 의례적 경험을 다양한 기호적 활동을 통해 공유하고 지속시키려 한다. 이러한 것이 어느 정도 패턴화 되어 있음을 확인할 수 있다.

지금까지 일생의례의 연구가 의례 내용에 주안점을 두고, 기능 그리고 상징성과 의미, 축제성 등을 파악하는 경우가 많았다.[8] 중요한 것은 그러한 의례가 반복적으로 지속되었지만 그것을 수행하는 인간은 항상 교체되었다는 점에 주목할 필요가 있다. 그것은 의례에 대한 연구를 의례 절차와 내용에만 초점을 맞출 것이 아니라 인간이 처한 환경적인 요인이 의례와 어떻게 상호작용하는지에 관심을 가져야 함을 말하려는 것이다. 인간이 다양한 환경적인 요인에 따라 그 경험의 내용이 달라지고 그에 따른 의례내용 또한 변화된다는 것을 유념해야하기 때문이다. 그것은 다름 아닌 존 듀이(John Dewey)의 실용주의적 경험에 대한 개념이나,[9] 마크 존슨(Mark Johnson)과 조지 레이코프(George Lakoff)의 체험주의적 시각을[10] 토대로 관심을 갖는 것이 어느 정도 도움이 될 것으로 기대한다.

따라서 본고는 일생의례를 성장민속으로 개념화하고, 성장민속의 지속과 변화 양상을 체험주의적인 시각으로 파악하여 그 지속과 변화 원인을 규명하는 것을 연구 목적으로 삼고자 한다.

2. 성장민속의 체험주의적 개념

인간은 끊임없이 환경의 변화를 수용하고 적응하면서 상호작용의 결과를 경험한다. 그 경험은 다름 아닌 문화이고, 문화는 고정불변한 것이 아니라 유동적인 성격을 지닌다. 인간이 문화를 경험하면서 살아가고 새롭게 창출한다는 것은, 즉 문화적 삶의 목표가 지속적인 자기성장을 추구한다는 것을 의미한다. 이와 같은 문화의 핵심적 본성이 성장이라는 생각은 미국의 실용주의 철학자 듀이에게서 온 것이다. 그는 도덕적 과정과 성장의 과정을 동일시한다. 그에 의하면 인간의 모든 제도는 인간 개개인의 끊임없는 성장, 능력의 해방을 목표로 해야 한다는 점이다. 그런 점에서 도덕적 실천, 교육, 민주주의가 모두 연관되어 있는 실천적인 과제로 본다. 그리고 성장, 개선, 진보의 과정이 의미 있는 것인데, 그 목적은 현존하는 상황을 변화시키는 능동적인 과정이고, 완성시키고, 성숙해지고, 다듬어가는 부단한 과정이다. 그것이 삶의 목표이자 경험의 질적인 변화를 추구하기 때문에 성장 자체가 유일한 도덕적 목적이다. 도덕적 실천에서 궁극적인 목표가 있다면 그것은 성장 그 자체라고 말한 것이다.[11] 그것은 인간이 끊임없이 성장하려고 노력하는 것이 도덕적 목적을 실천하는 것임을 의미한다. 그래서 인간은 교육을 통해 성장하고 민주주의를 실천하며 도덕적 실천을 구현하는 것을 삶의 목표로 삼아야 한다는 것을 강조하고 있는 것이다.

인간의 성장은 생성, 변화의 영역에 속하는 것으로, 신체적 성장, 사회적 성장, 문화적 성장 등으로 구분할 수 있다. 신체적 성장은 삶의 초기에 마무리된다. 그 이후의 삶에 성장이 있다면 그것은 대부분 정신적인 층위에서 이루어진다.[12] 그것은 다시 사회적 성장으로 확장되고, 인간이 환경의 변화에 적응하면서 상호작용한 경험의 결과를 문화적 성장이라고 부를 수 있다. 인간에게 문화적 성장이 멈추면 삶의 무의미를 직면하게 된다. 무의미가 커지면 인간은 점차 허무함, 우울증 등 정신적인 고통을 겪기 마련이다. 신체적 성장은 대부분 자연적인 방식으로 이루어지지만 문화적 성장이 지속되기 위해서는 몸에 근거한 마음이 깨어 있어야 한다. 그것은 인간의 삶이 변화를 수용하여 새롭게 생성해 갈 수 있는 원동력이기 때문이다. 따라서 성장이 멈추는 것은 삶의 의미가 더 이상 생성되지 않는다는 것을 의미하고, 그것은 인간의 정체성 상실과 더불어 소외, 극단적으로는 죽음으로 이르게 한다.

인간은 일반적으로 출생에서부터 돌잔치, 성년식, 결혼식, 장례식, 제사 등의 의례적 절차를 경험한다. 특히 삶의 중요한 시기를 기념하는 공동의 의례적 경험은 원시시대부터 지금에 이르기까지 사람들이 서로 단결하고 하나가 되도록 했다.[13] 이러한 경험이 문화적 성장이라고 할 수 있고, 세부적으로 신체적 성장, 사회적 성장, 종교적 성장으로 나눌 수 있다. 신체적 성장은 생물학적 성장으로 돌잔치 이전과 성년식 이전으로 구분할 수 있고, 그 이후는 더 이상 신체적 성장이 지속되지 않는다. 하지만 결혼식을 기점으로 한 사회적 성장은 지속적으로 확장되고 어느 정도 절정기에 도달하면 점차 약화되지만 죽음에 이를 때까지 지속된다. 인간의 마음이 몸에 근거하여 확장된 것처럼,[14] 인간의 성장이 다양한 물리적 경험을 토대로 정신적 경험의 확장 속에서 이루어진다. 그렇기 때문에 몸의 죽음은 성장을 멈추게 하고, 더 이상 기호적 활동을 할 수 없게 한다. 기호가 생산되지 않고 소멸되면 문화의 지속도 중단된다.

하지만 몸의 죽음이 신체적 성장과 사회적 성장의 멈춤을 의미하지만, 몸을 근거로 형성된 마음이라고 하는 정신적이고 추상적 층위의 경험이 토대가 되어 종교적 성장으로 전환시키는 계기가 된다. 그것이 바로 죽음의례이며, 그 이후 종교적 인간으로 신격화되고, 지속적으로 기억을 통해 소환하는 의례가 바로 제사의례이다. 즉 제사의례는 신체적이고 사회적 성장의 경험을 자손들이 기억을 통해 재현하는 의례인 것이다. 따라서 인간이 신체적 성장, 사회적 성장, 종교적 성장의 경험을, 즉 인간이 출생에서부터 죽음 이후의 다양한 변화 속에서 세계와의 상호작용한 경험을 문화적 성장이라고 할 수 있다. 우리는 문화적 성장의 경험을 일생의례, 평생의례, 통과의례, 관혼상제 등으로 부르고 있는데, 이들 용어는 나름의 한계를 가지고 있다.[15] 이를 극복하기 위해 성장의 과정을 통해 경험한 의례를 다름 아닌 성장민속이라고 인식할 필요가 있다.

성장민속은 인간이 삶의 패턴에 적응하고 그것을 의미화 시키고 새로운 의미를 만들어가는 시간의 흐름에 근거한 의례적 경험 과정이다. 다시 말하면 태아에서부터 성인이 되기까지 한 개인이 계속해서 성장하고, 성인이 죽음에 이르고 그 죽음이 제사의 대상이 되기까지 환경과의 상호작용의 결과인 것이다. 인간은 불안정성과 불완전성을 극복하기 위해 환경과의 상호작용 속에서 끊임없이 의사소통을 하고, 그러한 삶의 패턴을 공유함으로써 새로운 의미를 창출하면서 성장해간다. 인간이 성장해간다는 것은 본인에게 희망을 주기도 하지만, 객체인 타인에게도 희망을 줄 때 더 큰 의미를 갖는다. 의미를 갖는 삶이 문화적 성장의 목표가 되는 것이고, 도덕적 선망의 대상이 된다. 그러한 의미를 갖는 죽음이 기억의 대상이 되고, 종교적 인간으로서 역할을 하는 것이다. 정리하자면 성장민속은 의례적 경험 과정을 통해 의미를 부여하고, 환경과 상호작용 속에서 변화를 수용하여 새로운 의미를 창출함으로써 희망을 갖게 하는 의례적 경험 과정이라 할 수 있다.

3. 성장민속의 의례경험과 기념일의 의미

인간이 성장한다는 것은 깊이나 넓이 아니면 속도의 측면에서 차이가 있겠지만 중요한 것은 어느 정도 희망을 제공할 수 있는 삶의 목표가 지속되었을 때를 말한다. 여기서 삶의 목표는 정지된 삶의 목표가 아니라 다양한 환경과 상호작용하여 형성되는 경험의 결과와 그 경험이 희망을 제공하는 과정까지를 포괄하는 과정적이고 지속적인 목표이다. 즉 삶의 목표로서 희망이 지속되거나 구현되는 삶의 과정이 성장하는 삶이라 할 수 있다. 이러한 성장은 생물학적인 죽음을 통해 중지되지만 죽음 이후에도 종교적 성장으로 전환된다는 점에서 문화적 성장인 것이다. 문화적 성장을 근거로 지속되는 삶의 내용이 성장민속이다. 성장민속의 대표적인 예로서 일생의례를 들 수 있는데, 일생의례는 시간이나 공간에 따라 다소간의 차이가 있고, 개인에 따라 많은 차이가 있다.

그렇지만 성장민속의 상상적 구조를 파악하고 그것이 어떠한 패턴을 가지고 있는지를 파악하기 위해 특정한 시기의 일반적인 일생의례의 텍스트화가 필요하다. 따라서 《한국인의 일생의례》,[16] 《한국의 관혼상제》,[17] 《남도민속학》[18]의 내용을 토대로 출산 및 육아 의례, 성년의례, 혼인의례, 죽음의례, 제사의례로 구분하여 핵심적인 내용을 정리하면 다음과 같다.

　(1) 출산·육아의례: 기자행위(치성기자, 주술기자), 임신(음식금기, 행위금기,

태몽), 해산(산실과 삼신상, 난산의 주술적 행위, 태의 처리 방법, 금줄치기, 첫국밥), 삼일과 배냇저고리, 이레행사(초이레, 두이레, 세이레), 백일잔치(삼신상, 배냇머리 깎기, 색깔 있는 옷 입히기, 이웃집에 백일떡 돌리기), 돌잔치(첫생일, 삼신상, 돌빔, 돌상과 돌잡이, 돌떡 돌리기)

(2) 성년의례: 관례(기일은 사례편람에 의하면 남자는 15세에서 20세 사이로 결정, 주례는 부모나 조부의 친구로서 예법이 밝은 사람으로 선정, 머리를 빗겨 상투를 틀고 망건을 씌우는 시가례, 축사가 이루어지는 재가례, 술을 마시는 초례가 행해지는 삼가례, 사당에 고함), 계례(기일은 15세가 되는 시기, 머리를 틀어 비녀를 꽂는 의식, 사당에 고함)

(3) 혼인의례: 의혼(사주, 택일, 함보내기 등 혼례식을 올리기까지 제반절차를 의논하는 과정), 혼례식(신랑이 혼례식을 올리기 위해 신부집으로 가는 초행, 신랑이 목기러기를 신부에게 전하는 전안례, 신랑과 신부가 상호간 절하는 교배례, 술잔을 주고받는 합근례), 관대 벗음(예식이 끝나고 신랑과 신부가 상견례하는 과정), 신랑다루기, 신방엿보기, 재행, 신행, 구고례, 큰상 등

(4) 죽음의례: 초종(천거정침, 임종, 고복, 사자상, 수시, 입상주, 부고, 습, 수의, 반함, 소렴, 영좌, 대렴, 입관), 성복 및 발인(성복제, 문상, 상여놀이, 발인제, 운상, 노제), 치장(산신제를 지내고 본격적으로 묘소 정비, 하관, 상주들의 실토, 평토제, 봉분 축조 등), 흉제(3일 동안 지내는 삼우제, 3개월째 되는 날 아침에 지내는 졸곡제, 졸곡제 다음날 지내는 부제, 초상 1주년이 되는 날에 지내는 소상, 초상 2주년이 되는 날 지내는 대상, 대상 후 2개월이 되는 날에 지내는 담제, 담제를 지내는 다음 달에 지내는 길제)

(5) 제사의례: 제사 준비(목욕재계, 제물 준비, 제장 정화, 신주 정침, 어동육서·좌포우해·홍동백서 등의 원리에 따라 제물 진설), 본격적인 제사(참신, 강신, 초헌, 독축, 아헌, 종헌, 유식, 계반삽시, 합문, 계문, 헌다, 음복, 사신, 철상), 제사 마무리(제사 끝나면 제사에 참여한 사람들이 모여 음복을 하고, 다음날 남은 제사음식을 이웃을 초청해 음복을 하기도 함)

1) 의례경험에 반영된 의미

의례는 출생에서부터 제사의례에 이르기까지 직선형 시간관념을 토대로 구성되어 있다. 인간이 생물학적으로 태어나는 날을 비롯하여 세이레, 백일 잔치, 돌잔치, 성년식인 관례와 계례, 결혼식, 회갑잔치, 회혼례,[19] 죽음의례인 상례와 매장의례인 장례식, 제사의례로서 흉제, 기제사, 문중제사를 거치는 과정으로 정리할 수 있다. 이러한 의례가 이승의 삶에서 주로 일회적으로 이루어지지만, 저승의 삶에서 반복적으로 이루어지는 것은 조상숭배관념과 밀접한 관련이 있다. 의례는 지역마다 개인마다 혹은 시대마다 다소간의 차이가 있기 마련이다. 그것은 지역성을 반영하기도 하지만 다양한 환경의 영향 또한 반영되기 때문이다. 이들 의례를 토대로 다섯 가지 의미를 파악할 수 있다.

먼저 성장민속이, 즉 일생의례는 성장주의적 의미가 반영되어 있다. 이것은 의례의 구조를 통해 파악할 수 있는데, 분리의례 → 변화의례 → 통합의례로 전개되는 구조를 가지고 있고,[20] 출산의례에서 죽음의례에 이르기까지 모두 이와 같은 구조를 토대로 진행된다. 출산의례에서 산모의 분리의례를 통해 변신하고 다시 정상적인 삶으로 통합되는 과정으로 전개되는 것이나, 아이의 육아의례에서 일정 기간 동안 격리되어 변신을 통해 현세의 삶에 통합되는 과정으로 진행되는 것이 그것이다. 그것은 성년식인 관례나 계례도 의례 진행과정이 이와 같으며, 혼례식과 장례식도 마찬가지이다. 중요한 것은 기본적으로 현재의 삶이 변신을 통해 의례적 과정을 겪고 난 뒤 미래의 삶으로 변화되는 의례적 구조를 가지고 있다는 점이다. 이것을 토대로 보면 의례가 기본적으로 변신을 도모하기 위한 것이고, 변신이 성장, 발전, 진보, 혁신 등의 의미를 지니고 있는 것으로, 특히 의례를 통한 의도적인 변신은 더욱 그러한 의미가 강하게 나타난다. 따라서 의례에서 변신을 도모하는 것은 기본적으로 성장을 목표로 하며, 성장은 희망을 갖거나 갖게 하는 것을 전제로 하기 때문에 의례적 과정이 삶에서 희망을 제공하는 역할을 한다. 그런 점에서 의례가 성장주의적인 의미가 가장 강하게 반영된 민속이라고 파악할 수 있다.

두 번째로 성장민속은 가족주의적 인식이 반영되어 있다. 가족주의는 개개인보다도 가족이라는 혈연집단, 즉 가족적 인간관계를 중요시 여기고 가족 중심의 삶의 가치관이나 태도를 말한다. 모든 의례가 가족이 거주하는 가정의 공간에서 이루어지고, 가족 중심으로 진행된다는 점에서 가족주의적 관념이 확인된다. 인간이 출생하는 곳은 물론 성년식을 거행하거나 결혼식을 치루는 곳도 가정이다. 뿐만 아니라 삶을 마무리하는 곳도 가정이라는 점에서 가정은 원초적 공간이요 현세적 공간이면서 미래적 공간이라고 할 수 있다. 가정은 가족이 생활하는 공간으로서, 가족은 결혼한 자녀와 그 부부에 의해 출생한 자녀들로 구성되어 있기 때문에 가장 작은 혈연집단이다. 가족의 확산형이 친족집단이고, 그것이 확산하여 문중집단으로 발전된다. 이러한 구조의 확장은 가족주의가 혈연공동체를 중요시 여기는 결과를 초래하기도 한다. 그것은 돌잔치나 관례 및 계례를 비롯하여 결혼식과 장례식을 거행할 때 친인척의 도움이나 문중의 도움이 중요한 역할을 하고 있기 때문이다.

세 번째로 성장민속은 남성중심주의적 의식이 반영되어 있다. 남성중심주의는 삶의 질서 속에서 남성이 특별한 위치를 점하고 있고 가부장적 삶의 태도를 말한다. 성장민속인 관혼상제에서 남성들의 역할이 중요하다는데서 파악할 수 있다. 의례의 주도적인 역할을 하는 사람으로 문중의 종손이나 집안의 남자어른들이 관여하고 있는 점이 그것이다. 출산의례에 나타나는 남아선호사상의 관념을 비롯해 관례의 주관을 고조로부터의 종자(宗子)가 진행한다든가, 결혼식을 대를 이을 자손을 획득하기 위한 의례로 인식하는 것은 물론 종자가 혼사를 주관한다든지, 장례식에서 상주의 역할이나 제사의례에서 제주의 역할을 하는 것은 모두 남성 중심으로 이루어지고 있다는 점에서 그렇다. 이러한 것은 관혼상제가 당내조직을 기본적인 단위로 하여 형성된 의례라고 설명하고 있는데서 잘 나타나 있듯이,[21] 성장민속은 남성중심주의적 의식이 강하게 반영되어 있음을 보여주고 있는 것이다.

네 번째로 성장민속은 관료주의적인 정서가 반영되어 있다. 이것은 혼례복을 통해 확인할 수 있는데, 혼례복은 신랑과 신부가 가장 호사치레를 할 수 있는 의복이다. 신랑은 사모관대를 하고, 벼슬의 있고 없음과 상관없이 흉배와 각대를 찼다.[22] 사모관대는 조선시대 관리의 상복(常服) 차림을 말하고, 신랑은 혼례식이 끝나면 혼례복을 벗는데, 이를 '관대벗음'이라고 한다. 혼인이 개인의 생활변화나 감정에 의한 결과로서보다는 가족이라는 사회적 단위를 전제로 하여 성립된 의례이다.[23] 그것은 신랑과 신부가 양가 가족의 결합을 통해 사회적 존재로 새롭게 태어났음을 의미한다. 다시 말하면 신랑과 신부가 사회적 인간으로 변신하게 된 것이다. 계급사회에서 가장 성공한 삶의 지표가 다름 아닌 관복을 입을 수 있는 관리이었기 때문에 많은 남자들의 사회적 성공의 목표는 관리가 되는 것이었다. 관리가 되는 것이 가문을 부흥시킬 수 있는 것이고, 신랑에게도 그것이 선망의 대상이 되었을 것이다. 그러한 까닭에 혼인하는 날만큼은 신랑이 관복을 입는 것은 가장 호사를 누릴 수 있는 기회를 갖는 것이고, 나아가서는 훗날 관료적 존재로 성장하기를 기원하는 의식이 반영되어 있음을 짐작게 한다.

다섯 번째로 성장민속은 농경민적인 관념이 반영되어 있다. 이것은 주로 의례음식이나 의례용으로 사용하는 곡식을 통해 확인할 수 있다. 출산의례에서 아이의 출생 과정에서 산모가 안방에서 짚을 깔고 출산하는 것이나, 삼신상 위에 쌀을 올리는 것, 백일잔치나 돌잔치에서 반드시 수수팥떡을 하는 것이나,[24] 각각의 의례에서 중요한 음식으로 쌀로 떡을 만들어 올리는 것, 혼인의례에서 액을 물리치거나 오염된 것을 정화시키기 위해 붉은 팥을 뿌리는 행동, 죽음의례에서 망자에게 저승길의 식량으로서 쌀을 넣어주는 것 등이 그것이다. 특히 출산의례에서 쌀을 삼신의 신체로 사용하는 것은 농경민적인 신앙적 관념을 바탕으로 한 것이며, 떡이 의례음식의 중요한 제물인 것도 마찬가지이다. 이러한 의식은 농업노동을 근간으로 하는 생업방식에서 비롯된 것으로 보인다.

　이와 같이 성장민속의 내용들이 다양한 의미를 가지고 있지만, 그것은 어디까지나 의례적인 내용에서 그러하다. 의례는 어느 정도 패턴화되어 있기 때문에 시간이 흘러도 그 내용이 지속되고 있다. 즉 의례 내용이 다양한 환경에 따라 변화하고 있지만 일정부분 고정적으로 지속되는 경우가 있다. 그것이 궁극적으로 의례적 패턴을 형성한다. 의례적 패턴은 일정하게 반복되지만 그것을 경험하는 의례 당사자는 끊임없이 교체가 된다. 그것은 시간과 공간을 초월하고 모든 경우에 공통적으로 나타난다. 그렇기 때문에 성장민속을 이해할 때는 의례 당사자가 다양한 환경과 끊임없이 상호작용을 통해 형성된 경험내용 전반을 검토할 필요가 있다.

2) 기념일의 형성과정과 의미

　인간은 의례적 경험을 통해 새로운 변신을 하고, 그 변신이 희망을 갖게 하는 성장을 목표로 한다. 그러한 인식을 강하게 반영하고 있는 것이 다름 아닌 기념일(記念日)이다. 기념일은 어떤 것을 기억하고 생각하는 날이다. 기억된 과거는 정체성 확보의 문제이자 현실의 해석이며, 가치의 정당화로 연결된다.[25] 그렇기 때문에 기념일은 개인의 정체성을 확보하는데 중요한 역할을 하고, 현재의 삶을 진단하는 척도로 사용하여 미래의 희망적인 삶을 갖게 하는 의례적 의미를 갖는다. 기념일이야말로 인간의 성장을 촉진시키는 의례라고 할 수 있다. 일반적으로 기념일은 일회적이지 않고 1년을 주기로 반복적으로 거행되는 연중행사인데, 그것은 명절을 비롯해 국경일, 공휴일 등을 비롯해 특정일을 기념하는 것을 말한다. 개인의 기념일은 의례와 관계된 경우가 대부분이다. 가장 대표적인 기념일은 생일(生日), 결혼기념일, 기일(忌日)이다.

기념일은 기본적으로 일회적 의례행사라는 물리적 기반을 근거로 형성된 반복적으로 지속되는 특별한 날을 말한다. 예컨대 생일은 돌잔치, 결혼기념일은 결혼식을, 기일은 장례식을 근거로 형성된 기념일이다.[26] 생일은 가족 중심의 행사로 구성되고, 결혼기념일은 부부 중심의 행사가, 기일은 가족과 친척들 중심의 행사로 이루어진 경우가 많지만, 순환형 시간관을 근거로 형성된다는 점에서 공통점을 가지고 있다. 의례행사가 직선형 시간관을 토대로 이루어지고, 기념일은 순환형 시간관을 근거로 이루진다는 점에서 차이가 있다. 기념일이 1년을 주기로 반복되는 의례적 사건으로서, 매년 기념일을 맞이하는 것은 의례적 사건의 재생산, 즉 의례적 의미의 재현을 의미한다.[27] 그렇기 때문에 인간은 직선형의 시간관에 근거하여 형성된 다양한 의례적 경험을 하고, 순환형 시간관에 근거한 기념일을 반복함으로써 의례의 원초적 의미를 회복하면서 성장해간다.

먼저 생일은 매년 모든 사람들이 거르지 않고 가족과 친구들이 기념하는 날이다. 생일은 어머니가 아이를 낳는 날이고, 아이가 어머니로부터 태어난 날이라는 의미를 가지고 있다. 그래서 생일잔치도 두 가지 의미를 갖는다고 할 수 있는데, 하나는 어머니로부터 분리되어 생물학적 인간으로 탄생하는 것을 기념하는 것이고, 두 번째는 돌잔치가 인간이 생물학적으로 태어나 처음으로 서서 이동하는, 즉 직립적으로 이동할 수 있는 능력을 축하하는 의례이기 때문에[28] 직립적 인간의 탄생을 기념하는 날이다. 따라서 인간이 성장과정 속에서 매년 주기적으로 경험하는 생일은 생물학적 인간과 직립적 인간의 탄생기념일이라고 할 수 있다. 그것은 생물학적 인간의 첫 생일과 직립적 인간으로 탄생한 날을 기억을 통해 소환하는 것이다.

두 번째로 결혼기념일은 결혼한 사람이면 누구나 1년을 주기적으로 중요하게 관심을 갖는 날이다. 혼인의례는 남녀가 부부로 결합하여 가정을 이루게 되고 사회적으로 보다 당당한 지위를 획득하고, 가족을 형성하는 계기를 경축하는 의례이다. 그렇기 때문에 혼인의례는 통과의례로서 개인적인 의례이며, 가족이라는 사회집단이 새로 형성되는 의례인 것이다.[29] 직립적 인간의 결합을 통해 새로운 가족을 탄생시키며, 또 하나의 공동체를 만들어가는, 즉 사회의 최소 단위이자 문화 형성의 기본 단위로서 문화적 전통을 이어가는 혈연공동체인 가족을 탄생시키는 의례라고 할 수 있다. 그것은 수직적 구조 속에서 직립적 인간이었던 신랑과 신부가 수평적 구조에 적응할 수 있는 사회적 인간으로 탄생하는 과정을 의례화 한 것이다.[30] 따라서 결혼기념일은 사회적 인간의 탄생기념일인 것이고, 매년 그날마다 결혼의 출발점을 소환하여 현재의 결혼생활을 진단하고 희망을 실천할 수 있는 성장적인 삶을 설계하는 날이다.

세 번째로 기일은 조상을 기억하고 조상신에게 기원하는 날로서 혈연공동체가 하나 되는 날이다. 인간으로서 이승과 분리되는 날이지만, 조상신으로 새롭게 변신하여 탄생하는 날로서 가족의 안녕을 기원하는 날이다. 기일은 생일과 마찬가지로 두 가지 의미를 지니고 있는데, 하나는 인간으로 부활하는 날이고, 조상신으로 새롭게 태어난 날이라는 점이다. 그렇기 때문에 제례는 자손들이 부활이라고 하는 기억방식을 통해 과거 인간적 삶을 소환하여 추모하는 의미를 가지고 있고, 조상신의 탄생을 축하함으로써 자손들의 안녕과 번창을 기원한다는 의미를 가지고 있는 것이다. 조상신은 생물학적 인간이 직립적 인간을 통해 사회적 인간으로 활동하고 종교적 인간으로 개념화된 존재이다. 조상신은 초월적 개념을 지니고 있고, 초월적인 것은 우리의 삶에 방향성을 주며, 인간의 삶을 고양시키는데 기여할 수 있다.[31] 따라서 기일은 문화의 지속을 위해 망자의 부활을 통해 기억하고자 추모하는 날이고, 가족의 안녕과 번창을 관장하는 조상신의 탄생으로서 종교적 인간의 탄생을 기념하는 날이라고 할 수 있다.

4. 성장민속의 지속과 변화

1) 성장민속의 지속과 변화 실상

(1) 일회적 의례경험의 지속과 변화

성장민속 가운데 상당수가 많은 변화를 겪고 있다. 이것은 의례경험의 물리적 기반의 변화가 적지 않게 영향을 미친 것으로 파악된다. 우선 출산의례와 육아의례에서 돌잔치 정도 지속되고 있지 백일잔치나 출산의례는 거의 소멸되거나 약화되어 심지어는 기억의 잔존물 형태로만 남아있는 경우도 많다. 그리고 성년식인 관례와 계례가 가족 중심으로 다양하게 이루어졌던 것이 그마저 갑오경장 이후 소멸되고, 오늘날에는 가족보다도 국가에서 5월 셋째 월요일을 만 19세가 되는 사람을 대상으로 행사를 실시하는 성년의 날로 지정하고 있다. 결혼식은 예나 지금이나 그 형태가 달라지고 있을 뿐 본질적인 의례적 의미는 지속되고 있지만, 회갑잔치와 회혼례 등은 상당부분 축소되고 있거나 그 인식이 예전과 같이 않다. 인간이라면 피할 수 없는 것이 죽음인데, 그와 관련된 의례는 아직도 전통적인 의식이 강하게 남아 있으며, 제사의례에서도 마찬가지이다. 따라서 의례경험의 지속과 변화 과정을 파악하기 위해 가장 핵심적인 의례를 중심으로, 즉 돌잔치, 결혼식, 상장례, 제사의례를 중심으로 검토하고자 한다.

① 돌잔치의 지속과 변화

고대사회의 출산 및 육아의례의 실상은 관련된 기록이 많지 않지만, 〈단군신화〉의 내용에 "환웅으로 하여금 360여사를 맡아서 다스렸다거나, 곰과 호랑이로 하여금 동굴 속에서 쑥과 마늘을 먹고 100일 동안 빛을 보지 못하게 하거나. 곰은 금기를 잘 지켜 삼칠 일만에 여자가 되었다."에서처럼 세이레, 백일, 돌 등 어느 정도 육아의례가 이루어졌을 가능성을 확인할 수 있다. 하지만 이러한 출산 및 육아의례에 관한 자료가 결혼식이나 상장례, 제사의례에 비하면 미미하기 그지없기 때문에 그 실상을 파악하는 것은 쉽지 않다. 다만 주자의 《가례》를 기본원리로 하여 제정된 일생의례가 서민까지 널리 수용된 것은 17세기 이후라고 말하고,[32] 《양아록》(1552)과 《쇄미록》(1598), 《지봉유설》(1614) 등에 돌잡이에 관한 기록이 있는 것으로 보아 민간에서도 이 시기 이후에 널리 행해졌을 것으로 보인다.

돌날에 반드시 하는 것으로 돌빔, 돌떡, 돌잡이가 있는데, 돌빔은 남녀에 따라 화려한 옷을 만들어 입히는 것을 말하고, 돌떡은 손님을 대접하고 아이의 장수와 다복을 기원하기 위해 이웃이나 친척에게 나누어 주는 떡이다. 그리고 돌잡이는 돌상 위의 물건을 잡게 하여 아이의 미래를 예측하는 것을 말한다.[33] 16세기 문헌을 보더라도 돌잔치의 핵심행사가 돌잡이였음을 짐작케한다. 돌잡이야말로 직립적으로 이동할 수 있는 아이의 능력을 축하하고, 아이의 장래를 예측하려는 행사이기 때문이다. 이러한 돌잔치는 1972년 유신헌법 통과와 더불어 본격적인 새마을운동의 전개, 1973년 6월 1일에 〈가정의례준칙〉과 〈가정의례에 관한 법률〉 및 〈시행령〉이 제정되면서 국가적으로 가정의례를 간소화하려는 규제정책과 주거환경 및 사회적인 변화의 영향을 받아 다소 변화를 겪을 수밖에 없었다. 가장 큰 변화는 의례 중심 장소가 집에서 집밖으로 이동하는 것을 들 수 있다. 돌잔치의 장소가 식당이나 호텔의 연회장을 활용하고 있지만 의례내용이 다소 차이가 있을지라도[34] 그 본질적인 의미는 여전 지속되고 있다. 그것은 돌잔치가 가지고 있는 의례적 의미가 여전히 강하게 지속되고 있기 때문이다.

② 결혼식의 지속과 변화

결혼식에서 가장 중요한 것은 신랑과 신부의 결합을 공식화하는 의례적 과정으로, 주나라 때 육례(六禮)의 하나고, 송나라 때 합리적인 가정의례서인 《주자가례》에 의하면 친영(親迎)이라고 할 수 있다. 친영은 신랑이 신부집에 가서 신부를 맞이해 오는 절차로, 전안례, 교배례, 합근례로 진행된다. 친영의 장소가 신랑집인 경우도 있고, 신부집인 경우가 있는데, 이러한 것은 시대별로 지역마다 다소간의 차이가 있다. 따라서 결혼식의 지속과 변화 과정을 신랑이 신부를 맞이하는 장소를 기준으로 어느 정도 그 변화양상을 파악할 수 있을 것으로 생각한다.

혼례에 대한 기록은 여타의 일생의례보다도 그 실상을 파악할 수 있을 정도로 축적되어 있다. 고대국가의 혼인 풍속으로, 고구려에는 서옥제(壻屋制)와 형사취수제(兄死娶嫂制)의 혼인풍습이 있으나 서옥제가 일반적이었으며,[35] 백제의 혼례는 중국과 같고, 신라는 고구려와 유사한 혼인풍속을 가지고 있었다고 한다. 그리고 고려시대에도 서옥제와 유사한 서류부가혼속(壻留婦家婚俗)이 이어졌는데, 송나라의 성리학이 전래되면서 동성근친혼에 대한 규제 및 계급내혼, 여성정절에 대한 강조 등을 내용으로 하는 혼인규정이 정비되어갔지만, 이러한 것은 어디까지나 지배계층에서만 이루어졌다. 그리고 고려 후기에 주자학의 보급이 확산되면서 동성금혼과 함께 근친금혼까지 확대되고, 특히 원나라 공녀정책으로 인해 조혼이나 중혼이 이루어지기 시작했다.[36] 이와 같은 혼인풍속에서 공통점은 고구려의 서류부가혼속의 전통이 이어져 왔다는 점이다. 즉 혼인의 장소가 신랑집이 아니라 신부집에서 이루어졌음을 확인할 수 있다. 이는 주자학의 보급에도 불구하고 여전히 모계적 관념이 반영되어 지속되어 왔음을 알 수 있다.

조선왕조는 성리학적 규범을 근간으로 삼강오륜의 실천윤리를 강화하는 《주자가례》가 중요한 의례지침서이었다. 그에 따라 혼례식의 격식이 전안례, 교배례, 합궁례의 의식을 갖추게 되었다. 그럼에도 불구하고 여전히 서류부가혼속으로부터 벗어나지 못하고 있는 상황이었다. 특히 예학을 중시하는 성리학자들은 여전히 신랑이 결혼하고 3일 동안 신부집에 머무는 것을 문제 삼았는데, 결국 16세기 명종 대 이르러서야 혼인 당일 날 신부의 집에서 교배례를 하고, 다음날 시부모에게 가서 예를 갖추는 반친영(半親迎)이라는 절충적인 모습으로 나타났다.[37] 그렇다 하더라도 이 또한 서류부가혼속의 전통을 이어가고 있고, 반친영은 사대부 중심으로 이루어지며, 서민계층에서는 여전히 관행대로 이루어지는 경우가 많았다. 이러한 혼인의 관행은 조선조 말에서 일제 강점기까지 지속되었고, 예식장이 등장하기 전까지도 지속되었던 것으로 보인다.

예식장의 등장은 기독교의 보급과 더불어 자연스럽게 예배당에서 결혼을 하게 되고, 보건사회부의 신생활운동이 전개되어 신식결혼식이라는 혼인문화가 형성되면서 이루어졌다. 주로 도시지역에서 가장 먼저 등장하지만, 이것이 농촌까지 확대되어 1970년 전반부를 기점으로 예식장에서 신식혼례가 대중화되었다.[38] 여기서 신식혼례라 함은 신랑과 신부의 혼례복이 서양복으로 바뀌고, 집 밖의 특별한 장소에서 혼례식을 치른 뒤, 신랑과 신부가 신혼여행을 가는 것으로 혼인이 마무리되는 것을 말한다. 이 때 혼인식의 가장 중요한 것도 역시 신랑과 신부의 공식적인 결합과 신부의 시댁식구들과 상견례로서 친영의례와 폐백의례라고 할 수 있다. 신식결혼식은 전통적인 서류부가혼속의 소멸을 가져오게 하였다. 그에 따라 결혼에 대한 관념과 그 행위가 많은 변화를 겪게 되었다고 할 수 있다.

최근 들어 주례 없이 가족 중심으로 결혼식을 한다든가, 의례적인 것보다는 공연의 비중이 강화된다든지, 혼인의 장소를 실내가 아닌 야외 및 공공장소를 활용함으로서 새로운 패러다임의 혼인문화가 형성되고 있다. 뿐만 아니라 하객들이 혼주와 인사한 뒤 축의금을 납부하고 식사를 제공하는 식당으로 간다든지, 아니면 선물권으로 교환하여 귀가하는 경우가 많아지면서 정작 가장 중요한 결혼식에는 참여하지 않는 하객들이 증가하고 있다. 그러다 보니 혼인의 의례적인 의미는 물론 상부상조의 공동체정신이 약화되고, 물질적인 의례문화 중심으로 변해가고 있는 모습을 보여주고 있는 것이다. 그것은 혼인을 알리는 청첩장에도 그대로 반영되어 나타난다.

③ 상장례의 지속과 변화

상장례는 사자의례와 조상숭배가 혼합된 것으로, 불교가 들어오기 전까지는 사자의례, 불교와 유교가 한문 수입과 동시에 들어오면서부터는 불교적인 조상숭배가, 조선시대에 들어와서는 유교의 성리학적 조상숭배 관념에 의한 상장례가 지배적인 것으로 나타나고 있다.[39] 이러한 것을 고려하면 상장례의 핵심적인 내용은 습염의례와 매장의례인데, 기본적으로 습염은 정화의례로서 시체에 대한 사자의례라면, 탈상 기간과 연계되는 2차장 묘제는 변신의례로서 조상숭배의 관념이 반영된 영혼에 관한 매장의례라고 할 수 있다. 습염은 고인의 시신을 목욕시켜 수의를 입혀 입관하는 절차로, 습, 소렴, 대렴을 통칭하는 개념이다. 습염은 《주자가례》를 통해 체계화되었을 것이고, 특히 《상례비요》나 《사례편람》 등을 통해서 더욱 한국적인 습염의례로 정착되고 일반화되었을 것으로 생각한다. 습염의 절차는 이승에서 마지막으로 죽음을 확인하는 절차이기도 하지만, 그것은 이승에서 오염된 것을 정화시켜 저승적 존재로 변신시키기 위한 의례라는 의미를 갖는다.

이처럼 시신을 정화시키는 의례는 오랜 역사성을 가지고 있었을 것으로 생각하는데, 그것은 시신을 목욕시키고 새 옷으로 갈아입히는 기본적인 절차를 비롯해 〈단군신화〉에서 곰과 호랑이로 하여금 쑥과 마늘만을 먹게 하는 데서 찾을 수 있다. 곰과 호랑이는 동물적 속성을 가지고 있기 때문에 인간의 입장에서 보면 오염되고 부정적인 요소를 가지고 있다. 그것을 정화시키기 위해 환웅이 곰과 호랑이에게 쑥과 마늘만을 먹게 한 것으로 해석할 수 있다. 그래서 곰은 그것을 잘 실천함으로서 인간으로 변신한 것이고, 이러한 의례적인 논리가 습염의례에 전해지고 있는 것이며, 정화의 수단으로서 쑥물과 향물이 사용되는 것도 이러한 이유에서 비롯된 것으로 보인다. 따라서 시신을 목욕시키는 것은 그 자체가 정화행위인 것이다. 시신을 정화시키는 도구는 다소간의 변화를 겪어왔을 것으로 생각되는데, 그것은 그냥 맑은 물로서만 목욕시킨다든지, 쑥물이나 향물로 목욕을 시키는 것 등이[40] 그것이다. 습염의례는 1970년대 〈가정의례준칙〉에 따라 습, 소렴, 대렴이 한꺼번에 시행하도록 규정하면서 크게 간소화되기는 했지만, 여전히 이러한 절차를 가족이 주관해왔으나, 1990년대 이후부터는 집 밖인 장례식장에서 이루어지면서 장의사 중심으로 이루어지고 있다.

조상숭배의 관념이 강하게 반영되어 있는 매장의례인 2차장 행위를 민가에서는 '이장한다'라고 말한다. 즉 1차장은 시신을 육탈시키기 위해 매장한 것이고, 2차장은 시신의 뼈만을 수습하여 선산에 매장하는 것을 말한다. 사람이 운명하면 바로 선산에 매장할 수 없다는 속신은 조상신적 자질을 가진 존재만이 선산에 매장이 가능하다는 의미를 보여준다. 조상신적 자질을 가지려면 뼈와 살이 분리되어 뼈만을 선산에 매장할 수 있는 조건을 갖추어야 한다.[41] 따라서 1차장과 2차장 행위는 망자를 조상신으로 변신시키기 위한 의례임을 알 수 있다. 여기서 1차장 행위는 땅 속에 매장하는 경우가 대부분 이지만, 고대사회에서는 시신을 가매장하는 경우도 있고, 사람이 죽으면 시신을 다섯 달 동안 집에 두기도 하는데, 오래 둘수록 좋은 것으로 여기기도 한다. 또한 죽은 사람은 집안에 빈소를 만들어 놓았다가 3년이 지난 뒤에 길일을 가려서 장사를 지냈는데,[42] 이러한 전통은 훗날 초분의 풍습으로 이어지기도 한다. 초분은 조선 말기와 일제강점기 초기까지도 전국적으로 진행되었으나, 1970년대 대부분 사라졌으며, 서남해안 일부 섬 지역에 일부 남아있다. 2차장 묘제는 1990년대 들어 급격히 약화되기 시작하고 단일묘제로 바뀌고 있다. 특히 망자의 화장을 통한 봉안 및 매장 방식에 근거한 화장문화가 확대되면서 2차장의 묘제 풍습이 더욱 약화되고 있는 것이다. 이러한 매장의례의 변화는 제사익례에도 저지 않게 영향을 미치기도 한다.

④ 제사의례의 지속과 변화

제사의례는 삶과 죽음의 세계를 매개시켜 주는 상징적 종교적 행위로 인식 될 수 있다.[43] 제사의례의 전통은 고대사회의 제천의례를 비롯한 왕실의 시조묘 제사로부터 찾을 수 있다. 삼국시대의 시조신에 대한 제사내용을 구체 적으로 알 길이 없으나, 고구려가 시조의 조각상을 세우고 그 앞에서 제사를 지낸 것으로 보아 다분히 무속적인 내용이었을 가능성이 크고, 불교가 유입되면서 불교식의 제사내용을 갖추었을 것으로 보인다. 상장례가 불교식으로 거행되고 그에 따라 제사의 공간으로 사찰이 중요한 역할을 했다. 특히 고려 말까지 제사의 공간이 사찰이면서 제자녀윤회봉사의 방식으로 제사를 지냈을 것이며, 제사음식이나 제사절차는 당연히 불교적이기 마련이다.

성리학적인 이념을 바탕으로 조선이 건국되자 그에 따라 예학이 정립되면서 불교식 제례가 폐지되고, 집에서 후손들이 봉행하는 제사의례로 바뀌었다. 즉 제사의 공간이 사찰에서 가정으로 이동하게 되고, 불교적인 제사내용이 유교적인 제사내용으로 바뀌었음을 의미한다. 이것은 불교적인 사회관으로부터 혈연집단을 중요시하는 성리학적 사회관으로 변화를 강화시켰다.[44] 그러한 이념적 확립을 위한 의례적인 장치로 《주자가례》와 《사례편람》이 중요한 역할을 하였다. 조선시대에도 제사의례가 많은 변화를 겪게 되는데, 제사방식도 딸은 배제하고 아들들 중심으로 제자윤회봉사의 방식이 17세기까지 지속되다가, 18세기 이후에는 아들 중에서도 장자를 우선으로 하는 장자봉사 방식으로 제사를 지내게 되면서 오늘날까지 지속되고 있다.

오늘날 우리가 경험하고 있는 제사의례는 성리학적 의례서의 영향을 받아 체계화된 것들이다. 제사의례는 기본적으로 이승과 저승의 공간을 연결하는 의례이면서 망자에 대한 기억을 소환하여 추모하고 재현하는 의례이다. 뿐만 아니라 단순히 망자를 추모하는 것에 그치는 것이 아니라 조상신을 대상으로 안녕과 번창을 기원하는 신앙적 의미를 갖기도 한다. 즉 제사의례가 망자에 대한 기억을 소환하여 재현하는 것이고, 신격화된 조상신을 대상으로 행해지는 신앙적 행사임을 알 수 있다. 제사의례의 대표적인 사례로 기제, 차례, 시제 등을 들 수 있는데, 기제는 4대조까지의 조상을 기일에 지내는 제사이고, 차례는 명절날에 지내는 제사를, 시제는 5대조 이상의 조상의 묘소에서 행하는 제사를 말한다. 이들 제사의 핵심적인 내용은 독축과 음복이다.

독축은 후손들의 소망을 기록한 글을 조상신에게 읽는 것을 말한다. 그러한 글을 제문 혹은 축문이라 하여 혼용하고 있지만, 사실은 마을제사에서는 축문으로, 기제사에서는 제문으로 구분하여 이해할 필요가 있다. 다만 글의 형식에서 축문과 제문이 크게 다르지 않고,[45] 마을제사는 지연적인 신을, 기제사에서는 혈연적인 신을 대상으로 한다는 점에서 차이가 있을 뿐이다. 축문이든 제문이든 간에 이들 모두가 인간과 신이 소통할 수 있는 언어적 기호인 것이다. 언어적 기호라 함은 단순히 문자기호만을 지칭하는 것이 아니라 문자기호가 율문의 형태로 음성적으로 불리어지는 것을 포함한다. 인간과 신이 언어적 기호를 통해 소통함으로써 인간의 요구가 신에게 전달될 수 있는 것이고, 이에 따른 신의 감응을 인간에게 전달할 수 있는 것이다. 이와 같은 언어적 기호는 불교에서는 스님이 독경하듯이 구송할 것이고, 무속에서는 노래하듯이 구연할 것이다.[46] 이러한 것은 기본적으로 인간의 소망을 신에게로 전달하고자 하는 글이면서 노래이고 구술물인 것이다. 그러한 까닭에 글의 형식은 고려시대 한시의 영향을 받으면서 체계화되었을 가능성이 있고, 그 이전에는 단순한 망자의 기억을 소환하여 추모하거나 신앙적인 목적으로 소원을 말하는 비손[47]과 같은 구술물의 형식을 띠었을 것으로 보인다.

음복은 신과 인간의 연결이면서 접촉이기도 하다. 음식의 섭취를 통해 신과 인간이 연결된 것이고, 신과 인간이 서로 결합되었다고 경험한다. 따라서 음복은 인간과 신의 일체성(신명성)을, 인간과 인간의 통합성, 즉 개인 → 가족 → 마을로 확장되는 공동체성을 구현하는 절차인 것이다.[48] 따라서 제사에 참여하여 음복을 한다는 것은 수직적으로는 후손과 조상신의 통합을, 수평적으로는 가족과 친척 등 혈연집단의 통합을 경험한다는 것을 의미한다. 그렇기 때문에 제사에서 독축을 하는 것도 중요하지만 음복을 하는 것이 무엇보다도 중요하다. 제사 지내러 가서 음복을 하지 않는 것은 마치 교회에 가서 기도를 하지 않는 것과 다를 바 없다. 이러한 음복은 기본적으로 제상에 차려진 음식을 토대로 이루어지지만, 별도의 음식을 준비하여 가족이나 이웃들이 함께 나누어먹는 음복문화로 확대되기도 한다. 제사를 지내고 남은 음식을 가족이나 일가친척들에게 나누어 주는 것도 음복이고, 이웃을 초청하여 음식을 나누어 먹는 것도 음복인 것이다.

하지만 1990년대 이후 의례적 공간이 집 밖으로의 이동이 본격화되면서 제사에서도 많은 변화를 겪고 있다. 제문에서 문자는 한자가 아닌 한글로, 내용은 추모하는 형식의 내용을 담고 있는 경우가 많아지고 있고, 그것마저 생략한 경우 구술로 구연하는 경우도 적지 않다. 이러한 변화는 음복에서도 나타나는데, 게다가 제사를 지내지 않고 제삿날 성묘하고 가족들이 음식을 먹는 것으로, 마치 제삿날 가족식사 정도로 인식하는 경우가 많아지고 있다. 비록 음복문화를 바탕으로 그 기능은 어느 정도 지속되고 있는 것으로 보이지만, 제사가 가지고 있는 신앙적인 의미는 상당부분 퇴조하고 있는 것으로 보인다. 이것은 기독교 등의 종교 영향을 받아 다양하게 이루어지고 있지만, 중요한 것은 망자의 기억을 소환하여 추모한다는 것은 공통적이다.[49] 이와 같이 독축이나 음복에 대한 관념의 변화가 제사의례의 변화와 무관하지 않음을 알 수 있다.

(2) 반복적 기념일의 지속과 변화

매년 기념일을 맞이하는 것은 의례적 사건의 재생산, 즉 의례적 의미의 재현을 의미한다. 의례적 사건은 직선적인 시간 속에서 발생하고 의미화 되지만, 기념일은 1년이라는 시간적 주기를 통해 순환적 시간 속에서 의례적 의미를 재현하고 있다.[50] 기념일은 사회, 역사, 문화적 요인 등은 물론 개인이나 지역에 따라 다르게 인식할 수 있고, 그에 따른 행사 내용도 다양할 수밖에 없다. 개인과 관련된 대표적인 기념일은 생일, 결혼기념일, 기일 등을 들 수 있다. 이 가운데 생일과 기일은 오랜 역사성을 가지고 있는데, 특히 조상모시기가 신문왕 2년에 국학이 설치되고, 6년에 당나라에서 《예기》가 수입됨으로써 비로소 제도화되면서[51] 생일과 기일이라는 기념일이 형성되었을 것으로 생각한다. 물론 이러한 것은 시간을 인식하는 태음력과 태양력 등의 역법의 발전과도 밀접한 관련이 있기 마련이다.

생일은 생명이 시작된 날로서 생물학적 탄생일이자, 인간이 직립형 인간으로서 이동하기 시작한 날, 즉 직립형 인간의 탄생일이라는 이중적인 의미를 가지고 있다. 물론 생일의 원초적인 의미는 생명이 시작한 날로서 의미이고, 그것이 돌잔치를 통해 생일의 의미가 확장되어 직립형 인간으로서 시작하는 날이라는 의미를 갖게 된 것이다. 그래서 생일은 생명이 시작하는 날이고, 인간으로서 시작하는 날이기 때문에 새로 출발하는 날로서 의미가 크게 반영되어 있다. 이러한 원리가 기일이 갖는 의미에서도 나타난다. 기일이 분리의 례를 통해 이승적 존재로서 이별하는 날이고, 통합의례를 통해 저승적 존재로 새로 태어나는 날이기 때문에 조상신으로 새로 출발하는 날의 의미를 지니고 있는 것이다.

생일에는 개인이나 시기마다 많은 차이가 있겠지만, 주인공의 만수무강을 축원하는 노래를 부르기도 하는데, 그것은 농암 이현보(1467~1555)의 〈생일가〉를 통해서 확인할 수 있다. 이와 같은 생일노래는 특별한 날을 기념하기 위하여 창작된 노래였으므로 당연히 사대부가의 생일잔치를 중심으로 전승되었다.[52] 생일은 생명체로서 지속되는 기간 동안만 지내는 것이 아니라 사후에도 생일을 지냈음을 확인할 수 있다. 그것이 생신제(生辰祭)인데, 생신제는 부모뿐만 아니라 아내, 자식, 동생 등의 가족을 대상으로 이루어졌고, 조선시대 퇴계학맥뿐만 아니라 율곡학맥에서도 원칙적으로 생신제를 반대하는 분위기가 형성되면서 조선 후기에 거의 소멸된 것으로 파악된다.[53] 따라서 생신제는 주로 사대부가에서 이루어졌을 것으로 보이며, 최소한 조선시대 이전 고려시대로 거슬러 올라갈 수 있을 것으로 생각한다. 생신제는 망자와 관련된 기억을, 즉 생전에 즐거웠던 기억을 소환하여 슬픔으로 표현하는 내용이 주류를 이루는 애상(哀傷)의 정서가 강하게 반영된 의례라고 할 수 있다. 이와 같이 생신제처럼 기일의 행사도 마찬가지이었을 것으로 보인다.

1970년 이후 생일날에 미역국을 먹고, 주인공에게 축하케이크를 자르게 한다든지, 꽃이나 선물을 하거나 식사하는 정도로 보내는 경우가 일반적이다. 미역국은 산모가 아이를 출산하고 처음으로 먹는 음식으로, 첫국밥이라고 부른다. 산모가 아이를 출산하고 처음으로 젖을 먹일 경우 젖꼭지에 미역국을 바른 다음 아이에게 젖을 먹이기도 한다.[54] 이처럼 미역국은 출산의 상징적인 음식이고, 생일날 미역국을 먹는다는 것은 처음으로 태어나는 날을 재현한다는 것을 의미한다. 인간의 원초적인 처음의 재현을 통해 삶의 원동력의 근거로 삼고자 한 것이다. 그 근거가 바로 미역국인 셈이다. 이처럼 음식이 갖는 기념일의 의미는 기일의 제사음식에서도 확인할 수 있다. 가장 중요한 것은 떡이며, 떡은 원초적인 음식으로서 의미를 갖는다. 떡을 통해 원초적인 처음을 재현하는 것이다. 뿐만 아니라 제사음식을 준비할 때 간을 하지 않고 싱겁게 조리하는 것은 신과 인간의 합일을 추구하고, 자손들 간의 일체감을 조성하기 위한 음복의 정신을 구현하려는 데서 비롯된 것으로 생각할 수 있다. 하지만 이런 음식에 대한 관념도 많은 변화를 겪고 있다. 생일이나 기일과 관련된 음식이 갖는 의미는 점차 약화되고, 기념일을 맞이하여 가족이나 친척들이 모여 식사하는 정도로 변화해 가고 있는 것이다.

결혼기념일은 성년이 결혼하여 부부가 된 날을 기념하는 날이다. 결혼과 관련된 기념일로 회혼례(回婚禮)가 있는데, 회혼례는 결혼 후 60주년이 되는 해의 기념일이다. 이 날은 자녀들이 회혼을 맞이하는 부모를 위해 마련하는 의례이면서 잔치로, 친척과 친지를 모셔놓고 60년 전의 결혼식을 재현하여 의미를 되새기고 축하하는 날이다. 하지만 1주년 단위의 결혼기념일이 19세기 기독교 유입과 더불어, 특히 1980년대 이후 산업사회로의 발전과 도시화, 핵가족의 증가, 부부 중심의 생활이 강화되면서 형성된 것이라 할 수 있다. 1년마다 지속적으로 반복되는 결혼기념일은 산업화 이후에 형성된 것이며, 가족 중심으로 간단하게 행사를 거행하는 경우가 일반적이다. 그러한 예로 여행을 가거나 축하케이크를 자른다든지, 꽃이나 선물을 하거나 부부 혹은 가족과 함께 식사를 하는 등 다양한 행사를 거행하여 결혼의 의미를 재현하는 것이다.

기념일에 대한 시간적 관념은 음력과 양력을 근거로 형성되었다. 특히 1896년부터 태양력을 쓰기 시작했는데, 그 이전에는 모든 삶의 질서가 음력에 근거한 것이었다. 태양력을 사용하기 시작하면서부터는 음력과 양력을 공유하는 경우가 많았지만, 특히 기념일은 산업화 이전에는 여전히 음력을 기준으로 삼는 경우가 많았다. 하지만 1949년 10월 1일 공포한 〈국경일에 관한 법률〉과 1970년 6월 15일의 〈관공서의 공휴일에 관한 규정〉, 1973년 3월 30일의 〈각종 기념일 등에 관한 규정〉이 제정되고 공포되면서 국경일, 공휴일, 기념일이 모두 양력에 근거하면서 삶의 시간적인 질서체계가 음력에서 양력으로 급격히 변화되었다. 요즈음은 음력을 인지하는 사람이 거의 없고 대부분 양력 중심으로 시간을 인식하고 생활하는 경우가 일반적이다. 그에 따라 기념일도 양력 중심으로 반복되고 있다. 뿐만 아니라 최근 들어서는 기념일의 행사가 당일에 이루지지 않고, 국경일이나 공휴일 혹은 일요일에 이루어지는 경우가 많아지고 있는데, 대부분 기념일 이전에 적당한 날을 선택하여 기념행사를 하고 있다.

2) 성장민속의 지속과 변화 요인

　민속이 지속되기 위해서는 그 효용성이 유지되어야 하고, 효용성이 약화되면 그것을 지속시킬 수 있는 원동력이 뒷받침되어야 한다. 그것은 다름 아닌 끊임없이 인간의 삶과 상호작용하고 있는 환경적인 요인을 반영한 새로운 의례적 패러다임을 말한다. 정신적이고 추상적인 경험이 지속되려면 물리적 경험과 환경의 상호작용이 끊임없이 작용되면서 새로운 돌파구를 모색하는 것만이 가능한 일이다. 그 돌파구는 다름 아닌 변화이다. 인간의 삶이 변화 없이 성장할 수 없고, 변화를 통해서만이 목표를 실현해 갈 수 있다. 즉 변화라고 하는 것은 지속과 발전을 전제로 이루어져야 한다. 지속되지 않는 것은 약화되고 소멸되어 기억의 잔존물로 남게 된다. 성장민속이 변화를 수용하지 못하고 그 효용성과 가치가 소멸되면서 기억의 잔존물로 전락하는 경우도 있지만, 새로운 변화를 모색해 지속되는 경우도 많다. 새로운 변화의 모색은 기호적 전이를[55] 통해 이루어진다.

　성장민속의 지속과 변화 요인은 긍정적인 면과 부정적인 것으로 구분할 수 있다. 대개 긍정적인 면이 성장민속의 지속에 중요한 역할을 했을 것이고, 부정적인 면은 성장민속의 소멸을 초래하는 계기를 만들었을 것이다. 인간의 삶이 다양한 변화 속에서 지속적으로 발전하는 것처럼 민속 또한 마찬가지이다. 그런데 과거를 기준으로 현재의 삶을 진단하면서 과거와는 너무 다르게 변화되었다고 해서 현재의 삶을 축소 해석하는 것은 바람직하지 않다. 이러한 것은 고정된 시각을 기준으로 삼는데서 비롯되는 것으로, 무엇보다도 중요한 것은 역동적이고 유동적인 시각을 기준으로 과거의 삶이 현재의 삶으로 이것이 미래의 삶으로 전개된다고 인식하는 것이 중요하다. 그러한 점에서 모든 현상은 이동의 관점에서 생각할 필요가 있다. 성장민속의 지속과 변화 또한 긍정적인 것과 부정적인 것으로 구분해서 파악하기 보다는 통합적으로 약화와 소멸, 변화와 지속 등의 원인이 무엇인가를 파악하는 것이 바람직하다.

돌잔치와 생일, 결혼식과 결혼기념일, 상장례 및 제사의례와 기일이 지속되는 요인은 무엇보다도 의례가 갖는 의미가 여전히 유효하고, 삶의 성장을 위한 의례의 효용성이 유지되며, 그것을 끊임없이 재현하려는 욕구적 갈망이 강하게 남아 있기 때문이다. 비록 이들의 행사가 내용이나 형식에서 많은 변화를 겪고 있지만 그 본질적인 의미가, 즉 의례와 기념일의 정체성을 유지하려는 문화적인 욕구가 존재하기 때문에 성장민속은 여전히 지속되고 있는 것이다. 먼저 돌잔치와 생일은 인간이 생명체로서 출발하는 것과 직립적인 인간으로서 출발하려는 삶의 변화를 도모하고, 그것을 기억하고 재현하여 성장으로 발전시키려는 인간학적 욕구 실현을 위해 지속되고 있다. 두 번째로 결혼식과 결혼기념일의 지속은 인간이 남녀의 결합을 통해 가족을 만들고 문화의 계승과 전승 주체인 사회적 인간으로서 시작하는 의미가 강하고, 그것을 지속적으로 의미화 시키면서 가족의 성장을 추구하려는 사회적 욕구에서 비롯되고 있다고 할 수 있다. 세 번째로 상장례가 인간을 현세적 존재에서 내세적 존재로 변화시켜 조상신적 존재로 변화시키기 위한 준비과정인데, 조상숭배적 관념이 여전히 강하게 남아있기 때문에 지속되고 있고, 이것이 궁극적으로 조상신을 섬기는 종교적 욕구의 실천으로 발전하면서 제사의례와 기일이 지속되고 있는 것이다. 즉 이와 같은 성장민속은 인간학적 욕구, 사회적 욕구, 종교적 욕구 등에 의해 지속되고 있는 것이라 하겠다.

성장민속에서 의례경험의 물리적 기반이라고 할 수 있는 환경은 물리적인 것뿐만 아니라 인간적인 것을 포함하며, 동시에 지역의 자연환경뿐만 아니라 전통과 제도까지 포함한다. 인간은 환경에서 주어진 것을 수동적으로 받아들이기만 하는 존재가 아니라, 상호작용의 성격 그 자체에 영향을 미칠 수 있는 힘을 갖고 있는 존재이다.[56] 그러므로 인간은 환경의 변화와 상호작용한 결과를 토대로 다양한 경험을 하게 되고, 그에 따라 다양한 표상을 갖는다. 그것은 고정적이지 않고 끊임없이 유동적이기 때문에 획일적이지 않고 다양성으로 표출된다. 인간이 삶 속에서 경험하는 의례도 마찬가지이다. 하지만 의례경험은 어느 정도 패턴화 되어 있고 본질적인 의미가 지속되고 있지만, 그것을 실현하는 방법이나 내용이 다소간의 변화를 수반하고 있다. 그 변화 요인을 몇 가지로 정리하면, ㉠의학의 발전, ㉡의례적 관념의 변화, ㉢종교의 영향, ㉣시간관념의 변화, ㉤노동방식의 변화, ㉥주거환경의 변화 등을 들 수 있다.

성장민속에서 의학의 발전이 적지 않은 영향을 미쳐왔다. 의례경험에서 보면 상당부분 인간의 수명장수를 기원하는 행위가 많은데, 이것은 의례적 목표가 삶의 변화만을 추구하는 것이 아니라 장수를 기원하기도 한다는 것을 의미한다. 기본적으로 의료기술이 발전하면서 아이의 출산의 장소와 죽음을 마무리하는 임종의 장소가 가정에서 병원으로 이동하게 되었고, 뿐만 아니라 인간이 조사(早死)하는 경우가 줄어들면서 더불어 수명이 연장되는 결과를 초래하였다. 그에 따라 출산의례가 거의 소멸되었지만, 육아의례인 돌잔치 정도 지속되고 있고, 회갑잔치가 약화되어 칠순잔치나 팔순잔치로 이동하고 있다.

교육이 의례적 관념의 변화에 적지 않은 영향을 미치는데, 교육은 기본적으로 인간의 성장을 목표로 이루어진다. 성장은 현존하는 상황을 변화시키는 능동적인 과정이다. 이러한 성장을 경험하면서 의례에 대한 태도나 관념이 변화된 것이다. 이것은 종교 교육과도 밀접한 관련을 맺고 있다. 종교가 단순히 초월적인 존재를 숭배만 하는 것이 아니라 종교적 윤리에 따라 성장을 목표로 하는 교육이기 때문이다. 불교나 기독교에서 각기 윤리적이면서 실천적인 행동강령에 따라 삶을 질서화 하듯이, 그와 같은 삶의 태도가 과거로부터 지속되어왔던 의례경험에 많은 영향을 미치기 마련이다. 특히 상장례를 비롯한 죽음의례와 제사의례에서 강하게 반영되어 나타나고 있다.

시간관념과 노동방식의 변화가 성장민속에 많은 영향을 미치기도 한다. 시간은 노동에서 뿐만 아니라 정치, 사회, 종교 전반에서 권력의 도구로 이용되었는데, 특히 노동에서는 생산의 효율성을 극대화하기 위해 시간을 활용해 왔다. 노동은 형태나 방식에 따라 육체적 노동, 정신적 노동, 조작적(操作的) 노동 등으로 구분되고, 농경사회의 농업노동에서 산업사회의 산업노동으로, 이것이 다시 4차 산업시대에는 조작노동으로의 변화되고 있다.[57] 이러한 변화 속에서 시간이 공간상의 이동의 관념에서 물질적 관념으로, 오늘날에는 속도적 관념의 차원에서 시간을 인식하고 있다. 즉 농경사회에서는 공간상의 이동의 관점에서 시간을 인식하여 농사를 지었지만, 산업사회에 와서는 시간이 물질적으로 관념화되면서 '시간은 돈이다'라는 관념이 형성되어 시간관념이 상품화의 전략으로 활용되기도 한다.[58] 그것이 바탕이 되어 시간의 속도성을 중요시하는 노동환경이 형성되고 있다.

시간관념과 노동방식의 변화가 국경일, 공휴일, 기념일 등을 포함한 일주일 중심의 생활문화를 초래하였고, 그에 따른 주거환경의 변화를 통해 공동체는 물론 삶의 태도와 가치관도 변화되었다. 이것은 자연스럽게 의례경험에도 영향을 미치게 되었고, 의례 내용은 말할 것도 없지만, 의례 시기가 공휴일이나 주말 중심으로 이동하고, 의례 공간이 집에서 집밖으로 이동하는 결과를 초래하였다. 의례의 중심이었던 집의 기능이 급속히 약화된 것이다. 이처럼 시간관념과 노동방식의 변화는 주체 중심의 내부지향적이고 정신적 의례가 아니라 객체 중심의 외부지향적이고 물질적 의례로 변화시키는 결과를 만들었다고 할 수 있다.

요 약 ─────────────────────────────────

　인간은 유폐된 존재로서 그것을 극복하기 위해 끊임없이 의사소통인 기호
적 활동을 하고, 그것이 삶의 패턴으로서 지속된 것이 의례적 체계이다. 의
례는 문화적 성장을 통해 경험한 것으로 다름 아닌 성장민속이다. 즉 성장민
속은 의례적 경험 과정을 통해 의미를 부여하고, 환경과 상호작용 속에서 변
화를 수용하여 새로운 의미를 창출함으로써 희망을 갖게 하는 의례적 경험
과정인 것이다. 성장민속의 대표적인 예로서 일생의례를 들 수 있는데, 일생
의례는 출산의례에서부터 제사의례에 이르기까지 직선형 시간관념을 토대로
구성되어 있다.

　성장민속인 의례경험은 직선형 시간관을 토대로 이승의 삶에서 주로 일회
적으로 이루어지지만, 저승의 삶에서 반복적으로 이루어지는 것은 조상숭배
관념과 밀접한 관련이 있다. 의례경험이 지역마다 개인마다 혹은 시대마다
다소간의 차이가 있고, 그것은 지역성을 반영하기도 하지만 다양한 환경의
영향 또한 반영된다. 그것은 ①성장주의적인 의미, ②가족주의적 인식, ③남
성중심주의적 의식, ④관료주의적인 정서, ⑤농경민적인 관념 등을 통해 확
인할 수 있다.

　성장민속인 기념일이 정신적이고 추상적인 경험이라면, 의례경험은 물리
적 기반에 해당하는 것으로, 의례경험이 기념일 형성에 많은 제약을 가한다
고 생각하는 것이 체험주의적 시각이다. 이에 따르면 생일은 돌잔치, 결혼기
념일은 결혼식을, 기일은 장례식을 근거로 형성된 기념일이다. 기념일은 인
간이 의례적 경험을 통해 새로운 변신을 하게 되고, 그 변신이 희망을 갖게
하는 성장을 목표로 한다. 그렇기 때문에 기념일은 일회적이지 않고 반복적
이며 지속적으로, 즉 순환형 시간관을 근거로 이루진다. 생일은 생물학적 인
간과 직립적 인간의 탄생기념일이라면, 결혼기념일은 사회적 인간의 탄생기

념일이고, 기일은 종교적 인간의 탄생을 기념하는 날의 의미를 가지고 있다.

의례경험의 지속과 변화 과정을 그 핵심적인 내용인 돌잡이, 친영의례, 습염의례와 매장의례, 독축과 음복 등을 토대로 파악할 수 있다. 그 시간적 기준은 고대사회, 불교유입, 《주자가례》 수입, 조선 후기, 일제강점기, 1970년대 이후로 구분하여 살펴볼 수 있는데, 주로 1970년 이전과 이후를 기준으로 삼아 정리하면, 먼저 돌잡이는 직립적으로 이동할 수 있는 아이의 능력을 축하하고, 아이의 장래를 예측하려는 행사로서 오늘날까지도 지속되고 있지만, 그 장소가 집이 아니고 집밖인 연회장에서 이루지고 있는 점에서 차이가 있다. 두 번째로 친영의례는 신랑이 신부집에 가서 신부를 맞이해 오는 절차로 이것은 고대사회로부터 지속되어 왔는데, 다만 친영의 장소가 집밖인 예식장으로 바뀌었다. 세 번째로 습염의례는 오랜 역사성을 가지고 지속되고 있고, 오늘날에는 장례식장에서 장의사 중심으로 행해진다는 점에서 차이가 있다. 그리고 매장의례는 고대로부터 지속되었던 2차장 묘제가 망자의 화장을 통한 봉안 및 매장 방식에 근거한 화장문화가 확대되면서 단일묘제로 바뀌고 있다. 네 번째로 제사의례는 성리학적인 의례서의 영향을 받아 체계화된 것으로 독축과 음복이 중요한 절차인데, 오늘날 독축에서 구술로 구연하는 경우가 적지 않고, 음복은 제삿날 가족식사 정도로 인식하는 경우가 많아지고 있다.

기념일은, 먼저 생일과 기일은 당나라에서 《예기》가 수입됨으로써 비로소 제도화된 것으로 파악되는데, 생일은 인간으로서 새로 출발하는 날로서 의미가, 기일도 마찬가지로 조상신으로 새로 출발하는 날이라는 의미를 지니고 있다. 생일의 상징적 음식이 미역국이고, 기일의 상징적 음식은 떡과 간을 하지 않는 음식이다. 두 번째로 결혼기념일은 성년이 결혼하여 부부가 된 날을 기념하는 날로서 19세기 기독교 유입과 더불어, 특히 1980년대 이후 산업사회로의 발전과 도시화, 핵가족의 증가, 부부 중심의 생활이 강화되면서 형성되었다. 이와 같은 기념일은 음력과 양력을 근거로 형성되었는데, 국경일, 공휴일, 기념일이 모두 양력에 근거하면서 삶의 시간적인 질서체계가 음력에서 양력으로 급격히 변화되자, 기념일도 양력 위주로 바뀌고 있다. 그리고 기념일의 행사가 당일에 이루지지 않고, 국경일이나 공휴일 혹은 일요일에 이루어지는 경우가 많아지고 있으며, 대부분 기념일 이전에 적당한 날을 선택하여 기념행사를 하고 있다.

인간은 환경의 변화와 상호작용한 결과를 토대로 다양한 경험을 하게 되고, 그에 따라 다양한 표상을 갖는다. 그것은 고정적이지 않고 끊임없이 유동적이기 때문에 획일적이지 않고 다양성으로 표출된다. 인간이 삶 속에서 경험하는 의례도 마찬가지이다. 성장민속이 지속되는 요인은 무엇보다도 의례가 갖는 의미가 여전히 유효하고, 삶의 성장을 위한 의례의 효용성이 유지되며, 그것을 끊임없이 재현하려는 욕구적 갈망이 강하게 남아 있기 때문이다. 특히 인간학적 욕구, 사회적 욕구, 종교적 욕구 등에 의해 지속되고 있는 것이다. 그런가 하면 성장민속은 ⊙의학의 발전, ⓒ의례적 관념의 변화, ⓒ종교의 영향, ⓐ시간관념의 변화, ⑩노동방식의 변화, ⓑ주거환경의 변화 등의 영향을 받아 변화되기도 한다.

각 주

1 노양진,『몸이 철학을 말하다』, 서광사, 2013, 268쪽.

2 의사소통은 그 자체가 창조적인 참여의 과정이며, 서로 고립되어 있고 동떨어져 있는 사람을 공통적 관심사로 연결시키는 과정이다. 의사소통을 통해 의미 전달이 일어나며, 그 결과 듣는 사람뿐만 아니라 말하는 사람의 경험도 구체성을 띠면서 분명해진다. 인간이 교제하고 교류하는 것은 진정한 의사소통을 하며 함께 살아가기 위해서다. 인간다운 교제의 형식은 의사소통에 의해 형성된 의미와 공동의 선에 참여하는 것이다.(존 듀이/박철홍 옮김,『경험으로서 예술2』, 나남, 2017, 107쪽)

3 노양진,『철학적 사유의 갈래』, 서광사, 2018, 166쪽.

4 재현(representation)이란 기호를 통해 사물, 사건, 인물 그리고 현실이 기술되고 표현되고 의미가 부여되는 과정이다.(김원,「서벌턴은 왜 침묵하는가?」,『사회과학연구』제17집 1호, 서강대학교 사회과학연구소, 2009, 146쪽)

5 알라이다 아스만/변학수·채연숙 옮김,『기억의 공간』, 그린비, 2011, 183쪽.

6 존 듀이/이윤선 옮김,『철학의 재구성』, 대우학술총서 601, 아카넷, 2014, 247쪽.

7 에릭 캔델/전대호 옮김,『기억을 찾아서』, ㈜알에이치코리아, 2013, 29쪽.

8 표인주,「일생의례의 상상적 구조와 해석」,『호남학』제65집, 전남대학교 호남학연구원, 2019, 154쪽.

9 경험의 개념을 ①객관적 조건과 유기적 에너지 사이의 상호작용의 산물로서의 경험, ②탐구에 의해 환경을 변화시키는 과학적 실험으로서 경험, ③우리 행위의 결과에 의해서 분석되어야 하는 개념의 의미 등으로 요약할 수 있다. 즉 경험은 수동적으로 현상을 기록하거나 주시하는 것이 아니라 환경과의 상호작용을 포함하는 것이며, 그것의 결과를 통해 미래 행위를 통제하게 하는 과정을 포괄한다.(존 듀이/이윤선 옮김, 앞의 책, 2014, 239쪽)

10 체험주의는 우리의 경험 구조를 해명하는 것으로, 경험은 신체적/물리적 층위의 경험과 정신적/추상적 층위의 경험의 중층적 구조로 이루어지고, 정신적/추상적 층위의 경험은 항상 신체적/물리적 층위의 경험에 근거하고 있으며, 그것을 토대로 은유적으로 확장되어 나타난다고 주장한다. 경험의 은유적 확장 과정은 다름 아닌 기호화 과정이며, 이러한 관심에서 우리 경험을 불리적(비기호적) 경험과 기호적 경험으로 구분할 수 있다. 신체적/물리적 경험에 근거하여 은유적으로 확장되어 나타난 것이 정신적/추상적 층위의 경험이라는 것은, 곧 기호적 경험은 물리적 경험에 근거하여 형성되기 때문에 그 경험에 많은 제약을 받는다는 것을 의미한다.(노양진,『몸 언어 철학』, 서광사, 2009, 157~180쪽)

11 존 듀이/이윤선 옮김, 앞의 책, 203~259쪽.

12 노양진,「성장으로서 문화(culture as growth): 나의 문화란 무엇인가?」, 영암청소년수련관의 강의자료(2019.10.29.) 참조.

13 존 듀이/박철홍 옮김, 앞의 책, 153쪽.

14 체험주의는 전통적인 객관주의와 허무주의적 상대주의를 거부하는 제3의 시각으로, 몸의 중심성을 강조하고 우리의 사고와 언어의 뿌리가 몸이라고 주장하는 몸의 철학이다. 마음이라고 부르는 일련의 경험이 몸의 활동을 통해 드러나는 확장적 국면이라고 주장한다.(노양진,『몸이 철학을 말하다』, 서광사, 2013, 27쪽)

15 통과의례와 관혼상제를 비교하면, 통과의례는 출생의례가 포함되고 제사의례가 포함되지 않고 있지만, 관혼상제는 출산의례가 포함되지 않고 제사의례를 포함하고 있다는 점에서 차이가 있다. 이를 극복하기 위해 평생의례 혹은 일생의례라는 용어를 사용하고 있지만 이들 용어도 불안하긴 마찬가지이다.

16 이광규, 『한국인의 일생』, 형설출판사, 1985.

17 장철수, 『한국의 관혼상제』, 집문당, 1995.

18 표인주, 『남도민속학』, 전남대학교출판부, 2014.

19 회혼례는 해로하는 부부의 혼인 60돌을 기념하는 의식으로서, 조선시대에는 회갑, 회방(과거에 급제한 지 60주년이 되는 해)과 더불어 3대 수연(壽宴)이라 하였다. 회혼례는 자녀들이 준비하여 부부의 결혼식을 재현하고, 회갑잔치처럼 큰 상을 차려놓고 술잔을 올리고 절을 한다.(『한국일생의례사전』, 국립민속박물관, 2014, 771~773쪽)

20 이광규, 앞의 책, 35쪽.

21 장철수, 앞의 책, 183쪽.

22 『한국일생의례사전』, 국립민속박물관, 2014, 736쪽.

23 장철수, 앞의 책, 145쪽.

24 표인주, 앞의 책, 43쪽.

25 알라이다 아스만/변학수·채연숙 옮김, 앞의 책, 110쪽.

26 의례는 다양한 환경, 즉 자연, 역사, 사회, 문화 등의 환경이라는 물리적 경험을 근거로 형성된 정신적인 경험이다. 이러한 1차 기호과정을 통해 형성된 의례적 경험을 다시 물리적 경험과 기호적 경험으로 구분하면, 돌잔치, 결혼식, 장례식은 물리적 경험에 해당하고, 생일, 결혼기념일, 기일은 기호적 경험이라는 2차 기호과정을 통해 형성된 것임을 알 수 있다.

27 표인주, 「일생의례의 상상적 구조와 해석」, 『호남학』 제65집, 전남대학교 호남학연구원, 2019, 173쪽.

28 표인주, 위의 논문, 161쪽.

29 이광규, 앞의 책, 68쪽.

30 표인주, 앞의 논문, 164쪽.

31 표인주, 위의 논문, 168쪽.

32 김시덕, 「일생의례의 역사」, 『한국민속사논총』, 지식산업사, 1996, 429쪽.

33 이광규, 앞의 책, 55~56쪽.

34 돌잔치의 핵심적인 내용은 아이와 부모를 소개하는 것과 하객들이 아이의 건강과 미래를 축원하는 내용을 주고받는 것, 그리고 아이의 돌잡이를 통해 아이의 미래를 예측하는 내용 등으로 구성되어 있다. 이러한 절차가 끝나면 음식을 나누어 먹으면서 여흥을 즐기는 순서로 진행되는 경우가 많다.(표인주, 앞의 논문, 170쪽)

35 서옥제는 신부 집 뒤에 조그마한 집을 짓고, 그곳에서 신부 부모의 허락을 받아 신랑과 신부가 머무르다가 자식을 낳아 장성하게 되면 부인을 자신의 집으로 데려가는 혼인풍속이다.

36 서정화, 「전통혼례에 대한 반성적 고찰」, 『동양철학연구』 제75집, 동양철학연구회, 2013, 237~245쪽.

37 박혜인, 「여가에서의 혼례식의 연원 및 그 변천」, 『여성문제연구』 12권, 대구가톨릭대학교 사회과학연구소, 1983, 11~12쪽.

38 박혜인, 위의 논문, 15쪽.

39 장철수, 앞의 책, 42쪽.

40 씻김굿에서 망자의 영혼을 정화시키기 위해 영돈말이를 하고 씻김하는 과정에서 쑥물과 향물을 뿌리거나 씻겨내는 행동을 한다. 이러한 것은 마치 습염의례에서 망자를 쑥물과 향물, 그리고 맑은 물로 씻기는 과정을 굿으로 표현하고 있는 것이다. 이러한 절차는 모두 망자를 정화시키기 위한 의례적 의미를 가지고 있음을 알 수 있다.(표인주, 앞의 책, 195쪽)

41 표인주, 「호남지역 상장례와 구비문학에 나타난 죽음관」, 『한국민속학』 32, 민속학회, 2000, 26~28쪽.

42 장철수, 앞의 책, 48~51쪽.

43 장철수, 위의 책, 75쪽.

44 장철수, 위의 책, 84쪽.

45 축문은 서두(序頭), 본문, 말미(末尾)의 구조로 이루어져 있고, 서두에는 제사를 지내는 시기와 주재자를 밝히고, 본문에서는 신의 영험함을 찬양하고 신에게 소망하고자 하는 내용을 담고 있으며, 말미는 상향(尙饗)으로 처리하여 이는 기독교의 기도문에서 말하고 있는 아멘(amen)과 같은 의미를 지니고 있다.(표인주, 「전남 촌제의 축문연구」, 전남대학교 대학원 석사학위논문, 1989, 23~41쪽)

46 표인주, 「마을축제의 영상도식과 은유체계의 이해」, 『한국학연구』 제68집, 고려대학교 한국학연구소, 2019, 317~318쪽.

47 비손은 어머니들이 간단한 음식상을 차려놓고 그 앞에서 자손들의 안녕과 번창을 기원하기 위해 손비빔 하면서 구술하는 언어적 행위를 말한다. 그것은 굿당에서 무당이 신을 대상으로 손을 비비면서 비손하거나, 풍물에서 상쇠가 꽹과리를 치면서 비나리 하는 것과 같다.

48 표인주, 앞의 논문, 318쪽.

49 제사의례가 가족 구성원의 종교적 성향에 따라 유교식이나 기독교식 혹은 불교식으로 진행되는 경우가 많아지면서 조상신의 숭배는 점차 약화되고 망자에 대한 기억을 소환하여 추모하는 행사로 바뀌는 경우가 많아지고 있다. 그것은 고증조부모를 비롯해 부모의 제사를 통합하거나, 제사 참여자가 갈수록 줄어들고 있고, 제사를 공휴일 중심으로 옮기는 것을 통해 확인되고 있다.(표인주, 「일생의례의 상상적 구조와 해석」, 『호남학』 제65집, 전남대학교 호남학연구원, 2019, 172~173쪽)

50 표인주, 위의 논문, 173~174쪽.

51 『한국일생의례사전』, 국립민속박물관, 2014, 305쪽.

52 이상원, 「조선시대 생일노래의 성격과 전승 연구」, 『국제어문』 26권, 국제어문학회, 2002, 1~15쪽.

53 강민구, 「죽음에서 자아올린 생의 기억」, 『한국한문학연구』 제70집, 한국한문학회, 2018, 54~59쪽.

54 표인주, 앞의 책, 250쪽.

55 기호적 전이가 멈추면 기호적 경험은 인간의 모든 기억에서 사라진다. 왜냐면 기호적 경험은 인간의 삶을 특징짓는 핵심적인 기제이기 때문에 기호적 경험의 단절과 변화는 문화의 소멸과 지속을 의미한다. 그렇기 때문에 인간 삶의 방식이 오랜 시간 동안 축적되어 형성된 문화가 지속되려면 기표의 수명이 끝난다고 해도 기호적 내용의 전승을 위해 기호적 전이(metastasis)가 이루어져야 한다. 예컨대 농사의 풍요를 기원하기 위해 마을제사를 지냈지만, 마을제사가 농사의 풍요와는 무관하게 마을의 전통성이나 정체성의 확보 수단으로 지속되거나, 관광객들을 위한 하나의 문화상품으로 변형되는 경우, 이것은 동일한 기표이지만 기호내용의 전이가 일어나고 있음을 보여주고 있는 것이다.(표인주, 「홍어음식의 기호적 전이와 문화적 중층성」, 『호남문화연구』 제61집, 전남대학교 호남학연구원, 2017, 6~8쪽)

56 존 듀이/박철홍 옮김, 앞의 책, 111쪽.

57 표인주, 「시간민속의 체험주의적 이해」, 『민속학연구』 제46호, 국립민속박물관, 2020, 9~11쪽.

58 표인주, 「민속신앙 지속과 변화의 체험주의적 탐색」, 『무형유산』 제8호, 국립무형유산원, 2020, 256쪽.

제3장

인간과 초월적 존재,
민속신앙의 지속과 변화

1. 신의 섬김과 실천으로서 민속신앙

인간은 사회적이면서 정치적이요 경제적인 존재 등의 다양한 의미를 부여하고, 생물학적으로는 영장류에 속하는 동물이라고 하지만, 중요한 것은 시간적이며 공간적으로 유한성을 지닌 존재라는 사실이다. 그것은 인간이 살아가는 환경에 많은 제약을 받는다는 것을 의미하고, 제약은 인간의 유한성에서 비롯된다. 지금까지 인간은 유한성을 극복하기 위해 많은 노력을 해왔는데, 그 일환으로 인간의 모든 능력을 초월하는, 즉 초월성을 지닌 존재의 필요성을 갖게 된 것이다. 그것은 다름 아닌 제3의 존재로서 거룩한 존재인 신이다. 이러한 신에 대한 섬김을 통해 믿음으로 실천하는 것이 신앙이다. 신앙은 인간의 물리적 한계를 극복하기 위한 것으로 시대별로 다르고 민족마다 다르기 마련이다. 그래서 신과 관계된 인간의 물리적 기반이 변화하면 당연히 신앙의 형태 또한 과거에 집착한 것이 아니라 유동적일 수밖에 없다. 그러한 점에서 종교와 사회가 밀접한 관련을 맺고 있고, 자연과 사회적 조건은 물론 문화적 환경에 따라 종교 또한 그에 대응하여 변화해 왔다.

민속신앙이라는 용어 사용을 보면, 《한국민속학의 이해》는 무속신앙, 가신신앙, 공동체신앙, 속신 등을,[1] 《남도민속학 개설》은 무속, 공동체신앙, 가택신앙을[2] 포괄하는 개념으로 사용한다. 그런가 하면 《한국민속학개설》은 무속, 가신신앙, 동신을[3] 민간신앙으로 분류하여 사용하고 있는데, 민속신앙과 민간신앙 모두 민중들 혹은 백성들의 신앙이라는 의미를 지닌다. 이러한 민속신앙 개념을 불교나 기독교와 같은 체계적이고 조직적인 종교와 구분하기 위해 사용한 경우도 많다. 게다가 종교를 성격이나 내용, 민족 등에 따라 분류해야 하나, 민속신앙을 현대와 차별되는 과거의 신앙이나 전통성을 강조하는 개념으로 인식하기도 한다. 하지만 민속신앙이 오늘날에도 다양한 모습으로 지속되기 때문에 교리와 교단을 강조하는 제도적 종교와 대등한 입장에서 이해하는 것이 바람직하다.

　최근 들어 많은 연구자들이 주거공간의 의미를 파악하기 위해 가택신앙에 관심을 갖기도 하나,[4] 가택신앙의 지속과 변화 등에 관한 관심이 미흡하고, 이러한 것은 마을신앙과 무속신앙에 관한 연구에서도 마찬가지이다. 특히 마을신앙과 무속신앙을 전통문화 만들기나 관광자원화 혹은 문화재적인 측면의 연구에 주안점을 두는 경우가 많아지지만, 그 신앙들이 어떠한 모습으로 지속되고,[5] 그것이 어떻게 의미 변화가 이루어지는지에 대한 검토가 이루어지지 않고 있다. 그나마 민속의 물리적 기반이라고 할 수 있는 공동체 연구가 활발해지고 있는 점은 대단히 고무적인 일이다.[6] 공동체는 자연적, 사회적, 문화적 조건에 의해 결정된다. 마을공동체가 많은 변화를 겪게 되면, 그에 따라 민속신앙이 그 현상과 의미가 변화할 수밖에 없다. 따라서 무엇보다 현재의 입장에서 민속신앙에 대한 관심과 이해가 이루어지는 것이 중요하다는 것을 지적하고 싶다.

　민속신앙의 지속과 변화를 체험주의적인 측면에서 접근하는 것도 하나의 방법이다. 체험주의는 1980년대 초에 레이코프(G. Lakoff)와 존슨(M. Johnson)의 주도로 출발한 신생 철학으로, 우리의 경험 구조를 해명하는 것에 주안점을 둔다. 경험은 신체적/물리적 층위의 경험과 정신적/추상적 층위의 경험의 중층적 구조로 이루어지고, 정신적/추상적 층위의 경험이 항상 신체적/물리적 층위의 경험에 근거하며, 그것을 토대로 은유적으로 확장되어 나타난다.[7] 경험의 은유적 확장 과정은 다름 아닌 기호화 과정이며, 이러한 관점에서 우리 경험이 물리적(비기호적) 경험과 기호적 경험으로 구분된다.[8] 신체적/물리적 경험에 근거하여 은유적으로 확장되어 나타난 것이 정신적/추상적 층위의 경험이라는 것은, 곧 기호적 경험이[9] 물리적 경험에 근거하기 때문에 그 경험에 많은 제약을 받는다는 것을 의미한다. 다시 말하면 기호적 경험인 민속신앙이 농업노동이라는 물리적 경험을 근거로 하고 노동방식의 변화가 민속신앙의 지속과 변화에도 영향을 미친다는 것을 알 수 있다.

따라서 본고는 민속신앙의 체험주의적 개념을 토대로 지속과 변화 양상을 파악하고, 그 원인을 찾아보려는 것을 연구 목적으로 삼고자 함을 밝혀두고자 한다.

2. 민속신앙의 체험주의적 개념

인간은 모든 유기체와 마찬가지로 자신의 경험 안에 유폐된(incarcerated) 존재이다. 우리는 다른 존재와 경험을 공유할 수 없으며, 나는 나의 경험 안에 갇혀 있다.[10] 인간이 각자의 경험 안에서 유폐된 존재로 살 수 없기 때문에 생존하기 위해 필연적으로 유폐성을 극복하려 한다. 그것은 의사소통인 기호적 활동으로 나타나고, 몸짓이든, 소리든, 문자 등 모든 활동을 말한다. 여기서 의사소통은 스타일의 문제가 아니라 유기체적 생존의 문제이다. 유폐된 경험을 기호적 활동을 통해 서로에게 이어줄 수 있으며, 그 기표가 기호적 해석을 통해 의미를 갖게 된다. 이런 의미에서 의사소통은 탈유폐적 기호화 과정(ex-carcerating process of symbolization)이고,[11] 타인의 경험을 전달하고 파악하는 유일한 통로이며, 기표를 사용해 이루어질 수밖에 없다는 점에서 본성적으로 기호적이다. 따라서 기호적 경험의 본성을 해명하는 것이 기표로 이루어진 의사소통을 파악하는 것이고, 그 출발점은 경험의 유폐성이다. 의사소통은 삶의 중요한 기호적 확장 수단이다. 기호적으로 확장한다는 것은 개인이나 공동체의 안전(안녕)과 번영(풍요)에 대한 인간의 욕망을 성취하려는 과정을 말한다. 기호적 소통이 삶의 실천적인 도구이자 수단인 셈이다. 즉 모든 기호적 활동은 인간이 고립되지 않고 풍요롭게 살기 위해 다양하게 의사소통하는 것이 그 본질이라고 할 수 있다.

이처럼 인간이 갈망하는 안전과 번영을 실현시켜 주는 존재가 바로 신적인 존재이고, 기호적 존재이다. 우리는 몸의 존재이며, 따라서 세계의 일부다. 우리의 모든 경험은 세계로부터 분리된 관찰자의 경험이 아니라 세계에 직접 속해 있는 참여자의 경험이다. 인간은 세계와 지속적으로 상호작용하는 존재이고, 마음이 몸의 확장이듯이[12] 신은 인간의 기호적 확장이요, 세계의 확장이다. 신 또한 인간이 속해 있는 세계와 분리되지 않으며, 그 세계는 지속적인 상호작용적 경험의 산물이다. 신은 우리의 몸과 분리된 존재가 아니라 세계에 의해 형성된 존재이다. 세계와 몸이라는 물리적 기반을 근거로 형성된 정신과 마음의 기호적 표현이 신인 것이다. 그래서 세계와 정신, 몸과 마음이 서로 대립되고 분리된 존재가 아니라 끊임없이 상호작용하는 존재임을 알 수 있다.

인간은 초월적인 신과 의사소통하기 위해 많은 노력을 해 왔다. 그러한 과정에서 인간과 신의 소통 방식이 다름 아닌 인간의 의사소통 방식을 은유적으로 표현한 것이다. 즉 인간이 신을 섬기기 위한 다양한 제의가 제물, 몸짓, 소리, 언어 등 다양한 방식으로 표현하는 의례적 내용으로 구성되어 있다. 특히 가택신, 무속신, 마을신을 대상으로 행해지는 민속신앙의 의례내용을 보면, 가정에서 손님을 맞이하여 융숭히 대접하고 일체화를 통해 배웅하는 것처럼, 그 과정에 근거하여 형성된 〈청신과정 → 오신과정 → 송신과정의 구조〉의 의례적인 절차가 그것이다. 그것은 인간의 소통방식에 근거하여 인간과 신이 함께 소통할 수 있는 방식으로 의례화 되어 있음을 알 수 있다.

일반적으로 신이 인간의 안녕과 번영을 성취하도록 해주기 때문에 거룩한 존재로 인식되어왔다. 그래서 신은 초인간적이고 초자연적인 능력을 지닌 존재이다. 이러한 신에 대한 섬김의 자세가 시간의 개념이 확장됨에 따라 이루어진 세계관의 변화에 달라진다. 시간은 본래 그 자체로 개념화되는 것이 아니라 은유적, 환유적으로 개념화되어 사용되어 왔다.[13] 본래 시간 개념이 공간상에서 운동과 사물에 근거한 〈은유적 인지과정〉과 사건들과 상호관계에 근거한 〈환유적 인지과정〉을 통해 형성된 것이다. 인간이 공간 이동의 경험적 지식이 축적되어 형성된 시간의 개념을 사용해 오다가, 산업화와 더불어 자본주의가 등장하면서 시간의 관념 또한 변화되었다. 즉 〈시간은 자원(물질)〉으로, 특히 돈으로 개념화된다.[14] 이것은 노동방식이 농업노동에서 산업노동으로 바뀌는 것과도 밀접한 관련이 있고, 이 또한 종교에도 많은 영향을 미친다.

인간은 신의 형상이나 성격보다도 신에 대한 태도를 중요시 여겼고, 그것은 곧 믿음으로 발전되기 때문이다. 믿음이 신체화된 마음을 통해 이루어지고 그 존재가 몸에 달려 있다. 그래서 신체화된 마음이 이 세계의 많은 부분을 차지하는 것은 물론 정열적이면서 갈망하고 사회적이며, 주된 기능은 감정이입적(empathic)이다. 인간은 태어날 때부터 다른 사람의 행동을 모방하려는 상상적 투사 능력을 가지고 있다. 인간이 모방하려고 준비할 때 자신을 타인의 몸 안에 있다고 감정이입적으로 상상한다. 여기서 감정이입적 투사가 영적인 경험의 하나이기 때문에 도덕적 가치와 영적 경험을 연결하는 역할을 한다. 감정이입적 투사는 느낌의 경험이고, 초월의 한 형태이다. 인간이 초월 상태를 경험하기 위해 신앙생활하고, 신과의 마주침이야말로 감정이입적 연결을 통해 이루어진 신체화된 영성인 것이다. 이것이 몸을 통해 정열적으로 만들고, 치열한 욕구와 즐거움, 고통, 환희, 후회를 낳는다.[15] 인간은 삶 속에서 열정적인 신앙적 체험으로 이끌어가는 수단이 은유이고, 은유를 통해 다양한 영적 경험(다양한 의례 행위, 기도 등)을 한다.

신은 기호적인 존재로서 그 기능과 특성이 당연히 인간의 삶에 의해 결정되기 때문에 지역마다 시기마다 신들의 역할이 다르다. 민속신앙에서 민속신은 물리적 경험 영역을 근거로 은유적으로 확장된 초월적인 존재이다. 여기서 초월적 존재가 기호적 존재로서 물리적 경험의 많은 제약을 받는다. 즉 민속신이 물리적 경험 영역의 변화에 따라 그 기능과 의미가 변화한다는 것을 의미한다. 그렇다면 물리적 경험 영역은 무엇일까? 그것은 바로 인간 삶의 물리적 환경에 관한 것으로 기호적 경험의 형성 배경이다. 일반적으로 민속이 자연환경, 사회적 조건, 역사적 사건 등에 결정되고 그에 의해 형성된다고 한다면, 민속이 문화적 텍스트에 해당하고, 자연, 사회, 역사 등이 민속 형성의 배경인 것이다. 민속 형성의 배경으로서 물리적 경험 영역은 ①자연환경에 영향을 받는 생업방식, ②정착사회의 근간이 되고 있는 생활공동체, ③공동체 공간에서 발생하는 죽음 등의 사건 등을 말한다.

일반적으로 신앙은 인간이 신에게 추구하는 믿음의 태도에 따라 현세구복적(現世求福的) 신앙과 내세기복적(來世祈福的) 신앙으로 구분된다. 민속신앙이 현세구복적인 믿음이 강하고, 교리와 교단인 조직화된 종교는 현세구복적이면서 내세기복적인 믿음이 공존한다. 민속신은 가택신, 무속신, 마을신을 범주화[16]해서 부르는 명칭이다. 가택신은 조상신, 조왕신, 성주신, 측간신, 터주신, 문신 등 특정 주거 공간에 좌정하고 있는 정주신(定住神)의 성격을 지니고, 무속신이 천지신, 제석신, 바리공주, 칠성신, 문전신, 군웅, 대감신 등 이동신(移動神)의 성격을 지니며, 마을신은 당산신, 동신, 서낭신 등 정주신이거나 이동신의 성격을 지닌다. 민속신은 가정이나 마을마다 다양한 모습을 지니고 있다.

민속신앙은 현세(現世) 삶의 문제를 해결하는 것이 가장 큰 목적이고, 신에 대한 관념이나 태도가 그에 따라 형성되었다. 하지만 생업방식이 농업노동에서 산업노동으로 변화되고, 인구가 집중된 도시와 조직화된 종교가 발달하면서 현세구복적인 것도 중요하나 무엇보다도 내세기복적인 믿음이 더욱 중요한 역할로 등장하였다. 그것은 다름 아닌 삶의 문제도 중요하지만 죽음의 문제 또한 중요함을 인식하게 된 것이다. 흔히 불교나 기독교처럼 체계화되고 조직화된 종교가 현재의 삶뿐만 아니라 죽음의 공포를 극복하기 위해 사후세계, 즉 내세 삶의 문제를 해결하려 한다. 이러한 환경 속에서 민속신앙은 많은 변화를 겪을 수밖에 없다.

3. 무속신앙으로부터 주술적 행위와 굿당

오늘날 무당을 무속인(巫俗人)이라고 부르기도 하고, 좁게는 무당만을 지칭하기도 하지만, 넓게는 무당을 비롯하여 굿판에서 반주하는 악사, 굿의 진행에 시중드는 사람, 점치는 사람, 굿의 용품을 판매하는 사람, 굿당을 운영하는 사람 등을 종합적으로 지칭하는 말로 사용하고 있다. 무당이 주재하는 굿은 그 목적에 따라 무당 자신을 위한 신굿, 재가집에서 요청하는 개인굿, 마을 공동의 마을굿으로 구분되고, 굿의 규모나 형식에 따라 선굿과 앉은굿으로 구분된다. 선굿은 무당이 악사(재비)의 반주에 맞추어 가무(歌舞) 중심으로 서서 제의를 진행시키고, 앉은굿은 가무 없이 축원 중심으로 앉아서 제의를 진행시킨다.[17] 특히 선굿은 춤과 음악, 재담, 몸짓, 노래가 복합되고, 음식, 무구, 복식, 악기 등의 다양한 물질문화가 융합된 종합예술이라 할 수 있다. 이러한 굿이 어떻게 지속되고 있는가를 두 가지 측면에서 파악할 수 있다.

먼저 굿이 무형문화재로 지정되어 전승되고 있다. 무형문화재로 지정되어 있는 굿은 15종목이다.[18] 여기서 서울맹인독경을 제외한 모든 굿이 선굿이고, 서울맹인독경은 맹인들이 복을 기원하고 질병을 치료하는 목적으로 경문을 읽는 앉은굿이다. 마을굿은 마을신을 대상으로 마을공동체의 안녕과 풍요를 기원하는 굿이고, 재수굿이 양주소놀이굿과 황해도평산소놀음굿으로 단독으로 행해지지 않고 제석거리굿에 이어서 진행된다는 것이 공통점이다. 죽음과 관련된 굿은 진도씻김굿, 서울새남굿, 강화교동진오기굿, 고흥혼맞이굿이고, 주로 세습무 굿이지만 서울새남굿만 강신무 굿이다. 이와 같은 굿의 자생적 물리적 기반이 농업노동으로, 산업노동이 중심이 되고 도시화가 가속화되는 오늘날에는 많은 변화를 겪을 수밖에 없고, 보존회나 공공공동체(公共 共同體)[19]의 지원을 통해 전승되고 있다.

무형문화재로서 굿이 지속될 수 있었던 것은 굿의 기호적 전이[20]를 통해 이루어진다. 기호적 전이란 원초적인 것이 다른 형태로 변화되거나 변형된 것을 말하는 것으로, 기호 산출자와 사용자의 의사소통의 관계 속에서 발생한다. 기호경험에서 기호 사용자가 인간이기 때문에 삶의 환경에 따라 기호사용은 당연히 변화되기 마련이다.[21] 예컨대 삶의 현장에서 문제를 해결하려는 굿이 무속신앙적 의미를 지니지만, 무대나 인공적인 공연장에서 연행되는 굿을 하나의 공연물로 인식하여 문화재적이고 공연예술적 의미 차원에서 이해하고 수용한다. 그에 따라 무당은 예능보유자로서 민속예술인 혹은 전통공연예술인의 자세를 취하는 경우가 대부분이다. 이처럼 무속신앙을 비롯한 다양한 민속이 기호적 전이[22]를 토대로 변화되고 지속되고 있다. 기호적 전이는 본질적으로 지속을 전제로 기표나 기호내용에서 주로 이루어진다.

두 번째로 굿이 굿당 중심으로 전승되고 있다. 굿당은 무당이 신을 모시고 굿을 하는 당집을 말하고, 도시화 과정 속에서 주거공간과 멀리 떨어져 있는 무속적 공간을 의미한다.[23] 굿당 조사는 1996년부터 본격적으로 이루어지기 시작했는데, 그 성과물 가운데 하나가 구중회의 《계룡산 굿당 연구》[24]이다. 표인주는 2008년 7월부터 2009년 6월까지 광주 인근지역의 굿당을 조사하고, 그 결과물이 《무등산권 굿당과 굿》[25]과 《무등산권 무속신앙의 공간》[26]이다. 굿당은 단순히 굿하는 신앙적 공간뿐만 아니라 재가집의 익명성을 보장하고, 굿판에 참여한 사람들에게 편의 제공, 무속인들 간의 정보교류, 굿의 학습적 기능을 수행하는 공간이다. 이러한 굿당은 계룡산의 보덕사 굿당이 1979년에 들어서기 시작했고, 무등산의 용암사 굿당이 1979년에 최초로 만들어진 것으로 보아[27] 1980년대 본격적으로 형성되기 시작한 것으로 보인다. 그것은 새마을운동으로 인해 농어촌마을 주거공간의 개량화, 경제성장에 따른 도시화와 개인주의 확대, 아파트와 같은 밀집형 주거공간 등장 등이 이루어진 시기이기 때문이다.

굿당의 굿은 주로 재가집의 요청에 의한 것이다. 그것은 주로 공동체보다는 개인적인 문제를 해결하려는 것으로, 즉 무당이 모시고 있는 몸주신을 위한 신굿이라든가, 개인적인 문제를 해결하고 복을 기원하는 개인굿이 대부분이다. 그러다보니 굿당에 참여한 사람들도 무당과 재가집 당사자들만 참여하고, 복잡한 굿거리 절차가 간소화 되거나 축약된 내용으로 진행되기도 한다. 무엇보다도 굿의 연행 시간이 밤이 아니라 낮으로 이동하고 있으며,

축제적 분위기보다는 주술적인 분위기 속에서 거행되는 경우가 많다. 굿당의 굿은 〈세습무 굿〉, 〈세습무와 강신무 결합 굿〉, 〈강신무와 법사의 굿〉 세 가지 형태로 구분되는데, 〈세습무 굿〉이 독자적으로 이루어지는 것이 아니라 법사와 더불어 굿을 진행하는 경우가 많고, 〈세습무와 강신무 결합 굿〉에서는 세습무가 청송무당, 강신무당이 당주무당의 역할을 하며, 〈강신무와 법사의 굿〉은 법사 중심으로 이루어진다.[28] 이러한 것은 전통적인 굿이 점차 약화되고, 강신무와 법사 중심의 굿으로 변화되고 있음을 보여준다. 세습무의 굿이 예술성이 강하다면, 강신무는 영적이고 주술성이 강한 굿을 하고, 법사는 독경을 읽으면서 앉은굿을 한다. 이처럼 성격이 다른 무당들이 연합하여 굿을 하면서 무속의례의 통합이 이루어지고, 새롭게 창출되기도 한다.[29] 이것은 비단 광주뿐만 아니라 여타의 지역에서도 마찬가지이다.

굿이 가정에서 굿당으로 이동하면서 많은 변화가 이루어졌다. 단순히 굿하는 장소나 밤에서 낮의 시간으로 이동하는 것이 아니라 무당이 모셔야 할 신격에서도 변화가 일어나고 있다. 가정에서 가택신을 비롯한 조상신, 몸주신, 손님신, 객귀신 등 다양한 신격들을 초빙하여 굿을 하지만, 굿당에서는 그렇게 할 수 없다. 계룡산의 굿당이 천존단, 산신단, 용궁단, 서낭단, 기타단으로 구성되고,[30] 무등산권의 굿당은 2~5개의 제단으로 구성되어 있으며, 신격은 천신, 산신, 용신, 서낭신, 장군신, 칠성신 등이다.[31] 굿당마다 제단이나 신격이 다르지만 공통적으로 산신굿과 용왕굿이 진행된다. 이처럼 가정과 굿당의 굿에서 신격이 차이가 있는 것은 장소가 적지 않게 영향을 미치고 있음을 보여준다.

굿하는 장소의 이동이 굿의 분위기에도 많은 영향을 미친다. 가정 굿이 가족은 물론 마을사람들도 참여하여 공동체적인 관심을 토대로 축제적으로 이루어진 반면, 굿당 굿은 재가집 가족 혹은 당사자만 참여하기 때문에 축제적인 분위기를 기대할 수 없다. 이것은 굿의 내용에서도 보면 가정 굿이 소리와 춤 그리고 서사적인 재담이 잘 어우러지고, 굿당 굿은 소리와 춤의 예술성은 약화되고 거의 재담은 발견되지 않으며 공수 위주 굿을 하는 경우가 많다.[32] 이처럼 굿을 요청하는 재가집 뿐만 아니라 굿하는 장소에 따라 신격이 다르고, 굿의 내용이 다르다. 이것은 굿의 물리적 기반의 변화, 즉 공간의 이동에 따라 굿이 변화되고 있음을 보여주고 있는 것이다.

굿이 공간이동에 따라 변화된 것처럼 점복행위도 많은 변화가 이루어지고 있다. 굿은 점복으로부터 시작된다. 오늘날 점복자를 점쟁이, 박수무당, 법사, 보살, 소경, 판수, 복술자, 승려, 선생님 등으로 부르고 있다. 점쟁이가 점을 치고 실천단계인 처방 방법으로 굿을 하도록 권하거나, 부적을 써주고 위로하기도 하고, 맥이를 해주고 기도를 해주기도 한다. 그 가운데 가장 많은 비중을 차지하고 있는 것이 굿을 하거나 부적을 써주는 것(47%)이다.[33] 부적을 소지하거나 주술적인 것을 장려하는 것은 도교의 영향으로, 생활 속에서 다양한 방식으로 실천된다. 가장 흔한 것이 통행의 관문이나 특정 장소에 부적을 붙이는 것이고, 엄나무가시나무나 소뼈 혹은 소고뚜레를 걸어두기도 한다. 이것은 개인의 욕망을 실현하기 위해 바위 위에 돌탑을 쌓거나, 자물통을 나무나 인공물에 걸어두고 열쇠를 버리는 행위, 신성한 우물이나 조형물에 동전을 던지는 행위, 소원성취의 글을 써서 걸어두는 행위 등이다. 게다가 부적을 소지하고 다니는 것이 재복을 기원하기 위해 돼지 장신구 목걸이를 착용하거나, 기독교인은 십자가 장신구를, 불교인이 부처님의 상징물 등 기타 종교적 장신구를 착용하는 것으로 확장되어 생활화되고 있다. 이러한 것은 모두 주술적인 관념이 삶속에 깊숙이 투영되고, 주술적인 장신구 착용이라는 부적의 기호적 전이를 통해 변화되어 지속되고 있는 것이다. 그런 점에서 이 또한 무속신앙의 연장선상에서 이해해야 한다.

4. 가택신앙으로부터 다양한 고사(告祀)문화

가택신앙은 가정의 각 공간에 좌정한 가택신에게 가족의 안녕과 풍요를 기원하는 신앙으로, 여성이 주도적인 역할을 하는 현세구복적인 신앙이다. 가택신은 성주신(가옥의 중앙·대청 혹은 안방), 조왕신(부엌), 조상신(안방), 삼신(안방), 측신(측간), 철륭신(장독대), 문신(대문), 터주신(마당) 등이 있고, 가장 핵심적인 신이 성주신과 조왕신이다. 물론 조상신도 중요한 신격이지만 장자의 집에서만 모셔지고, 성주신과 조왕신은 모든 집안에서 공통적으로 모셔지고 있다는 점에서 차이가 있다. 성주신과 조왕신이 부부관계로 인격화되기도 하는데, 성주신이 남편신이지만, 조왕신은 본처이고, 측신은 첩이며, 문신이 자녀신이다.[34] 이를 통해 성주신과 조왕신이 중요한 신격임을 알 수 있고, 동굴에서 움집으로의 주거발달 과정이나 가택신앙의 모계적인 요소 등이 조왕신의 위상을 설명해준다. 그것은 불이 갖는 민속적인 의미를 통해서도 확인할 수 있다.

조왕신은 불의 신이다.[35] 문화사적으로 불의 발견이 태양의 재창조이고, 인간 삶에 혁명적인 변화를 가져오게 했다. 그래서 불이 생활 속에서 실용성과 주술성의 도구로 활용되었고, 화전농업, 쥐불놀이, 화재막이, 횃불싸움, 낙화놀이, 달집태우기, 액막이불놓기, 기우제, 연등행사, 온돌 등에서 불은 생산, 재액, 정화, 주술, 재생, 변형이라는 다양한 의미를 지니고 있다.[36] 이러한 불의 의미를 토대로 보면 주거생활 속에서 가장 중요한 신격이 불의 신인 화신(火神)이었음을 짐작케 한다. 불의 신은 태양신이자 천신인 셈이다. 따라서 조왕신이 가택신 가운데 가장 원초적인 신이고, 성주신과 함께 주거 공간의 중요한 신격이었을 것이다. 즉 성주신과 조왕신으로부터 가택신이 점차 분화되어 발전해 왔고, 그것은 주거 공간의 확대와 밀접한 관련을 가지고 있다.

생활사 언어자료를 보면 집 짓고 살아가면서 공간의 필요성에 따라 살림 공간을 넓혀가는 경우, 이를 "집을 달아낸다, 혹은 키운다." 등의 표현을 사용한다. 이것은 농경사회의 주거공간이 확장형의 공간 인식을 근거로 한다는 것을 말한다. 오늘날에도 특별한 사연이 없는 한 정상적인 삶 속에서 집을 키워 이사 가고, 자동차도 큰 차로 교환하는 것도 확대지향형 공간인식에서 비롯된 것이다. 이러한 인식이 바탕이 되어 성주신과 조왕신에서 다양한 가택신으로 분화되고 확대된 것인데, 가택신의 인격화에도 중요하게 작용된다. 즉 가택신의 물리적 기반은 확대지향형의 주거 공간인식에 따른 살림 공간이고, 농업노동을 근거로 한 주거 공간 환경이 적지 않게 가택신의 역할을 제약한다. 그것은 다름 아닌 가택신의 물리적 경험 영역이 농업노동을 근거로 한 주거 공간 생활이라고 말해주는 것이다.

가택신앙이 물리적 기반인 농업노동과 주거 환경의 변화에 따라 많은 변화를 겪는다. 농업노동 중심에서 산업노동과 조작노동의 중요성이 확대되는 요즘에 신앙적 관념과 주거 환경의 변화가 크게 이루어지고 있다. 특히 아파트와 같은 밀집형 주거공간이 중요한 생활공간으로 자리 잡아가면서 아파트 주거 공간구조는 농어촌에도 많은 영향을 미친다. 밀집형 주거 공간구조는 농촌의 가옥처럼 확장지향형 공간이 아니라 분할지향형 공간이다. 고정 공간을 분할하여 사용하기 때문에 주거생활이 공간적으로 많은 제약을 받는다. 농촌에서 살림 공간을 키워나가듯이 공간을 자의적으로 확대할 수 없고, 고정된 공간에 적합한 주거 환경이 형성될 수밖에 없다. 그것은 자연스럽게 가택신앙에 대한 관념을 약화시켰지만, 그나마 칠성신과 조왕신은 사찰에서나 찾아볼 수 있고, 명절의 차례 상차림에 가택신의 모습이 남아 있다. 그리고 문신에 대한 관념이 아직도 현관문이나 그 주위에 부적을 붙이거나 주술적인 장신구를 장치하는 것을 통해 확인된다.

이와 같이 실질적으로 변화된 주거 공간에서 가택신앙이 약화되었지만, 그 의례적 의미와 전통은 다양한 방식으로 지속된다. 그것이 바로 고사문화이다. 고사문화는 가택신을 대상으로 행해졌던 고사 전통을 계승한 현세구복적인 주술적 실천행위다. 고사(告祀)는 집안의 성주신, 터주신, 제석신, 삼신, 조왕신 등의 가택신에게 안녕을 기원하는 의례를 말한다.[37] 고사가 약식 제의로서 가장 중요한 제물은 떡이다. 고사를 지내고 나면 고사떡이라 하여 이웃집에 돌리기도 하고, 고사에 참여한 가족들이 함께 나누어 먹기도 한다. 고사는 개인이나 지역마다 다르지만, 성주고사를 비롯하여 터주고사, 시루고사 등의 고사가 오늘날 고사문화의 가장 원초적인 형태임을 알 수 있다. 가정의 고사가 뱃고사와 같은 다양한 형태로 확장되어 발전해 온 것이다.

뱃고사는 배를 새로이 마련하여 처음으로 고기잡이 나갈 때 지내는 고사와 매년 정월 보름에 무사고와 풍어를 기원하기 위해 지내는 고사로 구분된다. 이러한 전통이 오늘날 자동차 고사문화로 확장되어 나타나고, 상업의 터전인 상가의 개업식, 토목이나 건축공사의 개토제나 착공식 등 다양한 고사문화로 전개되고 있다. 이것은 기본적으로 안녕과 풍요를 기원하는 신앙적 관념을 바탕으로 하고 있으며, 특히 지금도 이사 갈 때 고사떡을 준비하여 이웃에 나누어주기도 하고, 집들이할 때 친지들이 성냥이나 화장지 등을 선물로 가져가는 것도 바로 이와 같은 고사문화의 실천이라 할 수 있다. 다시 말하면 성주고사에서 집들이로, 터주고사에서 토목건축 착공식으로, 시루고사에서 개업식으로, 뱃고사에서 자동차고사로의 기호적 전이가 이루어지면서 다양한 고사문화가 지속되고 있는 것이다. 이것은 가택신의 위상이 약화되고 있지만, 그 신앙적 관념은 다양한 기호적 전이를 통해 지속되고 있음을 보여준다.

5. 마을신앙으로부터 전통마을 만들기

　마을신앙이 지역마다 내용이나 성격이 다소 다르지만,[38] 공동체의 염원을 반영하고 있다는 점에서 큰 차이가 없다. 특히 마을신앙이 단순히 종교적 기능만을 수행하는 것이 아니라 공동체의 결속을 강화한다든지, 정치적이면서 예술적이고 축제적인 의미를 지니고 있는 것은 어느 지역이나 다르지 않다. 이와 같은 마을신앙의 전승이 약화되고, 심지어는 소멸 단계에 직면하여 단지 기억의 유산으로 남아 있기도 한다. 마을신앙의 전승이 급격히 약화된 것은 물리적 전승기반인 공동체가 변화되고, 마을신앙의 기호적 전이가 이루어지지 않는 점 등을 그 원인으로 지적할 수 있다. 그것은 마을신앙이 지속되기 위해서는 최소한 물리적 전승 기반인 공동체가 활성화되거나, 공동체의 변화 아니면 마을신앙의 기호적 전이가 다양하게 이루어져야 가능하다는 것을 말한다. 풍물굿형과 무당굿형 마을신앙은 어느 정도 공공 공동체라고 하는 전승기반의 확보와 더불어 다양한 의미의 기호적 전이를 통해 지속되지만, 유교적 제사 내용을 가지고 있는 제사형 마을신앙은 마을의 외부환경적인 전승기반을 확보할 수 없어 거의 소멸 직전에 놓여있다. 이와 같은 마을신앙의 지속과 변화 실상이 크게 네 가지로 정리된다.

　먼저 마을신앙이 문화유산으로서 그 명맥이 이어지고 있다. 이것은 무엇보다도 마을신앙의 종교적 의미 보다는 시간관념 차원에서 지속되고 있는 것이다. 농경시대에는 농업노동과 공간상의 운동 경험에 근거한 시간관념이 생활방식에 중요하게 영향을 미쳤다. 시간은 물이 위에서 아래로 흐르는 것처럼 지속적이며 이동의 관념이 은유적으로 개념화된 것이기 때문에 시간 인식의 변화는 당연히 노동형태의 변화를 초래한다. 그것은 농업노동과 산업노동에서 인식하는 시간관념이 다르다는 것을 의미한다. 산업노동에서 〈시간이 자원이자 돈〉이지만, 농업노동에서 〈시간은 이동이자 지속〉의 개념이다. 산업화시대에도 여전히 농경시대의 생활방식이 지속되고 그 시간관념이 조상 대대로 전해 내려온 풍속을 이어가야 하고, 그것을 후손들에게 전해주어야 한다는 계승적 태도를 갖게 하였다.

농경시대의 시간관념이 공동체의 변화나 외부적인 환경의 변화에도 불구하고 과거의 마을신앙을 기억해야 하고, 그것을 이어가는 것이 전통문화 계승이라고 인식하게 만든 것이다. 이러한 것은 마을신앙의 신앙적 의미에서 기호적 전이를 통해 문화유산 의미를 발생시켰다. 물론 마을신앙이 갖는 신앙적인 의미가 그 강도의 차이가 있기는 하나 아직도 지속되고 있지만, 점차 문화유산으로서 가치가 확대되고 있다. 이러한 경우는 그 형식이나 내용이 다소 약화되더라도 마을신앙의 핵심적인 내용을 갖춰 지속시키려고 노력한다.[39] 다만 마을제사의 시기를 자시에서 초저녁 혹은 오후로 옮긴 경우가 많고, 구례 신촌마을, 영광 용암마을과 완도 당목마을 등에서는 낮에 제사를 지내기도 한다. 이것은 모두가 마을을 방문하는 관광객을 많이 확보하려는 의도이다. 이러한 것은 마을이 신앙적 욕망 충족보다는 외부인을 통해 경제적 욕망을 충족하려는 데서 비롯되는 것으로, 〈시간이 자원이자 돈〉이라는 은유적 시간관념의 변화가 마을신앙에도 영향을 미치고 있음을 보여준다.

두 번째로 마을신앙이 무형문화재로 지정되어 전승되고 있다. 무형문화재로 지정되어 있는 마을신앙은[40] 지역성을 반영하고 있기 때문에 제사의 내용이나 성격이 다양하다. 그 전승적 기반은 시도 자자체의 공공적 지원이고, 그에 따라 마을신앙의 종교적 의미보다도 문화재적인 가치를 강조하여 지역축제 자원으로 활용되기도 한다. 특히 전남의 완도장좌리당제는 〈완도장보고축제〉와 연계하여 전승되지만, 전북의 고창오거리당산제보존회는 고창군과 고창읍의 후원을 받아 〈오거리 당산제〉의 행사를 개최하여 축제 및 관광자원으로 활용하고 있다. 이처럼 무형문화재로 지정된 마을신앙 상당수가 신앙적 의미에서 문화재적 가치와 축제적 의미로의 기호적 전이를 통해 지속되고 있다.

　세 번째로 마을신앙이 무형문화재와 연계되어 전승되기도 한다. 그것은 굿,[41] 풍물,[42] 민속놀이가 무형문화재로 지정되어 그 맥락 속에서 마을신앙이 지속되는 경우이다. 굿과 관련된 무형문화재가 모두 단순히 굿의 내용이나 형태도 중요하지만 무당굿형 마을신앙이라는 점에서 문화재적인 가치를 지닌다. 다만 마을신앙이 신앙적 의미는 퇴색하고 공연예술적인 의미가 강화되면서 그 기호적 전이를 통해 지속되고 있는 것이다. 그리고 풍물과 관련된 무형문화재는 마을신앙의 제당에서 들당산굿과 날당산굿의 구조를 지닌 당산굿을 치고 있는 것이 공통점이다. 특히 이것은 호남지역의 풍물굿형 마을신앙에서 그렇고, 마을신앙이 단절되었더라도 풍물굿을 통해 어느 정도 마을신앙의 부분적인 내용이 지속된다. 마을신앙과 관계된 국가무형문화재 민속놀이는 광주칠석고싸움놀이,[43] 기지시줄다리기 2종목이다. 줄다리기는 기본적으로 마을신앙이 진행된 뒤 정월 대보름날에 행해지고, 이어서 지신밟기를 하는 경우가 많다. 따라서 신과 인간의 의사소통의 방식으로서 마을신앙, 인간과 인간의 연결로서 줄다리기, 가정과 가정의 연결이 지신밟기로 전개되기 때문에 마을축제의 측면에서 이해할 필요가 있는 것이다.[44] 마을신앙이 민속놀이와 더불어 하나의 공연문화로서 지속되고, 지역축제와 연계되기도 한다. 예컨대 진도 회동마을의 영등제가 진도 지역축제의 프로그램의 하나로 지속되고,[45] 광주 칠석마을의 당산제도 고싸움놀이축제와 연계되어 전야제로 행해지는 까닭에 약화되고 간소화되었지만[46] 고싸움놀이축제의 중요한 행사로 지속된다. 그것은 마을신앙의 기호적 전이를 통해 종교적 의미보다는 축제적 가치를 중요시 여기는데서 비롯된 것으로 보인다.

네 번째로 마을신앙이 〈전통마을 만들기〉 차원에서 지속되기도 한다. 가장 대표적인 것은 민속마을 지정 사업이고, 국가 주도의 전통문화 보존이라는 명분으로 전통 건축물을 민속자료로 지정하면서 전개된 사업이다.[47] 민속마을에서 마을신앙을 비롯하여 다양한 민속행사가 지속되고, 특히 낙안읍성에서는 전통문화마을 보존의 면모를 보여주기 위해 정월대보름축제의 일환으로 당산제를 지내는데, 그것은 과거의 마을신앙보다는 낙안읍성보존회 중심으로 마을제사를 지낸다.[48] 최근 들어 전통마을의 면모를 보여주기 위해 마을신앙의 행사를 개최하기도 한다. 그러한 예가 2007년에 지정된 〈담양창평슬로시티〉인데, 단절된 당산제를 복원하여 전통문화행사의 하나로 진행하고 있다. 그런가 하면 2002년부터 본격적으로 시행되고 있는 농림부 녹색농촌체험마을사업의 하나로 다양한 전통문화 체험프로그램을 활용하고 있지만, 주로 민속놀이, 민속공예, 민속음식 등의 체험활동이 주를 이루고,[49] 마을신앙과 관계된 프로그램은 보이지 않는다. 여기서 중요한 것은 민속마을이든 전통문화마을이든 마을신앙의 전승기반이 공공 공동체이고, 마을신앙이 신앙적 의미에서 전통문화의 의미로 기호적 전이를 통해 지속되고 있음을 알 수 있다.

6. 민속신앙의 지속과 변화 요인

지금까지 살펴본 바에 의하면 가택신앙이나 무속신앙에서 개인 중심의 신앙행위가 물리적 전승기반의 변화를 통해 어느 정도 지속되고, 공공 공동체를 확보하지 못한 마을신앙은 소멸되어가고 있거나, 공동체의 확보와 더불어 마을신앙이 갖는 의미의 기호적 전이를 통해 지속되기도 한다. 이것은 개인 중심의 신앙생활이 본질적이고, 공동체 중심의 신앙생활은 이데올로기적 관념의 반영에서 비롯된 것임을 보여준다. 따라서 개인 신앙생활이 다양한 변화에도 불구하고 지속되고 있는 것에 비하면, 공동체 신앙생활은 다양한 변화를 수용하지 못하면 더 이상 지속될 이유가 없는 것이다. 따라서 민속신앙의 지속과 변화를 네 가지 측면에서 정리할 수 있다.

먼저 농업노동에 근거한 물리적 전승기반의 변화에 따라 민속신앙이 변화된다. 민속신앙의 가장 중요한 물리적 전승기반은 농업노동이다. 일반적으로 노동은 형태나 방식에 따라 육체적 노동과 정신적 노동으로 구분되고, 노동의 가장 기본적이며 원초적인 형태가 몸의 움직임을 통해 이루어지는 육체적 노동이다. 이것은 산업형태에 따라 달라지겠지만 농경시대는 자급자족을 기본으로 하는 농업노동이, 산업화시대는 잉여생산을 목표로 하는 산업노동이 중요한 노동방식이다. 농업노동이 시간의 흐름에 따라 노동의 순서와 방식이 결정되지만, 산업노동은 대량생산을 목적으로 제품의 제작과정에 따라 결정되기 때문에 시간의 영향을 받지 않는다. 따라서 농업의 시기에 따라 삶의 방식이 변화되고, 그에 따라 이루어진 민속신앙은 농업노동이 중요한 물리적 전승기반의 역할을 한다.

농경시대의 마을이 대부분 농업노동에 종사하지만, 산업화된 오늘날은 마을사람들의 도시 이주가 증가하고, 특히 농공단지가 활성화되면서 산업노동에 종사한 사람이 증가하고 있다. 그것은 농업노동에서 산업노동으로 변화가 가속화되고 있음을 보여주고 있는 것이다. 이러한 변화가 주거환경에도 적지 않게 영향을 미친다. 농촌 주거에서 농업노동을 근거로 한 농산물 생산과 수확의 방법이 고려되었고, 산업노동을 근거로 한 주거생활은 삶의 편리성을 추구하는 경우가 많다. 특히 아파트와 같은 밀집형 주거형태가 등장하고, 아파트의 공간구조 형식이 마을의 주거환경 개선에 적용되면서 생활문화의 변화가 이루어지고, 그것은 민속신앙의 변화로 이어졌다.

무속신앙에서 마을굿은 예전과는 달리 상당부분 위축되고 있으며, 그나마 개인굿이 농촌이 아닌 도시의 굿당에서 이루어진 경우가 대부분이다. 굿당이 주로 대도시의 산 주변에 형성된 것도 굿의 수요가 농촌보다는 도시에서 더 많이 요구되는 것과 관련이 있다. 그리고 가택신앙은 농업노동과 주거환경의 변화에 따라 기억의 유산으로 남아있지만, 그 본질은 마을에서 도시로 확대되어 다양한 고사문화로 이어지고 있다. 특히 가택신 중에서도 가장 중요한 신격이 조왕신인데, 주거공간의 개량으로 인해 부엌에서 중요한 역할을 했던 불 피우기가 전기 혹은 가스로 교체되면서 불의 생산적인 의미가 약화되어 소멸된 것으로 보인다. 어찌 보면 조왕신의 위축이 가택신의 소멸을 초래한 것이라 해도 과언이 아니다. 마을신앙도 변화를 겪고 있는데, 농업노동의 변화를 통해 공동체가 와해되고 새로운 형태의 공동체가 형성되고 있지만, 그것은 어디까지나 경제적인 이익을 추구하고 있다. 노동방식의 변화가 마을신앙의 다양한 기호적 전이를 발생시키는데 중요한 역할을 하고 있는 것이다.

두 번째로 시간관념의 변화에 따라 민속신앙이 변화되고 있다. 시간 인식의 필요성은 여러 가지가 있겠지만 무엇보다도 온도 인식과 밀접한 관련이 있을 것으로 보인다. 차가움과 뜨거움의 정도를 나타내는 것이 온도인데, 인간은 일상생활에서 자주 접하는 것이 온도이기 때문이다. 온도는 시간의 흐름에 따라 다르고, 밤낮은 물론 계절에 다르다. 따라서 농사를 잘 지으려면 온도에 따라 준비해야 하고, 온도를 알려면 시간을 알고 계절의 변화를 알아야 한다. 이처럼 시간이 삶에 필요한 물자를 획득하기 위한 노동과 밀접한 관련이 있음을 알 수 있다. 농업노동에서 시간은 공간상의 이동이며 지속적인 관념으로, 일상생활에서 시간에 따라 변화하는 온도를 수용할 수밖에 없다. 하지만 산업노동에서 시간은 농업노동의 시간관념과 더불어 물질적이며 돈이라는 확장적 관념이다. 산업노동에서 시간관념이 상품화의 전략으로 활용되는 계기가 된다. 뿐만 아니라 인간은 산업노동이 본격화되면서 온도의 조절능력을 갖게 되고, 그것은 농경사회의 농업노동과 더불어 삶의 방식에서도 엄청난 변화를 가져오게 한다. 마을에서는 전통적인 농업의 변화와 원예농업을 활성화시키는 계기가 되었던 것이다.

시간관념의 변화가 민속신앙에 적지 않은 영향을 미친다. 한국인은 낮과 밤, 하늘과 땅, 인간과 신 등 사물의 체계를 음양사상에 근거하여 이해해 왔다. 그것은 한국인의 삶이 음양사상에 입각해 체계화되어 있음을 의미한다. 그렇기 때문에 신에 대한 인간의 활동 또한 이에 근거하여 형성되었고, 가장 대표적인 것이 신을 대상으로 제의를 올리는 민속신앙이다. 그래서 무속신이나 가택신, 마을신을 대상으로 하는 제의가 밤에 이루어져야 하고, 이것은 자연의 흐름을 반영한 농경민적인 사고의 관념에서 비롯된 것이다. 하지만 농업노동보다는 산업노동이 중심이 되는 시간관념 속에서는 음양사상의 관념이 약화되고, 그것은 민속신앙의 시간을 변화시키는데도 영향을 미쳤다. 굿판에서 굿을 저녁에 해야 하지만 공연예술이라는 측면에서 낮에 이루어지는 경우가 대부분이고, 굿당에서의 개인굿이 주로 낮에 많이 이루어진다. 가택신앙에서 고사가 주로 낮에 많이 이루어지고, 마을신앙에서도 제사를 밤에서 아침이나 낮으로 옮겨가는 경우가 많아지고 있다. 이것은 모두 시간관념의 변화와 밀접한 관련이 있는 것으로 판단된다.

세 번째로 공동체 변화에 따라 민속신앙이 변화되고 있다. 마을의 공식적 조직이 동계, 촌계 등이 있는데, 요즈음 마을총회, 개발위원회, 부녀회, 노인회, 청년회 등이 그 역할을 하고, 비공식적 조직은 혼상계, 동갑계 등 각종 계(契)와 같은 친목 모임들이다. 이 가운데 민속신앙과 밀접한 관련이 있는 것이 마을총회 역할을 하는 동계나 촌계와 같은 조직들이다. 본래 이들 조직은 주로 농업노동에 종사한 구성원들이 대부분이기 때문에 의례공동체, 신앙공동체, 놀이공동체 등의 역할을 수행했다. 산업노동이 일반화된 요즈음은 마을공동체가 원주민, 귀향인, 귀농인, 이주민(거주 혹은 결혼) 등으로 구성되고 있다. 게다가 작목반이나 특용작물재배모임 등은 개별적인 경제적 이익을 추구하는 경향이 강하다. 이에 따라 공동체가 이익을 추구하는 집단으로 변화될 수밖에 없는 것이다.

　공동체의 변화는 마을총회가 갖는 구속력을 약화시키고, 이들 공동체의 역할이 축소되어 민속신앙에도 영향을 미친다. 가택신앙은 공동체와 무관하여 그렇게 큰 영향을 받지 않지만, 무속신앙의 마을굿과 마을신앙은 다르다. 특히 마을신앙이 공동체의 영향을 크게 받고, 공동체가 마을의 생업방식의 환경과 구성원의 성향에 따라 많은 영향을 받는다. 공동체 구성원이 고령화되거나 여성화된다든지 그 규모가 축소되는 것은 공동체의 역할에 많은 제약을 하게 되고, 교육적 환경, 노동적 환경, 종교적 환경 등의 영향을 받아 다양한 목소리를 발생시킨다. 그것은 오랜 세월 동안 지속되어 왔던 마을신앙에 대한 태도를 변화시킬 수밖에 없다.

　네 번째로 의사소통의 변화에 따라 민속신앙이 변화되고 있다. 민속신앙은 기본적으로 개인이든 공동체든 인간이 신을 직접 대면하고 다양한 제의가 이루어지는 신앙이다. 여기서 제의는 인간과 신의 의사소통의 매개물이자 소통방식으로 직접적 대면관계를 통해 이루어진다. 특히 농업노동을 근거로 한 농경시대는 면대면 쌍방의사소통방식이 일반적이었으나, 산업화되고 산업노동의 확대는 비대면 일방의사소통방식이 대중화되고 일상생활의 많은 변화를 초래하였다. 게다가 디지털시대의 산업노동은 면대면 디지털쌍방의사소통 방식을 중요한 소통방식으로 자리매김 시키기도 했다. 이러한 의사소통 방식의 변화가 인간이 추구하는 욕구충족 방식, 일상생활에 영향을 미치는 다양한 사건의 이해, 현상과 사물의 기호적 전이를 통한 지속성과 다양성의 실천, 인간의 기본 욕망 실현을 위한 교육적 열망, 종교 관념의 변화, 공동체보다는 개인 중심의 생활문화 형성에 적지 않게 영향을 미치고 있다.

이와 같은 의사소통의 변화가 민속신앙에 많은 영향을 미치고 있다. 무속신앙에서 재가집에서 굿을 요청하면 무당은 굿판에서 필요로 하는 무구(巫具)와 제사음식을 준비하고 굿청을 마련한다. 모든 것이 준비되면 본격적으로 굿을 하는데, 일종의 인간과 신의 면대면 쌍방의사소통 행위인 것이다. 하지만 요즈음은 무구나 제사음식을 주문하고 구입하여 사용하는 것처럼, 가정에서 차례나 각종 의례에서 사용할 음식을 직접 준비하지 않고 구입하여 사용하고 있고, 마을신앙에서도 마찬가지이다. 이것은 다양한 매체나 인터넷 각종 사이트에서 유통되고 있는 홍보물을 통해 구입하고, 그것은 비대면 일방의사소통 방식을 통해 실현되고 있다. 뿐만 아니라 제도적 종교에서 다양한 규모의 SNS 소통방식을 비롯해 유튜브나 영상물, 방송 등을 통해 신앙생활하는 것처럼, 특히 무속에서 점치는 점쟁이나 굿하는 무당이 홍보하거나 상담하는 인터넷 사이트와 SNS의 연결망 등을 통한 면대면 디지털쌍방의사소통 방식을 활용하기도 한다. 이제는 가상공간에서 민속신앙이 구현되고 있기 때문에 가상공간의 민속신앙에도 관심을 가질 필요가 있는 것이다.

요 약 ─────────────────────────────────

  인간은 세계와 지속적으로 상호작용하는 존재이고, 마음이 몸의 확장이듯
이, 신은 세계의 기호적 확장이다. 신은 세계와 분리된 존재가 아니라 세계
와 지속적으로 상호작용하는 존재이고, 자연·사회·역사 등의 영향을 받은 인
간의 삶에 근거한 기호적 존재인 것이다. 따라서 인간과 신의 의사소통이 인
간의 욕망을 충족시켜주는 실천적 활동으로서 기호적 활동이고, 그것은 다
름 아닌 제의를 의미한다. 제의적 의사소통은 인간 삶에 근거한 제물, 몸짓,
소리, 언어 등 다양한 방식으로 표현하는 내용으로 구성된다. 제의 방식이
나 신앙인의 태도를 기준으로 보면 민속신앙은 현세구복적인 신앙이고, 현
재 삶의 문제를 해결하는 것이 가장 큰 목적이다. 따라서 민속신앙이 생업방
식이 농업노동에서 산업노동으로 변화되고, 인구가 집중된 도시와 조직화된
종교가 발달하면서 많은 변화를 겪을 수밖에 없다.

  먼저 무속신앙의 마을굿과 개인굿이 〈무형문화재로서 굿〉과 〈굿당의 굿〉
으로 변화되어 지속되고 있다. 〈무형문화재로서 굿〉이 물리적 전승기반인
보존회나 공공 공동체의 지원을 통해 무속신앙적 의미가 문화재적이고 공연
예술적 가치로 기호적 전이되어 지속되고 있다. 그리고 〈굿당의 굿〉은 1980
년대 본격적으로 형성되기 시작한 굿당을 중심으로 지속되고 있고, 굿이 가
정에서 굿당으로 이동하면서 많은 변화가 이루어졌다. 굿하는 시간의 변화,
무당이 모셔야 할 신격과 굿하는 분위기가 변화된 것이다. 가정에서 가택신
이었지만, 굿당에서는 산신과 용왕신이 중요한 신격이고, 특히 호남의 가정
에서 세습무가 주관하는 굿이 축제적인 분위기에서 이루어지지만, 굿당에서
세습무·강신무·법사의 굿은 소규모 인원만 참여하여 주술성을 강조하는 경
우가 많다. 이처럼 개인굿의 물리적 전승기반으로 장소가 중요한 역할을 하
고 있음을 알 수 있다. 오늘날 부적의 신앙적 의미가 돌탑쌓기를 비롯하여

주술적인 행동과 장신구 착용에서 지속되고 있기 때문에 무속신앙의 관점에서 관심을 가져야 한다.

두 번째로 가택신앙이 고사문화로 지속되고 있다. 가택신앙은 가정의 각 공간에 좌정한 가택신에게 가족의 안녕과 풍요를 기원하는 현세구복적인 신앙이다. 가택신 가운데 성주신과 조왕신이 중요한 신격이고, 농업노동을 근거로 한 확장지향형 주거 공간 생활이 물리적 전승 기반이다. 특히 분할지향형 공간인식을 토대로 한 아파트와 같은 밀집형 주거공간이 마을의 주거 공간구조에도 영향을 미치면서 가택신앙의 관념이 약화되기도 했다. 하지만 가택신에 대한 고사는 다양한 현세구복적인 고사문화로 지속되고 있다. 즉 성주고사에서 집들이로, 터주고사에서 토목건축 착공식으로, 시루고사에서 개업식으로, 뱃고사에서 자동차고사로의 기호적 전이가 이루어져 다양한 고사문화가 지속되고 있는 것이다.

세 번째로 마을신앙이 문화유산으로서 계승, 무형문화재의 지정과 연계 그리고 전통마을 만들기 차원에서 지속되고 있다. 마을신앙에 대한 문화유산의 계승적 태도가 농업노동과 공간상의 운동 경험에 근거한 〈시간은 이동이자 지속〉의 시간관념을 토대로 이루어졌고, 마을제사 지내는 시간이 밤에서 낮으로의 이동은 산업노동을 근거로 한 〈시간이 자원이자 돈〉의 시간관념이 영향을 미친 것이다. 또한 무형문화재로 지정되거나 연계된 마을신앙이 보존회나 공공 공동체라는 물리적 전승기반을 바탕으로 그 신앙적인 의미가 문화재적, 공연예술적, 축제적 가치로 기호적 전이되어 지속되고 있다. 이러한 기호적 전이가 마을신앙을 경제적 목적의 관광자원으로 활용될 수 있도록 했고, 나아가서는 전통문화 보존과 민속마을, 전통문화마을, 녹색농촌체험마을 만들기에서도 다양하게 활용된 것이다.

이와 같이 민속신앙의 지속과 변화가 네 가지 측면에서 정리된다. 먼저 민속신앙에서 농업노동이 중요한 물리적 전승기반이기 때문에 노동방식은 물론 주거 공간생활의 변화가 민속신앙에 많은 영향을 미쳤다. 두 번째로 시간관념이 온도를 인식하고 그에 따른 노동방식과 일상생활의 방식을 결정하고, 시간관념의 변화가 민속신앙은 물론 농업방식을 변화시켰다. 세 번째로 마을신앙의 물리적 전승기반이 마을공동체인데, 교육, 노동, 종교 등의 영향을 받은 구성원의 성향과 공동체 구성의 규모와 다양성에 따라 많은 제약을 받게 되고, 그것은 마을신앙에 대한 태도를 변화시켰다. 네 번째로 민속신앙은 기본적으로 면대면 쌍방의사소통방식을 근거로 신앙적 행동이 이루어지지만, 비대면 일방의사소통방식이나, 면대면 디지털쌍방의사소통방식의 확대가 영향을 미치고 있다. 정리하자면 민속신앙은 ①농업노동에 근거한 물리적 전승기반의 변화, ②시간관념의 변화, ③공동체변화, ④의사소통의 변화에 따라 변화되어 지속되고 있는 것이라 하겠다.

각 주

1 민속학회, 『한국민속학의 이해』, 문학아카데미, 1994.

2 지춘상 외, 『남도민속학 개설』, 태학사, 1998.

3 이두현 외, 『한국민속학개설』, 일조각, 1993.

4 천득염 외, 「가택신앙을 통한 한국전통주거공간의 의미 해석」, 『호남학』 제28권, 전남대학교 호남학연구원, 2001.
   서해숙, 「가택신앙과 주거공간의 상관관계」, 『남도민속학연구』 7권, 남도민속학회, 2001.

5 표인주, 「광주굿의 지속과 변화 양상」, 『한국학연구』 34, 고려대학교 한국학연구소, 2010.
   표인수, 「광수 점복문화의 실상과 특징」, 『문화재』 제43권 4호, 국립문화재연구소, 2010.

6 국립안동대학교민속학연구소 공동체문화연구사업단 엮음, 『민속학과 공동체문화연구의 새로운 지평』, 민속원, 2019.

7 노양진, 『몸이 철학을 말하다』, 서광사, 2013, 160쪽.

8 노양진, 『몸 언어 철학』, 서광사, 2009, 157~180쪽.

9 소쉬르의 구조주의 기호학이든, 퍼스의 화용론적 기호학은 기호적 경험의 본성과 구조에 대한 해명을 미해결의 숙제로 남겨두고 있다. 그것은 기호의 문제가 세계의 사건이나 사태의 문제로 보는 데서 비롯되었다. 하지만 체험주의는 신체화된 경험의 본성과 구조를 해명하려 하기 때문에 기호적 경험의 문제에 많은 관심을 갖는다. 기호적 경험은 물리적 경험을 토대로 은유적으로 확장되고, 기호적 경험의 뿌리가 물리적 경험이라는 것이다.(노양진, 「민속학의 체험주의적 탐구」, 『체험주의민속학』(표인주), 박이정, 2019, 11~12쪽)

10 노양진, 『몸이 철학을 말하다』, 서광사, 2013, 268쪽.

11 노양진, 『철학적 사유의 갈래』, 서광사, 2018, 166쪽.

12 노양진, 『몸이 철학을 말하다』, 서광사, 2013, 69~71쪽.

13 G.레이코프·M.존슨 지음(임지룡·윤희수·노양진·나익주 옮김), 『몸의 철학』, 도서출판 박이정, 2018, 207~251쪽.

14 G.레이코프·M.존슨 지음(임지룡·윤희수·노양진·나익주 옮김), 위의 책, 240쪽.

15 G.레이코프·M.존슨 지음(임지룡·윤희수·노양진·나익주 옮김), 위의 책, 814~818쪽.

16 범주화(categorization)는 수많은 특정한 대상을 한 개념 안에 묶는 일이다. 따라서 일반 명사를 사용하는 모든 경우에 우리는 범주화를 한다. 범주화는 우리가 일반적 사고를 하는데 출발점이 되는 핵심적 기제이다. 따라서 범주화에 대한 시각이 바뀐다는 것은 우리의 사고의 본성에 대한 시각이 바뀐다는 것을 의미한다.(노양진, 『몸이 철학을 말하다』, 서광사, 2013, 24쪽.)

17 김태곤, 『한국무속연구』, 집문당, 1985, 347쪽.

18 국가무형문화재는 은산별신제, 양주소놀이굿, 제주칠머리당영등굿, 진도씻김굿, 동해안별신굿, 서해안배연신굿및대동굿, 위도띠뱃놀이, 남해안별신굿, 황해도평산소놀음굿, 경기도도당굿, 서울새남굿 11종목이고, 시도무형문화재가 강화교동진오기굿, 고흥혼맞이굿, 영덕별신굿, 서울맹인독경 4종목이다.

19 공공 공동체란 구성원들이 삶의 수단이자 생활공동체로서 자생적으로 형성된 마을 자치공동체와 구분되며, 국가나 자치단체 혹은 공공단체가 관여하여 공공성(公共性)을 확보할 목적으로 만든 제도적인 시스템이나 단체 등을 총칭하는 개념으로 사용함을 밝혀둔다.

20 기호적 전이란 동일한 것에 그 경험의 관점에서 기호내용이 사상되어 마치 복제물처럼 다른 기표를 발생시키거나, 동일한 기표에 다른 기호내용을 갖는 것을 말한다. 그렇기 때문에 기호적 전이는 기표뿐만 아니라 기호내용에서도 발생한다. 특히 기호적 전이는 개념혼성이라는 과정의 기호적 사상 과정을 거치면서 새로운 경험내용 기호적 의미를 생산한다. 이러한 과정은 무한하게 이어질 수 있다.(노양진, 「기호의 전이」, 『철학연구』 제149집, 대한철학회, 2019, 114~128쪽)

21 표인주, 「호남지역 민속놀이의 기호적 변화와 지역성」, 『민속연구』 제35집, 안동대학교 민속학연구소, 2017, 365~366쪽.

22 굿에서 기호적 전이가 이루어지고 있는 것처럼 민속놀이에서도 마찬가지이다. 민속놀이의 물리적 기반이 농경사회의 생업방식인 농업노동에서 전국민속예술경연대회와 같은 국가 주도의 정책적 행사로 변화되고, 산업노동을 근간으로 하는 문화재 공연무대와 축제가 개최되는 무대공간으로 바뀌고 있다. 그러면서 민속놀이의 기호적 의미도 변화되고 있는 것이다.(표인주, 위의 논문, 367~391쪽.)

23 표인주, 「만덕사 굿당의 변용과 기능」, 『호남문화연구』 제55집, 전남대학교 호남학연구원, 2014, 303~304쪽.

24 구중회, 『계룡산 굿당 연구』, 국학자료원, 2001.

25 표인주 외, 『무등산권 굿당과 굿』, 민속원, 2011.

26 표인주 외, 『무등산권 무속신앙의 공간』, 민속원, 2011.

27 표인주, 「광주굿의 지속과 변화 양상」, 『한국학연구』 34, 고려대학교 한국학연구소, 2010, 154~172쪽.

28 표인주, 위의 논문, 143~153쪽.

29 표인주, 「만덕사 굿당의 변용과 기능」, 『호남문화연구』 제55집, 전남대학교 호남학연구원, 2014, 323쪽.

30 구중회, 앞의 책, 37쪽.

31 표인주, 「광주굿의 지속과 변화 양상」, 『한국학연구』 34, 고려대학교 한국학연구소, 2010, 108쪽.

32 표인주, 위의 논문, 115~118쪽.

33 표인주, 「광주 점복문화의 실상과 특징」, 『문화재』 43(4), 국립문화재연구소, 2010, 4~17쪽.

34 표인주, 『남도민속과 축제』, 전남대학교출판부, 2005, 34~36쪽.

35 서해숙, 『호남의 가정신앙』, 민속원, 2012, 31쪽.

36 표인주, 「민속에 나타난 불의 물리적 경험과 기호적 의미」, 『비교민속학』 제61집, 비교민속학회, 2016, 141~166쪽.

37 『한국민속신앙사전-가정신앙㉠~㉣』, 국립민속박물관, 2011, 40쪽.

38 마을신앙은 제의적 내용에 따라 제사형, 풍물굿형, 무당굿형, 불교의례형 마을신앙으로 분류되

고, 지역별로는 서울·경기도 도당굿, 강원도 서낭제, 충청도의 산신제와 장승제, 영남의 골맥이 동
신제와 별신굿, 호남의 당산제와 당제, 제주도의 본향당굿과 포제 등으로 분류된다.(표인주, 『남
도민속학』, 전남대학교출판부, 2014, 144~152쪽)

39 전라남도의 <2020년 설·대보름 세시풍속놀이 및 문화행사 계획> 가운데 마을신앙이 여수 4곳, 순
천 3곳, 나주 11곳, 담양 20곳, 곡성 4곳, 구례 6곳, 고흥 14곳, 보성 2곳, 화순 14곳, 장흥 8곳, 강
진 14곳, 해남 13곳, 무안 7곳, 함평 21곳, 영광 18곳, 장성 8곳, 완도 14곳, 진도 17곳 등 198마을
에서 지속되고 있는 것으로 파악된다.

40 주로 시도무형문화재가 대부분이며, 충남의 공주탄천장승제, 청양정산동화제, 황도붕기풍어제,
당진안섬당제, 홍성수룡동당제, 보령외연도당제, 충북의 제천오티별신제, 대전의 유천동산신제,
장동산디마을탑제, 무수동산신제, 전남의 완도장좌리당제와당굿과 순천구산용수제, 전북의 고
창오거리당산제보존회, 경남이 가야진룡신제, 울산이 일산동당제(별신제), 경기도의 갯머리성황제
와 시흥군자봉성황제 모두 17종목이다.

41 국가무형문화재는 은산별신제, 제주칠머리영등굿, 동해안별신굿, 서해안배연신굿및대동굿, 위도
띠뱃놀이, 남해안별신굿, 경기도도당굿 7종목이고, 시도무형문화재는 구리갈매동도당굿, 행당동
아기씨당굿, 봉화산도당굿, 밤섬부군당도당굿, 삼각산도당제, 영덕별신굿 6종목이다.

42 국가무형문화재는 이리농악, 임실필봉농악, 구례잔수농악, 남원농악 4종목이 고, 시도지정무형문
화재로 전북에는 부안농악, 정읍농악, 김제농악, 남원농악, 고창농악 5종목이 며, 광주와 전남에는
광산농악, 화순한천농악, 우도농악, 고흥월포농악, 곡성죽동농악, 진도소포걸군농악 6종목이다.

43 고싸움놀이와 줄다리기는 벼농사와 관련된 놀이로서, 농사 풍요를 기원하는 주술적 놀이고, 공동
체성을 구현하는 민속놀이다. 고싸움놀이가 줄다리기의 줄놀이 과정이 독립되어 발전한 놀이기 때
문에 줄다리기의 또 하나의 형태이다.(표인주, 「영산강 유역 줄다리기문화의 구조적 분석과 특질」,
『한국민속학』 제48집, 한국민속학회, 2008, 318쪽)

44 마을신앙이 농사의 풍요와 마을의 안녕을 기원하는 종교적 행사지만, 줄다리기는 인간과 신의 일
체성을, 그리고 지신밟기가 인간과 인간의 통합성을 토대로 한 공동체성을 구현하는 문화행사로
서 마을축제이다.(표인주, 「마을축제의 영상도식과 은유체계의 이해」, 『한국학연구』 제68집, 고려
대학교 한국학연구소, 2019, 323~329쪽)

45 표인주, 「인물전설의 전승적 토대로서 지역축제」, 『비교민속학』 제18집, 2000, 267~271쪽.

46 표인주, 「무형문화재 고싸움놀이의 변이양상과 축제화 과정」, 『한국문화인류학』 33권2호, 한국
문화인류학회, 2000, 120~124쪽.

47 순천 낙안읍성을 1983년 사적302호로, 제주도 성읍마을을 1984년 중요민속자료 188호로, 안
동 하회마을을 1984년 중요민속자료 122호로 지정하면서 본격적인 민속마을 보존사업이 시행
되었다.(김용환 외, 「전통문화의 보존과 민속마을」, 『비교민속학』 제12집, 비교민속학회, 1995,
48~52쪽)

48 표인주, 「순천 낙안읍성 공동체 민속과 공동체의 변이양상」, 『민속학연구』 제6호, 국립민속박물
관, 1999, 246쪽.

49 김재호, 「그린 투어리즘에서 전통문화 체험프로그램과 민속의 활용」, 『한국민속학』 제46집. 한국
민속학회, 2007, 31~40쪽.

제4장

동물민속의 실상과 기호적 의미 변화

1. 호랑이와 용의 원초적 근원으로서 산과 물

인간은 끊임없이 자연과의 관계를 어떻게 설정할 것인가에 많은 관심을 가져 왔다. 인간이 자연을 일체적(一體的) 관계로 이해할 것인지, 아니면 대립적 관계로 파악할 것인가가 그것이다. 수렵채집이나 유목 혹은 농경민적 생활이 중심이 되는 경우 자연환경이 중요하게 작용하기 때문에 자연과 인간을 일체적 관계 속에서 사유하여 은유화 되었고, 자연에 크게 의지하지 않고 생업기반이 조성되는, 즉 산업사회가 시작하면서 인간은 자연을 대립적 관계로 인식하게 되었다. 그것은 인간의 생존을 위한 노동방식과 밀접한 관련이 있다. 수렵노동에서 농업노동으로, 농업노동에서 산업노동의 변화가 인간과 자연의 관계를 변화시킨 것이다. 그것은 인간이 자연을 수용의 대상에서 극복의 대상으로 인식하기 시작한 것을 말한다.

우리의 민속적 경험에서 자연과 인간이 일체적 관계를 맺고 있는 경우가 적지 않다. 자연과 인간을 연결한 것이 길(道)이고, 그것이 은유화 되어 삶 속에서 의미 있는 다양한 관계를 만들어 간다. 그렇기 때문에 길을 이해하는 것은 자연과 인간의 관계를 파악하는 것이고, 인간 삶의 질서를 파악하는 과정이다. 여기서 자연과 인간의 관계를 모자(母子)관계로 은유화시킬 수 있는데, 자연은 아들의 어머니인 까닭에 인간의 근원이고, 자연과 문화의 관계로 확장시키면 문화의 물리적 기반이 바로 자연이다. 자연 가운데서도 가장 중요한 것이 하늘과 연결되고 땅으로 연결해주는 나무나 숲이다. 나무가 모여 숲을 이루고 숲은 다시 산으로 확장되며, 산은 하늘로 연결되는 통로로서 길인 셈이다. 그런 점에서 산이 인간 삶의 원초적 공간이자 삶의 터전이라 할 수 있다. 그래서 인간은 산에서 태어나 산으로 돌아간다고 하는 사유체계를 갖게 되었고,[1] 곧 인간의 원초적인 근원이 산이고, 미지의 세계 또한 산이라는 사후세계적 관념을 갖게 된 것이다.

산은 인간에게 생업의 공간이자 삶의 터전으로서 중요한 의미를 갖는다. 선사시대부터 산은 단백질과 탄수화물을 확보할 수 있는 생명의 공간이고, 주거공간이고 삶의 공간이었다. 그것은 인간에게 산이 삶의 가장 중요한 공간이었음을 말한다. 이처럼 산이 인간의 생명 공간이었듯이, 물 또한 인간에게 중요한 생명수의 역할을 해왔다. 그것은 물이 생명의 원천으로서 뿐만 아니라 영웅의 출현은 물론 용신의 거주지와 밀접한 관련이 있고, 정화와 재생의 원리로서 기능, 신에게 바치는 봉헌수와 재물의 상징적인 의미를 통해서 확인된다.[2] 특히 수렵채집사회에서 농경사회로 이행되면서 물의 중요성이 더욱 확대되었다. 농사의 풍요가 물의 풍요로부터 비롯되기 때문에 삶의 공간이 물을 충분히 확보할 수 있는 강가로 이동하게 되었다. 궁극적으로 물을 확보하려는 자연의 활용법에서 비롯된 것이라 할 수 있다. 그것은 인간이 산수(山水)의 자연환경을 중요하게 생각하는 배경이 되었음을 말한다. 농경사회에서 산이 지상과 하늘을 연결해주는 길이기도 하지만, 중요한 것은 겨울에 바람을 막아주는 울타리 역할을 하고, 물은 인간뿐만 아니라 모든 생명체에게 생명수이기 때문에 산수의 공간 환경이 무엇보다도 중요하다. 그것이 가장 이상적인 주거환경으로서 배산임수라는 공간 환경에 대한 관념을 형성시킨 것이라 하겠다. 그러한 점에서 민속의 물리적 기반으로서 산과 물에 관심을 가질 필요가 있는 것이다.

산과 물을 기반으로 삼고 생활하는 동물이 다양하지만, 가장 상징적인 동물은 호랑이와 용이다. 이들은 다른 동물에 비해 신성동물로서의 인식이 강하고,[3] 지금도 민속신앙에서 중요한 신격의 역할을 하고 있다. 마을신앙과 무속신앙에서 산신의 상징적 동물은 호랑이고, 용신의 상징적인 동물이 용이다. 민속신앙에서 산신과 용신이 특정한 장소에 좌정하기도 하지만, 산과 물을 근거로 하늘로부터 하강하고 땅으로부터 상승하는 이동신적 존재로 인식되기도 한다. 산신과 용신의 기호경험은 호랑이와 용의 물리적 기반에 근거하고, 호랑이와 용의 기호경험[4]으로서 그 의미 형성은 산과 물의 물리적 기반의 많은 영향을 받는다. 산과 물을 근거로 한 민속에서 호랑이와 용의 기호적 의미는 산과 물의 관념으로부터 많은 제약을 받고, 즉 산신과 용신의 기호적 의미가 산과 물, 호랑이와 용이라는 물리적 기반으로부터 많은 제약을 받는다고 주장하는 것이 체험주의적 해석[5]이다.

따라서 본고는 체험주의적인 해석에 근거하여 호랑이와 용을 중심으로 기호경험의 물리적 기반으로서 생업활동을 정리하고, 그것을 근거로 기호경험의 형성과정과 기호적 의미를 파악하여, 기호경험의 변화와 기호적 전이를 이해하는 것을 연구 목적으로 삼고자 한다.

2. 기호경험의 물리적 기반으로서 생업활동

인간의 기호경험의 가장 원초적이고 물리적 기반은 자연이다. 자연은 과학이고 삶의 내용으로서 문명의 근원이라고 할 수 있다. 인간은 끊임없이 자연을 통해 과학의 아이디어를 찾기도 하고, 자연에 적응할 수 있는 다양한 삶의 방식을 만들어간다. 그래서 삶의 방식이 자연환경에 따라 다르고, 문명 또한 마찬가지이다. 자연이 인간의 원향이자 만물의 근원으로서 문화를 잉태하는 모태인 것이다. 자연에서도 가장 중요한 것은 산과 물이다. 산과 물은 인간 생존의 중요한 자연적 조건이다. 선사시대 이래로 생업방식에 적합한 삶의 터전을 결정하거나 주거지로서 생명적 공간을 결정하는데, 산과 물의 자연환경이 중요하게 고려되어 왔다. 그것은 노동의 중요한 물리적 기반이기 때문이다.

인간에게 삶의 에너지 근원은 노동이다. 노동이 인간이 공간상에서 필요로 하는 물질적 자원을 이동시키거나 획득하기 위한 행동으로, 즉 몸을 움직여서 생활에 필요로 하는 자원을 얻기 위한 행동으로서 인간 생존의 중요한 수단이다. 여기서 인간의 움직임은 기본적으로 이동과 행동을 의미한다. 인간은 태어나 성장하면서 이동을 통해 사물의 의미를 파악하고 새로운 세계를 열어나간다. 이동의 능력은 몸의 지각적 능력, 운동 기능, 자세, 표정, 정서와 바람을 경험할 수 있는 능력을 포함하고, 신체적이고 정서적이며 사회적이다.[6] 따라서 동작을 하거나 어떤 일을 하는 행동이 이동 능력과 밀접한 관련이 있고, 공간 이동은 기본적으로 의사소통과 연계되어 이루어지며, 인간의 욕구를 실현시킬 수 있는 출발점이라고 할 수 있다. 그러한 점에서 이동의 능력을 토대로 이루어지는 것이 노동이고 문화이다. 문화의 물리적 기반이 자연이듯이, 그 중에서도 인간의 이동과 행동의 물리적 기반은 산과 물인 것이다.

산과 물에서 이동과 행동은 기본적으로 의식주를 해결하기 위해 이루어지고, 그것은 농경사회까지 지속되어 왔다. 특히 산업혁명 이전에는 주로 인간이 산에서 공간이동을 도보나 혹은 소나 말 등의 동물을 이용하였지만, 그 이후 자동차가 등장하면서 인간의 이동의 속도가 빨라지고, 삶의 공간이 더욱 확대되었다. 그것은 물 위에서의 이동도 마찬가지이다. 동력선의 등장 이전에는 풍선이나 뗏목을 이용하였기 때문에 공간 이동의 속도와 범위가 많은 제약을 받았다. 이와 같은 제약 속에서 산과 물을 근거로 한 노동은 수렵채집노동의 전통을 바탕으로 어업노동이나 농업노동이 주류를 이루어 왔다. 여기서 농경사회는 농업노동을 근거로 형성된 사회적 특징을 갖고 있는데, 특히 생산과 소비를 공유하는 공동체를 중요하게 여긴다. 수렵채집사회와 농경사회에서 산과 물은 절대적 생존의 공간으로서 신앙적 대상이자 정치적 활용의 대상이 되기도 한다. 호랑이와 용이 신앙적 대상이 된 것도 이와 무관하지 않다.

산업사회의 대중매체와 교통·통신 체계의 발달은 공간 이동능력을 더욱 확대시키고, 계층 간의 수평적인 의사소통이 다양하게 이루어지도록 했다. 그에 따라 농경사회의 가정이나 마을에서 행해졌던 유희적, 의례적, 종교적 기능이 도시로 이행되는 결과를 가져오게 된 것이다.[7] 농업노동에서 산업노동으로의 전환은 산과 물 위의 이동 시간을 단축시키고, 삶의 공간적 범위를 더욱 확대시켰다. 여기서 산업노동이 노동력을 판매하는 도구이자, 삶의 맥락이 배제된 노동을 상품화시키는 역할을 하게 된다. 노동 상품은 기술을 토대로 하고 대량생산에 적합한 기술집약적인 노동방식이다.[8] 노동의 상품화가 시간을 물질적으로 개념화시키기도 한다. 시간이 자원으로, 특히 돈으로 개념화 된 것은 산업혁명 이후 서구문화의 가장 현저한 특징이지만,[9] 그것은 산업사회가 본격화되면서 더욱 확대된다. 노동자가 노동력의 대가로 임금을 받는데, 노동의 양이 시간의 양이고, 시간의 양은 임금으로 인식하면서 시간을 곧 돈으로 생각한 것이다. 이러한 인식의 변화 속에서 산과 물이 인간 생존의 대상으로서 여전히 유효하지만, 활용과 극복의 대상으로 변화되었기 때문에 호랑이와 용의 관념 또한 변화되기 마련이다.

산업사회로부터 지식정보산업사회로의 확대가 공간이동을 초월한 탈경계적 삶의 영역으로 전환시켰으며, 노동의 방식에도 많은 변화를 초래하였다. 지식정보산업사회는 다양한 정보의 생산, 유통의 급격한 증대, 정보기술의 고도화 등을 중요시 하는 사회이다. 즉 정보와 지식의 가치가 높아지면서 정신적 노동이 급격히 증가하고, 물질적 생산 중심에서 정보와 지식의 생산으로 이동하는 사회를 말한다.[10] 이 사회에서 새로운 형태인 기계나 컴퓨터 등의 기기를 조종하는 조작노동이[11] 더욱 확대된다. 지식정보산업사회가 물리적 공간이동에 소요되는 시간을 단축하는 것은 물론 사이버공간을 통해 삶의 정보이동의 시간을 빠르게 하고, 시간의 관념 또한 속도라는 차원에서 관심을 갖지 않을 수 없게 한다. 인간의 물리적 공간이동보다 사이버 공간이동의 속도를 중요시 하게 만든 것이다. 그것은 인간 삶의 물리적 경계를 해체시키면서 산과 물이 가지고 있는 전통적 위상 또한 변화시킨다. 산과 물의 생태적 가치가 지속되고 있지만, 그것을 근거로 한 호랑이와 용의 신앙적이고 정신적 의미가 더욱 약화된다.

이처럼 기호경험의 물리적 기반인 생업활동에 따라 호랑이와 용의 관념 또한 변화된 것으로 파악할 수 있는데, 관심을 가져야 할 것은 호랑이와 용의 물리적 기반이 산과 물이라는 점이다. 호랑이가 선사시대 이래로 바위그림이나 동굴벽화에 자주 등장하고[12] 산의 맹수로서 산신의 상징적인 동물로 인식되는 것은 어느 정도 이해되지만, 용이 물과 관련된 수신의 상징적인 동물이라는 점은 다소 수긍하기 쉽지 않다. 용이 바로 추상적인 동물이기 때문이다. 호랑이와 관련된 기호경험은 계보학적으로 그 근원을 어느 정도 추적할 수 있고, 용은 다양한 기호경험을 통해 기호적 의미 또한 파악할 수 있으나, 원천적으로 용의 기호적 근원을 파악하기가 쉽지 않다. 따라서 지금처럼 용을 단순히 인간의 상상의 차원에서만 그 의미를 이해할 것이 아니라, 그 근원을 계보학적으로 밝히는 것도 필요하다. 그것은 추후 논의에서 언급하기로 하고,[13] 본고에서는 호랑이와 용의 기호경험을 통해 기호적 의미를 파악하여, 그 변화 양상을 파악하는데 주안점을 두고자 한다.

3. 기호경험의 형성과정과 기호적 의미

기호경험은 기호대상인 사물에 대한 기호내용이 상호작용하고, 그것이 은유적으로, 즉 기호적으로 사상된 것이 기표인데, 이러한 과정을 경험하는 것을 말한다. 그렇기 때문에 기호경험은 원초적 기반인 물리적 경험을 근거로 형성되고, 정신적이며 추상적인 경험의 층위를 형성한다. 물리적 경험의 기호적 확장을 통해 형성된 것이 기호경험이고, 기호경험은 고정적이지 않고 유동적이기 때문에 그 기호적 의미는 결코 객관적이지 않다. 기호내용이 바로 기호적 의미의 구성에 핵심적 역할을 하고, 그 기호내용의 발생적 원천이 바로 신체적/물리적 층위의 경험이라고 할 수 있다.[14] 그래서 신체적/물리적 경험의 변화가 기호경험을 변화시킨다. 기호경험이 끊임없이 물리적 기반과 상호작용하고, 그 경험적 구조가 문화적 중층성[15]을 형성한다. 따라서 문화적 중층성을 통해 기호경험의 계보학적 관계를 파악할 수도 있는 것이다.

호랑이와 용의 대표적 기호경험은 산신신앙과 용신신앙이다. 이들 신앙이 호랑이와 용의 기호적 의미를 토대로 형성되고, 그 물리적 기반은 산이나 물과 관련된 노동방식이다. 앞서 언급한 것처럼 인간의 생존을 위한 노동방식이 선사시대 이래로 많은 변화를 겪어왔다. 그에 따라 호랑이와 용의 관념 또한 변화되어 온 것이다. 호랑이와 용의 물리적 기반의 변화에 따라 기호내용의 변화가 수반되고, 그에 따른 기호경험 또한 변화되면서 때로는 기호적 의미가 확장되거나 축소되는 결과를 초래한다. 따라서 연역적이기는 하지만 문화적 중층성의 개념을 토대로 호랑이와 용의 기호경험에서 공공성에 해당하는 것을 산신신앙과 용신신앙으로 설정하고, 그 여타의 호랑이와 용과 관련된 것을 변이성으로 간주하여 기호경험의 형성과정을 파악할 수 있다.

1) 기호적 존재로서 신격화 계기

인간은 다양한 환경의 많은 제약을 받으면서 살아왔는데, 그 제약은 인간의 유한성에서 비롯된다. 그래서 인간이 유한성을 극복하기 위해 끊임없이 많은 노력을 해왔고, 그 일환으로 초월성을 지닌 존재의 필요성을 갖게 된 것이다. 초월적인 존재가 다름 아닌 비일상적이고 거룩한 존재로서 신이다. 신은 인간이 갈망하는 안전과 번영을 실현시켜주는 존재로서 인간의 물리적 경험 영역을 근거로 은유적으로 확장된 초인간적이고 초자연적인 능력을 지닌 존재이다. 이러한 신이 기호적 존재로서[16] 그 기능과 특성이 당연히 인간 삶의 환경에 의해 결정되고, 지역에 따라서 시기마다 신들의 역할이 다르다.[17] 인간은 선사시대 이래로 초월적인 신과 의사소통하기 위해 다양한 방식으로 많은 정성을 들여왔다. 그것은 전적으로 인간의 유한성을 극복하기 위한 노력이고, 그 일환의 하나로 호랑이와 용을 신격화하여 숭배하게 된 것이다.

호랑이는 야행성 활동을 하며 먹이사냥을 단독으로 하고, 오랜 역사 속에서 포악한 맹수로서 용맹성을 지닌 동물로 인식되어 왔다. 선사시대의 유적인 경남 울주군 언양면 대곡리 암벽에 호랑이가 사슴을 쫓고 있는 모습이 새겨져 있고, 경주 석장동 금장대 바위그림에서는 산과 호랑이의 그림이 있는 것으로 보아[18] 호랑이의 생활근거지가 산임을 알 수 있다. 이처럼 바위그림이나 동굴벽화에 곰, 호랑이, 사슴, 멧돼지, 새 등의 다양한 동물이 나타나는

데, 그 중에서도 호랑이가 포악한 동물로 인식되어왔기 때문에 인간이 산에서 호랑이를 만나는 것은 두려움과 공포의 대상이 된 것이지만, 오히려 반대로 재앙을 물리칠 수 있는 영물로 인식하는 계기가 되었다. 호랑이가 인간이 극복할 수 없는 대상을 제압해 줄 수 있는 능력을, 즉 인간의 유한성을 극복해 줄 수 있다고 생각하게 된 것이다. 그것이 바로 인간의 물리적 경험 영역인 산을 근거로 한 생활이 토대가 되어 호랑이를 신격화하고,[19] 산신의 상징 동물로 관념화되는 계기가 된 것이라 하겠다.

용은 상상의 동물로서 봉황, 기린, 거북과 함께 영물의 하나이고, 문화적인 동물이다. 그렇기 때문에 용의 형상이 지역에 따라 시기마다 다양한 모습으로 표현되고 있다. 용은 고구려 고분벽화에 그려진 사신도에서 청룡의 그림이 그려져 있고, 삼국시대에는 용이 호국과 호법의 상징으로 인식되면서, 특히 통일신라를 전후한 시기에 수호신의 역할을 한 것으로 보이는데, 용과 관련된 내용이 《삼국유사》와 《삼국사기》 등의 다양한 문헌에 수록되어 전해지고 있다. 용은 동물이 가진 최대의 강점들만 모은, 즉 날짐승과 들짐승, 물짐승의 복합적인 형태와 능력을 갖춘 기상천외한 모습과 천지조화 능력을 가졌다. 그래서 인간은 동물 중의 최고의 존재라고 생각한다. 그러면서도 용은 물에서 살고, 용이 물이 되기도 한다. 물이 바다이든 연못이든 우물이든 샘이든 대소를 가리지 않고 용은 산다.[20] 농업을 생업으로 삼아 온 농경민들에게는 물은 생명수와 같다. 물이 생명수이고 용이 물을 주관한다고 하는 관념은 풍요, 곧 생산을 관장하는 초월적인 존재가 바로 용이라고 생각한 것이다. 게다가 홍수, 천둥, 번개, 폭우 등은 인간의 유한성으로 극복할 수 없어서 두려움의 대상이 되었고, 그것은 용이 인간의 삶 안녕을 수호한다고 생각한 것이다. 이러한 것은 인간의 물리적 경험 영역인 물을 근거로 한 삶의 영역이 기초가 되어 용을 신격화하고, 수신의 상징동물로 인식하는 계기가 되었을 것이다.

이처럼 호랑이와 용의 신격화가, 즉 산신과 용신의 등장은 인간의 유한성을 극복하여 삶의 안녕을 빌고, 생산의 풍요를 기원하기 위한 기호적 욕망에서 비롯되었음을 알 수 있다. 기호적 욕망이 인간과 신의 의사소통의 갈망에서 시작되고, 그 실현은 다양한 의사소통인 기호적 활동을 통해 이루어지는데, 몸짓이든 소리든, 문자 등 모든 활동을 말한다. 여기서 인간과 신의 의사소통은 스타일의 문제가 아니라 유기체로서 생존의 문제이다.[21] 의사소통은 삶의 중요한 기호적 확장 수단이다. 기호적으로 확장한다는 것은 개인이나 공동체의 안전(안녕)과 번영(풍요)에 대한 인간의 욕망을 성취하려는 과정을 말한다.[22] 이처럼 인간이 갈망하는 안전과 번영을 실현시켜 주는 존재가 바로 신적인 존재이고, 그 기호적 존재가 호랑이와 용을 신격화한 산신과 용신이다. 그래서 호랑이가 산신의 상징동물로, 용을 수신이자 용신의 상징적인 동물로 인식해 온 것이다.

2) 신앙의 인지적 표현으로서 신성동물

선사시대는 생업방식이 수렵채집을 기본으로 하다가 부족국가가 등장하는 역사시기에는 본격적으로 농경생활이 전개되었다. 중요한 것은 천신을 숭배하는 신앙생활이 여전히 지속되었다는 것인데, 그것은 부여의 영고나 고구려의 동맹, 동예의 무천, 삼한의 시월제 등의 제천의례를 통해 확인된다. 그와 더불어 산신과 용신에 대한 관념도 등장했다. 천신이 맨 처음 강림할 수 있는 곳이 산의 정상이고, 그곳은 인간이 하늘, 즉 천신의 세계로 보다 가까이 갈 수 있고, 산을 매개로 인간이 신의 세계로 접근할 수 있다고 생각하게 되면서 산악숭배가 형성되었다.[23] 그것이 바탕이 되어 천신이 산신이자 산신이 천신이라는 신앙적 관념이 형성된 것이다. 그러한 까닭에 산신이 천신의 변이형태라고 말할 수 있다. 단군신화에서 천상적 존재인 환웅이 태백산 정에 하강하여 웅녀와 신성혼을 통해 낳은 아들이 단군이고, 지상적 존재인 단군이 죽어 아사달의 산신이 되었다고 하는 것은 산을 통해 다시 원초적 고향인 하늘로 회귀했음을 의미한다. 이러한 신화적 서사에 반영된 사후세계관을 통해 천신과 산신의 관계가 파악된다.

뿐만 아니라 단군신화를 통해 산신과 용신의 선후관계 혹은 위계관계가 어느 정도 파악되는데, 신앙의 인지적 표현으로서 신성동물인 호랑이가 용보다도 다소 앞선 것으로 생각한다. 물론 생태적인 측면에서 호랑이와 용의 선후관계는 충분한 논의가 필요하지만, 민속신앙의 역사적인 전개양상을 고려하면 산신의 관념이 용신보다 앞서 전개되었다. 단군신화에서 천상계의 환웅이 풍백, 우사, 운사의 신격을 거느리고 지상계로 하강했다는 것은, 즉 본격적으로 농경사회를 선도해 나갈 용신을 거느리고 태백산에 강림한 것을 의미한다. 그곳에서 인간이 되고 싶어 하는 곰과 호랑이를 만나고, 환웅이 금기를 잘 수행한 곰을 여자로 재생시켜 신성혼인을 통해 낳은 아들이 단군이었다. 그리고 문화사적으로 환웅의 아들인 단군이 호랑이를 숭배하는 알타이부족이고, 그의 어머니는 곰을 숭배하는 고아시아부족이었다는 것은[24] 유목민과 농경민의 결합으로 세워진 나라가, 즉 알타이족이 고아시아족을 정복하여 세운 나라가 고조선이었음을 말한다. 이러한 신화적 서사를 통해서 산신이 용신보다도 선행하고 상위에 위치하고 있음을 보여주고 있는 것이다.

호랑이를 신격화한 산신은 수호신적인 성격이 강하고, 산신인 호랑이는 산으로부터 산 아래로 이동하는, 그것은 천상으로부터 지상으로 이동하는 「연결」 도식[25]과 「경로」 도식[26] 구조를 가지고 있다. 연결도식에 의하면 산신은 천상계와 지상계의 초월적 대상들의 짝짓기이며, 천지통합이라고 하는 기능적 연결 매개체이다. 다시 말하면 신성공간은 인간이 갈망하고자 의탁하는 산신이 정주해 있는 곳이고, 세속적인 공간은 인간이 삶의 풍요를 기대하는 공간인데, 즉 신성공간과 세속적인 공간의 연결이 신과 인간의 의사소통을 실현시켜주는 기호 활동의 과정이자 기호경험의 내용이다. 그것은 경로도식을 통해 보면 명확하게 구현되어 나타난다는 것을 확인할 수 있다. 하늘과 산의 관계에서 하늘은 인간의 기호적 욕망을 실현시켜 줄 수 있는 목표지점으로서 경로도식의 최종적인 종착점이지만, 산은 출발점이고 목표를 구현하고자 하는 원천이다. 그것은 산과 마을의 관계에서도 그대로 적용된다. 산신을 이용하여 마을에서 산으로, 산에서 하늘로 향하는 기호적 활동의 목표가 산신신앙인 것이다. 이처럼 산신이 영상도식에 의하면 수직적인 구조 속에서 하강신이면서 이동신적인 성격을 지니고 있고, 수호신적인 성향을 지니고 있다.

용신은 본래 생산신의 성격으로 출발하였으나 불교의 영향을 받아 호국신 혹은 호법신의 역할을 하게 되면서 공동체 수호신의 역할을 수행하게 되었다. 용이 수호신의 위치를 굳히는 것은 진흥왕 이후 통일신라를 전후한 시기부터다.[27] 수호신으로서 용의 이야기가 《삼국유사》와 《삼국사기》 이후의 문헌에서 확인되고 있는 것을 통해 확인할 수 있다. 특히 고려건국신화에서 왕건이 용신의 후예임을 강조한 것은 고려시대부터 공동체신앙에서 용신이 중요한 위치를 차지하고 있음을 보여준다.[28] 고려시대는 농업이 국가의 근본이자 백성들의 삶의 원천이었기 때문에 무엇보다도 용신의 위상이 강화되는 시기라고 해도 과언이 아니다. 특히 해안지역에서는 용신이 생산신이면서 수호신의 성격이 강했다면, 농업을 주업으로 하고 있는 내륙지역은 생산신의 성격이 강하게 반영되었다. 그것은 용신이야말로 인간이 생활하는 생태적 조건에 의해 크게 반영되어 나타는 결과이다. 용신이 수직적으로, 특히 육지에서 하늘로 승천하는 용신의 관념이 형성되었고, 천상에서 수평적으로 이동하는 기호적 존재로서, 그야말로 천지창조와 기상천외한 능력을 가진 신격으로 인식하게 되었다. 그런 점에서 용신이 생산신이면서 수호신의 위상을 갖게 되었을 것으로 생각한다.

이와 같이 산신과 용신의 형성과정을 통해 신앙적 선후관계와 위계적 관계를 파악해보았다. 선사시대의 수렵채집생활에서 역사시대의 농경생활로의 이행이 천신 숭배에서 산신과 용신 숭배로 분화시키거나, 혹은 그 중요성이 천신과 산신 숭배에서 용신 숭배로 교체시켰을 가능성을 어느 정도 짐작할 수 있다. 중요한 것은 이러한 논의를 바탕으로 공동체신앙에서 산신당과 용신당 등의 제당과 그 신격의 형성 시기 등을 고려하여 산신과 용신의 관계를 파악할 수 있다는 점이다. 즉 산신과 용신을 산과 물이라고 하는 삶의 물리적 기반을 근거로 음양사유체계로 구조화할 수 있는데, 하늘과 땅, 윗당과 아랫당, 할아버지당과 할머니당, 남성성(질서 수호)과 여성성(생산 풍요) 등이 그것이다. 물론 이러한 관계는 산신이나 용신의 숭배에 공동체의 이데올로기적 반영의 결과에 따라 다소 다를 수 있다.

3) 신성동물의 세속화로서 기호적 확장

산신과 용신은 마을신앙에서 지역에 따라 다소 차이를 갖는데, 내륙지역에서는 산신이, 도서해안지역에서는 용신이 중요한 신격으로서 그 위상이 크다. 그럼에도 무속신앙에서는 산신과 용신의 차이가 크지 않다. 물론 굿을 하는 장소에 따라, 즉 산간지역이나 해안지역에 따라 대상신이나 굿의 내용이 다를 수 있지만, 무속신앙에서 보면 산신과 용신의 위상을 파악할 수 있는데, 계룡산의 굿당이 기본적으로 산신단과 용신단으로 구성되어 있고, 무등산권의 굿당은 산신당과 용신당으로 구성되어 있으며, 굿에서도 공통적으로 산신굿과 용왕굿이 진행된다는 점에서[29] 오늘날까지도 산신과 용신의 위상이 대등하게 지속되고 있음을 알 수 있다. 물론 굿이 주재자의 요청이나 무당의 성향과 능력에 따라 굿의 내용이 다르기 때문에 산신과 용신의 위상도 다를 수 있다. 하지만 중요한 것은 굿에서 산신과 용신이 수호신이자 벽사신으로 모셔지고 있다는 점이다.

산신과 용신의 수호신으로서 대등한 위상이 가택신앙의 문신(門神)에서도 확인된다. 문신의 상징으로서 용(龍)이나 호(虎)의 글씨를 써서 양쪽 대문에 붙이는 것이 그것이다. 특히 전남 구례 운조루에서는 대문 위에 '호랑이 뼈'를 걸어놓기도 한다. 이처럼 호랑이와 용은 양택인 집의 수호신 역할을 하지만, 음택인 묘지의 수호신 역할을 하기도 한다. 무덤의 수호신으로서 가장 오래된 것이 고구려 고분벽화 사신도의 청룡·백호·주작·현무의 그림에서 확인되지만, 무덤의 수호신으로 십이지신상을 배치하는 데서도 확인된다. 이처럼 문신이나 무덤에서 호랑이와 용을 활용한 것은 수호신으로서의 주술·종교의 신앙적 관념에서 비롯된 것이라 할 수 있다.

산신과 용신의 수호신적인 의미가 벽사신의 역할로 확장되기도 한다.[30] 호랑이와 용의 벽사신적인 역할을 하는 사례로 다양한 생활 용구나 공예품, 민화, 민속놀이 등에서 확인된다. 먼저 호랑이와 관련된 것은, 신라시대 〈토우〉를 비롯하여 백제 부여 군수리에서 출토된 〈호랑이 모양 남자변기〉나, 조선 후기의 〈호랑이 이빨 장신구〉, 〈호랑이 세화(歲畫)〉, 〈호랑이 부적〉, 충남 청양 지역의 호랑이를 앞세우고 집집을 방문하면서 행해지는 〈범놀이〉, 평양 지역의 〈호랑이 탈춤〉, 여천군 동물가장춤의 하나인 〈호랑이 놀음〉, 〈호랑이 얼굴 모양 노리개 장식〉, 〈호랑이가 새겨진 밥그릇〉 등이 그것이다. 그리고 용과 관련된 것으로, 조선시대의 〈용 그림〉을 비롯하여 용의 무늬가 그려진 〈청화백자〉와 다양한 생활 용품, 풍수에서 화재의 예방을 위해 〈용상(龍像)〉을 만들어 연못에 잠겨놓는다거나, 농악의 〈용왕굿〉 등을 들 수 있다.[31]

이와 같이 호랑이와 용이 잡귀를 물리치고 몰아내기 위해 다양한 기호경험에서 활용되고 있음을 알 수 있다.

뿐만 아니라 용과 관련된 민속놀이에서는 용이 벽사적 기능을 수행하지만, 생산신의 역할을 하기도 한다. 호랑이가 수호신이자 벽사신의 역할을 하는 경우가 일반적이지만, 용은 그 기능에 생산신의 기능이 추가된다는 점에서 차이가 있다.[32] 특히 용이 생산신의 역할을 수행하는 기호경험이 풍어제와 기우제, 줄다리기 등의 공동체 행사를 통해서 확인된다. 기우제는 비를 내리게 하여 풍년을 기원할 목적으로 수신인 용신에게 제사지내는 신앙이다. 기우제가 지역마다 그 제사내용이 다르고 다양한 내용을 가지고 있지만, 비를 내리게 하는 것이 주목적이라는 점에서 공통적이다. 그런가 하면 전북 김제시 부양면에 전승되는 〈쌍룡놀이〉와 남원지방에서 행해졌던 〈용마놀이〉가 악귀를 막고 재앙을 쫓는 외에 그 농사의 풍년을 기원한다는 점에서[33] 용이 벽사신이면서 생산신의 기능을 수행한다. 이러한 것은 한강이남, 특히 호남지역에 전승되고 있는 〈줄다리기〉에서도 강하게 나타난다.[34] 이렇듯 용신이 산신과 다른 점은 생산신의 기능이 강하다는 점이다.

용신이 산신에 비해 생산신의 기능이 강한 것은 인간과 용의 관계에서 용이 인간보다 우위에 존재한다고 하는 인식을 갖도록 했다. 그것은 용 설화에서 용의 신성성을 강조하는 경우가 대부분이지만,[35] 용이 지상계에서 천상계로의 승천을 전제로 승천하지 못한 성룡(成龍) 전단계의 동물, 즉 뱀, 구렁이, 잉어, 미꾸라지 등으로 표현한 경우인데, 이무기로 간주하여 용의 생산적이고 우호적이지 않은 부정적인 의미로서 인간에 대한 악행을 강조한다. 그렇지만 호랑이 설화에서는 호랑이가 인간보다 우위에 존재하거나 아래에 존재하기도 한다.[36] 인간보다도 우위에 존재한 호랑이는 인간을 징계하거나 도움을 주는 역할을 하고, 호랑이의 신격화에서 비롯된 것이며, 이와는 반대인 호랑이가 인간에게 제압당하거나 도리어 어리석음으로 희화화(戱畫化)되기도 한다. 이것은 호랑이를 제압할 수 있는 장사나 포수, 장군처럼 호랑이와 맞먹을 수 있는 용맹성을 가지고 있는 인간에 의해 이루어진다.[37] 하지만 용이 호랑이처럼 제압당하거나 희화화 된 경우는 거의 없다. 이것은 호랑이가 인간의 삶의 질서를 관장하는 신격으로 신격화되었고, 용은 인간의 삶의 풍요인 생산을 관장하는 신격으로 신격화된 것과 무관하지 않다. 그것은 인간에게 질서는 통제될 수 있지만, 생산이 제압되어서는 안 되기 때문이다. 그러한 까닭에 산신은 수호신적인 성격이 강하여 호랑이가 〈강한 힘〉의 상징으로 정착되었고, 용신이 생산신적이면서 수호신적인 성격이 강하여 〈풍요의 상징〉과 〈권력의 상징〉이라는 이중적인 의미를 갖게 된 것으로 보인다.

4. 기호경험의 변화와 기호적 전이

인간은 다양한 환경의 영향을 받아 기호경험을 만들어간다. 기호경험의 변화가 생업활동의 변화에 의해 이루어지는 경우가 많고, 기호적 전이[38]를 통해 이루어진다. 기호적 전이는 사물에 대한 경험의 관점 차이에서 비롯되고, 물리적 기반의 변화에서 발생한다. 가령 인간이 농사의 풍요를 기원하는 기호내용을 각각 경험의 관점에서 사상하여 달집태우기, 마을신앙, 줄다리기 등의 다양한 기호경험을 발생시키지만, 이것은 기표뿐만 아니라 기호내용에서도 나타난다. 본래는 농사의 풍요를 기원하기 위해 마을제사를 지냈지만, 마을제사가 농사의 풍요와는 무관하게 마을의 전통성이나 정체성의 확보 수단으로 지속되거나, 관광객들을 위한 하나의 문화상품으로 변형되는 경우, 이것은 동일한 기표이지만 기호내용의 전이가 일어나고 있음을 보여주고 있는 것이다.[39] 이처럼 마을제사 기호내용의 전이는 물리적 기반인 생업방식의 변화에서 발생한다.

생업방식이라 함은 인간의 식량 생산방식과 식량을 생산하기 위한 노동방식을 일컫는 말이다. 농촌이나 어촌에서 인간에 필요한 식량을 생산하는 방식이 다를 것이고, 기본적으로 노동을 토대로 이루어진다. 그것은 노동의 형태인 개인노동, 소규모노동, 공동체노동에 따라 다르고, 혹은 노동방식인 육체노동이냐 정신노동 혹은 조작노동에 따라 다를 것이다. 인간의 생활방식이 축적되어 형성된 기호경험이 생산물의 변화와 그것의 노동 성격에 따라 변화된다는 것은 기호적 전이를 통해 이루진다는 것을 의미한다. 기호적 전이가 멈추면 기호경험은 인간의 모든 기억에서 사라지고 단절된다. 기호경험의 단절과 변화가 문화의 소멸과 지속을 의미하기 때문이다. 그런 까닭에 기호경험이 고정적이지 않고 유동적으로 지속되기 위해서는 반드시 기호적 전이가 수반되어야 한다. 따라서 호랑이와 용과 관련된 기호경험의 변화를 그것의 물리적 기반인 생업방식의 변화를 통해 확인해야 하고, 그에 따라 기호적 전이가 어떻게 이루어지고 있는가를 파악할 필요가 있는 것이다.

1) 호랑이 기호경험의 기호적 전이

산신신앙은 호랑이 민속 가운데 문화적 공공성이 가장 크게 나타나기 때문에 가장 원초적인 기호경험이다. 그것은 무엇보다도 공동체행사로 진행되는 경우이고, 산신을 대상으로 하는 제사가 부족국가시대에는 국가가 중심이 되다가 왕권국가가 강화되는 시기에 고을 중심으로 행해졌다. 그리고 고대국가는 수렵채집사회에서 농경사회로 이행하는 과정에서 여전히 천신숭배의 전통이 지속되었다. 게다가 농경사회가 본격화되고[40] 농업노동이 중요한 역할을 하는 시기에는 천신숭배가 산신숭배로 이행되었기 때문이다. 특히 산신숭배가 삼국시대부터 시작되어 통일신라시대 산악숭배를 정치적으로 이용하면서 본격화되었다. 그것은 삼국이 불교국가가 되면서 사찰에서 산신신앙을 수용한 것만 봐도 알 수 있다. 이것은 사찰의 가람배치를 통해 확인할 수 있는데, 사찰의 중요한 공간인 대웅전의 위쪽에 산신각이나 칠성각의 공간을 마련하는 것이 그것이다. 당시 중요한 신앙이었던 산신신앙과 칠성신앙[41]을 수용한 것은 불교의 토착화 전략에서 비롯된 것이었다.

삼국시대의 산악숭배 내용이 다분히 무속적인 내용이 주류를 이루었고, 그 전통은 유교가 국가이데올로기로 자리 잡기 시작한 조선 초기까지 이어져 왔다. 조선 후기에 산신신앙이 마을 단위 공동체신앙으로 정착하면서 그 제사내용이 유교적인 경우가 많았지만, 무속적인 제사내용은 어느 정도 굿판에서 지속되었다. 그러면서 산신의 기능이 수호신적인 역할에서 벽사신적인 역할로 기호적 확장이 이루어졌고, 그것은 기호경험의 변화도 발생하지만 무엇보다도 기호내용의 변화가 크게 이루어졌다. 즉 호랑이가 갖는 용맹성이 토대가 되어 수호신적이며 벽사신적인 의미가 다양한 연중행사와 민속놀이, 속신과 속담, 생활용품에 투영되어 기호적으로 확장되었기 때문이다. 그것은 농업노동을 근간으로 하고 육체적 노동을 물리적 기반으로 삼고 있는 농경사회에서는 여전히 질서를 수호하고 잡귀를 물리치는 수호신적이고 벽사신적인 기능이 지속되었다.

하지만 농업노동에서 산업노동[42]과 노동의 상품화를 바탕으로 한 물리적 기반의 변화가 호랑이가 갖는 기호적 의미를 변화시킬 수밖에 없다. 그것은 기호적 전이를 통해 이루어지는데, 농경사회 이전에 형성되었던 수호신적이고 벽사신적인 기호내용이 강력한 힘의 상징으로 변화되면서 기호경험의 변화가 수반되었다. 그것이 바로 문신(文身)인 타투이다. 타투는 호랑이가 갖는 산신신앙적인 의미보다도 호랑이가 갖는 용맹성이 기호적으로 사상되어 〈강력한 힘의 상징〉의 기표로 활용된 것이다. 주로 힘의 결집체인 모임에서 사용하는 경우가 많고, 개인의 이미지 만들기 차원에서 '타투 스티커'를 소비하고 있는 것으로 보인다. 이러한 것이 산업노동을 물리적 기반으로 하고 있는 산업사회와 정보산업사회에서 하나의 문화상품으로 유통되고 있다. 즉 호랑이 기호경험이 수호신적인 의미에서 벽사신적인 의미로, 다시 힘의 상징이라는 기호적 의미를 바탕으로 변화되어 지속되고 있는 것이다. 그것은 당연히 기호적 전이를 통해 이루어진다.

2) 용 기호경험의 기호적 전이

용은 상상의 동물로서 그 기호경험의 근원을 설명하기가 어렵다. 그것은 최소한 용에 대한 관념이 형성되면서 비롯되었을 것이고, 앞서 언급했던 것처럼 초월적인 동물의 인식의 과정에서 문화적으로 형상화된 동물이 용이어서 그 실체를 파악하는 것도 쉽지 않다. 다만 용이 수신이면서 물을 관장하는 용신의 상징동물이라는 점을 토대로 어느 정도 기호경험의 역사적 전개양상을 가늠해 볼 뿐이다. 단군신화가 수렵채취에서 농경사회로의 이행과정을 설명하고 있다. 그런 점에서 용의 관념은 최소한 농업노동을 기반으로 한 국가가 형성되면서 본격화된 것으로 생각한다. 그것은 용이 물을 다스리고 농사 풍요를 기원하기 위한 대상으로 신격화된 것을 보면, 그 원초적인 것이 생산신적인 의미를 지닌 용신이었음을 알 수 있다.

용신숭배가 수렵채집사회에서 농경사회로 전환되면서 본격화되었고,[43] 단군신화에서 환웅이 농경사회인 고조선의 국가를 건국하기 위해 풍백·우사·운사라고 하는 용신을 수행하고 지상계로 하강한 것은 생산신의 중요성을 강조한 것이다. 수신이면서 농사의 풍요를 관장하는 용신이 불교의 유입과 더불어 많은 변화를 겪게 되는데, 삼국시대와 고려시대는 불교국가적인 호국신 혹은 호법신으로, 용신 또한 산신처럼 수호신적이고 벽사신적인 기능을 갖는 존재로 기호적 확장이 이루어졌다. 특히 고려시대 건국신화에서 왕건이 용의 후예임을 강조하는 것은 용신숭배가 본격화되었음을 설명한다. 이 시기의 용신신앙이 국가 혹은 고을 중심으로 이루지고 그 내용은 무속적인 경우가 주류를 이루다가 조선시대에는 점차 무속적인 것과 유교적인 제사내용으로 이원화되었을 것으로 보인다. 마을신앙에서는 유교적인 내용으로 바뀌고, 굿판의 용왕굿은 여전히 무속적인 전통을 이어갔을 것이다. 이러한 것은 여전히 농업과 관련된 육체노동을 근간으로 하고 농경사회를 물리적 기반으로 이루어졌다.

농업노동에서 산업노동과 노동 상품화를 중요시 여기는 산업사회 혹은 지식정보산업사회에서 용은 많은 변화를 겪을 수밖에 없다. 기본적으로 용이 물을 관장하는 수신이라고 인식하는 것은 종교적인 사고에서 비롯된 것이기 때문에 농사는 절대적으로 자연환경이나 초월적인 존재에 의존할 수밖에 없다. 하지만 산업사회가 등장하면서, 특히 70년대 이후에 농촌에서 물을 확보할 수 있는 수리시설이나 댐의 축조가 용의 역할을 점차 축소시켰다. 그것은 농사지을 물을 확보할 수 있는 댐이 축조되면서 기우제가 소멸된 것이 그 예이다.[44] 기우제는 용신을 대상으로 물을 확보하기 위한 신앙적이고 주술적인 방법이다. 인공적인 댐의 축조로 인해 용신의 의존이 약화되면서 용이 갖는 기호적 의미 또한 변화되기 마련이다. 특히 그것은 농경사회의 용의 기호적 의미가 변화되어 산업사회와 지식산업사회에서는 용의 기호경험이 하나의 문화상품인 문신인 타투로 기호적 전이가 이루어지고, 그에 따라 용이 갖는 의미도 〈강력한 힘의 상징〉으로 변화되어 정착하고 있다.

요 약 ────────────────────────────────

　지금까지 호랑이와 용과 관련된 기호경험의 기호적 의미가 어떻게 형성되었고, 그 원천적 영역은 무엇이며, 기호경험의 물리적 기반의 변화에 따른 기호적 전이를 통해 기호경험이 어떻게 변화되고 있는가를 살펴보았다.

　인간의 기호경험의 가장 원초적이고 물리적 기반이 자연이고, 그 중에서도 산과 물이다. 산과 물은 인간이 생존하기 위한 중요한 자연조건이다. 인간은 자연을 활용하여 물질적인 자원을 이동시키거나 획득하기 위한 노력을 해왔는데, 그것이 바로 인간의 생존의 수단으로서 이동과 행동으로 이루어진 노동이다. 산과 물은 노동의 물리적 기반이고, 노동은 인간 기호경험의 물리적 기반이라 할 수 있다. 노동이 형태나 방식에 따라 다양하게 분류되지만, 노동의 변화가 생업방식의 변화를 초래하고, 그에 따라 호랑이와 용과 관련된 기호경험을 변화시킨다. 따라서 물리적 기반의 변화가 곧 기호경험의 변화를 발생시키고, 그에 따른 기호적 의미 또한 변화된다.

　호랑이와 용의 대표적 기호경험은 산신신앙과 용신신앙이다. 이들 신앙이 호랑이와 용의 기호적 의미를 토대로 형성되고, 그 물리적 기반은 산이나 물과 관련된 노동방식이다. 인간은 유한성을 극복하기 위해 신이라는 초월적인 존재, 즉 비일상적이고 거룩한 존재에 의존한다. 신은 인간의 물리적 경험 영역을 근거로 은유적으로 확장된 초인간적이고 초자연적인 능력을 지닌 존재로서 기호적 존재이다. 그 기호적인 존재가 바로 호랑이와 용을 신격화한 산신과 용신이다. 산신이 수호신의 성격이 강하다면, 용신은 생산신의 성격이 강하다.

　산신숭배가 고대국가에서부터 역사시대까지 지속되어 왔으며, 그 출발은 천신숭배에서 비롯되었고, 삼국시대에는 산악숭배를 정치적 통치수단으로 활용하기도 했다. 하지만 용신신앙이 산신신앙과 더불어 형성되었을 것으로 보이지만, 무엇보다도 농경사회가 본격화된 고려시대부터 활발하게 이루어졌다. 용신이 삼국시대에 불교의 영향을 받아 수호신적인 기능이 강화되었지만, 본래의 신앙적 기능은 생산의 풍요를 관장하는 역할이다. 이러한 과정 속에서 고대국가의 천신숭배가 산신숭배로 변이되거나, 혹은 산신숭배와 용신숭배로 분화되어 이중구조를 갖게 되었다.

산신과 용신이 마을신앙과 무속신앙에서 중요한 신격의 역할을 하고, 가정신앙에서도 지속되는데, 가택신 가운데 호랑이와 용이 문신의 역할을 한다. 이것은 호랑이와 용의 벽사신 기능으로 확장되기도 하는데, 다양한 생활 용구나 공예품, 민화, 민속놀이 등에서 확인된다. 특히 설화에서는 호랑이와 용의 긍정적이거나 부정적인 양면적인 모습을 보여준다. 그것은 호랑이와 용의 신성성과 영험성을 근거로 형성되고, 세속화된 과정에서 형성된 것이다.

삼국시대의 산악숭배 내용은 다분히 무속적인 내용이 주류를 이루었지만, 조선 후기에 마을신앙으로 정착하면서 그 제사내용이 유교적인 경우가 많아지고, 무속적인 제사내용은 굿판에서 지속되었다. 이러한 기호내용의 변화에 따라 산신의 기능이 수호신적인 역할에서 벽사신적인 역할로 기호적 확장이 이루어졌다. 특히 산업노동과 노동의 상품화를 바탕으로 한 물리적 기반의 변화가 수호신적이고 벽사신적인 기호내용을 〈강력한 힘의 상징〉으로 변화시키고, 기호경험도 변화되었다. 그것이 바로 문신(文身)인 타투이다. 다시 말하면 호랑이의 기호적 의미 변화가 수호신(권력의 상징)에서 벽사신(축귀의 기능)으로, 그것이 다시 타투를 통해 힘의 상징으로 이루어지고, 더불어 기호내용과 기호경험의 기호적 전이가 이루어진 것이다.

용신숭배가 수렵채집사회에서 농경사회로 전환되면서 본격화되었고, 본래 생산을 담당하는 용신이 불교의 영향을 받아 수호신적이고 벽사신적인 기능을 갖는 존재로 기호적 확장이 이루어졌다. 그것은 농업노동이라는 물리적 기반을 근거로 이루어졌으며, 산업노동과 노동 상품화를 중요시 여기는 사회에서는 용신의 역할이 대폭 약화되었다. 즉 용은 농사의 풍요를 관장하는 생산신에서 수호신(권력의 상징)과 벽사신(축귀의 기능)으로 기호내용이 변화하고, 그것은 다시 강력한 힘의 상징인 타투라는 기호경험으로 변화하였다. 이러한 것은 노동방식과 생업방식이라는 물리적 기반의 변화가 용과 관련된 기호경험을 변화시켰고, 그 기호내용의 변화가 기호적 의미 또한 변화시킨 것이다. 모두 기호경험과 기호내용의 기호적 전이를 통해 이루어진 것이다.

각 주 ─────────────────────────────────

1 단군신화에서 환인의 아들 환웅이 천상계로부터 태백산을 통해 하강하고, 지상계의 웅녀와 결혼
   하여 낳은 아들이 단군이다. 단군은 고조선을 세우고 통치한 뒤 죽어 아사달의 산신이 되었다고
   하는 신화적 내용을 보면, 단군이 천신의 혈통을 이어받아 태어났고, 죽어서 산신이 되었다고 하는
   것은 천상타계관을 보여준다. 이것은 인간의 생명의 원향이 하늘이고 내세의 고향이 천상인 것처
   럼, 인간이 산으로부터 비롯되어 산으로 돌아간다고 하는 사후세계의 관념을 설명한다.

2 표인주, 「민속에 나타난 '물(水)'의 체험주의적 해명」, 『비교민속학』 제57집, 비교민속학회, 2015,
   199쪽.

3 한국인의 삶 속에서 호랑이와 용이 대표적인 동물이라는 것은 설화에 등장한 동물로 호랑이와 용
   이 가장 많고, 말, 뱀, 거북, 소 등의 순서로 나타나는 것만 봐도 짐작할 수 있나.(장녁순, 「문헌설
   화의 분류」, 『한국설화문학연구』, 서울대학교출판부, 1993, 387~534쪽)

4 일반적으로 기표-기의-대상이라는 기호삼각형 구도 속에서 사물과 명칭의 관계를 파악한다. 기표
   는 기호내용이 사상되어 형성된 것이다. 기표가 텍스트적이고 결과적인 개념이지만, 체험주의에서
   기호적 경험이라 함은 기호대상인 사물에 대한 기호내용이 상호작용하고, 그것이 은유적으로, 즉
   기호적으로 사상된 것이 기표인데, 이러한 과정을 경험하는 것을 말한다. 즉 기호적 경험은 결과
   적 개념을 포함한 과정과 맥락의 총합적인 개념인 것이다. 기호적 경험이 우리의 경험을 확장해주
   는 핵심적인 국면으로서 문화적이라고 부르는 광범위한 영역은 바로 기호적 경험을 통해 구조화된
   다.(노양진, 「기호 역전」, 『담화와 인지』, 제27권 3호, 2020, 50쪽) 따라서 기호적 경험을 민속 혹
   은 문화적인 개념으로 사용하는 경우 이를 '기호경험'이라 부르고자 한다.

5 마크 존슨(Mark Johnson)과 조지 레이코프(George Lakoff)의 체험주의는 우리의 경험 구조를
   해명하는 것으로, 경험은 신체적/물리적 층위의 경험과 정신적/추상적 층위의 경험의 중층적 구조
   로 이루어지고, 정신적/추상적 층위의 경험은 항상 신체적/물리적 층위의 경험에 근거하고 있으며,
   그것을 토대로 은유적으로 확장되어 나타난다고 주장한다. 경험의 은유적 확장 과정은 다름 아닌
   기호화 과정이며, 이러한 관점에서 우리 경험을 물리적(비기호적) 경험과 기호적 경험으로 구분할
   수 있다. 신체적/물리적 경험에 근거하여 은유적으로 확장되어 나타난 것이 정신적/추상적 층위의
   경험이라는 것은, 곧 기호적 경험은 물리적 경험에 근거하여 형성되기 때문에 그 경험에 많은 제약
   을 받는다는 것을 의미한다.(노양진, 『몸 언어 철학』, 서광사, 2009, 157~180쪽)

6 마크 존슨/김동환·최영호 옮김, 『몸의 의미』, 동문선, 2012, 75~96쪽.

7 표인주, 「홍어음식의 기호적 전이와 문화적 중층성」, 『호남문화연구』 제61집, 전남대학교 호남학
   연구원, 2017, 12~13쪽.

8 표인주, 「호남지역 민속놀이의 기호적 변화와 지역성」, 『민속연구』 제35집, 안동대학교 민속학연
   구소, 2017, 367쪽.

9 G.레이코프·M.존슨 지음(임지룡·윤희수·노양진·나익주 옮김), 『몸의 철학』, 박이정, 2018, 240쪽.

10 표인주, 『체험주의 민속학』, 박이정, 2019, 173~174쪽.

11 노동은 형태나 방식에 따라 육체노동, 정신노동, 조작(操作)노동 등으로 구분된다. 노동의 가장
   기본적이며 원초적인 형태는 몸의 움직임을 통해 이루어지는 육체노동인데, 자급자족의 노동이 농
   경사회의 노동형태라면, 잉여생산의 노동은 산업사회의 노동이다. 정신노동은 지식정보산업사회
   가 형성되면서 더욱 증가했고, 조작노동은 미래에 더욱 확대되어 나타날 것이다. 인공지능의 발달
   이나 조작노동의 확대는 그만큼 육체노동의 양을 감소시킨다.(표인주, 「시간민속의 체험주의적 이

해」, 『민속학연구』 제46호, 국립민속박물관, 2020, 10쪽)

12 천진기, 『한국동물민속론』, 민속원, 2003, 139쪽.

13 용의 근원을 최소한 두 가지 측면에서 검토해야 한다. 하나는 인간의 초월적인 존재가 신이듯이, 동물의 초월적인 존재로서 용을 형상화한 것으로 파악하는 것이다. 인간이 신을 인식하는 과정이 확장되어 초월적인 동물의 인식이 이루어지고, 그것을 신격화시킨 뒤 다시 일반화 시켰을 가능성도 배제할 수 없다. 다시 말하면 용을 우리가 경험하고 있는 동물의 맹수적인 요소를 차용하여 형상화하는 것은 신적인 모습으로 투사하기 위한 것이고, 그 모습이 생활 속에서 경험되면서 자연스럽게 12동물과 함께 인식되어 온 것일 수 있기 때문이다. 두 번째로 용은 소멸된 동물의 기억을 소환하여 용이 갖는 기호적 의미를 토대로 그 기호적 근원을 파악하는 것이다. 어찌 보면 용은 공룡과 같은 소멸된 동물에 대한 기억이 바탕이 되어 훗날 상상의 동물로 재구성되었을 가능성을 배제할 수 없기 때문이다.

14 노양진, 『몸이 철학을 말하다』, 서광사, 2013, 91쪽.

15 문화는 우리가 공유하는 물리적 경험과 그것으로부터 다양하게 확장된 기호적 경험의 게슈탈트적 융합체라고 할 수 있다. 이러한 구조 안에서 문화들은 물리적 층위로 갈수록 현저하게 공공성을 드러낼 것이며, 기호적 층위로 갈수록 다양한 변이를 보일 것이다.(노양진, 위의 책, 166쪽) 따라서 문화적 중층성은 공공성과 변이성을 말한다.

16 신의 의지는 오직 인간을 통해서만 이 세계의 인과에 개입한다. 신은 기호적으로 구성된 인간의 열망이다.(노양진, 앞의 논문, 54쪽)

17 표인주, 「민속신앙 지속과 변화의 체험주의적 탐색」, 『무형유산』 제8호, 국립무형유산원, 2020, 244~247쪽.

18 천진기, 앞의 책, 139~140쪽.

19 호랑이는 산신의 사자(使者)요, 산신의 마(馬)요, 산신의 호위자요 때로는 산신의 대행자의 위치에 있었기 때문에 산군(山君)이라 부른 것이다.(임동권, 『민속문화의 과제』, 민속원, 2008, 328쪽) 산군은 곧 산신령을 의미한다.

20 천진기, 앞의 책, 217~228쪽.

21 인간은 모든 유기체와 마찬가지로 자신의 경험 안에 유폐된(incarcerated) 존재이다. 우리는 다른 존재와 경험을 공유할 수 없으며, 나는 나의 경험 안에 갇혀 있다. 이것을 극복하기 위해 기호적 활동인 의사소통을 하게 되는데, 의사소통은 탈유폐적 기호화 과정(ex-carcerating process of symbolization)이라 한다.(노양진, 『철학적 사유의 갈래』, 서광사, 2018, 166쪽)

22 표인주, 「민속신앙 지속과 변화의 체험주의적 탐색」, 『무형유산』 제8호, 국립무형유산원, 2020, 245~246쪽.

23 한국에서 산악을 숭배한 것은 늦어도 신석기시대 이래의 일이었다. 한국 고대의 중앙집권적인 왕조에서는 지방을 통제하기 위한 시책의 일환으로 산악신앙 등의 체제적인 정비를 추진하였다. 백제와 신라에서 오악(五岳)을 제정한 일이 그것이고, 특히 오악은 통일신라시대의 상징적 존재의 하나였다. 이처럼 통일신라에서는 고구려의 고토와 같이 새로이 영토를 편입한 지역의 민심을 위무하고 안정시켜 지방통치에 도움을 얻는 일에도 산악신앙을 활용하였다. 중앙에 의한 지방 세력의 견제라든지 회유·장악의 측면과 연관되어 산신의 존재를 부각시킨 것이다. 이러한 정책은 고려시대에도 지속되었고, 조선시대에 이르러서는 민간신앙의 대상으로서 그 명맥은 유지하였지만 점차 위상이 약화되어 갔다.(변동명, 「한국 전통시기의 산악신앙·성황신앙과 지역사회」, 『호남학』 67, 전남대학교 호남학연구원, 2020, 111~141쪽)

24 나경수, 『한국의 신화연구』, 교문사, 1993, 78~92쪽.

25 「연결(Link)」도식은 일상적인 삶에서 경험하는 두 개체(A와 B)가 결합하는 도식이다. 연결이 없으면 우리는 존재할 수도, 인간일 수도 없을 것이다. 인간은 사회 전체에 대한 어떤 비물리적 연결들을 필요로 한다. 그것은 바로 연결과 결합, 접속의 지속적인 과정을 말한다. 연결은 통합을 형성하는 기본 방식이며, 기능적 조합은 이 방식의 두드러진 유형이다.(M.존슨 지음/노양진 옮김, 『마음 속의 몸』, 철학과 현실사, 2000, 234~235쪽)

26 「경로(Path)」도식은 ①원천 또는 출발점, ②목표 또는 종착점, ③원천과 목표를 연결하는 연속적인 위치들의 연쇄라는 내적인 구조를 가지고 있다. 경로 도식은 우리의 지속적인 신체적 활동으로부터 발생하는 가장 흔한 구조들 중 하나이다. 문화에서는 물리적인 경로를 따르는 운동에 근거해서 시간의 경과를 은유적으로 이해하기도 하고, 어떤 확정적인 결과를 불러오는 정신적 활동이나 작용을 경로 도식에 근거해서 이해한다.(M 존슨/노양진 옮김, 위의 책, 228~233쪽)

27 천진기, 앞의 책, 219쪽.

28 농경시대의 왕은 천신의 혈통도 중요하지만, 무엇보다도 용신의 능력을 가진 자여야 그 자격이 주어진다. 그것은 왕과 관련된 어휘로 용상, 용포, 용좌, 용안 등을 통해서 짐작된다. 물론 여기에는 절대 권력이라는 상징적인 의미가 내포되어 있지만, 무엇보다도 용신의 능력과 밀접한 관련이 있는 것이다. 《고려사》와 《조선왕조실록》을 비롯한 많은 문헌들을 통해 확인할 수 있듯이, 예컨대 왕이 친히 기우제를 지냈는데도 비가 내리지 않는 경우 왕의 부덕함으로 인정하고 그 자리에서 물러나기도 했다. 그것은 바로 그러한 인식을 바탕으로 이루어진 것이라 할 수 있다.

29 표인주, 앞의 논문, 250쪽.

30 수호신이 삶의 공간을 오염시킬 수 있는 외부 침입을 막아내는 역할을 한다면, 벽사신은 수호신의 역할도 하지만 삶에 공간에 오염시킨 것을 적극적으로 몰아내는 역할을 한다는 점에서 차이가 있다. 그것은 대상에 대한 주술적 대응태도의 차이가 있을 뿐 궁극적으로 삶의 안녕을 도모한다는 점에서 차이가 없다.

31 천진기, 앞의 책, 142~252쪽.

32 다시 말하면 호랑이가 공동체 목적으로 섬겨지는 경우는 수호신이지만, 개인 목적으로 섬겨지는 경우는 벽사신의 역할을 수행하는 경우가 많다. 그리고 용이 공동체의 목적으로 섬겨지는 경우 해안가에서는 수호신과 생산신, 내륙지역에서는 생산신의 역할을 수행하지만, 개인 목적으로 섬겨지는 경우는 벽사신의 기능을 수행하는 경우가 많다.

33 김선풍 외, 『열두띠 이야기』, 집문당, 1995, 187~190쪽.

34 줄다리기가 끝난 뒤 '줄감기'라고 하여 동네 앞 입석이나 짐대에 감아놓는다. 이러한 것은 줄이 용신을 상징하기 때문에 그 해의 농사 풍요를 기원하기 위해 용신을 모시고 마을제사를 지낸다. 이처럼 줄다리기가 농사의 풍요와 깊은 관련이 있다는 것은 줄다리기에서 여성을 상징하는 팀이 승리해야 농사의 풍년이 든다는 관념을 통해서 확인할 수 있다.(표인주, 「호남지역 민속놀이의 기호적 변화와 지역성」, 『민속연구』제35집, 안동대학교 민속학연구소, 2017, 373~374쪽)

35 용이 절대 왕권의 상징으로 인식되는 것도 용의 신성성과 영험성 등을 근거로 한 것으로 보인다.

36 호랑이 설화를 <착해서 은혜 갚기형>, <잔인해서 잡아먹기형>, <어리석어 바보되기형>, <스스로 변신하기형>으로 분류하고, 호랑이가 긍정적인 측면과 부정적인 측면을 갖고 있다고 한다.(김선풍 외, 앞의 책, 88~102쪽)

37 천진기, 앞의 책, 152~153쪽.

38 기호적 전이(metastasis)란 동일한 것에 그 경험의 관점에서 기호내용이 사상되어 마치 복제물처럼 다른 기표를 발생시키거나, 동일한 기표에 다른 기호내용을 갖는 것을 말한다. 그렇기 때문에 기호적 전이는 기표뿐만 아니라 기호내용에서도 발생한다.(노양진, 「기호의 전이」, 『철학연구』 제149집, 대한철학회, 2019, 113~129쪽)

39 표인주, 「홍어음식의 기호적 전이와 문화적 중층성」, 『호남문화연구』 제61집, 전남대학교 호남학연구원, 2017, 7~8쪽.

40 한국에서 수렵채집시대에 어떤 동물들을 사냥했고, 어떠한 식물을 채집했는지를 구체적으로 논의하기 쉽지 않다. 청동기시대에도 완전한 농경사회라고 말하기 어렵고, 다만 수렵채집과 화전농경을 병행해오다가 청동기시대 후기에 수렵채집경제에 재배식물이 도입되어 보조자원으로 사용되다가 그 중요도가 증가하여 결국에 농경 중심의 생계경제로 바뀌었다고 한다.(안재호, 「묘역식 지석묘의 출현과 사회상」, 『호서고고학』 26, 호서고고학회, 2012, 48쪽)

41 칠성신은 인간의 탄생, 인간의 길흉화복, 인간의 죽음을 관장하는 별자리신으로 우리 민족이 중요하게 섬기는 신이다. 사찰의 칠성각은 민족 고유의 칠성신을 숭배하는 공간으로 북두칠성을 숭배하는 성수신앙의 발전 형태이다.(표인주, 「지석묘 덮개돌의 언어민속학적인 의미」, 『호남문화연구』 제53집, 전남대학교 호남학연구원, 2013, 216~219쪽)

42 농경사회의 농업노동이 생산과 삶의 방식 그 자체이었지만, 기술 중심의 산업노동은 노동력을 판매하는 도구로서 삶의 맥락이 배제된 노동 상품에 불과했다.(표인주, 「가축의 민속적 기호경험과 체험주의적 해석」, 『용봉인문논총』 제53집, 전남대학교 인문학연구소, 2018, 286쪽)

43 농경시대에 가축(소, 닭, 개, 돼지 등)이 주술적 관념과 신앙적인 용도로 활용되는 경우가 많았고, 산업시대에는 가축의 주술적 신앙적인 용도는 약화되고 도리어 식량으로서 상품적 가치가 확대되었다. (표인주, 위의 논문, 305쪽)

44 표인주, 『남도민속학』, 전남대학교출판부, 2014, 143쪽.

The Experientialist Account of
The Succession and Change of Folk

제3부

민속의 공공성 확대와 공공민속학 구축

제1장

고싸움놀이의 물리적 기반과 의미 변화

1. 공동체와 민속놀이

인간은 태어나는 순간부터 자립적으로 생존할 수 있는 능력을 갖고 태어나지 않는다. 생존의 능력은 성장하면서 경험을 바탕으로 형성되고, 생존의 경험을 갖기 위해서는 무엇보다도 부모를 비롯해 부모와 유사한 타인의 존재가 절대적으로 필요하다. 가장 가까이 있는 부모조차도 아이의 경험내용을 직접적으로 공유할 수 없다. 우리는 기본적으로 다른 존재와 경험을 공유할 수 없으며, 나는 나의 경험 안에 갇혀 있다. 몸을 가진 모든 유기체의 경험내용은 다른 존재와 직접적으로 공유되거나 접속되지 않는다는 점에서 유폐적(incarcerated)이다.[1] 이것은 인간이 모든 유기체와 마찬가지로 자신의 경험 안에 유폐된 존재라는 것을 말한다. 인간의 유폐성이라는 원초적 조건을 벗어나려는 모든 노력은 기호적 활동으로 나타난다. 기호는 세계의 사건이나 사태가 아니라 경험의 한 방식으로, 기호적 활동이야말로 내가 타자와 소통할 수 있는 유일한 통로, 즉 나의 경험을 타자와 공유할 수 있고, 타인의 경험을 이해할 수 있다. 그것은 몸짓이든, 소리든, 문자든, 인간이 활용할 수 있는 모든 것이 기호이고, 이러한 모든 것을 통해 인간은 의사소통(communication)[2]을 한다. 타인의 경험은 본성상 공유될 수 없으며, 의사소통은 그러한 경험을 전달하고 파악하는 유일한 통로인 것이다. 그래서 의사소통은 스타일의 문제가 아니라 유기체적 생존의 문제이다.[3] 인간의 유폐된 경험들은 의사소통을 통해서만이 서로에게 이어질 수 있다. 체험주의 시각에서 의사소통은 '의미 만들기'(meaning making)의 한 과정이며,[4] 이것은 명제적 의미의 소리나 문자를 통한 언어적 소통에만 국한된 것이 아니라 표정, 몸짓, 언어 등 외부 세계에 지향되는 인간의 신체적, 정신적 상호작용의 모든 활동을 통해 이루어진다.

   의사소통이 인간의 모든 활동의 의미 만들기 과정이기도 하지만, 이는 궁극적으로 새로운 인간관계를 만들어가는 과정이기도 하고, 인간의 욕망을 실현시켜 줄 수 있는 도구이기도 하다. 인간관계가 개인적이거나 집단적일 수 있는데, 개인과 개인, 개인과 공동체[5]의 관계가 그것이다. 인간이 태어나서 가장 먼저 경험할 수 있는 것이 가족이고, 그것으로부터 확장되어 마을공동체를 경험하게 된다. 가족이 혈연적이면서 수직적 구조의 공유생활 공동체라면, 마을공동체는 지연적이면서 생활공동체로서 경제적이고 특정한 이익을 추구하는 협업공동체의 성격이 강하다. 공동체생활에서 중요한 역할을 하는 것이 의사소통이다. 의사소통의 방식이나 환경은 역사적, 사회적, 문화적 환경에 많은 영향을 받는다. 그것은 인간이 살아가는 생업환경에 따라 의사소통 방식과 환경이 다르다는 것을 말한다. 다시 말하면 농업노동이 중심이 되는 농경사회의 대가족, 산업노동에 근거한 산업사회의 핵가족, 조작노동이 강화되는 지식정보산업사회의 수정가족 등 가족 형태에 따라 다르고, 마을공동체에서 농촌마을의 촌계 그리고 두레와 상부계, 새마을의 마을총회 그리고 작목반과 농협, 문화마을의 마을총회 그리고 영농법인과 협동조합의 형태에 따라 다를 수밖에 없다.[6] 일반적으로 가족이 사회의 최소 단위로서 씨족문화 형성의 기본 토대이고, 마을은 지연집단의 최소 단위로서 공동체문화의 기본 토대라고 설명한다.[7] 여기서 가족문화의 물리적 기반이 가정과 가족이며, 공동체문화의 물리적 기반은 마을과 다양한 조직으로 구성된 공동체이다. 가정은 외부에서 경험한 것을 가족을 통해 공유하는 곳이고, 가정에서 경험한 것을 외부로 확장하기 위한 출발점이다. 가정의 외부는 다름 아닌 마을이며, 마을은 가족이 아닌 타인과 접촉하여 경험을 이해하고 공유할 수 있는 곳이다. 따라서 민속놀이가 가정과 가족, 마을과 마을조직을 근거로 지속되고 변화될 수밖에 없다. 공동체의 변화가 곧 민속놀이의 변화를 초래한다는 것을 의미한다.

민속놀이는 기본적으로 오락성을 본질로 하지만 체력단련이나 혹은 주술종교성을 실현할 목적으로 이루어지는 경우가 많아 공동체성이 강하게 반영되어 나타난다. 집단적 의식이 강한 놀이가 바로 편싸움 계통의 민속놀이다. 편싸움은 집단겨루기의 특징인 '편'과 '싸움'이라는 요소를 가장 잘 드러내고 있고, 고싸움, 횃불싸움, 동채싸움, 팔매싸움, 나무쇠싸움, 줄쌈 등이 있으며, 세시에 행해지는 공동체 차원의 집단겨루기놀이다.[8] 공동체성이 강하게 나타난 민속놀이인 까닭에 정치적으로 탄압의 대상이 되기도 했다. 특히 1900년대 초부터 집단놀이에 대한 통제가 시작되어 본격적으로 진행된 것은 한일합병 이후 근대적 시각에서 비합리적이고 야만적인 놀이라 하여 억압 및 통제 되면서부터이다. 이러한 탄압은 1920~30년대에는 민속문화에 대한 집중적인 조사를 통하여 보다 세밀하게 진행되었다.[9] 일제강점기에 소멸된 공동체놀이 상당수가 이와 같은 정치적인 맥락과 밀접한 관련이 있다.

뿐만 아니라 민속놀이는 정치적인 탄압뿐만 아니라 노동방식의 변화가 적지 않은 영향을 미치기도 했다. 편싸움 계통의 민속놀이의 전승기반은 기본적으로 농경사회의 생업방식인 농업노동이다. 일제 강점기 식민지 정책의 일환으로 산업노동자가 증가하기 시작하는 데, 해방 이후 1960년대를 지나면서 자본주의의 전환이 가속화되고, 70년대에 한국인의 생업방식이 농업노동에서 산업노동의 시대로 획기적인 변화가 이루어졌다. 이것은 농촌인구의 불균형은 물론 농촌인구를 급감시키고 농촌의 도시화를 가속화시켰으며, 도시인구의 급증을 초래하였다. 농경사회의 농업노동이 생산과 삶의 방식 그 자체이지만, 기술 중심의 산업노동은 노동력을 판매하는 도구로서 삶의 맥락이 배제된 노동 상품에 불과하다. 산업노동의 시대가 확대되면서 농업노동을 기반으로 했던 민속놀이가 전승기반이 와해되거나 약화되어 기억의 잔존물로 전락할 수밖에 없었다. 민속놀이가 전승집단의 삶과는 무관하고 그저 과거에 경험했던 하나의 추억으로 인식되었던 것이다.[10] 기억의 잔존물로 전락한 민속놀이의 재현은 정부수립 10주년을 경축하는 행사로 개최된 1958년도 전국민속예술경연대회를 시작으로 본격화되었다. 전국민속예술경연대회에서 입상한 민속놀이가 문화재로 지정되고, 무형문화재로서 민속놀이는 삶과 분리되어 역동성과 자생력이 결여된 채 박제화 되거나, 하나의 문화상품으로서 공연물화 되는 경우가 적지 않았다. 고싸움놀이도 이러한 과정의 전철을 밟아왔다.

고싸움놀이 원형을 보존해야 한다는 강박관념 속에서 문화재로서만 보거나, 경제적 가치를 확대하기 위한 문화상품으로서 축제프로그램으로만 인식한다든지, 대외적인 명분을 내세워 유네스코의 세계문화유산으로서만 관심을 가질 것이 아니라 무엇보다도 중요한 것은 이젠 고싸움놀이와 관계된 삶의 맥락을 소환하여 관심을 가질 필요가 있다는 점이다. 그것은 그동안 고싸움놀이를 텍스트의 입장에서만 이해하고 활용했는데,[11] 텍스트의 물리적 기반인 콘텍스트에도 관심을 가져야 한다는 것을 말한다. 고싸움놀이의 원초적 물리적 기반이 농업노동과 그와 관련된 공동체임에도 불구하고, 최근 들어 고싸움놀이의 전승기반이 내부의 자율적인 집단에서 타율적인 외부집단으로 이동하는 경향이 나타나고 있다. 마을공동체를 근간으로 한 외부집단의 수용은 크게 우려할 만한 것은 아니지만 그 반대인 경우라면 고싸움놀이의 자생적 전승기반을 확보하기 위해 세밀한 검토가 이루어져야 한다. 중요한 것은 마을공동체와 고싸움놀이보존회의 관계성을 비롯해 고싸움놀이의 물리적 전승기반에도 관심을 가져야 한다는 것이다. 이러한 이론적 기반이 바로 체험주의적 시각[12]이다.

체험주의는 마음이라고 부르는 일련의 경험이 몸의 활동을 통해 드러나는 확장적 국면이라 하고, 경험의 발생적 측면에서 몸의 중심성을 강조한다. 여기서 말하는 몸의 중심성은 몸의 가치에 관한 이야기가 아니라 발생적 우선성에 관한 이야기이다. 우리의 사고와 언어의 뿌리가 몸이라고 하여 '몸의 철학'이라고 부르기도 하고, 마음은 신체적 요소로부터 완전히 분리될 수 없는 연속선상에 있다. 다시 말하면 마음은 독립적인 실체가 아니라 몸의 일부인 두뇌를 중심으로 이루어지는 정교한 경험의 국면이라 할 수 있다. 사실상 마음과 몸은 유기체와 환경 사이의 지속적인 상호작용 과정인 그 무언가를 개념화하기 위해 구성하는 추상물이다. 몸은 마음속에 있고, 마음은 몸속에 있으며, 몸과 마음은 세계의 일부로서 마음이 몸의 확장인 것이다.[13] 이에 따르면 고싸움놀이는 정교한 경험의 국면인 마음에 해당하고, 몸에 해당하는 것은 고싸움놀이의 뿌리인 농업노동과 마을공동체로서 물리적 전승기반의 역할을 한다.

본고는 고싸움놀이의 물리적 기반의 변화를 근거로 그 의미 변화를 체험주의적으로 해명하고, 그에 따라 고싸움놀이의 전승적 기반을 구축하기 위한 방향을 모색하려는 것이 연구 목적임을 밝혀둔다.

2. 고싸움놀이 물리적 기반의 변화

고싸움놀이가 농업노동을 바탕으로 한 마을공동체라는 물리적 기반으로 형성되고 지속되었지만, 일제강점기 혹은 해방 전후에 단절된 것으로 알려지고 있다. 그러한 것이 칠석동 사람들의 적극적인 협력을 통해 지춘상 교수에 의해 재현되고, 1969년 제10회 전국민속예술경연대회에서 대통령상을 받으면서 전국적으로 알려지게 되었다.[14] 이 시기만 해도 고싸움놀이의 물리적 전승기반은 농업노동과 마을공동체이었고, 그 후 많은 변화를 겪어왔다. 마을공동체에서 무엇보다 중요한 것은 마을의 가구와 인구 구성이 많은 영향을 미친다. 농업과 관련된 가구의 축소나 연령대별 인구 구성의 균형을 잃게 되면 마을공동체 구성에도 많은 변화를 가져올 수밖에 없다. 칠석동마을의 가구와 인구 변화과정을 정리하면 다음 〈표1〉과 같다.

〈표1〉

			1969년[15]	1999년[16]	2011년[17]	2021년	비고
상칠석마을	가구		104가구	82가구	74가구	80가구	<2021년 기준> -24가구 감소 -50~89세 99명으로 71%비중
	인구	남자	281명	121명	76명	66명	
		여자	317명	121명	87명	74명	
		소계	598명	252명	163명	140명	
하칠석마을	가구		114가구	117가구	116가구	107가구	<2021년 기준> -7가구 감소 -50~89세 136명으로 73%비중
	인구	남자	298명	184명	149명	95명	
		여자	336명	201명	148명	92명	
		소계	634명	385명	297명	187명	

위의 표에서 2021년을 기준으로 칠석동마을의 가구와 인구 감소를 고싸움놀이 재현 당시와 비교하면, 가구는 218가구에서 187가구로 14% 정도 감소하지만, 인구는 1,232명에서 327명으로 73% 정도 감소하였다. 이것은 칠석동마을이 1957년에 광산군 대촌면에서 광주시로 편입되고, 1988년에 광

산구 칠석동이 되면서 도시화의 영향을 받아 이농현상에 의한 인구의 감소이기도 하나, 그것보다는 산업노동을 근간으로 하는 핵가족의 영향을 받아 인구의 감소가 더욱 가속화된 것으로 생각된다. 특히 2003년도를 기준으로 가구당 인구수가 감소하고, 가구 내 젊은 사람의 도시의 유출이 증가함에 따라 가구의 형태 역시 노인 단독형과 부부형으로 변화되어 간 것으로 보면,[18] 2021년에 인구 구성이 50세에서 89세의 비중이 72% 비중을 차지하고 있는 것이 이와 같은 사실을 뒷받침한다. 이러한 인구 구성의 변화는 다음 〈표2〉를 통해서도 확인할 수 있다.

<표2>

연령별(세)	0~9	10~19	20~29	30~39	40~49	50~59	60~69	70~79	80~89	90~100	계
1999.12	63명	101	112	73	73	92	70	39	14		637
2011.10	15명	50	52	45	54	72	75	64	24	5	460
2021.05	3명	13	20	20	30	59	71	63	42	6	327
10년간 비교	-12명	-37	-32	-25	-24	-13	-4	+1	+18	+1	-133

위의 표에서 보듯이 1999년도만 해도 10세~29세 인구가 33.9%의 비중을 차지하고, 50세~89세까지 33.7% 정도 비중을 차지하고 있다. 민속이 계승과 전승 주체가 어느 정도 균형을 이루는 것이 바람직하다는 것을 고려하면 칠석동마을의 인구가 전승주체인 33.7%의 노장년층과 계승주체인 33.9%의 청소년층으로 구성되어 있다는 점에서 문화공동체의 건강성을 유지하고 있는 것으로 보인다.[19] 하지만 2021년도에 10세~29세까지가 9.8%이고, 50세~89세까지가 72%의 비중을 차지하고 있는 것은 고싸움놀이 계승주체가 절대적으로 약화되어가고 있음을 확인할 수 있다. 문화재로서 고싸움놀이의 전승은 계승과 발전을 전제로 이루어지는 것이 바람직하다. 계승은 전승주체와 계승주체의 적절한 인구 구성을 통해 이루어져야 하고, 발

전은 공동체의 변화를 전제로 이루어져야 한다. 이것은 새로운 인구 유입을 통해 가능하고, 새로운 공동체 결성을 통해 보완할 수밖에 없다.

칠석동마을은 행정적으로 광주광역시 남구로 편입된 도시지역이지만 여전히 농업을 근거로 한 생활방식이 지속되고 있다. 2021년 현재 187가구(호당 2 가구도 포함) 가운데 농가가 111가구로 60% 이상의 비중을 차지한다. 점차 비농가수가 증가하는 것은 칠석동마을의 생활문화가 많은 변화를 겪고 있음을 보여준다. 그것은 산업사회의 근간인 산업노동이나 지식정보산업사회에서 증가하고 있는 조작노동과 관련된 직업에 종사하는 사람이 증가하는 것과 밀접한 관련이 있다. 이러한 환경의 변화 속에서 칠석동마을은 도시와 인접하고 있고, 거의 도시의 생활문화로부터 벗어날 수 없는 곳으로 마을공동체 구성에 많은 영향을 받는다.[20] 특히 전통적인 마을공동체가 약화되고 있어서[21] 공동체구성의 새로운 변화를 도모할 수밖에 없다. 그러한 예로 〈청년회〉를 들 수 있다. 청년회 회원이 30명에서 60명으로 증가하였는데, 그것은 가입 연령을 60대까지 확대하고, 마을에 거주한 회원뿐만 아니라 타지에 거주하고 있는 사람으로까지 확대하면서 증가된 것이다. 현재 청년회장(정기운)은 90명까지 증원할 계획이라고 한다. 청년회의 구성을 마을에 거주하고 있는 사람만이 아니라 마을과 연고가 있는 사람으로 확대하고 있다. 이러한 변화는 고싸움놀이의 계승에도 영향을 미치기 마련이다. 청년회야말로 고싸움놀이의 계승의 중요한 물리적 기반으로서 역할을 하고 있기 때문이다.

청년회뿐만 아니라 의례공동체와 원예농업공동체도 고싸움놀이 계승의 중요한 물리적 기반의 역할을 한다. 먼저, 칠석동마을의 의례공동체가 소멸되고 그에 대한 대체수단으로 동년배 중심의 공동체가 등장하고 있다. 의례공동체로 큰상부계와 위친계를 들 수 있고, 큰상부계가 2011년에는 20명 정도 활동하였으나 2012년 전후 회원들이 고령화되고 감소하면서 해체되었다.

그리고 상촌 위친계가 30명이고, 하촌 위친계가 35명이었지만, 모두 회원이 감소하여 2021년 현재 상하촌 위친계 회원이 34명이다. 상부계가 해체되고 위친계가 통합되면서 마을에서는 2008년 3월 14일에 〈칠석동우회(회장 김귀면)〉를 결성하였다. 칠석동우회의 목적은 동우 회원 상호간의 친목과 유대를 강화하고 마을 발전에 기여하는 데 이바지함이고, 회원은 1956~1965년생 중심으로 24명이 참여하여 2021년 5월 현재 29명이다. 고싸움놀이보존회가 고싸움놀이를 계승하기 위해 10년 터울로 결성할 것을 적극적으로 권장하고 있기 때문에 동년배 형식의 모임이 더 결성될 것으로 기대하고 있다. 의례공동체는 소멸되었지만 그것을 대체할 수 있는 칠석동우회가 고싸움놀이 계승에 적지 않은 영향을 미칠 것으로 판단된다.

두 번째로 칠석동마을에서는 미맥 중심의 논농사에서 원예농업의 공동체로 변화되고 있다. 농업노동을 활용한 생업방식은 주로 논농사가 주류를 이루지만, 원예농업이 본격화되면서 공동체의 변화에도 적지 않은 영향을 미쳐왔다. 농업활동 공동체로 수리계와 작목반이 있다. 수리계는 2021년 현재 80명(회장 함명열)이고, 작목반은 133명이다. 원예농업을 근거로 한 작목반은 상하촌이 통합되어 있으며, 원예는 미맥만을 제외하고 모든 작물이 해당되고, 1997년 강승태에 의해 구성되었다.[22] 2011년에 〈고구마순 작목반〉이 43명에서 2021년에는 93명(회장 이영재)으로, 〈비닐하우스 작목반〉이 30명이 40명(회장 추교철)으로 점차 작목반의 회원이 증가하고 있는 추세이다. 2021년 작목반이 전체 187가구 가운데 133가구로 71%의 비중을 차지하고 있는 것을 보면, 전통적인 미맥 중심의 농사에서 농가소득을 확대하는 원예농업으로 점차 이동하고 있는 모습이 확인된다. 그것은 미맥 중심의 논농사공동체보다도 원예농업 중심의 공동체의 역할이 강화되고 있음을 말한다.

고싸움놀이 계승발전의 물리적 기반으로 가장 중요한 역할을 하고 있는 공동체로 〈고싸움놀이보존회〉를 빼놓을 수 없다. 고싸움놀이공동체는 어린이 중심의 놀이공동체가 결성되어 고샅줄다리기를 시작으로 어른 중심의 놀이공동체로 확대된다. 고싸움놀이공동체는 각 팀마다 185~205명으로 구성되었지만, 1969년에 재현되면서 보존 및 전승의 여론이 확산되어 〈전라도민속놀이 고싸움진흥회〉가 발족되었고, 이 진흥회는 1994년도에 〈고싸움놀이보존회〉로 재구성되었다. 2011년도 보존회가 이사장 1, 수석이사 1, 사무국장 1, 재무 1, 감사 2, 이상 10명의 임원진으로 구성되고, 회원이 칠석동마을에 거주하고 있는 주민들 250명으로 구성되었다.[23] 이러한 것은 기본적으로 놀이공동체가 근간이 되어 형성되어 있음을 알 수 있다. 고싸움놀이보존회가 2019년도 정관에 의하면 〈사단법인 국가무형문화재 제33호 광주칠석 고싸움놀이 보존회〉의 명칭으로 변경되었는데, 회원은 정회원과 준회원으로 구분되고,[24] 정회원은 칠석동마을에 거주 중이거나 호적상 주소로 등재된 자로, 고싸움놀이에 참여한 가구의 세대주 또는 세대 구성원 중 1인으로 하며, 준회원은 정회원 이외의 고싸움놀이에 참여하는 자로, 보존회장의 승인을 거쳐 자격을 부여한다. 정회원은 본회의 운영에 참여할 권리를 가지며, 준회원은 총회에 참여하여 발언할 수 있고, 의결권은 없다. 특히 고싸움놀이보존회 가입 자격으로 보존회 회장의 승인 이외에는 특별한 자격을 요구하지 않는 것으로 보아 상당 부분 개방되어 있다. 그에 따라 2021년 5월 현재 회원은 680명(회장 이임연)으로 증가하였고, 그것은 준회원이 마을의 인구 구성이나 가구수 변화를 반영하여 추산하면 400명 이상인 것으로 파악된다. 이러한 변화가 고싸움놀이 보존에 어느 정도 긍정적으로 영향을 미칠 것으로 보인다.

하지만 정작 2021년도 고싸움놀이보존회의 사업계획을 보면,[25] 마을공동체와 관련된 사업이 미흡하다는 점에서 다소 아쉽다. 고싸움놀이보존회가 마을공동체와 밀접한 관련이 있다는 것은 〈칠석마을 대공사〉를 통해서 확인할 수 있다. 대공사는 마을총회를 지칭하는 행사로, 마을 주민 모두가 참여하는 마을의 각종 운영에 관한 최고 의결의 장이다.[26] 그것은 2021년 3월 28일에 개최한 행사내용, 즉 수리계, 고싸움놀이보존회, 장학회, 보름굿, 농악단, 청년회 결산 보고서를 통해 확인할 수 있다. 이것은 고싸움놀이보존회가 고싸움놀이의 보존 및 계승에 관한 활동만 하는 것이 아니라 마을총회 및 수리계, 청년회 등과 밀접한 관계를 맺고 있음을 보여준다. 따라서 고싸움놀이보존회가 마을공동체와 상보적 관계를 유지해야 하고, 마을공동체의 구성과 변화에도 많은 관심을 가져야 할 필요가 있는 것이다.

3. 고싸움놀이의 기호적 전이와 의미 변화

민속의 단절과 변화는 소멸과 지속을 의미한다. 민속의 단절은 인간이 경험한 내용이 자연, 사회, 역사 등의 환경적인 맥락과 괴리가 생기거나 부합하지 않을 때 발생한다. 환경과 부합되지 않는 인간의 경험 내용이 시의성을 잃게 되는 것은 물론 유희성을 상실하여 삶의 재미를 갖지 못하는 것을 말한다. 인간은 기본적으로 유희적 존재로서 그 무엇보다도 오락성을 중요하게 여긴다. 특히 민속놀이는 오락성을 토대로 지속되고 변화된다. 민속놀이가 오락성의 약화로 위축되거나 소멸되는데, 바로 오락성이 민속놀이의 생명력이기 때문이다. 어떻게 보면 민속놀이뿐만 아니라 인간이 경험한 상당 부분은 오락성을 기반으로 지속된다고 해도 과언이 아니다. 이러한 것은 인간의 원초적 경험이나 오늘날의 그 어떠한 경험에서도 마찬가지이다. 오락성, 즉 유희성이야말로 인간이 추구하는 기본적인 경험 욕구의 하나로서, 그것이

민속이 단절되거나 변화되는 요인으로 작용한다.

  민속의 지속은 변화를 통해 이루어지는데, 이것은 체험주의 기호학에서 언급하는 기호적 전이(metastasis)가 이루어지는 것을 말한다. 기호적 전이(轉移)란 동일한 것에 그 경험의 관점에서 기호내용이 사상되어 마치 복제물처럼 다른 기표를 발생시키거나, 동일한 기표가 다른 기호내용을 갖는 것을 말한다. 그렇기 때문에 기호적 전이는 기표뿐만 아니라 기호내용에서도 발생한다.[27] 예컨대 인간은 농사의 풍요를 기원하는 기호내용을 각각 경험의 관점에서 사상하여 달집태우기, 마을신앙, 고싸움놀이, 줄다리기 등의 다양한 기호적 경험을 발생시킨다. 이러한 것을 기표의 전이라고 하고, 수평적으로 열려 있다. 물질적인 기반인 노동방식에 따라 농사의 풍요를 기원하는 기표가 다르고, 변화된 노동방식에 따라 동일한 기표라고 할지라도 기호내용이 달라진다. 이처럼 기호적 전이는 기표에서만 나타나는 것이 아니라 기호내용에서도 나타난다. 당산제와 고싸움놀이를 전승하고 지속과 변화를 주도해온 공동체와 개인주체들의 다성적(多聲的)인[28] 상황이 존재한다. 그렇기 때문에 당산제와 고싸움놀이에 대한 경험의 관점이 각각 다르면, 즉 마을제사를 지내면서 농사 풍요를 기원하는 사람이 있는가 하면, 가족이 건강이나, 새해의 만사형통 등 다양한 경험의 관점에서 기원하기 때문에 기호내용이 다소 다르게 나타나면서도 복합적으로 나타난다.

  오늘날에 이르러 농사의 풍요를 기원하기 위해 당산제를 지내고 고싸움놀이를 했던 것이 마을의 전통성이나 정체성의 확보 수단으로 지속되거나, 관광객들을 위한 하나의 문화상품으로 변화되기도 한다. 이것은 동일한 기표이지만 기호내용의 전이가 일어나고 있음을 보여주고 있는 것이다. 이러한 기호적 전이가 멈추면 기호적 경험은 인간의 모든 기억에서 사라진다. 왜냐면 기호적 경험은 인간의 삶을 특징짓는 핵심적인 기제이기 때문에 기호적 경험의 단절과 변화는 민속의 소멸과 지속을 의미한다.[29] 기호적 경험이 고정적이지 않고 유동적으로 지속되기 위해서는 반드시 기호적 전이가 수반되어야 한다. 인간의 생활방식이 축적되어 형성된 기호적 경험이 생산물의 변화와 그것의 노동 성격에 따라 변화된다는 것은 기호적 전이를 통해 이루어진다는 것을 의미한다.[30] 이처럼 기호적 전이는 사물에 대한 경험의 관점 차이에서 비롯되고 물리적 기반의 변화에서 일어난다. 고싸움놀이의 기호적 전이와 의미를 네 가지로 정리할 수 있다.

먼저 고싸움놀이는 우리가 즐겨야 할 삶으로서 기호적 의미를 갖는다. 고싸움놀이 기호적 의미는 그 원천이 마을공동체라는 물리적 기반이고, 마을사람들의 기호적 경험에 의해 결정된다. 기호적 의미는 기호 산출자의 경험 내용을 특정한 기표에 사상하는 방식으로 산출된다. 기호적 경험이 마을사람들의 기호적 사상을[31] 통해 이루어지기 때문에 그것이 기호내용을 구성하고, 기호내용이 바로 기호적 의미의 핵심적인 역할을 한다.[32] 고싸움놀이에 대한 기호적 의미가 마을사람들마다 다를 수 있다는 것을 의미한다. 하지만 마을사람들의 생업방식이 유사하고 그 노동방식 또한 크게 다르지 않기 때문에 동일한 공동체를 기반으로 이루어지는 고싸움놀이의 기호적 의미는 크게 다르지 않다. 고싸움놀이가 재현되기 이전, 특히 일제강점기에 행해졌던 고싸움놀이가 농사의 풍요를 기원하는 주술성과 마을사람들의 대동단결을 추구하는 유희성을 토대로 이루어졌기 때문에 〈우리가 즐겨야 할 삶으로써의 고싸움놀이〉이었던 것이다. 고싸움놀이가 풍요의 생산방식이자 유희적인 삶 그 자체로서 의미를 갖고 있음을 확인할 수 있다. 정월 대보름이면 칠석동사람들은 한 해 농사의 풍요를 기원하기 위해 당산제를 지내고 고싸움놀이를 해왔던 것이고, 지난 해 동안 살아오면서 겪었던 구성원들 간의 갈등을 해소하고 새로운 출발과 대동단결을 기약하는 계기로 삼았던 것이다. 그래서 그것은 고싸움놀이가 우리가 즐겨야 할 삶의 내용이자 유희적 대상이라는 것을 의미한다. 이러한 기호적 의미의 물리적 원천은 농업노동을 근간으로 하는 농경사회라고 할 수 있다.

두 번째로 고싸움놀이는 우리가 지켜야 할 문화재로서 기호적 의미를 갖는다. 고싸움놀이가 일제강점기에 상당 부분 위축되다가 해방 후 한국전쟁을 경험하면서 기억의 잔존물의 길을 걷게 되고, 1969년 제10회 전국민속예술경연대회에 출품하기 위해 재현된다. 그것은 산업노동을 근간으로 하는 산업사회가 확대되면서 이루어졌다. 전국민속예술경연대회가 민속을 소재로 한 작품을 경연시켜 수상하는 행사이고, 문화적 향수를 소환하는 행사인 까닭에 출연 작품은 상당 부분 조작될 가능성을 내재하고 있다.[33] 고싸움놀이도 마찬가지로 경연을 목적으로 재현된 것이어서 단절되기 이전의 모습과 다를 수밖에 없다. 하지만 이와 같은 한계에도 불구하고 고싸움놀이에 관심을 갖는 것은 고싸움놀이에 관한 구술기억을 가장 많이 수용하고 있다는 점이다. 마을사람들의 주도적이고 자생적인 노력으로 이루어지기보다는 제3자의 구술 조사를 통해 재구성된 것이라 하더라고 단절되기 이전의 고싸움놀이와 유사하기 때문에 그 가치가 있는 것이다. 재현된 고싸움놀이가 전국민속예술경연대회에서 대통령상을 수상하게 되면서 전국적으로 알려지고, 1970년 중요무형문화재 제33호로 지정되어 문화재로서 의미를 갖게 되었다.[34] 문화재 지정은 민속놀이의 보존과 전승의 가치를 이어가기 위한 국가적이고 정책적인 행위이다. 문화재는 국가가 정책적으로 선택한 결과이고 보존의 필요성을 갖게 하는 계기가 된다. 그에 따라 칠석동사람들은 고싸움놀이를 삶의 내용이자 유희적 대상이라고 생각하기보다는 문화재로서 의미를 크게 강조한다. 그것은 고싸움놀이가 보존해야 할 대상이자 계승시켜 나갈 대상으로,[35] 칠석동마을의 역사와 전통을 이어가는 도구가 된 것이다. 칠석동사람들은 고싸움놀이를 통해 문화적인 자부심을 갖게 되고 자존감을 더욱 키워 나갈 명분을 갖게 된 것이라 할 수 있다.

세 번째로 고싸움놀이는 우리가 팔아야 할 문화상품으로서 기호적 의미를 갖는다. 고싸움놀이가 단순히 문화재로서만 의미를 갖는 것이 아니라 축제적 활용의 측면에서 하나의 공연으로서 문화상품화된 것이다. 1984년에 고싸움놀이를 소재로 축제화 하였는데, 1988년 제24회 서울올림픽 개막식 행사에서 고싸움놀이가 시연되면서 세계적으로 알려지는 계기가 되었다. 그것은 전국적인 행사뿐만 아니라 국제적인 행사를 통해 문화상품으로 자리 잡게 된 것이다. 고싸움놀이의 문화상품화는 경제적인 이익을 추구하는 것에 주안점을 둔다. 이것은 지역축제인 〈고싸움놀이축제〉를 통해 실현된다. 축제는 개념적으로 제의적인 행사요, 유희적인 행사이고, 의례적인 행사이며, 경제적인 행사이다. 그 본질로 오신성, 의례성, 오인성, 생산성, 전도성, 통합성을 들 수 있고, 종교적이며 심리적이고, 사회적이고 정치적이며, 경제적이며 교육적 기능을 수행한다.[36] 그러한 까닭에 고싸움놀이축제에서 고싸움놀이의 시연은 문화재로서 면모를 보여주는 행사이자 하나의 문화상품으로서 가치를 보여주는 것이다. 이것은 무형문화재 제33호인 고싸움놀이의 원형성을 확보하기 위한 시연으로서 대보름의 〈고싸움놀이축제〉가 있고, 1998년도 문예진흥원으로부터 우수기획축제로 선정되면서 광주김치축제와 연계한 가을의 〈고싸움놀이대축제〉를 개최하기도 했다.[37] 중요한 것은 고싸움놀이가 단순히 문화재만이 아니고 지역경제를 활성화 시킬 수 있는 문화상품으로 자리잡아가고 있다는 사실이다. 고싸움놀이야말로 종합적인 공연예술이면서 축제프로그램으로서 문화상품이고, 칠석동마을의 상징적인 브랜드가 되어가고 있다. 이것은 산업사회가 추구하는 상품으로서 가치와 밀접한 관련이 있고, 고싸움놀이 또한 그에 따라 변화될 수밖에 없는 것이다.

네 번째 고싸움놀이는 우리가 가르쳐야 할 문화유산으로서 기호적 의미를 갖는다. 고싸움놀이가 우리 문화유산 교육의 대상이 되는 것은 문화재로서 가치를 가지고 있고, 교육적 가치가 크기 때문이다. 〈고싸움놀이영상체험관〉이 운영되고 있는 것도 이와 무관하지 않다. 게다가 고싸움놀이를 세계문화유산으로 등재하려는 노력은 고싸움놀이의 국제적 인지도를 제고하기 위함이고, 무엇보다도 세계인류문화유산으로서 교육적 가치를 확보하기 위함이다. 이제는 고싸움놀이가 단순히 국가지정 무형문화재에 그치는 것이 아니라 세계적으로 문화적 가치를 확대해야 하는 대상이 되고 있는 것이다. 그래서 지역사회를 비롯한 한국 청소년들을 대상으로 한국학교육의 원천자료로 사용해야 하며, 외국인을 대상으로 한 한국어교육에서 문화교육 자료로 활용할 필요성이 있다. 단순히 문화상품으로서 뿐만 아니라 한국어교육을 통해 세계로 확장되어가기 위해 고싸움놀이가 세계인류문화유산으로 자리매김해야 할 이유가 여기에 있다. 뿐만 아니라 고싸움놀이전수관 주변지역에 〈아시아공동체문화체험관〉이 조성되면서 〈아시아공동체문화기술센터〉와 〈아시아공동체문화 국내전승놀이 존〉, 〈아시아공동체문화 교육·축제 프로그램 운영〉, 〈아시아음식문화촌〉 등을 조성할 계획이기 때문에 고싸움놀이의 교육적 기능이 더욱 강화될 것으로 생각한다. 교육적 대상으로서 고싸움놀이가 과거와 현재 그리고 미래 세대를 연결해 줄 수 있고, 광주에서 한국으로, 한국에서 세계로 공간적 지형을 확장해 줄 수 있는 문화적 매개물인 셈이다. 그것은 조작노동을 근간으로 한 지식정보산업사회에서 시간을 단축하고 빠른 공간 이동을 통해 실현된다. 그러한 점에서 고싸움놀이는 우리가 가르쳐야 할 문화유산의 가치가 크다고 할 수 있다.

　이상으로 고싸움놀이가 공동체 삶의 맥락으로부터 분리된 채 재현되어 문화재로 지정되고, 축제화 되면서 기표적인 측면에서는 큰 변화가 없었지만,

기호내용의 측면에서 큰 변화가 있었음을 확인할 수 있다. 다시 말하면 기호내용의 변화가 없었다면 기표는 더 이상 지속되기 어려웠을 것이고, 기표의 변화가 수반되었다면 기호내용 또한 어떤 식으로든지 변화될 수밖에 없었을 것이다. 고싸움놀이라는 기호적 경험이 지속될 수 있었던 것은 기호내용의 변화를 통해 이루어졌는데, 이것은 곧 고싸움놀이가 기호적 전이를 통해 지속되었음을 말한다. 기표보다도 기호내용에서 기호적 전이가 이루어졌고, 기호내용이 기호적 의미를 구성하기 때문에 고싸움놀이의 기호적 의미가 변화되었으며, 그것은 고싸움놀이의 기능적인 변화로 이어지고 있다. 재현된 고싸움놀이가 오늘날까지 지속될 수 있었던 것은 즐겨야 할 삶에서 문화재로, 문화재에서 문화상품 및 문화유산으로서의 기호적 의미 변화와 더불어 그 기능이 단계적으로 혹은 복합적으로 변화된 것이 원동력이 된 셈이다.

4. 고싸움놀이의 정체성 확립과 재인식

고싸움놀이는 정월 초순부터 시작되어 보름날에 절정을 이루는 지신밟기로부터 시작된다. 대보름에는 상칠석마을이 할아버지당산인 윗당산에 제사를 지내고, 하칠석마을은 할머니당산인 아랫당산에 제사를 지낸다. 당산제를 지내고 나면 그 이튿날부터 본격적으로 고싸움놀이를 하고, 고싸움놀이의 승부가 결정되지 않을 때는 2월 초하루에 줄다리기를 통해 승부를 결정한다.[38] 이처럼 고싸움놀이는 지신밟기, 당산제, 줄다리기 등이 행해지는 정월 마을축제의 하나이다. 마을축제는 마을공동체가 주관하고 마을이라고 하는 공간에서 공통의 믿음과 가치를 실현하기 위해 개최되는 연중행사로, 공동체의식이 강하게 반영된다.[39] 그러한 까닭에 고싸움놀이를 단순히 마을의 독립적인 연중행사로서만 볼 것이 아니라 마을축제로서 관심을 가질 필요가 있는 것이다. 중요한 것은 고싸움놀이가 지신밟기를 하지 않고 당산제를 지내지 않고서는 이루어질 수 없다는 사실이다. 고싸움놀이 유래에서도 알 수 있듯이, 칠석동마을은 풍수적으로 황소가 쪼그리고 앉아 있는 상이라 마을의 터가 무척 거세다. 그 터를 누르기 위해 황소의 고삐는 할머니당산인 은행나무에 묶어 놓았다고 하는 것은 고싸움놀이와 당산제의 상관성을 설명해 준다. 지신밟기가 한 해의 액을 막기 위해 행해지고, 당산제가 농사의 풍요를 기원하고 마을사람들의 안녕을 기원하기 위해 진행되며, 고싸움놀이 또한 서부팀이 이겨야 풍년이 든다고 하는 속신을 가지고 있는 것처럼 농사의 풍년을 기원하기 위해 행해진다. 이런 점에서 칠석동마을의 마을축제는 주술종교적 의미를 갖는다.[40] 마을축제의 일환으로 진행되는 고싸움놀이의 원초적 속성이 공동체성, 축제성, 주술종교성 등이고, 무엇보다도 고싸움놀이의 정체성은 기본적으로 공동체성이라고 할 수 있다.

공동체성은 고싸움놀이 물리적 전승기반인 마을공동체를 통해 구현된다. 따라서 마을공동체의 약화는 고싸움놀이의 전승에 적지 않은 영향을 미치기 마련이다. 고싸움놀이가 기호적 전이를 통해 문화재화 되고, 문화상품화 및 문화유산화 되었다고 하더라도 그 물리적 전승 기반은 여전히 마을공동체에 근거한다. 고싸움놀이가 공동체성에 많은 제약을 받으면서 지속될 수 있는 것이다. 고싸움놀이가 대외적으로 알려지고 세계적인 인지도를 갖는다 한들, 즉 칠석동마을의 브랜드화로서 가치를 갖거나 지역축제 및 문화유산으로서 가치를 갖는다 하더라도 그것은 모두 공동체성을 근거로 지속될 수 있다. 특히 고싸움놀이가 기호적 전이에 따라 기호적 의미가 변화되어 그 가치가 확산되었지만, 그것을 다시 고싸움놀이의 정체성에 수렴될 수 있도록 통합적 가치로 재인식되어야 한다. 고싸움놀이가 시간의 흐름에 따른 다양한 환경의 영향을 받을 수밖에 없지만, 고싸움놀이는 칠석동마을이 갖는 공동체적 가치가 토대가 되어 농경문화적이고 산업사회와 지식정보산업사회의 삶의 가치가 어우러져야 지속이 가능하다. 다시 말하면 고싸움놀이가 삶의 가치를 근간으로 문화재와 문화상품으로서 가치가 통합되었을 때 문화유산으로서 가치를 획득할 가능성이 크다는 점을 인식할 필요가 있는 것이다.

고싸움놀이가 삶의 가치를 토대로 문화재로서 가치, 문화상품으로서 가치, 문화유산으로서 가치가 통합되고, 그 어느 때보다도 정체성의 재구성이 요구되는 시기이다. 고싸움놀이의 정체성은 칠석동마을이라는 지역성을 근거로 형성되기도 한다. 지역의 정체성은 오랜 기간에 걸쳐 형성되고 누적된 환경, 사회, 역사, 문화적 경험의 산물이다. 그래서 정체성을 파악하는 것이 그 지역의 경관이나 사회와 역사 그리고 문화를 총체적으로 이해해야 한다는 것을 의미한다.[41] 그렇기 때문에 정체성에 대한 이해는 지역이나 장소에 다양한 역사적, 문화적, 사회적 환경에 따라 형성된 공동체의 삶의 태도나 가치관, 역사 및 문화적 가치가 집단적으로 투영된 것을 해석하는 것이다.[42] 그래서 고싸움놀이의 정체성은 놀이적 속성으로서 공동체성과 전승 기반으로서 지역성이 결합되어 형성된 것이라 할 수 있다. 이러한 정체성이 공동체의 결속을 강화시켜 주고 지속시켜 주는 역할을 하며, 공동체 구성원들이 강한 자부심과 소속감을 갖도록 해주는 것은 물론 다른 지역이나 사람들과 변별력을 갖도록 해주는 역할을 한다. 궁극적으로 고싸움놀이의 정체성 확보가, 곧 전승적 기반을 구축하는 길이다.

5. 고싸움놀이의 전승적 기반 구축과 공공성 강화

고싸움놀이의 전승적 기반을 구축하는 것은 고싸움놀이가 갖는 공동체성과 지역성을 확보하여 정체성을 확립하는 과정이다. 다시 말하면 고싸움놀이의 물리적 기반이라고 할 수 있는 마을공동체의 활성화를 통해 전승기반을 구축하고, 칠석동마을의 역사적 경험의 산물인 청동기시대의 지석묘, 고려시기에 심은 것으로 알려진 할머니당산의 은행나무, 조선시대 광주지역 향약의 시행 장소로 알려지고 사람들의 교유의 장소가 되었던 부용정, 상칠석마을의 무송정, 고싸움놀이를 비롯한 민속문화유산[43] 등의 문화적 경험을 바탕으로 형성된 지역성의 확장이 고싸움놀이의 전승적 기반을 구축하는 데 중요한 역할을 한다. 이처럼 고싸움놀이의 정체성을 확보하는 과정이 전승적 기반을 구축하는 길이라 할 수 있는데, 이를 두 가지 측면에서 생각해 볼 필요가 있다.

하나는 고싸움놀이 전승적 기반을 구축하기 위해 마을공동체를 활성화시키고, 고싸움놀이보존회의 전문성을 강화해야 한다. 마을공동체의 활성화를 위해 고싸움놀이보존회를 중심으로 마을의 공식적 혹은 비공식적 조직과 유기적으로 연계되어야 하고, 상보적 관계를 유지하는 것이 중요하다. 즉 고싸움놀이보존회가 마을의 부녀회와 노인회, 청년회, 수리계, 작목반, 위친계, 옻돌계, 칠석동우회 등과 항상 상보적 관계를 유지하여 공동체의식을 구현하는 데 적극적으로 활용하고, 그것이 고싸움놀이 전승 원동력이 되어야 한다. 그러려면 고싸움놀이 전승 기반을 강화하기 위해 고싸움놀이 그 자체에만 관심을 가질 것이 아니라 마을공동체의 활성화 계획에 많은 관심을 가져야 할 필요가 있는 것이다. 고싸움놀이보존회에서 마을공동체 활성화를 위한 별도의 보완 조직이 필요한 지점이기도 하다.

그리고 고싸움놀이보존회의 전문성을 강화하는 것이 무엇보다 중요하다. 현재 고싸움놀이보존회 정관을 보면, 총칙, 회원, 임원, 총회, 이사회, 재산과 회계, 사무국, 보칙으로 구성되고, 어디에도 고싸움놀이보존회의 효율적인 활동을 위한 조직체계가 구체화되어 있지 않다. 조직체계라 함은 고싸움놀이의 전승적 기반 역할을 할 수 있는 전문적이고 체계적인 활동시스템을 말한다. 예컨대 교육팀이나 관리팀, 사업팀 등의 구성을 들 수 있는데, 〈교육팀〉이 고싸움놀이의 교육적 활용을 위해 남구청 문화관광과에서 운영하는 〈영상체험관〉과 연계하여 시교육청의 교육 사업을 추진하고 관리한다든지, 〈관리팀〉이 〈고싸움놀이 전수교육관〉을 비롯하여 남구청 공원녹지과에서 관리하는 〈고싸움놀이 테마파크〉를 관리하거나, 〈사업팀〉이 광주문화재단을 비롯하여 시청이나 구청, 아시아문화전당, 비엔날레 등 문화예술기관에서 추진하는 문화행사를 유치하고 추진하는 등 전문성을 강화하고 효율적인 조직체계가 필요하다. 이를 위해서는 고싸움놀이보존회의 운영 및 활동에 대한 전문적이고 종합적인 점검이 이루어질 필요가 있다. 향후 〈아시아공동체문화체험관〉이 조성되면 이에 대한 활용 및 대응 방안도 마련해야 하기 때문이다. 무엇보다도 바람직한 것은 고싸움놀이보존회가 칠석동마을을 비롯해 주변지역 문화시설기관의 중심 역할을 해야 한다는 점이다.

두 번째로 고싸움놀이 전승적 기반을 구축하기 위해 지역성을 강화할 필요가 있다. 그것은 역사적이고 생태적인 문화경험의 통합을 통해 이루어질 수 있고, 그것을 적극적으로 활용함으로써 지역성을 확장할 수 있다. 칠석동마을에는 고싸움놀이만 있는 것이 아니라 청동기시대의 고인돌도 있고, 민속문화의 경험이 스며 있고 풍수적 관념이 녹아 있는 은행나무가 있으며, 조선시대의 시문학적 경험과 향약을 비롯한 선비들의 삶의 교류가 활발하게 이루어졌던 부용정과 무송정이 있다. 이와 같은 문화적 경험을 재현하고 활용할 필요가 있고, 그것은 고싸움놀이의 정신적 전승기반이라고 할 수 있는 문화적 맥락을 재현하는 것이기도 하다. 뿐만 아니라 고싸움놀이의 물리적 전승기반인 칠석동사람들 삶의 문화도 재현할 필요가 있다. 아직도 생업구조가 농업을 기반으로 하고 있기 때문에 농경문화와 관계된 문화적 기억을 소환하거나, 근현대시대의 생활사를 비롯한 전통성을 보완할 수 있는 주거환경의 개선 등이 그것이다. 이것은 고싸움놀이보존회에서 간행한 《옻돌마을 사람들과 고싸움놀이》(민속원, 2004)의 내용을 재현하거나, 혹은 〈칠석동사람들의 생활사박물관〉을 건립하는 것도 하나의 방법일 수 있다. 나아가서는 칠석동마을의 공간이 문화운동의 거점으로서 문화단체의 교육 및 연구 활동 공간으로 활용되도록 하고, 광주의 전통문화유산메카로 자리매김하는 데 중요한 역할을 할 수 있기 때문이다.

이처럼 고싸움놀이의 전승적 기반을 구축하는 것이 정체성을 확보하는 것이고, 그것은 공동체성과 지역성을 강화하는 길이다. 한편 그것은 고싸움놀이의 공공성을 강화하는 것과도 밀접한 관련이 있다. 공공성은 commonality로서 개념과 public으로서 개념이 있는데, 전자는 공통성으로서 보편성에 가까운 체험주의적 개념이라면,[44] 후자는 공유성으로서 대중성에 근접한 일반론적인 개념이다. 중요한 것은 보편적이며 공유할 수 있는 것을 공공성이라고 할 수 있다. 따라서 고싸움놀이의 공공성을 강화하는 것은 삶의 실천적인 행동을 강화하는 것이고, 교육적 활용을 통해 공유체계를 확대하는 것이라 생각한다. 고싸움놀이보존회를 비롯한 마을공동체의 다양한 조직 구성원들이 공동체성을 구현하기 위한 실천적인 생활운동이 전개되어야 하고, 고싸움놀이의 공유성을 확대하기 위한 교육적인 활동이 강화되어야 한다. 예컨대 마을공동체의 경제적 활성화를 위해 고싸움놀이와 연계한 전통마을 만들기(민속마을교육 공간과 체험민박, 직거래장터 혹은 로컬푸드마켓 등)

를 한다든지, 상설협의체(고싸움놀이보존회, 국립무형유산원, 문화재청, 광주역사민속박물관, 시교육청, 남구청, 전문연구자 등)를 구성하여 공공성 구축 방안을 모색한다거나, 고싸움놀이의 축제적 활용(연령대별 고싸움놀이 체험 등)을 확대하는 것이다. 또한 민속놀이 교육의 메카(유소년 및 청소년의 방과 후 활동 센터 등)로서 활용하고, 디지털 기술을 활용할 수 있는 웹 문화 공간(온라인 플랫폼의 활용과 유튜브 창작 공간 등)을 구축하는 것이 그러한 사례일 수 있다. 고싸움놀이 공공성의 강화야말로 전승의 원동력을 갖게 하는 데 중요한 역할을 한다고 생각하기 때문이다.

요 약 ─────────────────────────────────

　지금까지 고싸움놀이 물리적 기반의 변화가 기호적 의미의 변화에 어떠한 영향을 미치는가를 살펴보고, 그에 따라 고싸움놀이의 전승적 기반을 어떻게 구축할 것인지의 방향 모색을 검토해 보았다. 그 논리적 토대는 마음이라고 부르는 일련의 경험이 몸의 활동을 통해 드러나는 확장적 국면이고, 경험의 발생적 측면에서 몸의 중심성을 강조하는 체험주의적 방법론을 기반으로 하였다. 이에 따르면 고싸움놀이가 칠석동사람들의 마음의 국면에 해당하고, 그 발생적 원천이 몸에 해당하는 마을공동체와 농업노동이다. 따라서 고싸움놀이를 마을공동체와의 상관성 속에서 지속되고 변화되는 과정을 살필 필요가 있다.

　고싸움놀이의 물리적 기반은 농업노동을 바탕으로 한 마을공동체이고, 마을공동체가 마을의 가구와 인구 구성의 많은 영향을 받는다. 2021년도에 칠석동마을의 가구와 인구 감소를 고싸움놀이 재현 당시와 비교하면, 가구가 218가구에서 187가구로 14% 정도 감소하지만, 인구는 1,232명에서 327명으로 73% 정도 감소하였다. 그리고 인구구성에서 10세~29세까지 33.9%와 50세~89세까지 33.7% 정도 비중을 차지했는데, 2021년도에는 각각 9.8%와 72%의 비중을 차지하는 것은 고싸움놀이 계승 주체가 급속도로 약화되어가고 있음을 보여준다. 이러한 환경의 변화 속에서 칠석동마을이 도시와 인접하고 도시생활문화로부터 벗어날 수 없는 곳으로, 마을공동체 구성에 많은 영향을 받고 있다. 〈청년회〉가 대표적인 예인데, 가입 연령을 60대까지 확대하고, 마을에 거주한 사람뿐만 아니라 타지에 거주하고 있는 사람으로까지 확대하는 것이 그것이다. 청년회는 의례공동체와 원예농업공동체와 더불어 고싸움놀이의 계승의 중요한 물리적 기반의 역할을 한다. 의례공동체인 상부계가 해체되고 위친계가 통합되면서 2008년 3월 14일에 〈칠석동우회〉를 결성하고, 고싸움놀이보존회가 고싸움놀이 계승을 위해 10년 터울로 결성할 것을 적극적으로 권장한다. 원예농업공동체인 작목반이 2021년도에 전체 187가구 가운데 133가구로 71%의 비중을 차지하고, 미맥 중심의 농사에서 원예농업으로 점차 이동하고 있다. 이러한 변화가 고싸움이의 전승에도 크게 영향을 미칠 것으로 보이고, 무엇보다도 고싸움놀이보존회가 마을총회 및 수리계, 청년회 등과 밀접한 관계를 맺고 있기 때문에 마을공동체와 상보적 관계를 유지할 필요가 있다.

기호적 전이가 민속의 지속과 변화를 전제로 이루어지듯이, 고싸움놀이의 기호적 전이가 주로 물리적 기반의 변화와 더불어 기호내용에서 발생한다. 고싸움놀이의 기호적 전이와 의미는 네 가지로 정리된다. 먼저, 고싸움놀이는 우리가 즐겨야 할 삶으로서 기호적 의미를 갖고, 두 번째로 고싸움놀이가 우리가 지켜야 할 문화재로서 기호적 의미를 갖는다. 세 번째로 고싸움놀이가 우리가 팔아야 할 문화상품으로서 기호적 의미를 갖고, 네 번째로 고싸움놀이는 우리가 가르쳐야 할 문화유산으로서 기호적 의미를 갖는다. 이처럼 고싸움놀이가 공동체 삶의 맥락으로부터 분리된 채 재현되어 문화재로 지정되고, 축제화 되면서 기표적인 측면에서 큰 변화가 없었지만, 기호내용에서 큰 변화가 있었다. 다시 말하면 재현된 고싸움놀이가 오늘날까지 지속될 수 있었던 것은 즐겨야 할 삶에서 문화재로, 문화재에서 문화상품 및 문화유산으로서의 기호적 의미 변화와 더불어 그 기능이 단계적으로 혹은 복합적으로 변화된 것이 원동력이 되었다.

고싸움놀이가 지신밟기를 하지 않고 당산제를 지내지 않고서는 이루어질 수 없고, 마을축제의 일환으로 진행되기 때문에 그 원초적 속성이 공동체성, 축제성, 주술종교성 등이고, 기본적으로 고싸움놀이 정체성은 공동체성이다. 공동체성은 고싸움놀이 물리적 전승기반인 마을공동체를 통해 구현된다. 마을공동체에 근거한 고싸움놀이가 칠석동마을이 갖는 공동체적 가치가 토대가 되어 농경문화적이고 산업사회와 지식정보산업사회의 삶의 가치가 어우러져야 지속이 가능하다. 또한 고싸움놀이의 정체성은 칠석동마을이라는 지역성을 근거로 형성되기도 한다. 지역의 정체성이 오랜 기간에 걸쳐 형성되고 누적된 환경, 사회, 역사, 문화적 경험의 산물이고, 그것을 기반으로 고싸움놀이의 정체성이 형성되기도 한다. 그래서 고싸움놀이의 정체성은 놀이적 속성으로서 공동체성과 전승 기반으로서 지역성이 결합되어 형성된 것이라 할 수 있다. 이러한 정체성이 공동체의 결속을 강화시켜 주는 역할을 하며, 공동체 구성원들에게 강한 자부심과 소속감을 갖도록 해준다. 궁극적으로 고싸움놀이의 정체성 확보가, 곧 전승적 기반을 구축하는 길이다.

고싸움놀이의 전승적 기반을 구축하는 것은 고싸움놀이가 갖는 공동체성과 지역성을 확보하여 정체성을 확립하는 과정이다. 먼저 고싸움놀이 전승적 기반을 구축하기 위해 마을공동체를 활성화시키고, 고싸움놀이보존회의 전문성을 강화할 필요가 있다. 고싸움놀이보존회와 마을공동체 간의 상보적 관계를 유지해야 하고, 고싸움놀이보존회의 전문성을 강화해야 한다. 두 번째로 고싸움놀이 전승적 기반을 구축하기 위해 지역성도 강화시킬 필요가 있다. 그것은 역사적이고 생태적인 체험을 통해 이루어질 수 있고, 고싸움놀이의 물리적 전승기반인 칠석동사람들 삶의 문화를 재현하는 것을 말한다. 세 번째로 고싸움놀이의 전승적 기반을 구축하는 것은 고싸움놀이의 공공성을 강화하는 것과도 밀접한 관련이 있다. 공공성은 보편적이며 공유할 수 있는 것으로, 고싸움놀이의 공공성을 강화하는 것은 삶의 실천적인 행동을 강화하는 것이고, 교육적 활용을 통해 공유체계를 확대하는 것이다. 고싸움놀이 공공성의 강화야말로 전승의 원동력을 갖도록 하는 데 중요하게 작용하기 때문이다.

각 주

1 노양진, 『기호적 인간』, 서광사, 2021, 239쪽.

2 의사소통은 그 자체가 창조적인 참여의 과정이며, 서로 고립되어 있고 동떨어져 있는 사람을 공통적 관심사로 연결시키는 과정이다. 의사소통을 통해 의미 전달이 일어나며, 그 결과 듣는 사람뿐만 아니라 말하는 사람의 경험도 구체성을 띠면서 분명해진다. 인간이 교제하고 교류하는 것은 진정한 의사소통을 하며 함께 살아가기 위해서다. 인간다운 교제의 형식은 의사소통에 의해 형성된 의미와 공동의 선에 참여하는 것이다.(존 듀이/박철홍 옮김, 『경험으로서 예술2』, 나남, 2017, 107쪽)

3 노양진, 『철학적 사유의 갈래』, 서광사, 2018, 166~167쪽.

4 노양진, 『몸이 철학을 말하다』, 서광사, 2013, 89쪽

5 공동체는 생활 터전을 같이 하는 집단으로 개별적인 의식과 가치보다는 집단적 의식과 가치를 중요시 하는 삶의 협력체이다. 삶의 협력체 속에서 문화가 전승되고 학습되어 공유된다.(표인주, 「칠석마을 공동체의 지속과 변화」, 『호남문화연구』 제50집, 전남대학교 호남학연구원, 2011, 348쪽)

6 표인주, 「공동체의 지속과 변화에 대한 체험주의적 해석」, 『호남학』 제68집, 전남대학교 호남학연구원, 2020, 6~23쪽.

7 표인주, 『남도민속학』, 전남대학교출판부, 2014, 12~22쪽.

8 한양명, 「안동 동채싸움 관련 담론의 전승양상과 향촌사적 의미」, 『민속놀이와 민중의식』, 집문당, 1996, 237쪽.

9 공제욱, 「일제의 민속통제와 집단놀이의 쇠퇴」, 『사회와 역사』 제95집, 한국사회사학회, 2012, 123~124쪽.

10 표인주, 「호남지역 민속놀이의 기호적 변화와 지역성」, 『민속연구』 제35집, 안동대학교 민속학연구소, 2017, 367~369쪽.

11 지춘상, 「줄다리기와 고싸움놀이에 관한 연구」, 『민속놀이와 민중의식』, 집문당, 1996.

   표인주, 「무형문화재 고싸움놀이의 변이양상과 축제화 과정」, 『한국문화인류학』 33권 2호, 한국문화인류학회, 2000.

12 마크 존슨(Mark Johnson)과 조지 레이코프(George Lakoff)의 체험주의는 우리의 경험 구조를 해명하는 것으로, 경험은 신체적/물리적 층위의 경험과 정신적/추상적 층위의 경험의 중층적 구조로 이루어지고, 정신적/추상적 층위의 경험은 항상 신체적/물리적 층위의 경험에 근거하고 있으며, 그것을 토대로 은유적으로 확장되어 나타난다고 주장한다. 경험의 은유적 확장 과정은 다름 아닌 기호화 과정이며, 이러한 관점에서 우리 경험을 물리적(비기호적) 경험과 기호적 경험으로 구분할 수 있다. 신체적/물리적 경험에 근거하여 은유적으로 확장되어 나타난 것이 정신적/추상적 층위의 경험이라는 것은, 곧 기호적 경험은 물리적 경험에 근거하여 형성되기 때문에 그 경험에 많은 제약을 받는다는 것을 의미한다.(노양진, 『몸 언어 철학』, 서광사, 2009, 157~180쪽)

13 노양진, 『몸이 철학을 말하다』, 서광사, 2013, 27~71쪽.

14 고싸움놀이보존회, 『옻돌마을 사람들과 고싸움놀이』, 민속원, 2003, 18쪽.

15 지춘상, 『무형문화재조사보고서』 제9집, 문화재관리국, 1969.

16 표인주, 『남도민속과 축제』, 전남대학교출판부, 2005, 419쪽.

17 표인주, 『영산강민속학』, 민속원, 2013, 282쪽.

18 고싸움놀이보존회, 앞의 책, 26쪽.

19 표인주, 「칠석동마을 민속현상에 나타난 공동체적 질서와 기능의 변이양상」, 『공동체의 현실과 전망』, 선인출판사, 2001, 121쪽.

20 고싸움놀이의 물리적 기반이라고 할 수 있는 마을공동체에 관한 정보는 2021년 5월 11일에 조사한 고싸움놀이보존회 사무국장인 한경수 구술자료에 근거한 것임을 밝혀둔다.

21 2011년도에는 부녀회가 127명이고 노인회가 91명이며, 2021년에는 부녀회가 111명이고 노인회가 130명이다. 부녀회에 가입한 회원이 노인회에도 가입한 경우가 있어 다소 중복된 경우도 있지만 중요한 지표는 부녀회 회원은 줄고, 도리어 노인회 회원이 대폭 증가하고 있는 것을 보여주고 있다.

22 고싸움놀이보존회, 앞의 책, 58쪽.

23 표인주, 앞의 책, 299~300쪽.

24 2008년도 정관에 의하면, 본회의 회원은 정회원과 특별회원으로 구분되고, 정회원의 자격은 현재와 다를 바 없지만, 특별회원은 이사회에서 인정된 개인 또는 단체로 소정의 입회신청서를 제출하여 이사회의 승인을 얻어야 한다.

25 2021년도 보존회의 사업계획은 전통 문화공연 선진지 견학, 지도자 육성으로 체험활동 지원, 고싸움놀이 학술 심포지엄 개최, 2020년 10월에 고싸움놀이전수교육관 신관으로 이전하여 전수관 활성화 사업 추진, 문화예술단체 지원(교육청), 전수학교사업 추진 등이다.

26 표인주, 앞의 책, 306쪽.

27 노양진, 「기호의 전이」, 『철학연구』 제149집, 대한철학회, 2019, 124~125쪽.

28 민속 연구에서 민속 주체들이 처하고 있는 다양한 상황과 공동체 내·외부의 다성적인 관계 상황에 주목할 필요가 있다.(남근우, 「민속의 관광자원화와 민속학 연구」, 『한국민속학』 49, 한국민속학회, 2009, 240쪽.)

29 표인주, 「홍어음식의 기호적 전이와 문화적 중층성」, 『호남문화연구』 제61집, 전남대학교 호남학연구원, 2017, 6~7쪽.

30 표인주, 「동물민속의 기호경험과 기호적 의미 변화」, 『실천민속학연구』 제37호, 실천민속학회, 2021, 334쪽.

31 기호적 사상은 체험주의 은유 이론의 한 축인 은유적 사상 개념을 기호적 경험을 구성하는 핵심적 기제로 확장한 개념이다. 기호적 사상이란 물리적 층위든 추상적 층위든 우리 경험내용의 일부를 또 다른 물리적 대상이나 정신 공간에 사상하는 것을 말한다. 기호적 사상이 이루어지면 이 사상된 경험내용의 관점에서 표적영역이 된 물리적 대상이나 정신 공간을 새롭게 이해하고 경험하게 된다.(노양진, 『기호적 인간』, 서광사, 2021, 233쪽)

32 노양진, 『몸이 철학을 말하다』, 서광사, 2013, 90~91쪽.

33 밀양농악이 1960년대 이후 민족문화 담론을 바탕으로 무형유산의 중요성을 강조해 온 국가의 전통문화정책, 그리고 이에 대한 지역 문화예술인 및 연행자의 대응의 결과로 탄생한 것처럼,(한양명, 「밀양농악의 전승과 의의」, 『실천민속학연구』 제37호, 실천민속학회, 2021, 283쪽) 고싸움놀이도 경연과 공연 그리고 문화재지정을 염두에 두고 창출된 것이라 할 수 있다.

34 민속놀이를 연구할 수 있는 민속학적인 가치가 있고, 줄다리기 문화와 남방문화 유입을 연구하는

데 문화연구의 가치가 있으며, 향토문화재로서 가치가 있다는 점에서 중요무형문화재로 지정된 것이다.(지춘상,『무형문화재조사보고서』제9집, 문화재관리국, 1969)

35 본디 다양하고 평등한 지역의 민속들이 무형문화재 제도를 통과하면서 필연적으로 고정화, 평준화, 위계화, 물상화되는 운명을 맞이하고 있다.(정수진,「무형문화재 보호정책과 민속학」,『실천민속학연구』제37호, 실천민속학회, 2021, 195쪽)

36 표인주,『축제민속학』, 태학사, 2007, 24~75쪽

37 표인주,『남도민속과 축제』, 전남대학교출판부, 2005, 426쪽.

38 고싸움놀이보존회, 앞의 책, 183~246쪽.

39 표인주,『축제민속학』, 태학사, 2007, 223쪽.

40 표인주,『남도민속과 축제』, 전남대학교출판부, 2005, 415쪽.

41 표인주,『축제민속학』, 태학사, 2007, 397쪽.

42 표인주,『체험주의 민속학』, 박이정, 2019, 150쪽.

43 고싸움놀이보존회, 앞의 책, 13~246쪽.

44 문화가 우리가 공유하는 물리적 경험과 그것으로부터 다양하게 확장된 기호적 경험의 게슈탈트적 융합체이기 때문에 이러한 구조 안에서 문화들은 물리적 층위로 갈수록 현저한 공공성을 드러낼 것이고, 기호적 층위로 갈수록 다양한 변이를 보일 것이다.(노양진,『몸이 철학을 말하다』, 서광사, 2013, 164~167쪽)

제2장

광주전남 지역축제의 특징과 전망

1. 축제의 의미

　오늘날 개최되고 있는 축제의 상당수는 외형적으로 문화예술행사를 지향하지만, 기능적으로 지역경제 활성화, 관광자원화 등의 목적으로 개최되는 경우가 많다. 이러한 것은 지자체에서 개최하고 있는 축제에서 더욱 그러하다. 그렇다 보니 축제가 지나치게 지역주민 보다도 외부인 관광객 중심으로 진행되는 경우가 많고, 그로 인해 지역주민들이 적지 않게 소외되는 경우가 많았다. 축제를 통해 지역을 홍보하고 경제적 효과를 어느 정도 담보할 수 있었지만 지역의 주민의 일체감과 지역의 정체성을 확보하는 데는 다소 한계가 있는 것이 사실이었다. 이러한 문제점을 안고 있으면서도 축제는 나날이 늘어나고 있다. 그것은 지역의 경제적이고 문화적인 것을 포장할 수 있는 것이 축제가 가장 효과적이라는 데서 비롯된 것으로 보인다.

　1992년 지방자치 실시 이후 축제가 기하급수적으로 증가하고 있다. 2019년 문화체육관광부에 등록된 축제만 해도 884(광주 8, 전남 107)개이고, 이것은 2일 이상 지역주민, 지역단체, 지방정부가 개최하며, 불특정 다수인이 함께 참여하는 문화관광축제, 특산물축제, 문화예술제, 일반축제 등을 말한다.[1] 즉 884개의 축제는 국가에서 지원하는 축제를 비롯하여 지자체가 주최하는 축제, 지자체에서 경비 지원 또는 후원하는 축제, 민간에서 추진위를 구성하여 개최하는 축제, 문화체육관광부 지정 문화관광축제를 포함하고 있다. 그렇지만 경연대회, 가요제, 미술제, 연극제, 기념식, 시상식 등 특정계층만 참여하는 행사는 제외되어 있고, 경로잔치 등 단순 주민위안 행사, 음악회와 전시회를 비롯한 순수 예술행사, 다소 축제로서의 성격이 미흡한 행사도 제외되어 있기 때문에 축제적인 성격을 지닌 축제는 실질적으로 2019년도에는 1000여개 이상이 개최되었을 것으로 추정할 수 있다.

축제는 비단 한국에서만 증가하고 있는 것은 아니다. 일반적으로 선진국에서 축제를 다양하게 개최하고 있는 것은 세계적인 추세이다. 그것은 경제성장을 바탕으로 한 물질적인 삶도 중요하지만 정신문화적인 삶, 즉 삶의 질을 추구하는 방향으로 전환되는 데서 비롯되는 것이라 할 수 있다. 즉 다양한 지역과 집단을 통해 삶의 영역을 확대하고자 함이고, 그것은 단순히 경제적인 교류뿐만 아니라 문화적인 교류를 통해 실현되는데, 그것이 바로 축제인 것이다.

축제는 지역주민들의 정체성을 확인하는 곳이고, 다양한 사람들과 교류하는 다문화적 공간이다. 그렇기 때문에 축제가 단순히 지역의 행사로서만 그치는 것이 아니라 다양한 사람들과 교류하고 다양한 지역으로 확장되는 매개물로서 종합문화예술행사이자 새로운 경제적 창출의 행사라는 점을 인식할 필요가 있다. 축제가 지역의 자연적, 사회적, 역사적, 문화적 환경이라는 물리적 기반을 근거로 형성되기 마련이다. 축제는 지역 주민들의 삶을 읽을 수 있는 문화적 지표이고, 지역과 외부지역 쌍방간의 의사소통적 통로라고 할 수 있다.

2. 축제의 개념과 본질

축제에 관한 개념[2]은 다양한 시각에서 이루어져 왔고 그 개념 또한 다양하다. 서구에서는 축제를 제의와 같은 종교적인 행사이거나, 놀이와 같은 유희적 행사라고 이해하는 경우가 많은데, 축제란 일상과는 다른 특정한 시간과 장소에서 행해지는 것이며, 종교적이며 의례적이고, 유희적인 행위가 펼쳐지는 것이라 한 것이다. 그런가 하면 한국에서는 종교적인 제의와 의례적인 행사를 축제로 규정하고, 즉 비일상적인 시간과 공간을 선택하여 신을 맞이하고 잘 대접하여 인간의 소망을 기원하는 행사나, 인간과 인간의 긴밀한 유대 관계를 조성하는 연중행사를 축제라고 했다.

지금까지 지속되어 온 축제의 개념을 토대로 오늘날 개최되고 있는 축제의 실상을 고려하면 축제의 개념을 넓은 의미에서 이해할 필요가 있다. 그것은 축제를 신과 인간의 화해 형식인 제의적 행사이거나, 인간과 인간의 화해 형식인 유희적 행사, 특별히 경축하고자 하는 의례적인 행사, 축제적인 형식과 본질을 지니고 있는 경제적인 행사로 규정하여 이해하자는 것이다. 정리하자면 축제는 제의적 행사요, 유희적 행사이며, 의례적인 행사이고, 경제적인 행사라고 정의할 수 있다.

축제의 명칭[3] 또한 다양하게 사용되고 있다. 한국에서는 축전, 제전, 제·제사·제향·대제, 대회, 잔치, 한마당, 박람회, 전람회, 비엔날레 등으로 사용하고 있는데, 축전은 정치적이거나 사회적인 사건을 축하하는 의식이나 식전을 의미하고, 제전은 성대한 예술·문화·체육 등과 같은 사회적 행사를, 제·제사·제향·대제는 신 혹은 조상을 비롯한 망자의 넋에게 음식을 차려 놓고 지내는 의식을 의미한다. 대회는 실력이나 기술 등을 겨루기 위한 모임이거나 많은 사람들이 모이는 성대한 회합을 의미하고, 잔치는 경사가 있을 때 음식을 차려 놓고 여러 사람을 초청하여 즐기는 일을, 한마당은 큰 마당을, 박람회는 특산품 및 생산물품 등을 여러 사람들에게 보이는 모임을, 전람회는 여러 가지 물품 혹은 작품을 진열해 놓고 보이는 모임을, 비엔날레는 2년마다 열리는 행사를 의미한다.

그런가 하면 서구에서는 카니발(Carnival), 셀러브레이션(Celebration), 컬트(Cult), 피스트(Feast), 페스티벌(Festival) 등으로 사용하고 있다. 카니발은 기독교의 사순절에 앞서 펼쳐지는 사육제 내지 고대 디오니소스 제전에 기원을 둔 광란의 축제로 알려져 있고, 셀러브레이션은 축하, 축전, 의식, 성찬식, 찬양을 의미하고, 컬트는 예배식, 의식, 제례를 의미하며, 피스트는 향연, 연회를 의미한다. 페스티벌은 축제, 축전, 제전의 의미를 지니고 있어서 라이트(Rite), 리츄얼(Ritual), 세리머니(Ceremony) 등의 용어로도 쓰인다.

이처럼 한국이나 서구에서 축제의 명칭이 다양하게 사용하고 있으나 전통적으로 축하 행사와 제의적 행사라는 의미를 토대로 사용화고 있음을 알 수 있다. 따라서 축제의 명칭은 축제의 기본적인 틀과 내용을 규정짓기 때문에 축제의 본질적인 의미와 부합되도록 적합하게 사용될 필요가 있다. 그것은 축제의 정체성을 확립하고, 축제의 변별성을 확대하는데도 크게 기여할 수 있기 때문이다.

축제의 본질[4]이라 함은 축제를 이루고 있는 가장 중요한 근본적인 성질이나 요소를 뜻한다. 시간이 흐르고 환경이 변하더라고 지속적이며 관통할 수 있는 성질이나 요소가 곧 축제의 본질인 것이다. 축제의 본질로 오신성(娛神性), 의례성(儀禮性), 오인성(娛人性), 생산성(生産性), 전도성(顚倒性), 통합성(統合性) 등을 들 수 있다.

오신성은 신을 즐겁게 하여 신으로부터 감응을 받아 삶의 풍요를 기원하기 위한 것으로서 신과 인간, 신과 나의 화해 형식인 제의적 행사에서 강하게 나타나고, 의례성은 인간이 기념할만한 것들을 의례화하고 그것을 축하하여 경축하는 행사뿐만 아니라 공동체적인 가치를 구현하기 위한 세시풍속과 같은 세시의례라든가, 한 개인의 삶의 과정을 의미화 시키기 위한 일생의례에서도 강하게 나타난다. 오인성은 인간과 인간의 화해 형식인 놀이에서 강하게 나타나며, 생산성은 경제적인 목적을 구현하기 위한 축제에서 강하게 나타난다. 축제에서 전도성과 통합성은 가장 기본적인 본질이라고 할 수 있는데, 전도성은 축제의 가장 기본적인 성격으로서 축제를 통해 공동체적 질서의 회복을 추구하고, 일상적인 삶 속에서 만족스럽지 못할 때 축제를 통해 역설적으로 삶의 의미를 찾고자 하는 것을 말한다. 통합성은 나라는 개체와 공동체, 그리고 초월자 사이에 대립과 갈등이 해소되고 화해하여 하나 되는 것을 말하는 것으로 인간과 신, 인간과 인간의 커뮤니케이션을 도모하기에 화합을 이끌어내는 통합의 장치가 바로 축제이다.

이와 같은 본질을 오늘날 개최되고 있는 모든 축제가 가지고 있는 것은 아니다. 전통축제에서는 흔히 볼 수 있는 요소이지만 현대의 축제에서는 다소 미흡하게 나타나기도 한다. 이처럼 다소간의 차이는 있겠지만 본질적인 요소를 최소한 어느 정도 갖추고 있어야 축제라고 할 수 있다.

3. 광주전남 축제의 유형분류

지금까지 축제의 분류[5]는 개최 지역을 기준으로 하여 분류하거나, 축제의 성격을 토대로 분류하는 경우가 많았고, 분류 기준이 너무 포괄적이라는 점과 축제 분류 대상을 지나치게 시군구에서 거행되는 축제만을 대상으로 삼고 있다는 점에서 문제로 지적되어 왔다. 축제가 종합예술로서 연행되기 위해서는 최소한 3가지 구성요소를 갖추고 있어야 한다. 그것은 축제를 개최하는 시기(시간성), 축제를 개최하는 장소(공간성), 축제의 내용(컨텐츠)인데, 이세 가지 기준을 설정하여 분류하고 유형화시켜 축제의 특징을 검토하는 것이 바람직하다.

먼저 축제를 개최하는 시기, 즉 시간성을 기준으로 분류할 수 있다. 세시축제와 비세시축제, 전통축제와 현대축제, 계절축제 등으로 분류된다. 세시축제는 특정한 날에 반복적으로 거행되는 축제를 말하는 것으로 세시명절 등의 축제와 마을축제, 지역축제 등을 들 수 있다. 거의 주기적으로 거행되는 모든 축제가 세시축제라 할 수 있다. 그런가 하면 비세시축제는 혼례잔치, 상장례, 제사의례 등 일생의례와 관계된 축제를 들 수 있다. 현대축제는 산업사회를 기반으로 하고 있다면, 전근대성을 바탕으로 한 전통축제는 농업사회를 기반으로 하고 있는데, 전통축제는 민속예술이 중심이라면 현대축제는 대중예술 및 현대예술을 비롯한 경제적인 효과를 꾀할 수 있는 내용이 중심이 되고 있다. 계절축제는 계절성과 시간성을 기준으로 나누데, 음력을 기준으로 봄, 여름, 가을, 겨울로 나눌 수 있고, 월별로 나눌 수 있다.

두 번째 축제의 개최 장소인 공간성을 기준으로 분류할 수 있다. 가정축제는 가족이 주관하고 가정에서 행해지는 축제이고, 마을축제는 마을공동체가 주관하고 마을을 기반으로 하는 축제이며, 지역축제는 지역의 축제추진위회가 주관하고 면이나 시군구를 기반으로 하는 축제이다. 오늘날 흔히 축제하면 지역축제를 연상하고 있는데, 각 시군구에서 많게는 2~3개의 축제를 개최하기도 하지만, 대체적으로 그 지역을 대표할 수 있는 하나의 축제를 개최하는 경우가 일반적이다. 마을축제가 때로는 지역축제로 발전하기도 한다. 국가축제는 국가가 주관하고 국가 단위로 거행되는 축제이고, 국가가 주관하는 3·1절, 8·15광복절이나 제헌절, 개천절 등의 경축일 행사라든가, 스포츠 행사인 전국체전, 전국민속예술경연대회 등이 해당한다. 아시아축제는 아시아의 규모로 구성된 위원회가 주관하고 아시아에서 거행되는 축제이고, 세계축제는 국제적인 규모로 구성된 위원회가 주관하고 지구촌 단위로 거행되는 축제이다. 세계축제로 부산 국제영화제나 광주 비엔날레, 세계올림픽, 월드컵축구 등이 있다.

세 번째로 축제의 내용인 컨텐츠를 기준으로 분류할 수 있다. 민속문화축제는 세시명절이나 마을신앙과 집단적인 민속놀이 등 민속문화를 내용으로 하는 축제이고, 역사인물축제는 역사적인 사건과 인물의 행적을 내용으로 하는 축제이며, 생태환경축제는 생태환경을 소재로 한 축제로서 꽃, 단풍, 나비 등 주변경관과 지형적 특징을 활용하여 축제의 소재로 활용하고 있다. 향토음식축제는 향토음식을 축제의 핵심으로 삼고 있는 축제로서 음식의 상품화에 주안점을 두고 있으며, 음식 재료의 생산시기와 연계하여 지역음식을 브랜드화 하기 위한 축제로 발전하고 있다. 특산물축제는 지역의 특산품을 축제의 핵심으로 삼고 있는 축제로서 지역경제의 활성화를 도모코자 개최되는 경우가 많다. 현대예술축제는 현대예술을 축제의 핵심으로 삼고 있는 축제로서 예술작품의 생산자와 소비자들이 하나 되고 서로 소통하는 축제이다. 스포츠축제는 운동경기를 소재로 한 축제로서 학교 및 시군구의 체육대회를 비롯해 전국체전, 아시아올림픽, 세계올림픽, 월드컵축구 등이 있다.

이와 같이 세 가지 기준을 토대로 광주전남의 축제를 분류할 필요가 있고, 축제의 현황을 소개하면 다음 표와 같다.

2019년 광주전남 축제 현황

번호	지역	명칭	개최시기	축제의 소재 및 핵심내용
1	광주	광주국제영화제	09.02~09.11	영화 상영
2	광주	광주세계김치문화축제	10.19~10.24	김치 담그기 및 전시
3	광주	광주비엔날레	09.00~11.00	회화 등

4	광주	광주디자인비엔날레	07.02~11.03	디자인
5	광주	임방울국악제	09.	국악
6	광주-서구	서창만드리풍년제	07.31	김매기노래/두레농악
7	광주-동구	추억의 충장축제	10.02~10.06	공연/70·80년대 풍물 전시
8	광주-남구	광주칠석 고싸움놀이축제	03.30~03.31	고싸움놀이
9	광주-남구	굿모닝!양림축제	10.19~10.21	전시 및 공연, 인문학 강의
10	전남	남도음식문화큰잔치	10.11~10.13	향토음식 및 전통음식
11	전남-나주	영산포홍어축제	04.12~04.14	홍어음식 관련 행사 등
12	전남-나주	천년나주목읍성축제	05.03~05.05	금성관, 향교, 읍성, 수문장교대식 등
13	전남-나주	나주마한문화축제	10.11~10.13	마한행렬 등
14	전남-목포	목포유달산봄축제	04.06~04.10	유달산 꽃길, 근대역사거리 등
15	전남-목포	목포항구축제	10.03~10.06	파시장터, 만선항구 재현, 선상 어물전 등
16	전남-목포	목포세계마당페스티벌	08.31~09.02	목원동 벽화마을, 공연, 전시 등
17	전남-여수	영취산진달래축제	04.08~04.10	산신제, 진달래꽃
18	전남-여수	여수거북선축제	05.03~05.05	임진왜란 유적지, 고유제, 통제영길놀이, 이순신장군 등
19	전남-여수	여수향일암축제	12.31~01.01	일출, 신년축하 등
20	전남-여수	거문도백도은빛바다축제	08.02~08.04	뱃노래, 바다체험 등
21	전남-여수	여수여자만갯벌노을축제	09.28~09.29	갯벌, 노을 등
22	전남-여수	여수밤바다불꽃축제	09.07	밤바다와 불꽃 등
23	전남-여수	여수동동북축제	11.10~11.11	북퍼레이드 등
24	전남-여수	여수청년거리문화축제	05.04	청년거리문화한마당 등
25	전남-순천	순천푸드/아트 페스티벌	09.27~09.29	순천 대표 음식, 맛집 등
26	전남-순천	봄꽃향연	04.28~05.19	순천만국가정원의 꽃
27	전남-순천	물빛축제	07.19~08.25	자연 등
28	전남-순천	순천문화재달빛야행	08.02~08.04	순천문화재 등
29	전남-순천	순천만정원별빛축제	12.21~02.06	순천만국가정원의 불빛
30	전남-순천	순천만국제교향악축제	08.29~09.01	현대음악 등
31	전남-순천	순천만세계동물영화제	08.09~08.13	동물영화 등
32	전남-순천	순천명품월등복숭아체험행사	08.03~08.04	농산물 등
33	전남-순천	정원갈대축제	09.20~10.27	정원 및 자연 등
34	전남-순천	낙안민속문화축제	10. 3일간	낙안읍성, 민속놀이 등
35	전남-순천	팔마시민예술제	10.13~10.14	음악 및 미술 등
36	전남-순천	순천만갈대축제	11.01~11.03	갈대 등 자연
37	전남-강진	군동금곡사 벚꽃길나들이	03.30~03.31	벚꽃 등
38	전남-강진	영랑문학제	04.26~04.27	영랑생가, 영랑백일장 등
39	전남-강진	전라병영성축제	04.19~04.21	병영의 군 문화 공연, 감옥체험 등
40	전남-강진	마량미항 찰전어축제	09.20~09.22	전어 잡기, 사진전 등 체험행사

41	전남-강진	강진만 춤추는 갈대축제	10.26~11.03	갈대, 코스모스, 생태자원 등
42	전남-강진	강진청자축제	10.03~10.09	청자전시 및 도예 체험 등
43	전남-고흥	과역참살이매화축제	03.09~03.10	매화 등
44	전남-고흥	고흥녹동바다불꽃축제	05. 4일간	불꽃쇼, 장어잡기 및 민속 체험 등
45	전남-고흥	고흥우주항공축제	05.03~05.05	우주센터 견학 및 체험 등
46	전남-고흥	거금도의 아름다운 밤 행사	10. 2일간	야경 등
47	전남-고흥	유자·석류축제	10.31~11.04	유자석류 마시기 및 찾기 등
48	전남-곡성	곡성세계장미축제	05.17~05.26	장미 등
49	전남-곡성	석곡코스모스음악회	09. 3일간	코스모스, 음악회 등
50	전남-곡성	곡성심청축제	10.03~10.06	심청설화와 효의 계승발전 등
51	전남-광양	광양꽃축제	03.29~03.31	꽃 등
52	전남-광양	백운산국사봉철쭉축제	04.19~04.21	철쭉꽃 등
53	전남-광양	광양매화축제	03.08~03.17	매화꽃 등
54	전남-광양	광양전어축제	09. 3일간	전어잡기 체험 등
55	전남-광양	광양전통숯불고기축제	10. 4일간	숯불붙이기, 불고기 체험 등
56	전남-구례	구례섬진강벚꽃축제	03.30~03.31	벚꽃 등
57	전남-구례	지리산남악제 및 군민의날	04.18~04.20	남악제, 남악백일장, 체육대회 등
58	전남-구례	구례산수유축제	03.16~03.24	산수유음식 체험 등
59	전남-구례	화엄음악제	09. 3일간	불교음악 등
60	전남-구례	구례동편제소리축제	10. 3일간	국악인추모제, 판소리 경연대회 등
61	전남-구례	지리산피아골 단풍축제	11. 2일간	단풍 등
62	전남-담양	담양대나무축제	05.01~05.06	대나무특산물 및 전통문화 계승 등
63	전남-담양	고서포도축제	08. 2일간	포도 특산물 등
64	전남-담양	담양산타축제	12. 30일간	크리스마스트리 등
65	전남-무안	무안황토갯벌축제	06.14~06.16	황토갯벌 체험 등
66	전남-무안	무안연꽃축제	07.25~07.28	연꽃등 달기 및 연꽃 체험 등
67	전남-보성	서편제보성소리축제	05.03~05.05	판소리공연, 국악체험 등
68	전남-보성	보성다향대축제	05.02~05.06	차음식경연대회 및 체험 등
69	전남-보성	보성전어축제	08. 3일간	전어 잡기체험 및 음식체험 등
70	전남-보성	벌교꼬막축제	10. 3일간	갯벌체험, 꼬막음식 체험 등
71	전남-보성	보성차밭빛축제	12. 30일간	차밭의 불빛과 야경의 체험 등
72	전남-신안	신안튤립축제	04.12~04.21	튤립과 봄꽃 등
73	전남-신안	신안 세계 섬·바다축제	07.20~08.18	갯벌체험 및 스포츠행사 등
74	전남-영광	곡우사리 영광굴비축제	04.19~04.21	굴비음식 체험 등
75	전남-영광	영광찰보리문화축제	05.03~05.04	청보리, 유채꽃, 돌탑 등
76	전남-영광	영광법성포단오제	06.07~06.10	국악경연대회, 민속놀이 등
77	전남-영광	불갑산상사화축제	09.18~09.24	상사화 꽃길걷기 등
78	전남-영광	영광백수해안도로 노을축제	10. 2일간	노을걷기 등

79	전남-영광	영광천일염젓갈갯벌축제	10. 3일간	조개잡기 및 갯벌체험 등
80	전남-영암	영암왕인문화축제	04.04~04.07	왕인박사춘향제, 민속놀이 등
81	전남-영암	영암무화과축제	09. 2일간	무화과 시식 등
82	전남-영암	마한축제	10. 2일간	남해당신제, 마한문화 체험 등
83	전남-영암	월출산국화축제	10. 17일간	국화 전시 및 국화차 시음 등
84	전남-완도	청산도슬로걷기축제	04.06~05.06	슬로걷기, 유채꽃 등
85	전남-완도	장보고수산물축제	05.03~05.06	장보고대사고유제, 해조류체험 등
86	전남-완도	청정완도 가을빛여행	10.18~10.20	문화예술체험 등
87	전남-장성	빈센트의 봄	04.13~04.14	음악회 등
88	전남-장성	장성홍길동축제	05.24~05.26	청소년어울림, 홍길동복식 체험 등
89	전남-장성	축령산편백산소축제	09. 2일간	숲속맨발걷기 및 편백체험 등
90	전남-장성	장성 황룡강 노란꽃잔치	10. 15일간	가을꽃 및 국악경연대회 등
91	전남-장성	백양단풍축제	11. 3일간	단풍 및 음악회 등
92	전남-장흥	정남진장흥키조개축제	05.03~05.06	철쭉제, 키조개 캐기 체험 등
93	전남-장흥	정남진장흥물축제	07.26~08.01	물을 소재로 한 다양한 행사 등
94	전남-장흥	장평귀족호두축제	09.12~09.14	명품호두 전시 및 체험 등
95	전남-장흥	회령포 문화축제	09. 3일간	이순신해상퍼레이드, 수군 체험 등
96	전남-장흥	장흥표고버섯축제	10. 3일간	표고버섯, 한우고기 체험 등
97	전남-진도	진도신비의바닷길축제	03.21~03.24	바닷길, 민속예술 공연 등
98	전남-진도	대한민국 진도개 페스티발	05.04~05.05	진돗개, 방위견 및 애완견 체험 등
99	전남-진도	진도수산물축제	10. 2일간	수산물 등
100	전남-진도	진도문화예술제	10. 2일간	민요경창대회, 진도소리 체험 등
101	전남-함평	대한민국 난명품대전	03.23~03.24	춘란 전시 및 재배기술 체험 등
102	전남-함평	함평나비대축제	04.26~05.06	나비생태관 견학 및 나비날리기 등
103	전남-함평	꽃무릇큰잔치	09. 2일간	꽃무릇군락 단지 등
104	전남-함평	생비빔밥어울림한마당축제	10. 2일간	한우고기 음식 체험 등
105	전남-함평	대한민국 국향대전	10. 17일간	국화 전시 및 전통민속 체험 등
106	전남-해남	땅끝매화축제	03.16~03.17	매화 등
107	전남-해남	흑석산철쭉제	04.19~04.20	철쭉꽃 등
108	전남-해남	명량대첩축제	09.27~09.29	명량대첩 해상퍼레이드 등
109	전남-해남	팜아트페스티벌	11. 3일간	예술 등
110	전남-해남	땅끝해넘이해맞이축제	12.31~01.01	일몰 등
111	전남-화순	화순고인돌문화축제	04.20~04.21	고인돌이야기 재현 및 고인돌 체험
112	전남-화순	화순동구리호수공원봄축제	04.20~04.21	벚꽃과 철쭉, 만연제의 음악회 등
113	전남-화순	화순운주문화축제	05.11~05.12	백일장 및 선사음악회 등
114	전남-화순	백아산 철쭉제	05.03~05.04	한국전쟁희생자위령제, 철쭉꽃 등
115	전남-화순	적벽문화제	10. 2일간	적벽 관람 및 백일장 등
116	전남-화순	화순국화향연	10. 17일간	국화 전시 및 꽃길 걷기 등

위의 표에서 확인한 바와 같이 광주전남에서는 116개의 축제가 매년 개최되고 있는데, 이는 2004년에 개최한 46개의 축제 현황과 비교하면 252% 증가한 것임을 확인할 수 있다. 광주가 9개, 전남이 107개의 축제이다. 이러한 것은 축제가 종합문화예술행사이기 때문에 지역사회의 공동체적 유대를 강화하고, 과거와 현재 그리고 미래의 연상선상에서 지역의 정체성을 토대로 외연을 확대하는데 선도적 역할을 하고 있기 때문이며, 나아가서는 경제적인 가치를 구현하는데 중요한 역할을 하고 있다고 생각하는데서 비롯된 것으로 보인다. 이젠 축제가 더 이상 소비성의 행사가 아니라 생산성을 견인하는데 중요한 역할을 하고, 지역의 교류를 활성화시켜주는 문화예술적 소통공간이면서 다문화사회의 중요한 관광적 자원인 것이다. 앞으로도 더욱 축제는 활성화될 것으로 예상한다. 그것은 곧 문화선진국으로 가는 통로이기 때문이다.

개최 시기별로 축제를 보면, 3월 10개, 4월 17개, 5월 16개, 6월 2개, 7월 6개, 8월 8개, 9월 18개, 10월 29개, 11월 5개, 12월 5개이다. 즉 3월 8.6%, 4월 14.6%, 5월 13.7%, 6월 1.7%, 7월 5.1%, 8월 6.8%, 9월 15.5%, 10월 25%, 11월 4.3%, 12월 4.3%의 비중을 차지한다.[6] 축제가 봄인 4~5월에 28.3%, 가을인 9~10월에 41%, 모두 69.3%의 비중을 차지하고 있는 것으로 보면, 광주전남의 축제가 봄과 가을에 집중되어 있음을 확인할 수 있다. 그리고 11~3월에 17.2%, 6~8월에 13.6%의 비중을 차지하고 있는 것은 광주전남의 기후조건과 밀접한 관련이 있고, 그것은 생업환경이 적지 않은 영향을 미친 결과로 판단된다. 즉 덥고 추운 계절이기 때문에 상대적으로 봄가을에 비해 축제 개최의 어려움이 있는 것이고, 겨울보다도 6~8월에 축제가 가장 적게 개최되는 것은 농어촌 지역의 농번기와도 무관하지 않기 때문이다.

116개의 축제를 지역별로 보면, 광주 9개, 나주 3개, 목포 3개, 여수 8개, 순천 12개, 강진 6개, 고흥 5개, 곡성 3개, 광양 5개, 구례 6개, 담양 3개, 무안 2개, 보성 5개, 신안 2개, 영광 6개, 영암 4개, 완도 3개, 장성 5개, 장흥 5개, 진도 4개, 함평 5개, 해남 5개, 화순 6개로, 지역별로 적게는 2개에서부터 많게는 12개의 축제를 개최하고 있는 것을 확인할 수 있다. 특히 광주와 영산강을 기준으로 서부 내륙지역(나주, 목포, 담양, 무안, 영광, 영암, 장성, 함평, 화순의 9개 지자체)의 축제가 37개, 섬진강 중심의 동부 내륙지역(여수, 순천, 고흥, 곡성, 광양, 구례, 보성의 7개 지자체)의 축제가 44개, 서남해안 지역(강진, 신안, 완도, 장흥, 진도, 해남의 6개 지자체)의 축제는 35개이다. 이러한 것을 보면 광주전남의 서부지역보다도 동부지역이 많은 축제를 개최하고 있는 것을 알 수 있다. 특히 전남 동부지역의 중심이라고 할 수 있는 광양, 순천, 여수의 축제가 25개로 광주전남 축제의 21.5%의 비중을 차지하고 있고, 12개의 축제를 개최하고 있는 순천이야말로[7] 축제의 도시요, 관광의 도시로 발전해 가고 있는 것을 알 수 있다.

광주전남의 축제를 체계적으로 분류하기란 많은 어려움이 있다. 이것은 축제가 기본적으로 종합문화예술행사라는 점에서 더욱 그렇다. 특히 축제의 내용이 주요행사와 부대행사로 구분되어 있지만 변별된 행사가 많지 않기 때문이다. 그렇지만 축제의 기획 의도나 축제의 명칭, 축제의 주요행사, 축제의 구조 등을 고려하여 축제를 분류하는 것이 그나마 축제의 지역성이나 특징을 파악하는데 도움이 될 것으로 기대한다. 따라서 축제의 컨텐츠를 기준으로 민속문화축제, 역사인물축제, 생태환경축제, 향토음식축제, 특산물축제, 현대예술축제, 기타 등으로 분류하는 것도 하나의 방법이라 생각한다.

먼저 민속문화축제는 세시명절이나 마을신앙과 집단적인 민속놀이 등 민속문화를 내용으로 하고 있고, 12개의 축제이며 10.3%의 비중을 차지하고 있다. 가장 대표적인 예로 서창만드리풍년제, 광주칠석고싸움놀이축제, 영광법성포단오제, 낙안민속문화축제, 여수동동북축제, 지리산남악제 및 군민의날, 진도문화예술제 등을 들 수 있다. 그리고 민속음악인 판소리를 소재로 한 축제로 임방울국악제, 구례동편제소리축제, 서편제보성소리축제가 있으며, 진도신비의바닷길축제는 영등제를 소재로, 추억의 충장축제는 70~80년대 생활사를 소재로 하고 있다.

두 번째 역사인물축제는 역사적인 사건과 인물의 행적을 내용으로 하고 있고, 13개의 축제이며 11.2%의 비중을 차지하고 있다. 역사적인 내용으로 하고 있는 축제는 천년나주목읍성축제, 나주마한문화축제, 화순고인돌문화축제, 영암왕인문화축제, 마한축제, 전라병영성축제 등을 들 수 있고, 화순운주문화축제는 사찰을, 순천문화재달빛야행은 문화재를 소재로 한 축제이다. 그리고 임진왜란과 관계된 축제는 여수거북선축제, 회령포 문화축제, 명량대첩축제이며, 곡성심청축제와 장성홍길동축제는 서사인물을 소재로 축제화한 것이다.

세 번째 생태환경축제는 생태환경을 소재로 한 축제로서 꽃, 단풍, 나비 등 주변경관과 지형적 특징을 활용하여 축제의 소재로 활용하고 있고, 40개의 축제이며 34.4%의 비중을 차지하고 있다. 꽃을 소재로 한 축제는 22개의 축제이며, 생태환경축제의 55%의 비중을 차지한다. 목포유달산봄축제, 영취산진달래축제, 봄꽃향연, 군동금곡사벚꽃길나들이, 과역참살이매화축제, 곡성세계장미축제, 석곡코스모스음악회, 광양꽃축제, 백운산국사봉철쭉축제, 광양매화축제, 구례섬진강벚꽃축제, 무안연꽃축제, 신안튤립축제, 불갑산상사화축제, 월출산국화축제, 장성 황룡강 노란꽃잔치, 꽃무릇큰잔치, 대한민국 국향대전, 땅끝매화축제, 흑석산철쭉제, 백아산 철쭉제, 화순국화향연 등으로 봄꽃과 가을꽃이 대부분이다. 그리고 단풍을 소재로 한 축제는 지리산피아골 단풍축제, 백양단풍축제이며, 갈대와 관련된 축제는 정원갈대축제, 순천만갈대축제, 강진만 춤추는 갈대축제이고, 바다 및 갯벌과 관련된 축제는 거문도백도은빛바다축제, 여수여자만갯벌노을축제, 물빛축제, 무안황토갯벌축제, 영광천일염젓갈갯벌축제, 정남진장흥물축제, 신안 세계 섬·바다축제, 영광백수해안도로 노을축제이다. 나비를 비롯한 나무 기타 식물을 소재로 한 축제는 보성차밭빛축제, 영광찰보리문화축제, 청산도슬로 걷기축제, 축령산편백산소축제, 함평나비대축제가 있다.

네 번째 향토음식축제는 향토음식을 축제의 핵심으로 삼고 있는 축제로서 음식의 상품화에 주안점을 두고 있으며, 8개 축제로 6.8%의 비중을 차지하고 있다. 향토음식축제는 음식 재료의 생산시기와 연계하여 지역음식을 브랜드화 하기 위한 축제로 발전하고 있다. 대표적인 예로 광주세계김치문화축제, 남도음식문화큰잔치, 영산포홍어축제, 순천푸드/아트 페스티벌, 광양 전통숯불구이축제, 구례산수유축제, 보성다향대축제, 생(生)비빔밥어울림한마당축제를 들 수 있다.

다섯 번째는 특산물축제는 지역의 특산품을 축제의 핵심으로 삼고 있고, 20개 축제로 17.2%의 비중을 차지하고 있으며, 지역경제의 활성화를 도모코자 개최되는 경우가 많다. 주로 식재료로서 농산물과 수산물과 관련된 경우가 가장 많으며, 그러한 예로 목포항구축제, 순천명품 월등복숭아 체험행사, 마량미항 찰전어축제, 고흥녹동바다불꽃축제, 유자·석류축제, 광양전어축제, 고서포도축제, 보성전어축제, 벌교꼬막축제, 곡우사리 영광굴비축제, 영암무화과축제, 장보고수산물축제, 정남진장흥키조개축제, 장평귀족호두축제, 장흥표고버섯축제, 진도수산물축제를 들 수 있다. 그리고 지역의 특성을 반영하거나 취미 및 공예품과 관계된 축제로 대한민국 난명품대전, 대한민국 진도개 페스티발, 강진청자축제, 담양대나무축제가 있다.

여섯 번째는 현대예술축제는 영화, 그림, 디자인, 음악, 문학 등의 현대예술을 축제의 핵심으로 삼고 있고, 15개의 축제이며 12.9%의 비중을 차지하고 있다. 특히 현대예술축제는 예술작품의 생산자와 소비자들이 하나 되고 서로 소통하는 축제로서 광주국제영화제, 광주비엔날레, 광주디자인비엔날레, 목포세계마당페스티벌, 여수청년거리문화축제, 순천만국제교향악축제, 순천만세계동물영화제, 팔마시민예술제, 영랑문학제, 화엄음악제, 청정완도 가을빛여행, 빈센트의 봄, 팜아트페스티벌, 화순동구리호수공원봄축제, 적벽문화제 등을 들 수 있다.

일곱 번째로 기타 축제로 인문학 강의나 해돋이나 해넘이, 야경, 미래 산업 등을 소재로 하고 있는 경우도 있다. 그러한 예로 굿모닝!양림축제, 여수향일암축제, 여수밤바다불꽃축제, 순천만정원별빛축제, 고흥우주항공축제, 거금도의 아름다운 밤 행사, 담양산타축제, 땅끝해넘이해맞이축제를 들 수 있다.

4. 광주전남 축제의 구조와 특징

축제의 구조는 축제의 준비단계에서부터 본격행사, 그리고 마무리단계로 전개되는 짜임새이자 축제적 틀이다. 이 틀은 각각 독립적으로 존재하지만 3단계의 틀과 유기적 관계를 맺고 있다. 그렇기 때문에 축제의 구조는 축제의 정체성을 담아내는 그릇이자 변별력을 갖게 하는데 중요한 역할을 한다. 축제의 구조를 파악하는 것은 궁극적으로 축제를 구체적으로 이해하는 과정인 것이다. 이와 같은 축제의 구조를 갖추고 있는 경우가 일반적이지만 그렇지 않은 경우도 많다. 축제의 구조를 갖추지 못하고 있는 경우는 축제를 지역의 종합문화예술행사로 인식하지 않고 이벤트성 행사에 그치는 축제가 대부분이다. 특히 이러한 경우는 축제의 명칭이나 내용이 매년 달라지는 경우가 많다. 축제가 지속적으로 지역의 문화예술행사로 자리매김 하기 위해서는 무엇보다도 축제의 구조를 잘 갖추어야 한다.

광주전남 축제[8]는 축제 준비단계(세속적 시공간), 본격행사(커뮤니타스적 시공간), 마무리단계(세속적 시공간)로 진행되는 구조를 가지고 있다. 축제의 정체성은 본격행사에서 잘 반영되어 나타나며, 축제의 변별력을 갖게 한다. 이러한 본격행사는 해결시도, 문제해결, 통합마당으로 전개되는 구조를 가지고 있기 때문에 축제의 핵심내용이라고 할 수 있다. 따라서 광주전남 축제의 구조적 특징을 파악하기 위해 준비단계 → 본격행사 → 마무리단계의 구조 속에서 축제의 핵심내용인 해결시도 → 문제해결 → 통합마당의 구조인 이중구조를 토대로 축제의 유형별로 살펴볼 필요가 있다.

먼저 민속문화축제는 마을제사로부터 시작되어 개막식 및 본격적인 축제로 진행되고 뒷풀이 및 폐막식으로 구성되어 있는 경우가 많다. 마을제사는 축제의 전야제나 개막식의 성격을 지니기도 하는데, 축제의 문화적 전통성을 갖게 하면서 축제의 시발점이 되기도 한다. 본래 마을제사는 종교적인 의미가 강했으나 현재는 단순히 축제 행사 중 하나로 간주되어 종교성이 점차 약화되고 공연물의 성격이 강해지고 있는 실정이다. 그러한 예로 광주칠석고싸움놀이축제, 영광법성포단오제,[9] 지리산남악제[10] 등을 들 수 있지만 광주칠석고싸움놀이축제가 가장 대표적이다.

광주고싸움놀이축제는 아직까지 민속놀이를 중심으로 축제의 내용이 구성되어 오고 있다. 전야제 행사를 거행한 뒤 당산제를 지내고 그 이튿날 개막식 및 고싸움놀이를 시연한다. 그리고 다양한 민속놀이 중심의 부대행사가 개최되는데, 첫째 날에 부대행사의 체험행사로는 연 만들기 및 날리기 체

험 → 민속놀이 경연 → 고샅고싸움놀이 → 전야제 → 당산제 등으로 진행
되고, 둘째 날에는 연합대동농악놀이를 시작으로 기념식에 이어서 화합이란
제목으로 고 행진 → 전통풍물한마당의 사물놀이 → 남도민요 및 판소리 →
고싸움놀이 등 다채로운 행사가 펼쳐진다. 마지막 날에는 장기대회 → 윷놀
이대회 → 화합한마당을 실시하면서 축제는 마무리된다. 이와 같은 고싸움
놀이축제의 핵심적인 내용은 당산제, 고싸움놀이 및 민속문화행사, 통합마
당으로 구성되어 있다. 이를 정리하면 다음 그림과 같다.

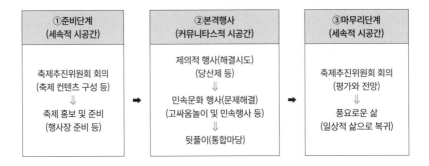

이와 같이 민속문화축제의 핵심내용은 마을제사, 민속문화 중심의 본행
사, 뒷풀이 및 한마당으로 구성되어 있다. 축제의 전통성과 당위성을 갖게
하고 있는 것이 향토적 종교적 행사인 마을제사라 생각하기에 축제의 중요
한 행사 중의 하나가 되고 있고, 이어서 전통문화의 계승과 발전이라는 목적
에 의해 다양한 민속행사가 거행되고 있으며, 공동체의 하나 됨을 추구하기
위하여 공동체 한마당으로 축제행사가 마무리되고 있다. 따라서 민속문화축
제는 문화적 전통성과 지역민의 일체성을 추구하려는 축제적 목적을 지니고
있다는 점에서 특징이 있다.

두 번째로 역사인물축제는 역사자료와 가공한 서사적 인물이나 역사적 인
물을 소재로 삼고 있는 축제인데, 서사적 인물과 관련된 축제는 인물의 행적

이 갖는 주제적인 의미를 소재로 삼는 것이고, 역사적 인물과 관련된 축제는 국가 및 지역의 역사적인 위상을 소재로 삼고 있다. 그 예로 장성홍길동축제, 곡성심청축제,[11] 영암왕인문화축제, 여수거북선축제,[12] 명량대첩축제 등을 들 수 있는데, 영암왕인문화축제가 가장 대표적이다. 영암왕인문화축제는 왕인박사춘향대제 → 천자문250계단 → 왕인맞이 → 총체극 왕인 → 왕인박사일본가오!/학생왕인선발대회 등으로 진행되는데, 그것을 구조화하면 다음 그림과 같다.

역사인물축제는 서사인물이건 역사인물이건 간에 홍길동/심청/왕인박사/이순신 등 인물의 행적을 기리는 행사와 그것을 모방하기 위한 인물선발대회를 개최하는 것이 축제 핵심내용이며, 이것은 지역의 구술문화 및 역사적 상황과 연계한 축제라는 점에서 축제의 주제와 역사성이 부각되고 있다는 점에서 특징이 있다.

세 번째로 생태환경축제는 동물이나 식물 등 자연환경을 소재로 삼고 있는 축제인데, 꽃, 단풍, 나비 등 주변경관과 지형적 특징을 활용하여 축제의 소재로 활용하고 있다. 봄꽃과 가을꽃을 소재로 한 축제가 가장 많고, 단풍을 소재로 한 축제, 갈대와 관련된 축제, 바다 및 갯벌과 관련된 축제, 나비를 비롯한 나무 기타 식물을 소재로 한 축제 등이 있다. 생태환경축제의 가장 대표적인 예로 함평나비축제를 들 수 있다. 곤충을 축제의 소재로 삼고 있는 함평나비축제는 생태전시관, 친환경농업체험마당, 생태자연학습 등이 축제의 핵심내용이다. 이를 구조화하면 다음 그림과 같다.

생태환경축제는 무엇보다도 전시행사를 통해 자연의 소중함을 일깨워 환경보호의 중요성을 갖게 하고, 걷기 및 탐사 등 다양한 현장체험 행사를 통해 자연과 삶의 일체감을 갖도록 하는 것으로 축제의 핵심내용이 구성되어 있다. 따라서 생태환경축제는 여타의 축제에 비해 인간과 자연의 일체성과 인간의 자연에 대한 체험성을 중요시 하고 있다는 점이 특징이다.

네 번째로 향토음식축제는 향토음식을 소재로 한 축제로 광주세계김치문화축제, 남도음식문화큰잔치, 영산포홍어축제,[13] 순천푸드/아트 페스티벌, 광양전통숯불구이축제, 구례산수유축제,[14] 보성다향대축제, 생(生)비빔밥어울림한마당축제를 들 수 있다. 이들 축제는 무엇보다도 음식전시와 음식경연 그리고 음식체험을 핵심내용으로 하고 있으며, 아울러 부대행사로 음식판매까지 병행하고 있다. 이를 구조화하면 다음 그림과 같다.

①준비단계 (세속적 시공간)	②본격행사 (커뮤니타스적 시공간)	③마무리단계 (세속적 시공간)
축제추진위원회 회의 (축제 컨텐츠 구성 등) ⇓ 축제 홍보 및 준비 (행사장 준비 등)	향토음식 전시행사(해결시도) (토속음식, 의례음식 등) ⇓ 음식 경연/판매(문제해결) (수산물, 농산물 등) ⇓ 뒷풀이(통합마당)	축제추진위원회 회의 (평가와 전망) ⇓ 풍요로운 삶 (일상적 삶으로 복귀)

이렇듯 향토음식축제는 다양한 향토음식의 전시를 통해 지역의 음식문화를 알리고 지역의 관광객 유치를 도모하고자 하며, 아울러 음식의 경연을 통해 음식산업의 활성화를 꾀하는데 주안점을 두고 진행되고 있다. 따라서 향토음식축제가 여타의 축제에 비해 지역의 관광성과 경제성을 추구하고 있다는 점이 특징이다.

다섯 번째로 특산품축제는 지역의 특산품을 소재로 삼고 있는 축제로, 주로 식재료로서 농산물과 수산물과 관련된 경우가 가장 많으며, 지역의 특성을 반영하거나 취미 및 공예품[15]과 관계된 축제가 있다. 이들 축제는 특산품의 경연을 통해 제품의 질을 향상시키고, 특산품의 소비 촉진은 물론 특산품과 관계된 다양한 체험을 통해 문화적 자부심을 갖도록 하는데 주안점을 두고 있는 행사이다. 특산품축제의 핵심내용을 구조화하면 다음 그림과 같다.

①준비단계 (세속적 시공간)	②본격행사 (커뮤니타스적 시공간)	③마무리단계 (세속적 시공간)
축제추진위원회 회의 (축제 컨텐츠 구성 등) ⇓ 축제 홍보 및 준비 (행사장 준비 등)	특산품 전시행사(해결시도) (식재료, 도자기 등) ⇓ 특산품 경연/체험(문제해결) (도자기 빚기 등) ⇓ 뒷풀이(통합마당)	축제추진위원회 회의 (평가와 전망) ⇓ 풍요로운 삶 (일상적 삶으로 복귀)

특산품축제의 핵심내용은 특산품의 전시와 경연 그리고 체험이라 할 수 있다. 특산품을 소재로 축제화하는 것은 지역의 경제적인 활성화를 도모하기 위함이다. 따라서 특산품축제의 특징은 무엇보다도 경제성을 추구하는 것이다.

여섯 번째로 현대예술축제는 영화, 그림, 디자인, 음악, 문학 등의 현대예술을 소재로 하고 있는 축제로, 현대예술축제는 문화도시로서 정체성을 확립하는데 기여하고 있으며, 지역예술의 활성화와 문화를 산업화하기 위한 의도에서 축제화 되기도 한다. 이와 같이 현대예술축제의 핵심내용을 구조화하면 다음 그림과 같다.

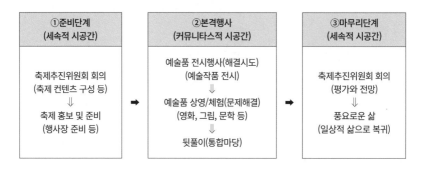

현대예술축제의 핵심적인 내용은 예술품전시, 영화상영, 경연 및 체험이라 할 수 있다. 이것은 전시관과 영화관의 입장객 수입을 극대화하여 현대예술의 활성화 및 산업화를 도모하는데 주안점을 두고 있으며, 다양한 이벤트 및 부대행사를 통해 현대문화예술축제로서 면모를 갖추고자 심혈을 기울이기도 한다.

5. 축제의 전망

　일반적으로 기능주의 학자들은 하나하나의 문화현상이 그가 속한 각각의 사회와 밀접한 관계를 맺고 있으며, 또 서로 다른 여러 개의 문화항목은 한 사회 내에서 상호 의존하고 있으므로 문화현상을 연구할 때는 연구 대상과 그 사회와의 종합적인 관계 안에서 이해해야 한다고 주장한다.[16] 축제의 전망 또한 이러한 시각에서 이해할 필요가 있다. 기능주의적 접근 방법은 총체적 접근(holistic approch)과 맥락에 따른 분석(contextual analysis)으로 이루어지기 때문에 축제를 개최하고 참여하고 있는 입장과 축제의 사회문화적인 맥락 안에서 기능을 파악할 필요가 있는 것이다. 축제의 기능[17]을 논의하기 위해서는 수단으로서 기능에 초점을 맞추어 분류할 필요가 있으며, 수단으로서 기능은 실제적인 결과에 관한 것이다. 이러한 것을 염두에 두고 축제의 기능을 나누자면, 종교적 기능, 사회적 기능, 정치적 기능, 심리적 기능, 경제적 기능, 교육적 기능 등으로 나누어 이해하고 그 전망을 확인해 볼 수 있다.

　먼저 축제가 종교적 기능을 수행한다. 축제는 제의적 의미를 지니고 있고 축제의 본질인 원초적 제의성과 관련되어 있기 때문에 종교적 기능을 수행한다. 민속신앙 등 제의적 행사는 종교적 체험을 강화하고 성스러운 정화를 시도하여 신성성을 확보한다. 종교적 신성성은 실재적 공감대보다는 축제의 정당성을 보장해주는 역할을 하기도 한다. 하지만 오늘날 축제는 다양한 종교적 환경 변화로 인해 특정 종교적 색채를 강조하는 것은 많은 어려움이 있다. 그로 인해 과거에 종교적인 성격이 강했던 것들이 약화되고 점차 공연물이나 연희행사의 하나로 인식되어가고 있다. 그것은 축제가 구성원들의 종교적 공동체를 강화하는 것이 아니라 객체인 외부인을 유인하여 관광자원으로 활용하는 것과도 밀접한 관련이 있다.

두 번째로 축제가 사회적 기능을 수행한다. 축제는 여러 사람들이 함께 모여 어울리며, 사회 구성원으로서 자기 확인과 자기 인식 그리고 타인을 확인하는 장이기도 하다. 축제는 인간과 인간의 대립과 갈등을 해소하고 화해를 이끌어내기에 구성원들 간의 일체감을 조성하는데 크게 기여한다. 따라서 축제는 지배계층과 피지배계층의 수직적인 유대관계라든가, 이웃과 이웃의 수평적인 유대관계를 강화시켜 준다. 축제를 통해 공동체 의식을 고양할 수 있게 되고 사회적 결속력 강화와 통합을 도모할 수 있다는 면에서 축제는 사회적 기능을 지닌다고 볼 수 있다. 오늘날 지역민의 일체감을 조성하고 공동체문화를 진작하기 위해 축제의 사회적 기능을 강화하려는 노력이 증가하고 있다.

세 번째로 축제가 정치적 기능을 수행한다. 이론적으로 보면 축제는 기존의 질서를 파괴하고 새로운 질서를 모색하여 기존 질서의 틀을 강화하는 수단으로 개최되기도 한다. 이것은 질서의 유지와 위계의 수립을 위해 축제가 활용되고 있는 것이다. 지역의 대표들로 구성되는 축제추진위원회에서 축제 개최절차와 내용을 논의하고 결정하는 것은 축제가 정치적 기능을 수행하고 있음을 보여주는 것이다. 뿐만 아니라 지자체 단체장이나 의원들이 선출직이기 때문에 축제를 활용하여 홍보하기 위해 적극적으로 참석하는 경우도 적지 않다. 이러한 것은 자칫 축제 참가자들에게 부정적으로 영향을 미칠 수 있기 때문에 각별히 신중할 필요가 있다.

네 번째로 축제가 심리적 기능을 수행한다. 축제는 일상적인 삶의 억압에서 해방되는 자유로움을 만끽하게 하여 인간으로 하여금 충만한 자유를 갖도록 해 준다. 인간은 즐거움과 만족감을 축제를 통해 성취하기 때문에 축제야말로 심리적 기능을 수행하고 있는 것이다. 즐거움과 만족감은 축제뿐만 아니라 유희를 통해서도 갖게 된다. 그러한 면에서 축제와 유희는 유사점을 가지고 있다. 여기서 축제의 본질인 유희성은 심리적 기능을 수행하는데 크게 기여한다. 축제의 심리적 기능은 유희적 기능 혹은 오락적 기능이라고 말할 수 있다. 이러한 기능은 더욱 강화될 필요가 있다.

다섯 번째로 축제가 경제적 기능을 수행한다. 축제란 주관하는 사람이 소비를 통하여 사회적 명망을 얻게 되는 기회가 되고, 사람들은 그 축제를 준비하는 동안에 생산성을 높이며 잔치에서 음식을 나누어 먹는 것은 소비를 통한 재화의 재분배를 꾀한다고 하는 경제적 기능에 초점을 맞추는 경우도 있다. 그리고 축제의 유희성을 단순한 오락으로 보기보다는 일상생활에 복귀하였을 때, 생산을 위한 의욕으로 생산력을 촉진시키는 순기능을 지니고 있다는 점에서 축제의 경제적 기능을 이해하기도 한다. 이러한 것은 축제의 내적인 면에 해당하는 것이지만 외적인 측면에서는 축제를 통해 외부인을 많이 초대하여, 즉 관광객의 소비를 통한 지역 경제의 활성화를 도모할 수 있다는 점에서 축제의 기능을 이해하기도 한다. 이것이야말로 오늘날 축제의 전반적인 개최 방향이기도 하다. 그렇다고 지나치게 경제적 기능만을 강조하면 축제의 본질이 희석될 수 있기 때문에 적절한 조화가 필요하다는 점을 유념할 필요가 있다.

여섯 번째로 축제가 교육적 기능을 수행한다. 교육적 기능 속에는 지역의 미풍양속을 진작하는 윤리적 기능과 음악과 무용 등 예술인들의 활동을 사기 진작시키는 예술적 기능, 전통문화를 계승, 발전시킬 수 있는 전통문화교육의 기능 등이 포함되어 있다. 축제는 문화 전승주체와 계승주체가 함께 공존하는 곳이기 때문에 지역문화의 지속과 발전을 위해서는 무엇보다도 중요한 축제의 기능이다. 축제가 지역의 종합문화예술의 교육적 공간이라는 점을 인식할 필요가 있다.

각 주 ──

1   https://www.mcst.go.kr/kor/s_culture/festival/festivalList.jsp

2   표인주, 『축제민속학』, 표인주, 태학사, 2007, 15~24쪽.

3   표인주, 위의 책, 25~27쪽.

4   표인주, 앞의 책, 60~67쪽.

5   표인주, 앞의 책, 76~86쪽.

6   2004년도에는 2월 1개, 3월 4개, 4월 6개, 5월 10개, 6월 1개, 7월 3개, 8월 3개, 9월 3개, 10월 13
    개, 11월 1개, 12월 2개이다. 이 가운데 10월에 개최되는 축제가 29%, 5월의 축제가 22%, 3월과 4
    월의 축제가 22% 비중을 차지하고 있다.(표인주, 앞의 책, 347쪽)

7   2004년도에 순천시는 순천낙안읍성축제와 남도음식문화큰잔치 이외에는 별다른 축제가 없었음.

8   표인주, 앞의 책, 349~359쪽.

9   <2019년도 영광법성포단오제 내용>

    - 제전행사: 산신제, 당산제, 용왕제, 무속수륙제, 난장트기
    - 민속행사: 선유놀이, 제기차기, 널뛰기, 투호 등
    - 경연대회: 전국국악경연대회, 단오장사 씨름대회, 그네뛰기경연대회, 단오학생예술제, 단오맞이
      민속경기, 단오학생서예공모전
    - 무대행사: 축하공연, 단오맞이 기념식, 평양예술단공연, 법성포단오가요제, 숲속작은음악회, 불
      꽃쇼 등
    - 체험행사: 창포머리감기, 창포비누만들기, 단오선 만들기, 단오공예만들기, 전래민속놀이 체험,
      쑥떡메치기 등
    - 부대행사: 종합홍보관, 영광군특산품 판매관, 한빛원자력본부 홍보관, 단오맞이 나눔장터 운영 등
    - 기타행사: 단오학생서예공모작 전시 등

10 <2019년노 지리산남악제 내뇽>

    - 축제행사: 전국정가시조경창대회, 백두한라예술단공연, 군민 노래자랑, 식전경기(축구·씨름·게이
      트볼 예선), 읍·면 입장식, 군민의 날 기념식, 체육대회 개회식, 체육대회(축구대회, 씨름대회, 게이
      트볼대회, 줄다리기, 단체줄넘기, 족구대회, 남·여 400m 계주, 체육대회시상 및 폐막), 제례행렬
      (상가주차장~남악사), 남악제례, 헌공다례, 문화예술공연, 길거리 씨름대회, 읍·면 윷놀이대회
    - 전시체험마당: 우리차 시음회, 전통 떡 만들기, 한지공예 전시, 기념품만들기 체험, 사진작가협회
      작품 전시, 한궁 시연 경기, 국립공원 홍보관, 구례미술협회 전시회
    - 경연참여마당: 전국정가시조경창대회, 개회식, 남악서예백일장 및 작품전시회, 남악제 글짓기대
      회, 내고장 문화재그리기대회, 전국남녀궁도대회, 개회식

11 <2019년도 곡성심청축제 내용>

    - 축제행사: 제19회 곡성심청축제 개막식, 별이빛나는밤에 'EDM PARTY' 야단법석콘서트, 하트퀸!
      전통마술, 팝페라 콘서트, 전자클래식콘서트, 가을밤 감성콘서트, 오마이갓림픽 이벤트(순금 장미
      증정), 심청창극. 한·아시아 민속음악페스티벌, 체험프로그램 16종 등 참여형 프로그램 다수

- 부대행사: 심청백일장, 청년, 꽃피오라타, 기차당 뚝방마켓, 농악경연대회, 다문화전통의상체험관, 백세미홍보관, 월하정인포토존 등
- 전시체험행사: 증기기관차, 레일바이크, 낙죽장도, 짚풀공예 전시장, 드림랜드, 기차마을 생태학습관, VR체험, 치치뿌뿌 놀이터, 요술랜드, 4D영상 체험, 월하정인 전통한복의상체험 등

12 <2019년도 여수거북선축제 내용>

- 고유제, 전라좌수영 입방군 점고, 둑제, 통제영길놀이, 개막식, 소동줄놀이, 용줄다리기, 매구 경연대회, 해상수군출정식, 임란유적지순례, 체험행사, 부대행사 등

13 <2019년도 영산포홍어축제 내용>

- 축제행사: 나주시립예술단 공연, 영산포 선창콘서트, 초대가수 공연, 품바 공연, 나주시민가요제, 홍어예쁘게 썰기대회, 홍어시식왕 선발대회, 홍어탑쌓기대회, 영산포 추억의 사진전, 홍어 홍보관, 천연염색체험관, 건강캠프, 유채밭 포토샵 운영 등

14 <2019년도 구례산수유축제 내용>

- 공식행사: 풍년기원제, 개막식
- 공연행사: 개막공연, 개막식전공연, 청춘 DJ산수유음악여행'오락가락', 작은음악회, 국가무형문화재농악 한마당, 읍면농악단공연, 산수유 사랑 콘서트, 포크콘서트, 남도 전통춤가락의 멋과소리, 산동주민자치공연, 구례합창단, 지팝밴드, 실버음악단, 좌도농악난타, 다울림난타, 산수유 열린무대
- 체험행사: 산수유 꽃길따라 봄마중, 산수유떡만들기 체험·경연행사, 코스프레 의상체험, 유아놀이체험, 산수유디지털아트체험, 영원불변의 하트지 남기기, 사랑의 열쇠 걸기, 찾아가는놀이마당
- 전시판매행사: 산수유 와플·아이스크림만들기, 산수유 에이드·라떼·슬러쉬만들기, 산수유 호떡만들기, 산수유 떡메치기, 산수유차 시음회, 이야기가 있는 산수유꽃길, 산수유 홍보영상관, 농특산품판매장터, 관광구례 사진전시회, 캐리커쳐 그리기, 쑥부쟁이 주전부리 홍보관, 향토음식점
- 부대행사: 구례찍고 산수유먹고, 산수유 캐릭터퍼포먼스, 사진인화서비스, 지리산국립공원 홍보관, 국민건강보험관리공단홍보관, 구례자연드림파크 홍보관, 농산물품질관리원 홍보관, 농업유산 산수유학교

15 2019년도 강진축제는 체험 및 놀이 행사를 중심으로 진행되고 있다. 행사내용으로 흙을 밟고, 던지고, 적시고(투게더 점핑 소일), 청자(만들기)야 반갑다!, 나도 청자축제 SNS 서포터즈!(현장 즉석참여), 희망의 불꽃 화목가마 불 지피기, 청자 코일링 체험, 물레 성형하기, 청자 상감 체험, 청자조각하기 체험, 청자축제 (토우)캐릭터 만들기, 청자 풍경 만들기 체험, 오물락 조물락 청자만들기, 청자 액세서리 만들기, 청자 스탬프 랠리, 볼링공 청자 깨뜨리기, 물 풍선 터뜨려 청자 가져가기, 청자문양 페이스 페인팅, 봉숭아 손톱 물들이기, 잉어 등 물고기 먹이주기 체험, 초대형 워터 슬라이딩 운영, 전통 옹기 제작 시연 및 체험, 청자골 야생 수제차 다도체험, 어린이 짚트랙 운영, 강진 문화유적 투어 등으로 구성되어 있다.

16 김열규 외, 『민담학개론』, 일조각, 1985, 154쪽.

17 표인주, 앞의 책, 67~75쪽.

제3장

민속의 공공성, 공공민속학의 방향

1. 공공성이란

일반적으로 민속을 민(民)의 습속으로 이해하고, 역사성을 지닌 전통문화
로 인식하는 경우가 많았다. 그것은 현재 이전의 생활문화에 초점이 맞추어
져 있고, 그 기준점이 시간이 되고 있음을 알 수 있다. 그러다 보니 민속이
현재의 삶과는 거리가 있는 것으로 간주되어 실천적이고 문화적 효용성의 측
면에서 다소 소외된 경향이 있는 게 사실이다. 여기서 시간은 과거-현재-미
래라고 하는 기독교적이며 직선형의 시간 개념이고, 공간 이동의 은유적이고
환유적인 개념에 근거한 시간관념이다. 중요한 것은 시간관념 또한 노동방
식과 환경 변화에 따라 변화되고, 산업사회에 이르러서는 물질적인 시간관념
으로 바뀌게 되었다는 점이다.[1] 그런 점에서 민속의 개념 또한 직선형의 시간
관념에만 근거할 것이 아니라 도리어 행위주체의 측면에서 관심을 갖는 것이
바람직하다.

다시 말하면 민속을 민중의 생활습속으로 볼 것인지, 아니면 민족의 생활
양식으로 볼 것인가에 따라 그 개념이 달라진다. 전자는 계급적 관념을 토대
로 피지배계층의 생활습속을 지칭하는 것이고, 후자는 민족주의적인 시각에
서 한민족의 생활양식을 의미한다. 하지만 현대사회에 이르러 계급적 개념이
소멸되고 다문화사회의 흐름 속에서 민속을 민중이나 민족의 생활양식으로

이해하는 것이 한계가 있을 수밖에 없다. 따라서 미국민속학이 민속을 잔존민속으로서가 아니라 인간의 삶 속에 살아 숨 쉬는 다양한 문화, 그리고 계급을 초월해 새로이 생기는 문화를 중시했던 것처럼,[2] 민속의 개념을 시간관념을 초월하고 계급적이고 민족주의적인 시각을 극복하여 국가의 구성요소인 국민의 생활양식으로 인식할 필요가 있다. 그것은 현재 지속되고 있는 생활문화를 민속의 일부로서 전통성과 일상성 그리고 공공성을 가진 생활양식으로 확대시키고자 한 것이다.

민속의 개념이 환경에 따라 달리한 것처럼 민속의 분류 또한 그 영향을 받기 마련이다. 민속의 내용이나 지역, 표현매체, 향유방식 등에 따라 분류할 수 있는데, 먼저 내용을 근거로 사회민속, 세시민속, 놀이민속, 의례민속, 신앙민속, 예능민속 등으로 나누고, 지역에서 따라 농촌민속, 어촌민속, 도시민속, 호남민속, 충청민속, 강원민속, 영남민속 등으로 구분할 수 있다. 이러한 분류가 농경사회와 산업사회에서 어느 정도 의미를 갖게 되었지만 조작적 노동을 중요시 여기는 지식정보산업사회와 AI산업시대에서는 민속학의 생명력을 유지하고 그 지평을 확대하는 데 한계가 있을 수밖에 없다. 그리고 이제는 표현매체를 근거로 구술민속, 기록민속, 영상민속, 디지털민속, 공연민속, 축제민속 등으로 구분하여 이해해야 하고, 시의성을 반영하고 그 해석방식에 따라 학문 영역이 설정되어질 필요가 요구되고 있다.

예컨대 민속의 현재적인 측면에서 전통성을 강조하는 문화민속학, 몸과 마음의 일체를 토대로 생태환경을 지향하는 생태민속학, 삶의 불평등을 개선하고 공동체 복지를 추구하는 복지민속학, 속도 중심의 사회 환경 속에서 몸과 마음을 치유하는 치유민속학, 삶의 리듬으로서 일상성이 크게 작용하는 생활민속학, 행위 주체뿐만 아니라 객체와 함께 공유하고 공공성을 강조하는 공공민속학 등으로 구분하여 이해하는 것이다. 그것은 민속학을 과거와 현재 그리고 미래로 연결시켜 주는 학문으로 인식하고, 그 실용적 기반의 지속성을 획득하기 위함이다. 궁극적으로 초국가적이며 신자유주의와 신자본주의 국가정책 속에서 인간 삶의 문화적 가치를 극대화시키기 위해서도 더욱 필요하다.

현재민속학으로서 민속의 공공성에 주안점을 두고 민속학의 시의성을 반영하며 그 효용성을 극대화하기 위해 공공민속학의 필요성을 검토해 볼 필요가 있다. 일반적으로 공공성은 어떤 행위의 결과가 다수 또는 모든 사회구성원에게 미치는 것으로, 모든 사람이 삶을 살아가는데 기본적으로 필요한 것이고, 모두가 관심을 갖는 것이며, 모두와 관계된 정보가 모두에게 드러나 있는 것을 말한다.[3] 물론 공공성은 학문적 영역에 따라 다소 차이가 있을 수 있지만, 행정학, 경제학, 사회학, 정치학, 법학, 철학, 역사학, 고고학, 지리학, 인류학, 의학 등 다양한 분야에서 논의되었고, 그 가운데 행정학 분야에서 공공성에 대한 연구가 가장 많이 이루어졌다. 이러한 논의는 공공성을 실현하는 주체, 원인, 방법, 목적을 중심으로 진행되었으며, 주체에 근거하여 권위성과 공민성을, 원인에 근거하여 공통성과 공유성, 방법에 근거하여 공론성과 공개성, 목적에 근거하여 공익성을 파악하려는 노력들이 중심이었다.[4] 이처럼 공공성에 대한 논의가 다양하게 이루어져 왔음을 보여준다.

특히 문화 분야에서는 문화의 생산자와 향유자, 문화의 토대가 되는 이념적 배경을 근거로 공공성이 논의되기도 했다. 전자는 집단, 지역사회, 사회구성원들을 대상으로 하는 문화복지정책과 관계가 있고, 후자는 믿음, 가치관, 규범들로 종교윤리와 연관되는데, 공동체성을 강조한다는 점에서 공통적이다.[5] 이처럼 공공성에 대한 논의가 공유성과 공동체성을 중요한 개념으로 설정하고 있음을 확인할 수 있다. 문화공공성을 문화가 사회구성원의 전체와 관련된 문화행정조직과 문화예산을 토대로 국민들이 문화생활에의 참여와 향유, 문화 창작 및 전파를 자유롭게 하고, 공개적인 문화의 장의 형성과 의사소통의 절차를 통하여 공공복리를 추구하는 것이라 설명하고 있는 것이다.[6] 즉 문화공공성은 문화생산자와 문화수용자를 비롯하여 다양한 계층이 참여하여 형성된 공론의 장인 공감장에서 추구하는 문화적 공공복지인 셈이다.

한국 민속학에서 공공성을 근거로 다양한 논의가 있었지만, 그것은 공공민속학의 개념론에 그치는 경우가 많았다. 그러한 예로 권혁희는 미국 민속학계의 논의를 통해 한국 응용민속학으로서 공공민속학(public folklore)의 필요성을 제기하였고,[7] 남근우는 국립민속박물관의 민속지 실천 작업과 전라북도 진안군 마을조사단의 활동을 근거로 공공민속학의 가능성과 한계를 지적한 바 있으며,[8] 그리고 미국에서 공공민속학의 형성과정과 공공민속학의 일본적 수용과 전개를 토대로 공공민속학적 실천의 시행착오를 줄이기 위한 제안을 제시하기도 했다.[9] 이러한 논의들은 공공민속학의 필요성과 효용성을 제기하고 있지만 아쉽게도 민속학에서 왜 공공성인지의 논의가 미흡한 것은 다소 아쉬운 점이 아닐 수 없다.

따라서 기존의 다양한 학문 영역에서 논의되고 있는 공공성의 개념과 민속학계에서 제기한 공공민속학의 필요성을 이론적으로 체계화 하는 작업이 절실히 요구되고 있다. 그것은 민속 행위주체인 공동체성을, 기호적으로 개념화된 공공재성, 민속 수용자 입장에서 공유성 세 요소를 토대로 그것들이 어떻게 작용하여 공공성을 구현하는지를 해명하는 것이다. 공공성은 기획과 생산의 공동체(共同體)에 의해 창출되거나 공론화된 공공재(公共財)를 수용자 및 소비자가 공유(共有)하여 형성되는 것으로, 공동체성과 공공재성 그리고 공유성이 선순환적 기호삼각구조 속에서 상호작용하여 구현된 것을 의미한다. 기호삼각구조라는 것은 대상이면서 주체인 공동체, 개념인 공공재, 공유되는 기표의 세 요소가, 즉 공동체의 의지에 근거하여 기호적 의미가 반영된 공공재를 수용자가 기호적 작용을 통해 수용하고 공유하는 구조적 원리인 셈이다. 기호적 의미는 기호적 작용을 통해 경험된 내용으로 소쉬르가 말한 기의(signified)에 해당하며, 기호내용으로서 기호적 의미의 전부이다.[10] 이러한 기호삼각구조는 세 요소들 간의 선순환적 관계 속에서 상호작용하여 공공성을 구현하는 데 중요한 역할을 한다.

여기서 공동체는 구성적 개념보다도 여러 구성원들의 의견이 수평적으로 반영된 대상들이자 집단적인 행위주체들이다. 공동체는 공공재의 원초적 근원인 마을이나 지역 주민들을 비롯해 그것을 관리하고 집행하는 공공기관, 공공재를 연구 대상으로 삼는 학술단체와 연구자, 공공재화를 주장하는 향토문화연구자 및 지역전문가, 각계각층의 시민단체 등이 수평적 관계 속에서 다양한 의견을 수렴하는 조직체이자 정서적 공감장[11]을 말한다. 그리고 공공재는 생산자와 수용자가 함께 공유할 수 있고, 다양한 계층이 수용할 수 있는 인간 삶의 공유적 자원을 지칭하는 말이다. 이 자원은 본래 개인이나 지역성을 지니고 시의성에 따라 변화된 것이기도 하지만 수용자의 시점에서 일반화되고 보편화될 있는 자원의 성격을 지닌다. 최소한 수용자의 입장에서 함께 공유하는 모든 것을 의미하고, 특정 개인이나 집단의 소유물로 제한되어지는 것은 아니다. 마지막으로 공유성은 수용자의 외적인 환경이나 조건에 구애받지 않고, 그 의지에 따라 수용되어 형성되는 것으로 공공재를 수용하여 실천하는 행동과 밀접한 관련이 있다. 공유성은 수용자의 실천성과 연계되어 구현된다.

그렇기 때문에 공공성은 시간의 흐름에 따라 오래 지속되고, 다양한 계층으로 확장된다면 그 효용성은 더욱 확대되어 생명력이 지속된다. 공공성은 항구적인 것이 아니라 역사와 장소에 따라 달라지는 권력구조, 즉 끊임없이 변동하는 맥락성(contextuality)과 밀접한 관련이 있다.[12] 공공성은 공동체의 정치적 이념이 작용하는 국가의 정책뿐만 아니라 지역의 정치적 환경에 따라 공유적 환경이 변화되고 공공재성의 변화를 초래시키고, 그것을 구현하는 맥락적 조건에 따라 그 개념이 유동적일 수밖에 없다. 따라서 공공성은 공동체성의 의지에 근거하여 공공재성이 변화되고 공유성의 범위에 따라 결정됨을 알 수 있다.

본고는 지금까지 논의되었던 공공성의 개념을 근거로 공공민속의 개념을 좀 더 체계화하고, 체험주의적인 측면에서 공공민속학의 필요성 검토를 연구 목적으로 삼고자 함을 밝혀둔다.

2. 민속의 물리적 기반의 변화

체험주의적 민속 해석은 우리의 경험 구조에 대한 해명과 긴밀하게 연관되어 있다. 민속을 해석한다는 것은 민속의 본성과 구조에 대해 적절하게 설명하기 위한 것으로, 민속을 형성하는 물리적(비기호적) 층위의 경험과 정신적이고 추상적인 기호적 층위의 경험의 구조를 이해하는 것이다.[13] 인간의 삶은 물리적 경험의 층위를 근거로 기호적 층위의 경험으로 구성되기 때문에 민속은 물리적 경험과 기호적 경험을 동시에 포괄하는 복합적 게슈탈트(Gestalt)이다. 기호적 경험[14]은 물리적 경험으로부터 은유적 확장 과정을, 즉 기호화 과정을 통해 나타난 경험이다. 민속은 물리적 경험의 은유적 확장 과정에서 다양한 변이가 나타나고, 경험 과정에서 물리적 층위로 다가갈수록 유사성을 드러내며, 물리적 층위에서 멀어져 기호적 층위로 갈수록 더 큰 변이성을 보인다. 그렇기 때문에 민속 해석의 출발은 민속을 생산하고 향유하는 구성원들이 공유했거나 공유하고 있는 기호적 경험의 구조를 이해하는 것에서부터 시작되어야 한다. 이러한 기호적 경험은 물리적 경험으로부터 많은 제약을 받는다. 그 제약 조건이 자연적, 사회적, 역사적 조건 등이라고 할 수 있다. 다시 말하면 인간 삶에서 중요하게 영향을 미치는 노동방식을 결정하는 생태적 환경, 사물(자연물과 인공물)에 대한 관념이나 삶의 질서체계를 결정하는 시간과 공간의 변화 등의 사회적 환경, 공동체 유지의 규범체계와 그 변화에 영향을 미치는 역사적 환경 등이 그것이다. 물리적 경험은 다름 아닌 민속 형성의 중요한 물리적 기반이면서 원초적 근원의 출발점이다.

민속 형성과 전승에 가장 중요하게 영향을 미치는 것은 생업방식을 결정하는 생태적 환경이다. 생태적 환경은 다름 아닌 자연환경을 지칭하는 말이고, 인간 경험의 가장 원초적이고 물리적 기반이다. 자연은 인간 삶의 원천으로서 문명의 근원이고, 삶의 에너지 근원인 노동방식을 결정하는데 중요한 역할을 한다. 노동은 인간이 몸을 움직여서 생활에 필요로 하는 자원을 얻기 위한 행동으로서 인간 생존의 중요한 수단이고, 인간의 움직임은 기본적으로 이동과 행동을 의미한다.[15] 인간은 태어나 성장하면서 이동을 통해 사물의 의미를 파악하며 새로운 세계를 열어나가고, 이동의 능력은 몸의 지각적 능력, 운동 기능, 자세, 표정, 정서와 바람을 경험할 수 있는 능력을 포함하며, 신체적이고 정서적이며 사회적이다.[16] 이동의 능력을 토대로 이루어지는 것이 바로 노동이고, 그것은 생태적 환경에 따라 결정된다.

인간의 생태적 환경 가운데 가장 중요한 것은 산과 물이며, 산과 물에서 혹은 그 주변에서 이동과 행동이 이루어지고, 그에 따라 노동방식이 결정된다. 그것은 수렵채취시대 이래로 농경시대까지 지속되었고, 농경사회의 중요한 근간이 되기도 했다. 근대사회를 형성한 산업혁명 이후에는 인간의 이동 속도가 빨라지고 삶의 공간이 더욱 확대되면서 노동방식도 많은 변화를 겪어야 했다. 가장 큰 변화가 농경사회의 인간 중심 노동이 기계 중심 노동으로 변화되고, 이농현상이 가속화되고 도시인구가 팽창하면서[17] 기계 중심 노동이 중요한 역할을 하게 되었다. 특히 산업사회의 대중매체와 교통·통신 체계의 발달은 삶의 맥락이 배제된 노동을 상품화시켰고, 여기서 노동 상품은 기술을 토대로 한 대량생산에 적합한 기술집약적인 노동방식을 말한다.[18] 그리고 산업사회로부터 지식정보산업사회로의 확대가 인간의 정주적 삶을 탈경계적 삶의 영역으로 전환시켰으며, 노동의 방식에도 많은 변화를 초래시켰다.[19] 이 사회에서 기계나 컴퓨터 등의 기기를 조종하는 조작노동이[20] 더욱 확대된 것이다. 농경사회에서는 인간 중심 육체노동이, 산업사회에서는 기계 중심 산업노동, 지식정보산업사회에서는 사이버 공간 중심 조작노동이 생업방식의 중요한 역할을 하면서 민속 또한 변화될 수밖에 없다. 민속에서 노동방식을 물리적 기반으로 삼는 것은 노동요가 대표적인데, 노동의 변화가 당연히 어업과 농업, 광산업, 가내수공업 등과 관련된 노동요를 비롯해 농사의 풍요를 기원하는 농경의례와 민속놀이 등 지속성을 결정하는 역할을 한다. 뿐만 아니라 의생활, 식생활, 주거생활의 변화에도 핵심적인 역할을 한다고 볼 수 있다.

노동방식의 변화는 삶의 질서체계에서 시간과 공간의 관념을 변화시키고, 마을신앙과 무속신앙의 변화를 초래하였으며, 특히 의례적인 시간의 변화를 가져왔다. 이것은 공휴일정책의 영향을 받기도 했고,[21] 신앙과 의례적 본질에서 벗어나 현세적 인간이나 산업사회 생활리듬에 근거한 주말 중심의 생활 행사에 집중되는 결과를 초래하였다. 시간은 사건들과의 상호관계에 근거한 환유적 과정에 의해 형성되고, 공간상의 운동에 근거한 은유적 과정에 의해 개념화되었다. 농경시대 인간은 농사를 준비하고 그 시기를 놓치지 않기 위해 천체의 이동을 끊임없이 관찰하여 시간을 측정하는 것이 중요했고, 산업사회는 시간이 자원으로, 특히 돈으로 개념화되면서 시간의 규칙적인 활용을 통해 삶의 효율성을 확대시키며, 현세적인 삶을 바탕으로 자연과 종교 중심에서 진보적이고 인간 중심의 미래지향적인 삶의 시간을 강조하게 되었다. 그리고 지식정보산업사회는 이동의 속도를 중요시 여기는 삶의 태도를 토대로 시간을 물질로서만 인식한 것이 아니라 속도의 중요성을 인식하는 방향으로 변화시키고 있다.[22] 이것은 신앙적이고 의례적인 시간의 맥락적인 중요성 보다는 인간 중심이고 편의성을 강조한 텍스트 중심의 시간으로 변화시키는데 중요한 역할을 하였다. 여기에는 외래종교의 영향 또한 적지 않았다.

시간 인식의 변화는 공간 개념을 변화시키기도 한다. 시간 개념은 공간상의 이동에 근거하여 형성된 개념으로 공간 이동이 없는 곳에는 시간이 없음을 의미한다. 공간 이동은 인간의 모든 경험의 원초적 근원으로서 장소의 개념 형성에 많은 영향을 미친다. 여기서 장소는 다양한 환경과 상호작용 속에서 만들어지는 문화적 공간이자 민속적 행위 공간이고, 지역성과 정체성을 형성하는 중요한 출발점이다. 인간이 경험하는 공간의 출발점이 장소이고, 장소의 개념은 항상 유동적이다. 장소를 중심으로 형성되는 공간의 가치가 노동방식에 따라 변화되고, 그 변화는 공동체의 구조를 변화시키기도 한다.[23] 예컨대 1차 산업사회에서 생산기반으로서 공간의 가치가 중요했다면, 2~3차 산업사회에서는 기계노동 중심 도시공간의 중요성이 확대되고, 4차 산업시대에서는 물리적 공간보다도 가상적 공간의 가치가 더욱 확대되고 있는 것이다. 그것은 농어촌의 축소와 도시화의 확장을 통해 민속을 변화시키고, 나아가서는 민속의 전승기반을 물리적 공간에서 가상적 공간으로 변화시키는 결과를 가져오게 한다. 이러한 공간 가치의 변화는 민속놀이의 전승공간을 비롯해 의례적이고 세시행사 공간의 변화를 가속화 시키는 역할을 하게 될 것이다.

3. 민속현상의 기호적 전이와 의미

　민속은 형성과 전승기반으로 삼는 물리적 기반의 변화와 더불어 끊임없이 변화되어 지속된다. 민속의 지속은 고정적인 모습으로 이루어지는 것이 아니라 유동적인 모습을 통해 이루어지고, 그것은 변화를 토대로 이루어짐을 의미한다. 생존의 체계로서 축적된 삶의 양식인 민속이야말로 인간의 경험을 통해 형성된 것이어서 그 경험의 변화에 따라 가변적이고, 이러한 경험은 시간과 공간의 제약 아래 있는 한 파편적일 수밖에 없다. 이것은 인간 경험의 불안전성, 즉 기호적 경험의 불안전성 혹은 불투명성에서 비롯되는 불가피한 현상이다. 기호적 경험의 주인인 인간의 유한성 때문에 기표의 한계가 드러나기 마련이고, 인간의 경험이 기표에 기호적으로 사상된다 하더라도 부분적이어서 기호가 변형되어 나타난다. 그것을 기호적 전이(symbolic metastasis)라고 할 수 있다.

　기호적 전이란 유사한 경험의 내용이 다양한 기표에 사상됨으로써 유사한 기호적 의미가 새로운 기표를 거치면서 변형과 증식을 거듭하는 현상으로, 기호적 경험에서 드러나는 독특한 현상이다. 기호적 전이가 기호적 의미 변화를 통해 이루어지며, 기호를 변형시켜 지속시키는 역할을 한다. 그렇기 때문에 기표가 소멸하고 기호적 전이가 멈추면 기호의 주인, 즉 기호 산출자/해석자마저도 사라지면 그 기호는 완전히 사라지게 된다.[24] 이것은 기호가 유한하지도 항구적이지 않다는 것을 말한다. 다시 말하면 기호의 지속과 소멸은 민속의 지속과 소멸을 의미하고, 민속이 지속되려면 기호적 전이처럼 변화되어야 하고, 변화되지 않는 민속은 더 이상 지속될 수 없다.

　기호적 전이는 주로 기표와 기호내용에서 나타난다. 기표가 동일하지만 기호내용이 다르거나, 동일한 기호내용을 가지고 있지만 기표가 다를 수 있다.

예컨대 인간은 농사의 풍요를 기원하기 위해 신앙적 관념의 기호내용을 각각 경험의 관점에서 기호적으로 사상하여 마을신앙, 줄다리기, 달집태우기 등의 다양한 기호적 경험을 발생시킨다. 기표로서 기호적 경험은 다르지만 기호내용의 유사성을 확인할 수 있다. 이러한 것을 기표의 전이라고 하고, 기표의 전이는 수평적으로 열려 있다. 농촌마을의 대표적인 구성적 공동체이자 공동의 도덕적 의식을 바탕으로 공동의 목적을 실현하려는 촌계가 1970년대 새마을과 1995년대 문화마을의 마을총회로 변화되는 것이 그것이다.[25] 마을 공동의 목적을 실현하기 위한 공동체의 명칭은 다르지만 공동체가 추구하는 기호내용이 유사하다는 점에서 기표 전이가 이루어지고 있음을 확인할 수 있다.

기호적 전이는 기호내용에서도 나타나는데, 달집태우기에서는 농사의 풍요를 기원하지만, 어떤 사람은 가족의 건강을 혹은 어떤 사람은 개인의 소원을 빌기도 한다. 마을제사에서도 마찬가지로 농사 풍요를 기원하는 사람이 있는가 하면, 가족의 건강이나, 새해의 만사형통 등 다양한 경험의 관점에서 기원한다. 그래서 기호내용은 다소 다르게 나타나면서도 복합적으로 나타난다. 이처럼 농사의 풍요를 기원하기 위해 마을제사를 지냈지만, 마을제사가 농사의 풍요와는 무관하게 마을의 전통성이나 정체성의 확보 수단으로 지속되거나, 관광객들을 위한 하나의 문화상품으로 변형되는 경우, 이것은 동일한 기표이지만 기호내용의 전이가 일어나고 있음을 보여주고 있는 것이다.[26] 이와 같이 민속에서 나타난 기호적 전이가 기호 사용자 경험의 관점에서 이루어지기도 하고, 시간의 흐름에 따라 자연적, 사회적, 역사적 조건 등의 물리적 기반의 변화에 따라 발생하기도 한다.

이처럼 기호적 전이가 달집태우기나 마을신앙 뿐만 아니라 동물민속이나 음식민속, 민속놀이 등 다양한 민속현상에서 나타나고, 주로 기호내용에서 발생하는 경우가 많다. 기호적 전이가 기호내용에서 발생한다는 것은 민속의 기호적 의미가 변화되어가고 있음을 의미한다. 기호적 의미를 구성하고 있는 것이 바로 기호내용이다. 기호적 의미의 원천은 모든 기호적 경험의 토대를 이루는 물리적 경험 영역에 있다. 거기가 바로 우리의 몸과 두뇌, 환경의 복합적인 상호작용이 시작되는 지점이다.[27] 민속의 의미 변화는 민속의 지속을 위해 불가피한 현상이고, 민속의 물리적 기반의 변화가 불안전성과 불투명성을 지닌 민속의 의미 변화를 초래한 것이며, 민속 생산자 혹은 향유자의 다양한 경험이 작용하는데서 비롯된다.

동물민속에서 호랑이가 산신신앙의 수호신적이고 벽사신적인 의미를 지녔지만 현대사회에 이르러 타투와 같은 강력한 힘의 상징으로 의미화 되는 것이나, 용이 용신신앙에서 생산신적인 의미를 지녔으나 강력한 힘의 상징이자 문화상품인 문신인 타투로 기호적 전이가 이루어졌다.[28] 그리고 음식민속에서 홍어음식이 장소성과 공동체의 잔치음식에서 1970년 이후에 지역성과 정치적 상징화로, 1990년 이후에는 축제성과 문화적 상품인 기호(嗜好)음식으로 기호내용이 전이되었다.[29] 홍어음식은 끊임없는 기호적 전이를 통해 지속되고 있는 것이다. 이러한 것은 민속놀이에서도 나타나는데, 민속놀이를 삶의 수단인 농업노동의 생업자원으로 간주하여 세시생활 속에서 실천의 대상이었지만, 산업노동시대에서는 고향에 대한 향수 혹은 전통에 대한 회상의 대상이 되었다. 오늘날에 이르러서는 민속놀이를 계승·발전시켜야 할 문화자원으로 가치화시켜 문화재화 하고, 경제적 도구이자 하나의 문화상품인 공공자원으로 무대화 시켰다.[30] 즉 민속놀이가 생업자원에서 향수자원으로 다시 공공자원이라는 기호내용으로 변화되고 있음을 보여주고 있는 것이다.

이와 같이 기호적 전이가 다양한 민속현상에서 발생하고 있음을 확인할 수 있고, 그것은 민속을 변화시켜 지속시키는데 중요한 역할을 한다. 비록 민속에서 동일한 기표의 모습을 지니고 있다 하더라도 기호내용의 변화가 민속 형성과 전승의 물리적 기반의 변화로부터 비롯되고, 기호내용은 기호적 전이를 통해 기호적 의미의 변화를 발생시킨다. 마을신앙 상당수가 신앙적 의미에서 문화재적 가치와 축제적 의미로 기호적 전이가 이루어진 것처럼 기호적 의미 변화가 어느 정도 동일한 기표의 모습을 유지하는데 중요한 역할을 했음을 알 수 있다. 결론적으로 민속의 기표나 기호내용에서 기호적 전이가 발생하지 않았다면 민속은 더 이상 지속되지 못하고 위축되어 소멸되어가는 과정을 겪게 되었을 것이다. 기호적 전이가 민속의 물리적 기반인 다양한 환경의 변화를 토대로 발전되거나 지속될 수 있는 근거를 마련해 주고 있다는 점에서 의미가 크다.

4. 민속의 효용성 확대를 위한 공공성 강화

민속의 기호적 전이는 민속의 효용성을 극대화시키는데도 중요한 역할을 한다. 민속의 효용성은 일상생활 속에서 실천되고 활용되었을 때 나타나고, 그것은 시의성과도 밀접한 관련이 있다. 시의성은 일상생활 속에서 필요로 하고, 삶의 환경 변화에 따라 발생한 시대적 요구사항을 적절하게 반영하는 것을 말한다. 그렇기 때문에 효용성과 시의성은 화석화된 것이 아니라 유동적일 수밖에 없다. 무엇보다 민속의 효용성을 확대하기 위해 민속이 시간관념을 초월하고 계급적이고 민족주의적인 시각에서 벗어난 국민의 생활양식으로 현재 지속되고 있는 전통성과 일상성 그리고 공공성을 가진 생활문화로 인식되어질 필요가 있다. 그것은 전통성을 강조하는 문화민속학, 생태환경을 지향하는 생태민속학, 공동체 복지를 추구하는 복지민속학, 몸과 마음을 치유하는 치유민속학, 일상성이 크게 작용하는 생활민속학, 공공성을 강조하는 공공민속학 등 민속의 효용성을 확대시킬 수 있기 때문이다. 민속을 인간 경험의 산물이자 문화적 기억으로서 과거와 현재 그리고 미래로 연결시킬 수 있을 때 민속의 효용성은 더욱 확대되고 지속된다. 그것은 민속이 지속될 수 있는 실용적인 물리적 기반을 구축하는 것이고, 경계를 초월하고 새로운 정치 및 경제 질서를 추구하는 국가이데올로기 속에서 민속을 통해 인간 삶의 문화적 가치를 극대화시키는데도 중요한 역할을 할 것으로 보인다.

민속의 공공성 강화는 민속의 효용성을 확대하는 것이고, 민속의 물리적 기반의 변화에 따른 전승적 기반을 마련하는 것을 일차 목표로 삼는다. 여기서 공공성 강화가 단순히 정치적이고 경제적인 도구로만 경도되는 것을 경계해야 한다. 민속의 공공성은 공동체성과 공공재성 그리고 공유성이 선순환적 관계 속에서 구현되는 것으로, 즉 민속의 생산자가 다수집단을 대상으로 기획하고 생산한 것을 수용자가 함께 향유하고 실천하는 것을 말한다. 그래서 공공성은 향유집단의 규모나 지역이나 시간의 흐름에 따라 다를 수밖에 없다. 본래 농경사회에서 민속은 인간의 유한성을 극복하고 삶의 넉넉함과 여유로움을 기원할 목적으로 형성되고 지속되는 경우가 많았기 때문에 공동체성의 성격을 지니고 있고, 공공재성과 공유성을 토대로 실현되어 왔다. 그것은 삶의 순차적 내용이자 미래에 대한 갈망으로서 텍스트적이고 컨테스트적인 개념의 융복합 속에서 민속이 지속되었음을 의미한다.

하지만 산업노동이 본격화되고 기계 중심 노동을 비롯한 조작노동이 많은 비중을 차지하면서 민속의 텍스트적 개념과 컨텍스트적인 맥락이 분리되는 결과를 가져왔고, 그것은 민속의 공동체성과 공유성을 약화시켜 전승적 기반을 파괴하는 결과를 가져왔다. 민속의 전승적 기반 약화가 전통적인 농경사회 민속을 단절시키고 소멸시켜 기억의 잔존문화로 전락시킨 것이다. 여기서 민속의 공공성을 강화하는 것은 단순히 전통농경사회의 민속을 계승하려는 것만이 아니라 비록 선택적이기는 하지만 새로운 환경 속에서 민속의 효용성을 확보하기 위함이기도 하다. 이러한 노력이야말로 다양한 민속을 활용하여 가족과 마을 그리고 지역으로 확장되는 공동체성에 근거하여 주체와 객체, 생산자와 소비자 등의 구성원의 수평적인 관계 속에서 공공재로서 민속을 향유하고 실천함으로써 공유성을 통해 민속의 효용성을 확대하고자 함이다.

여기서 말하고자 하는 민속의 공동체는 과거에 가족을 비롯한 친척이나 문중으로 구성된 혈연공동체, 문화적 공간이며 장소성을 근거로 형성된 지연공동체, 그 밖에 다양한 학연이나 성별로 구분된 도구적이고 구성적인 공동체에서 벗어나 여러 구성원들의 의견이 수평적으로 반영될 수 있는 행위주체들의 공동체를 말한다. 이 공동체는 기본적으로 공공재의 원초적 근원인 마을이나 지역 주민들을 비롯해 그것을 관리하고 집행하는 공공기관, 전문적 자문그룹인 학술단체, 민속연구자 및 지역전문가, 각계각층의 시민단체 등이 수평적 관계 속에서 다양한 의견을 수렴하는 조직체이자 정서적 공감장이다. 공감장은 다양한 행위주체들의 수평적 소통과 민주적 논의를 통해 의사결정이 형성되고 실현되는 공유적 공간이라 할 수 있다. 공유적 공간은 단순히 민속 공동체에만 머무는 것이 아니라 민속이 구현되고 향유되며 수용되는 마을이나 고을 등의 모든 공간을 의미한다.

마을신앙은 공동체성에 근거하고 공유적 공간인 전통적 촌계나 마을총회를 통해 준비하고 실행한 뒤 모든 것이 투명하게 공개되어 마무리된다. 이것은 농업노동의 전통농경사회에서는 어느 정도 지속되었지만, 산업사회에서는 다양한 환경의 영향을 받아 공동체성을 담보할 수 있는 새로운 형태의 공감장을 필요로 한다. 과거에는 공감장에 근거한 공유적 민속은 생업의 하나이자 삶의 실천 내용이었다. 하지만 환경 변화와 다양한 욕구가 반영되면서 민속이 공유되지 못하고 파편화되는 경우가 적지 않았다. 그것은 마을신앙이나 무속신앙이 다양한 종교의 영향을 받아 소멸되거나 위축되는 많은 변화를 겪고 있는데서 확인할 수 있다. 더 이상 마을신앙과 무속신앙이 공유성을 담보할 수는 없지만, 문화재나 공연물로서 축제화 등 문화관광자원화된 경우 어느 정도 기호적 의미의 변화를 통해 공유성을 확보하고 전승적 기반을 유지하게 된다. 공감장에 근거해 형성되고 유지된 민속의 공공재성은 향유자 및 수용자들에 의해 선택적일 수밖에 없다. 그렇기 때문에 공유성의 범위가 공공재의 성격에 따라 제한 받기 마련이고, 민속의 실천성과 밀접한 관련이 있다.

민속의 공공성 강화는 민속이 형성되고 수용된 장소성의 원초적 기반으로부터 출발한다. 장소는 인간의 경험이 시간의 흐름에 따라 누적되고, 인간이 정서적인 끈을 형성하며 가치를 부여하는 문화적 공간으로서 단순한 물리적 사물뿐만 아니라 인간의 심성과 유대를 통해 형성된 곳이다.[31] 장소성을 원초적 기반으로 다양한 교류와 인간의 심성과 유대를 통해 지역성으로 확장된다. 본래 홍어음식은 대흑산도 인근 영산도 사람들이 날것으로 즐겼던 음식이었지만, 영산도 주민들의 집단이주를 통해 농경적 기반이 형성되었던 영산강 유역으로 전파되었고, 도로 및 철도가 개통이 되면서 그 음식문화가 더욱 확산되었으며, 산업사회의 농촌인구의 대도시로의 이동 그리고 다양한 정보의 생산과 유통의 급격한 증대가 이루어져 홍어음식의 대중화가 이루어졌다.[32] 그것은 홍어음식이 홍어찜, 홍어무침, 홍어회, 홍어애국, 홍어삼합 등 날 것의 음식에서 발효시킨(삭힌) 음식으로 확대되는 결과를 가져왔다. 이러한 과정을 통해 홍어음식이 호남이라는 지역성을 근거로 잔치음식으로 자리 잡게 되었고, 호남지역민들의 정체성 형성의 근간이며, 호남문화의 핵심적인 지표의 역할을 하고 있다.

장소는 지역의 출발점이고, 즉 장소의 연결을 통해 마을, 고을, 지역으로 확대된다. 지역성은 기본적으로 인간의 이동에 근거하여 교류를 통해 이루어지며, 공공성과 공익적인 발전의 개념으로 인식하고 있는 경우가 많고, 한 지역의 독특한 성격을 지닌 로컬리티(locality)로서 의미를 갖는다.[33] 장소로부터 지역성으로 확장시킬 수 있는 문화행사가 바로 지역축제이다. 특히 광주를 대표하는 고싸움놀이축제[34]와 전라남도 진도군의 대표적인 영등제[35] 등을 들 수 있고, 이들 지역축제는 민속과 관련된 다양한 프로그램으로 구성되어 있다. 지역축제에서 시연되거나 공연된 민속은 지역성을 근거로 공공성을 획득하게 된다. 민속의 공공성은 축제적 활용뿐만 아니라 문화재화 혹은 문화유산화를 통해서도 드러낸다. 민속놀이를 비롯한 마을신앙과 무속신앙, 다양한 민속예술 등이 국가무형문화재 154건과 460건의 국가민속자료, 시도무형문화재 751건과 1225건의 시도민속문화재로 지정된 것이 그것이다. 이들 문화재는 국가 혹은 지자체의 지원을 통해 전승기반을 확보하고 있지만 상당수는 공공재로서 지역축제의 프로그램으로 활용되고, 혹은 성읍민속마을, 외암민속마을, 낙안읍성민속마을, 왕곡전통마을, 괴시리전통마을, 대율리전통문화마을, 덕동문화마을 등 마을사업의 일환으로 활용되기도 한다. 이와 같이 지역축제나 마을만들기 사업의 일환으로 민속의 공공성 강화를 통해 그 효용성을 확대시켜가고 있음을 알 수 있다.

5. 공공민속학의 이론적 정립과 전망

공공민속학은 1992년 출간된 《공공민속학(public Folklore)》이라는 논문집이 간행되면서 본격화되었다, 미국에서 공공민속학은 전통의 담지자와 민속학자 혹은 다른 전문가들의 협력 작업을 통해 민중의 전통을 재현하고 응용하는 민속학이라 했고, 일반화된 잔존으로서 민속이 아닌 생활 속에서 살아 숨쉬는 다양한 문화, 그리고 계급을 초월해 새로이 생기는 문화를 중시했다. 중요한 것은 학문의 공공성을 제고하고, 동시에 사회로 활짝 열린 지식생산과 사회실천을 지향한다는 점이다. 그 일환으로 민속 축제, 역사박물관의 전시기획, 소셜미디어의 민속 전시와 아카이빙, 교육부분의 민속프로그램, 문화관광프로그램 등 다양한 분야에서 공공민속학이 개입하였다.[36] 미국의 공공민속학을 일본에 소개하고 그 필요성을 강조한 사람이 바로 스가인데, 공공민속학은 민속이 선험적으로 본질적 가치를 내장한 존재가 아니라, 삶의 주체와 민생의 관계 속에서 민속의 가치가 생성한다고 보는 생활자주의 관점에서 실천되는 민속학이라 주장하였다.[37] 따라서 공공민속은 기억 속의 잔존문화가 아니라 새로운 환경 속에서 형성되는 문화, 민속적인 삶의 주체와 수용자가 공동으로 실천하는 것으로 이해하고 있음을 확인할 수 있다.

민속의 공공성이 공동체성과 공공재성 그리고 공유성이 선순환적 관계 속에서 구현되기 때문에 공공민속학은 민속의 공공성을 연구 대상으로 삼으며, 그것이 어떻게 생산되어 실현되고 수용되는지, 그것이 생활 속에서 어떻게 실천되고 민속의 효용성을 확대하는지에 관심을 갖는다. 공공민속학은 민속의 행위 주체집단과 전문가, 공공기관, 시민단체 등이 민주적 의사소통 과정을 통해 형성된 공감장으로서 공동체에 관심을 가지고, 공공재로서 성격을 지닌 문화재와 문화유산화 그리고 축제화된 민속에 대해 관심을 갖는다. 그리고 공동체에 의해 기획되고 생산된 공공재를 향유하고 공유하는 민속의 수용자에 대해 많은 관심을 가질 수밖에 없다. 그래서 공공민속학은 전통적인 생업기반을 근간으로 삼는 농촌민속학이나 어촌민속학과는 달리 현재의 삶에 초점을 맞춘 현재민속학이면서 생활민속학이자 실천민속학으로서 응용민속학의 성격이 크다고 할 수 있다. 이를 기반으로 공공민속학은 네 가지 영역에 관심을 가질 필요가 있다.

먼저 공공민속학은 문화학으로서 민속뿐만 아니라 보존과 문화적 가치를 강조하는 문화재로서 민속, 전승과 생태문화적 가치를 강조하는 문화유산인 민속에 관심을 가져야 한다. 민속의 문화재화는 상당수가 민속학자들에 의해 주도되었고, 민속학이 로컬민속을 구제하고 발굴하여 민속예술경연대회 등의 여과장치를 거쳐 국가 공인의 무형문화재로 지정하였다. 무형문화재 지정 의도는 민족주의 담론을 배경으로 민족 문화의 재생을 지향하고, 민족 정체성을 담보한 문화적 표상을 구축하기 위한 것이었다.[38] 이것이 최근 들어 문화유산이라는 개념으로 확대되고 있다. 문화재는 국가 차원에서 지키고 보호해야 하는 공공의 재산으로 통용되지만, 문화유산은 다음 세대에 물려주어야 하는 다양한 범주의 유산으로 모두 공적인 개념이 내포되어 있는 것이 특징이다. 이에 따라 문화재학 혹은 문화유산학이라는 하나의 학문적 영역으로 구축하기도 한다. 특히 문화재 관리대상을 확장해야 하고, 문화재 관리방식의 다양화, 문화재 관리면적의 확대, 문화재 관리주체의 확장을 통해 문화재에서 문화유산으로 확대하여[39] 융합학문인 문화유산학 도입의 필요성을 제기하고 있는 것이 그 예이다. 이에 따라 민속학과 문화재학 혹은 문화유산학이 서로 혼용되는 경우가 적지 않아 이를 구분할 필요성이 있는 것으로 보인다.

민속을 가변적이고 유동적인 삶의 총체적 체계로서 인식하는 민속학은 문화학이지만, 문화재학은 문화재보호법에 따른 법적으로 확정된 대상이자 텍스트적 개념으로서 문화재를 탐구 대상으로 삼으며, 문화유산이 텍스트와 컨텍스트의 복합체이기 때문에 문화유산을 형성하는 집단 및 향유하는 집단의 새로운 역학관계에 주목하는 것이 문화유산학이다. 공공민속학은 문화학과 문화재학 그리고 문화유산학의 교집합적 민속에 관심을 갖는 점에서 공통적이지만, 민속의 효용성을 확대하여 공공성을 구현하려 한다는 점에서는 다소 차별화 된다. 즉 민속 공공성의 구현되는 요소 가운데 문화재학이 공공재에 주안점을 둔다면, 문화유산학은 공동체와 공유성에 많은 관심을 가지고 있고, 공공민속학은 공동체성과 공공재성 그리고 공유성이 선순환적 기호삼각구조 속에서 상호작용하여 형성되고 지속된 민속에 대해 관심을 갖는다는 점에서 차이가 있다. 문화재 및 문화유산과 관계된 공감장으로서 공동체는 거주민[40], 문화재보존회, 문화재청, 지자체, 연구기관 및 연구자, 지역운동 및 시민 단체 등으로 구성된 민주적이고 수평적 의사소통의 집단을 말하고, 이 집단에 의해 실행된 실천적인 결과가 공유성에 영향을 미치게 된다.

두 번째로 공공민속학은 경제적 목적을 추구하는 관광상품이자 축제프로그램으로 활용되는 민속에 관심을 가질 필요가 있다. 지역축제는 제의와 같은 종교적인 행사이거나 놀이와 같은 유희적인 행사이며, 의례적인 행사 혹은 경제적인 행사로서 종합문화예술행사의 성격을 지닌다.[41] 한국에서 지역축제가 활성화된 것은 지방자치시대 정착 이후로 주민의 화합을 도모하고 지역성의 강화를 통해 정체성을 확립하면서 경제적 활성화를 명분으로 개최되었고, 2022년에는 지역축제가 944개로 증가하였다.[42] 그 가운데 민속을 축제프로그램으로 활용하는 경우로 서울의 노원탈춤제와 세계민속춤축제, 울산의 처용문화제, 부산의 동래읍성축제, 인천의 부평풍물대축제, 전주의 단오행사, 안동국제탈춤페스티벌, 춘천인형극제, 진주남강유등축제, 밀양아리랑대축제, 순천의 낙안읍성 민속문화대축제, 광주칠석동고싸움놀이축제, 영광법성포단오제, 진도문화예술축제 등 수많은 지역축제에서 확인된다. 그 중에서도 고싸움놀이축제는 당산제, 사물놀이, 쥐불놀이, 어린이고 삼고싸움, 고싸움놀이, 남도민요와 판소리, 줄다리기 등 민속내용이 축제프로그램으로 구성되어 있다. 이처럼 지역성을 지닌 다양한 민속을 축제프로그램으로 활용하는 경우가 적지 않을 것으로 생각한다.

지역축제는 기본적으로 문화재화된 민속을 축제프로그램으로 구성되거나, 문화재는 아니지만 전국민속예술경연대회에 출품한 민속도 축제프로그램으로 구성되기도 한다. 최근 들어서는 민속예술공연단으로서 소규모 공연단체를 결성하여 민속과 관련된 내용을 공연작품으로 재구성하여 공연하는 경우도 늘고 있다. 그래서 지역축제에서 활용되는 모든 민속을 공공민속학이라는 측면의 관심을 갖는 것도 필요하다. 다소 평면적이고 계기적이기는 하지만 지역축제와 관계된 민속을 〈민속자료화 → 문화재화 → 문화유산화 → 공공재화〉 혹은 〈민속학 → 문화재학 → 문화유산학 → 공공민속학〉이라는 전개 과정에서 관심을 가져야 한다. 지역축제에서 공감장으로서 공동체는 기본적으로 거주민, 축제추진위원회, 지자체, 교육 및 연구기관, 연구자 및 지역전문가, 지역운동 및 시민단체 등으로 구성되는 것이 바람직하다. 이 집단은 민속의 공유성을 확장하는데 기여하고, 그런 측면에서 민속의 공공재화를 검토하는 것도 중요하다.

세 번째로 공공민속학은 농촌체험 및 민속체험으로서 민속마을 및 전통마을 혹은 문화마을 사업의 일환으로 활용되는 민속프로그램에 관심을 가져야 한다. 민속마을 지정사업은 국가 주도의 전통문화보존이라는 명분으로 전통 건축물을 민속자료로 지정하면서 전개된 사업이다.[43] 민속마을에서 마을신앙을 비롯하여 다양한 민속행사가 지속되고, 특히 낙안읍성에서는 전통문화마을 보존의 면모를 보여주기 위해 정월대보름축제의 일환으로 당산제를 지내고 있다.[44] 1995년 민선 지방자치 부활 이후 문화체육관광부와 농림축산식품부가 지자체와 연계한 문화역사마을, 문화마을, 농촌관광마을 등의 〈마을 만들기 사업〉이 본격화되었다. 이 사업은 생태, 역사, 문화적 자원을 활용하여 농촌경제의 활성화를 도모하기 위한 마을문화상품을 만드는 것이다. 각 부처나 지자체마다 사업의 명칭만 다를 뿐 핵심은 문화마을 만들기라고 할 수 있다.[45] 농림축산식품부의 농어촌체험마을 만들기 사업을 비롯하여 문화체육관광부의 관광체험형 마을만들기 지속 발굴 사업, 2021년도에 국토교통부가 국가균형발전사업의 하나로 문화마을 만들기 사업의 우수사례로 전국적으로 30개소를 선정한 바 있고, 광주광역시가 마을공동체사업으로 400여 개 공동체를 지원하여 생태문화마을만들기 사업을 진행해오고 있는 것을 비롯해 지방자치단체마다 다양한 마을만들기 사업을 시행하고 있는 것이 현실이다.

여기서 마을만들기 사업에서 활용되고 있는 민속자료를 비롯한 문화재나 문화유산 등 다양한 민속적인 내용을 확인할 수 있다. 가령 농림축산식품부가 농어업인 삶의 질 향상 및 농어촌지역 개발 촉진에 관한 특별법에 근거하여 농촌관광활성화 지원 정책으로 농촌체험휴양마을 조성 사업을 하고 있는데, 농촌교육문화활성화 정책으로서 주민참여형 마을단위 축제를 활성화하는 것이나, 농촌지역 주민공동체의 교육 및 문화프로그램 운영 지원 등에서 민속적인 활용 등이 확인된다. 따라서 전통·민속마을 혹은 문화마을 만들기 사업에서 활용되는 민속 또한 공공민속학적으로 관심을 가져야 하는 것이다. 마을 만들기 사업의 성패는 공동체 구성에 의해 좌우된다고 할 수 있을 만큼 중요하다. 이 사업에서 공동체는 사업주체인 거주민, 공공기관(농림축산식품부, 문화체육관광부, 국토교통부, 지자체 등), 교육기관, 연구기관 및 연구자, 지역전문가, 지역운동 및 시민단체 등으로 구성되고, 민주적이고 수평적인 의사소통을 통해 결정된 의견들을 반영시키는 집단이다. 이 집단에 의해 민속의 공공재가 확정되고, 그 실천적인 결과에 따라 민속의 공유성이 결정된다.

네 번째로 공공민속학이 지역의 정체성 확립과 문화교육적인 측면의 민속교육에 관심을 갖는 것도 중요하다. 최근 들어 다민족간의 다양한 교류로 인해 공간적인 경계가 약화되어 다문화사회가 형성되고 있다. 이것은 문화의 다양성을 강조하는 사회적 분위기를 조성시키는데 중요한 역할을 하였고, 그러면서도 문화적 독자성과 민족의 정체성을 강조하는 계기가 되었다. 민속은 민족의 정체성의 근원으로서 향수와 추억의 전통자료이자 생활사로서 삶의 실천적 자료이다. 이러한 가치를 구현하려는 노력이 교육적 의도이고, 다양한 교육프로그램을 통해 실현하고 있다. 2020년도 문화체육관광부의 문화예술교육 지원 정책에 근거하면 문화재 활용을 비롯해 전통·민속놀이, 사물·풍물놀이 등이 학교 및 사회 교육과정으로 편성되어 있다. 이러한 민속의 활용 확대와 정체성 확립을 위한 민속교육프로그램은 외국인을 대상으로 하는 문화교육프로그램, 인문학교육으로서 평생교육프로그램, 지역학교육으로서 민속교육프로그램 등을 들 수 있다.

　학교 교육에서는 민속놀이와 민속예능 중심으로 편성되어 있고, 지역에서 운영하는 문화교육, 인문학교육, 평생교육 등에서 편성하고 있는 민속교육프로그램은 지역의 민속이기는 하지만 모두가 강사 중심으로 민속을 선택하는 경우가 많다. 이것은 지역의 정체성을 확립하고 교육하는데 한계가 있을 수밖에 없다. 따라서 공공민속학 민속교육의 바람직한 방안으로서 기본적으로 교육공동체를 구성하여 운영하는 것이 바람직하리라고 생각한다. 교육공동체는 지자체의 문화예술담당공무원, 초중등 교육기관, 시군구 문화원, 민속의 연구자, 지역학 연구자, 시민단체 등으로 구성된 지역민속교육위원회의 성격을 지닌다. 이 집단에 의해 민속교육 내용이 결정되어야 하고 교육적 성과 또한 평가 되어야 한다. 다시 말하면 지역의 학교교육, 인문학교육, 평생교육 등에서 이루어지는 모든 민속교육을 지역민속교육위원회의 지침에 근거하여 실행하는 것이 공공민속학의 취지에 부합될 것으로 보인다.

이처럼 오늘날 공공민속학의 효용성이 점차 확대되고 있다는 점에서 그 위상을 어느 정도 가늠해 볼 수 있다. 특히 시간과 공간 관념의 변화가 민속의 효용성을 변화시켜 왔기 때문에 과거 중심의 민속이 아니라 현재의 민속에 대해 관심을 가질 필요가 있는 것이다. 그것은 무엇보다도 공공민속학이자 문화민속학이고 생활민속학으로서 그 의미를 파악하려는 노력을 말한다. 아직도 마을공동체에선 마을의 전통을 계승하고 전승하려는 의식 속에서 마을 신앙이 지속되고 있기 때문에 전통성을 강조하는 문화민속학의 측면에서 지속적으로 관심을 가져야 한다. 그리고 공휴일로 지정된 설과 추석을 비롯한 연중행사, 주말과 공휴일 중심의 돌잔치와 생일잔치, 결혼식장의 축제적인 혼인행사, 장례식장의 죽음의례와 공공묘역의 매장의례, 종교의 영향에 따른 추도식과 제사의례 등은 삶의 리듬이자 일상성이 크게 작용하는 생활민속학으로서 관심을 가져야 한다. 아울러 현실적으로 민속의 효용성 확대를 통해 공공성을 강화하고, 행위 주체뿐만 아니라 객체와 함께 공유하는 공공민속학의 역할이 더욱 요구되고 있는 상황이다.

특히 체험주의는 문화가 물리적(비기호적) 층위의 경험과 기호적 층위의 경험의 연속적 중층성으로 구성되기 때문에 문화의 중층적 구조를 해명하는 것이 문화 해석의 출발점이고, 문화 해석이 우리의 경험 구조에 대한 해명과 긴밀하게 묶여 있다고 주장한다.[46] 그런 점에서 민속도 경험의 중층적 구조로 이루어져 있고, 고정 불변하는 것이 아니라 가변적이며 유동적인 삶의 총합적 경험으로 인식하여 그 물리적 기반과 연계하여 이해할 필요가 있다. 가장 중요한 것은 민속의 물리적 기반의 변화에 따른 기호적 전이를 통해 지속된 현재의 민속에 관심을 가져야 한다는 점이다. 무엇보다도 민속의 지속성을 토대로 민속의 효용성 확대와 공공성을 강화하기 위한 민속에 관심을 가져야 하고, 이를 위해서는 민속의 물리적 기반인 시간과 공간 관념의 변화, 생업방식과 노동방식의 변화, 역사적이고 사회적인 변화 등에 근거해 변화된 민속을 생활민속학이자 현재민속학으로 이해하는 것이 중요하다. 그 가운데 하나가 다름 아닌 민속의 사회적 실천이라고 할 수 있는 공공민속학적 관심인 것이다.

요 약 ────────────────────────────────

  민속을 잔존문화로서가 아니라 현재 지속되고 있는 국민의 생활양식으로
이해할 필요가 있다. 그것은 민속의 일부로서 전통성과 일상성 그리고 공공
성을 가진 생활양식으로 확대시킬 필요가 있는 것이다. 공공성은 문화생산
자와 문화수용자를 비롯하여 다양한 계층이 참여하여 형성된 공론의 장인
공감장에서 추구하는 문화적 공공복지이고, 공동체성과 공공재성 그리고 공
유성이 선순환적 기호삼각구조 속에서 상호작용하여 구현된 것을 의미한다.
공공성은 공동체성의 의지에 근거하여 공공재성이 변화되고 공유성의 범위
에 따라 결정된다.

  민속 해석은 민속을 생산하고 향유하는 구성원들이 공유했거나 공유하고
있는 기호적 경험의 구조를 이해하는 것에서부터 시작되어야 하고, 기호적
경험은 물리적 경험으로부터 많은 제약을 받는다. 민속 형성과 전승에 가장
중요하게 영향을 미치는 것이 노동방식이고, 노동방식의 변화에 따라 민속
또한 그 영향을 받는다. 노동방식의 변화가 삶의 질서체계에서 시간과 공간
의 관념을 변화시키고, 마을신앙과 무속신앙을 비롯해 의례적인 시간의 변
화를 가져왔다. 시간 인식의 변화는 공간 개념을 변화시키기고, 공간 가치의
변화가 민속놀이와 의례적이고 세시행사 공간의 변화를 가속화 시켰다. 민
속의 변화에서 그 물리적 기반의 변화가 중요한 역할을 한 것이다.

  민속이 그 경험의 변화에 따라 가변적인 것은 인간 경험의 불안전성, 즉 기
호적 경험의 불안전성 혹은 불투명성에서 비롯된다. 기호적 경험의 주인으로
서 인간의 유한성 때문에 기표의 한계가 드러나고, 인간의 경험이 기표에 기
호적으로 사상된다 하더라도 부분적이어서 기호가 변형되어 나타난다. 그것
을 기호적 전이(symbolic metastasis)라 하는데, 유사한 경험의 내용이 다양한
기표에 사상됨으로써 유사한 기호적 의미가 새로운 기표를 거치면서 변형과

증식을 거듭하는 현상을 말한다. 기호적 전이는 주로 기표와 기호내용에서 나타나고, 민속이 지속되려면 기호적 전이처럼 변화되어야 하며, 기호적 전이가 발생하지 않으면 민속은 더 이상 지속되지 못하고 위축되어 소멸되어가는 과정을 겪게 된다.

민속의 기호적 전이는 민속의 효용성을 극대화시키는데 중요한 역할을 한다. 민속의 효용성을 확대하기 위해 민속을 현재 지속되고 있는 전통성과 일상성 그리고 공공성을 가진 생활문화이자 국민의 생활양식으로 인식할 필요가 있다. 민속의 공공성 강화는 단순히 전통농경사회의 민속을 계승하려는 것만이 아니라 민속의 효용성을 확대하고, 민속의 생산자가 다수집단을 대상으로 기획하고 생산한 것을 수용자가 함께 향유하고 실천하기 위함이다. 이것은 민속이 형성되고 수용된 장소성의 원초적 기반으로부터 출발한다. 장소성은 다양한 교류와 인간의 심성과 유대를 통해 지역성으로 확장되고, 그 과정에서 민속의 효용성을 확대하고 공공성을 강화하기 위해 음식문화, 마을신앙, 무속신앙, 민속놀이, 민속예술 등 다양한 변화가 수반된다.

공공민속학은 민속의 공공성을 연구 대상으로 삼고, 현재의 삶에 초점을 맞춘 현재민속학이면서 생활민속학이자 실천민속학으로서 응용민속학의 성격이 크다. 이에 따라 공공민속학은 크게 네 가지 영역에 관심을 가질 필요가 있다. 먼저 공공민속학은 문화학으로서 민속뿐만 아니라 보존과 문화적 가치를 강조하는 문화재로서 민속, 전승과 생태문화적 가치를 강조하는 문화유산인 민속에 관심을 가져야 한다. 두 번째로 공공민속학은 경제적 목적을 추구하는 관광상품이자 축제프로그램으로 활용되는 민속에 관심을 가질 필요가 있다. 세 번째로 공공민속학은 농촌체험 및 민속체험으로서 민속마을 및 전통마을 혹은 문화마을 사업의 일환으로 활용되는 민속프로그램에 관심을 가져야 한다. 네 번째로 공공민속학이 지역의 정체성 확립과 문화교육적인 측면의 민속교육에 관심을 갖는 것도 중요하다. 이와 같은 공공민속학의 영역은 민속의 효용성 확대와 공공성 강화에 크게 기여할 것으로 기대하고, 공공민속학적 관심은 다름 아닌 민속의 사회적 실천이라 할 수 있다.

각 주

1 표인주, 「시간민속의 체험주의적 이해」, 『민속학연구』 제46호, 국립민속박물관, 2020, 7~11쪽.

2 남근우, 「공공민속학의 지식생산과 사회실천」, 『실천민속학연구』 제35호, 실천민속학회, 2020, 394쪽.

3 구연상, 「공공성(公共性)의 우리말 뜻 매김」, 『동서철학연구』 제96호, 한국동서철학회, 2020, 442쪽.

4 신효원, 「공공성 개념의 재정립과 복합적 의미」, 『한국정책학회하계학술발표논문집』, 한국정책학회, 2018, 3~10쪽.

5 전명수, 「문화와 공공성의 확장」, 『신학과 사회』 32(2), 21세기기독교사회문화아카데미, 2018, 37~43쪽.

6 김재광, 「문화공공성과 문화다양성을 제고하기 위한 법적 과제」, 『공법연구』 43(3), 한국공법학회, 2015, 54쪽.

7 권혁희, 「공공민속학 담론의 현황과 과제」, 『한국민속학』 67, 한국민속학회, 2018.

8 남근우, 「공공민속학의 가능성과 한계」, 『한국민속학』 71, 한국민속학회, 2020.

9 남근우, 「공공민속학의 지식생산과 사회실천」, 『실천민속학연구』 제35호, 실천민속학회, 2020.

10 노양진, 『몸 언어 철학』, 서광사, 2010, 164쪽.

11 공감장은 인간의 파편화된 삶에 통일성을 부여하여 공동체성을 형성하고, 지속적으로 주체를 배려하고 동시에 객체와 관계성을 구축해 나가는 주객일체의 정서적 유대 장소를 말한다.(표인주, 「공동체의 지속과 변화에 관한 체험주의적 해석」, 『호남학』 제68집, 전남대학교 호남학연구원, 2020, 14쪽)

12 권향원, 「공공성 개념: 학제적 이해 및 현실적 쟁점」, 『정부학연구』 제26권 제1호, 고려대학교정부학연구소, 2020, 27~28쪽.

13 체험주의적 해명에 따르면 우리의 경험은 신체적/물리적 층위의 경험과 정신적/추상적 층위의 경험의 중층적 구조로 이루어진다. 정신적/추상적 층위의 경험은 항상 신체적/물리적 층위의 경험에 근거하고 있으며, 그것을 토대로 은유적으로 확장되어 나타난다. 이러한 확장은 자연적, 사회적, 문화적 조건에 따른 다양한 변이를 드러낸다.(노양진, 『몸이 철학을 말하다』, 서광사, 2013, 160쪽)

14 체험주의적 시각에서 기호적 경험은 우리 경험내용의 일부를 특정한 물리적 대상, 즉 기표에 사상함으로써 그 사상된 경험내용의 관점에서 그 기표를 이해하고 경험하는 과정이다.(노양진, 『기호적 인간』, 서광사, 2021, 58쪽)

15 표인주, 「동물민속의 기호경험과 기호적 의미의 변화」, 『실천민속학연구』 제37호, 실천민속학회, 2021, 320쪽.

16 마크 존슨/김동환·최영호 옮김, 『몸의 의미』, 동문선, 2012, 75~96쪽.

17 농경사회에서 행해졌던 유희적, 의례적, 종교적 기능이 도시로 이행되는 결과를 가져왔고, 예컨대 마을신앙이나 가택신앙이 위축되거나 단절되어 도시에 집중되어 있는 종교적 공간으로 이동하게 되고, 가정에서 행해졌던 의례잔치들이 도시의 전문적인 의례적 공간으로 이동했으며, 가정이나 마을공간에서 경험했던 여가생활이 도시의 유희적 공간으로 이동하는 것이 그것이다.(표인주, 「홍어

음식의 기호적 전이와 문화적 중층성」, 『호남문화연구』 제61집, 전남대학교 호남학연구원, 2017, 13쪽)

18 표인주, 「호남지역 민속놀이의 기호적 변화와 지역성」, 『민속연구』 제35집, 안동대학교 민속학연구소, 2017, 367쪽.

19 표인주, 『체험주의 민속학』, 박이정, 2019, 173~174쪽.

20 노동은 형태나 방식에 따라 육체노동, 정신노동, 조작(操作)노동 등으로 구분된다. 노동의 가장 기본적이며 원초적인 형태는 몸의 움직임을 통해 이루어지는 육체노동인데, 자급자족의 노동이 농경사회의 노동형태라면, 잉여생산의 노동은 산업사회의 노동이다. 정신노동은 지식정보산업사회가 형성되면서 더욱 증가했고, 조작노동은 미래에 더욱 확대되어 나타날 것이다.(표인주, 「시간민속의 체험주의적 이해」, 『민속학연구』 제46호, 국립민속박물관, 2020, 10쪽)

21 우리의 삶의 질서체계인 세시행사의 지속과 변화에는 공휴일정책이 적지 않은 영향을 미쳤다.(표인주, 위의 논문, 25쪽)

22 표인주, 「삶과 시간, 그 변화의 체험주의적 해명」, 『용봉인문논총』 제59집, 전남대학교 인문학연구소, 2021. 301~330쪽.

23 민속 형성의 근간이자 전승 기반이 가족공동체라고 할 수 있는데, 농업노동이 중심이 되는 농경사회의 대가족이 산업노동에 근거한 산업사회의 핵가족으로, 조작노동이 강화되는 지식정보산업사회에서는 수정가족으로 변모하는 것은 노동형식의 변화와 밀접한 관련이 있음을 알 수 있다(표인주, 「공동체의 지속과 변화에 관한 체험주의적 해석」, 『호남학』 제68집, 전남대학교 호남학연구원, 2020, 8~14쪽)

24 노양진, 『기호적 인간』, 서광사, 2021, 62~74쪽.

25 표인주, 「공동체의 지속과 변화에 관한 체험주의적 해석」, 『호남학』 제68집, 전남대학교 호남학연구원, 2020, 16~23쪽.

26 표인주, 「홍어음식의 기호적 전이와 문화적 중층성」, 『호남문화연구』 제61집, 전남대학교 호남학연구원, 2017, 7~8쪽.

27 노양진, 『기호적 인간』, 서광사, 2021, 33쪽.

28 표인주, 「동물민속의 기호경험과 기호적 의미의 변화」, 『실천민속학연구』 제37호, 실천민속학회, 2021, 334~337쪽.

29 표인주, 「홍어음식의 기호적 전이와 문화적 중층성」, 『호남문화연구』 제61집, 전남대학교 호남학연구원, 2017, 15~23쪽.

30 표인주, 「호남지역 민속놀이의 기호적 변화와 지역성」, 『민속연구』 제35집, 안동대학교 민속학연구소, 2017, 379~380쪽.

31 정은혜, 「몽생미셸의 장소성 형성과 변화에 관한 연구」, 『한국도시지리학회지』 제24권 1호, 한국도시지리학회, 2021, 48쪽.

32 표인주, 「홍어음식의 기호적 전이와 문화적 중층성」, 『호남문화연구』 제61집, 전남대학교 호남학연구원, 2017, 9~14쪽.

33 표인주, 「삶과 공간, 그 의미 확장의 체험주의적 해명」, 『감성연구』 24, 전남대학교 호남학연구원, 2022, 172쪽.

34 고싸움놀이는 광주광역시 남구 칠석동 칠석마을에서 전승이 단절된 것을 1969년 지춘상 교수가 재현하고, 1970년에 중요문화재 제33호로 지정되면서 1984년부터 광주광역시를 대표하는 지역축제로 활용되었다.(표인주, 『남도민속과 축제』, 전남대학교출판부, 2005, 407~421쪽)

35 진도영등제는 진도군 고군면 회동마을의 영등제를 1978년부터 진도군과 마을주민이 합동으로 제사를 지내면서 지역축제로 발전하였다.(나승만, 「영등제의 전승과 축제화」, 『비교민속학』 제13집, 비교민속학회, 1996, 195쪽) 1980년부터 용왕제, 뽕할머니기원제, 만가, 들노래, 농악, 강강술래 등 민속문화적인 내용을 중심으로 지역축제로서 모습을 갖추게 되었다.

36 남근우, 「공공민속학의 지식생산과 사회실천」, 『실천민속학연구』 제35호, 실천민속학회, 2020, 389~399쪽.

37 남근우, 위의 논문, 406~414쪽.

38 정수진, 「무형문화재 보호정책과 민속학」, 『실천민속학연구』 제37호, 실천민속학회, 2021, 194~197쪽.

39 이현경·손오달·이나연, 「문화재에서 문화유산으로-한국의 문화재 개념 및 역할에 대한 역사적 고찰 및 비판」, 『문화정책논총』 33(3), 한국문화관광연구원, 2019, 19~21쪽.

40 거주민은 원주민, 귀향인, 귀농인, 이주민 등을 포괄하는 개념으로, 원주민은 마을에서 태어났거나 결혼한 사람으로 지속적으로 생활해온 사람이고, 귀향인은 마을에서 태어나고 성장했지만 도시에서 생활하다가 귀향한 사람이며, 귀농인은 마을과는 연고가 없으나 농업을 위해 귀촌한 사람이다. 이주민은 국제결혼을 통해 정착한 이주여성, 농업과 관련 없는 공간을 마련하여 활동하는 사람, 거주생활만 하는 사람 등을 말한다.(표인주, 「공동체의 지속과 변화엔 관한 체험주의적 해석」, 『호남학』 제68집, 전남대학교 호남학연구원, 2020, 23쪽)

41 표인주, 『축제민속학』, 태학사, 2007, 18~19쪽.

42 문화체육관광부에서 정리한 현황으로 문화체육관광부 지정 문화관광축제를 포함하여 국가에서 지원하는 축제를 비롯하여 지자체에서 주관하거나 후원하는 축제, 민간에서 추진위를 구성하여 개최하는 축제 등을 말한다.

43 순천 낙안읍성을 1983년 사적302호로, 제주도 성읍마을을 1984년 중요민속자료 188호로, 안동 하회마을을 1984년 중요민속자료 122호로 지정하면서 본격적인 민속마을 보존사업이 시행되었다.(김용환 외, 「전통문화의 보존과 민속마을」, 『비교민속학』 제12집, 비교민속학회, 1995, 48~52쪽)

44 표인주, 「순천 낙안읍성 공동체 민속과 공동체의 변이양상」, 『민속학연구』 제6호, 국립민속박물관, 1999, 246쪽.

45 표인주, 앞의 논문, 21쪽.

46 노양진, 『몸이 철학을 말하다』, 서광사, 2013, 156~160쪽.

참고문헌

『한국민속신앙사전-가정신앙㉠~㉤』, 국립민속박물관, 2011.

『한국일생의례사전』, 국립민속박물관, 2014.

G.J.휘트로 지음(이종인 옮김), 『시간의 문화사』, 영림카디널, 1999.

G.레이코프·M.존슨 지음(임지룡·윤희수·노양진·나익주 옮김), 『몸의 철학』, 도서출판 박이정, 2018.

G.레이코프·M.존슨 지음(노양진·나익주 옮김), 『삶으로서 은유』, 박이정, 2009.

M.존슨 지음(노양진 옮김), 『마음 속의 몸』, 철학과 현실사, 2000.

강민구, 「죽음에서 자아올린 생의 기억」, 『한국한문학연구』 제70집, 한국한문학회, 2018.

고대민족문화연구소, 『한국민속대관』 4, 고대민족문화연구소 출판부, 1995.

고싸움놀이보존회, 『옻돌마을 사람들과 고싸움놀이』, 민속원, 2003.

공제욱, 「일제의 민속통제와 집단놀이의 쇠퇴」, 『사회와 역사』 제95집, 한국사회사학회, 2012.

구연상, 「공공성(公共性)의 우리말 뜻 매김」, 『동서철학연구』 제96호, 한국동서철학회, 2020.

구중회, 『계룡산 굿당 연구』, 국학자료원, 2001.

국립민속박물관, 『한국 민속문화의 탐구』, 민속원, 1996.

국립안동대학교민속학연구소 공동체문화연구사업단 엮음, 『민속학과 공동체문화연구의 새로운 지평』, 민속원, 2019.

권향원, 「공공성 개념: 학제적 이해 및 현실적 쟁점」, 『정부학연구』 제26권 제1호, 고려대학교 정부학연구소, 2020.

권혁희, 「공공민속학 담론의 현황과 과제」, 『한국민속학』 67, 한국민속학회, 2018.

그레이엄 클라크 지음(정기문 옮김), 『공간과 시간의 역사』, 푸른길, 1999.

김경학 외, 『암소와 갠지스』, 산지니, 2005.

김둘이·소현수, 「문화역사마을가꾸기 사업의 역사문화자원 활용 방식 고찰」, 『농촌계획』 제24권 제1호, 한국농촌계획학회, 2018.

김선풍 외, 『민속놀이와 민중의식』, 집문당, 1996.

김선풍 외, 『열두띠 이야기』, 집문당, 1995.

김성조·김재학, 「문화재야행 환경에서 지각된 장소성과 태도 및 행동의도 간의 구조적 관계」, 『관광학연구』 제44권 제8호, 한국관광학회, 2020

김시덕, 「도시 장례식장에서 지속되는 상례의 문화적 전통」, 『실천민속연구』 제9호, 실천민속학회, 2007.

김시덕, 「일생의례의 역사」, 『한국민속사논총』, 지식산업사, 1996.

김열규 외, 『민담학개론』, 일조각, 1985.

김용남, 「장소성 강화를 위한 공간스토리텔링 방안 연구」, 『인문사회 21』, 제10권 4호, (사)아시아문화학술원, 2019.

김용환 외, 「전통문화의 보존과 민속마을」, 『비교민속학』 제12집, 비교민속학회, 1995.

김원, 「서벌턴은 왜 침묵하는가?」, 『사회과학연구』 제17집 1호, 서강대학교 사회과학연구소, 2009.

김재광, 「문화공공성과 문화다양성을 제고하기 위한 법적 과제」, 『공법연구』 43(3), 한국공법학회, 2015.

김재호, 「그린 투어리즘에서 전통문화 체험프로그램과 민속의 활용」, 『한국민속학』 제46집. 한국민속학회, 2007.

김태곤, 『한국무속연구』, 집문당, 1985.

김택규, 『한국농경세시의 연구』, 영남대학교 출판부, 1985.

나경수, 『한국의 신화연구』, 교문사, 1993.

나승만, 「영등제의 전승과 축제화」, 『비교민속학』 제13집, 비교민속학회, 1996.

남근우, 「공공민속학의 가능성과 한계」, 『한국민속학』 71, 한국민속학회, 2020.

남근우, 「공공민속학의 지식생산과 사회실천」, 『실천민속학연구』 제35호, 실천민속학회, 2020.

남근우, 「민속의 관광자원화와 민속학 연구」, 『한국민속학』 49, 한국민속학회, 2009.

노양진, 「기호 역전」, 『담화와 인지』, 재27권 3호, 2020.

노양진, 「기호의 전이」, 『철학연구』 제149집, 대한철학회, 2019.

노양진, 「민속학의 체험주의적 탐구」, 『체험주의민속학』(표인주), 박이정, 2019.

노양진, 「성장으로서 문화: 나의 문화란 무엇인가?」, 영암청소년수련관의 강의자료(2019.10.29.)

노양진, 『기호적 인간』, 서광사, 2021.

노양진, 『몸 언어 철학』, 서광사, 2010.

노양진, 『몸이 철학을 말하다』, 서광사, 2013.

노양진, 『철학적 사유의 갈래』, 서광사, 2018.

마크 존슨(김동환·최영호 옮김), 『몸의 의미』, 문예신서, 2012.

멀치아 엘리아데 저(이동하 역), 『성과 속』, 학민사, 1983.

민속학회, 『한국민속학의 이해』, 문학아카데미, 1994.

박병훈·김한배, 「도시재생의 실천적 움직임과 지역성 개념의 변화 고찰」, 『한국경관학회지』 12(1), (사)한국경관학회, 2020.

박수현·김태영·여관현, 「문화마을만들기에서 공동체의식 형성요인 연구」, 『한국지역개발학회지』 25권 5호, 한국지역개발학회, 2013.

박진태, 『하회별신굿탈놀이』, 도서출판 피아, 2006.

박혜인, 「여가에서의 혼례식의 연원 및 그 변천」, 『여성문제연구』 12권, 대구가톨릭대학교 사회과학연구소, 1983.

배만규·오순환, 「축제의 장소 정체성」, 『관광학연구』 제33권 제1호, 한국관광학회, 2009

변동명, 「한국 전통시기의 산악신앙·성황신앙과 지역사회」, 『호남학』 67, 전남대학교 호남학연구원, 2020.

서정화, 「전통혼례에 대한 반성적 고찰」, 『동양철학연구』 제75집, 동양철학연구회, 2013.

서해숙, 「가택신앙과 주거공간의 상관관계」, 『남도민속학연구』 7권, 남도민속학회, 2001.

서해숙, 『호남의 가정신앙』, 민속원, 2012.

송준서, 「지역성 개념과 러시아 지방연구」, 『Russia & Russian Federation』 1권 1호, 한국외국어대학교 러시아연구소, 2010.

신효원, 「공공성 개념의 재정립과 복합적 의미」, 『한국정책학회하계학술발표논문집』, 한국정책학회, 2018.

안재호, 「묘역식 지석묘의 출현과 사회상」, 『호서고고학』 26, 호서고고학회, 2012.

알라이다 아스만/변학수·채연숙 옮김, 『기억의 공간』, 그린비, 2011.

에드워드 랠프 지음(김덕현·김현주·심승희 옮김), 『장소와 장소상실』, 논형, 2021.

에른스트 캇시러 지음(최명관 옮김), 『인간이란 무엇인가』, 서광사, 1989.

에릭 캔델/전대호 옮김, 『기억을 찾아서』, ㈜알에이치코리아, 2013.

윤수종, 「농업생산조직과 지역발전」, 『현대사회과학연구』 13권, 전남대학교 사회과학연구소, 2009.

윤충로, 「새마을운동 이후의 새마을운동」, 『사회와 역사』 109권, 한국사회학회, 2016.

이광규, 『한국인의 일생』, 형설출판사, 1985.

이두현 외, 『한국민속학개설』, 일조각, 1993.

이상영, 「작목반 육성과 농협의 과제」, 『한국농촌지도학회지』 제3권 제2호, 한국농촌지도학회, 1996.

이상원, 「조선시대 생일노래의 성격과 전승 연구」, 『국제어문』 26권, 국제어문학회, 2002.

이윤정, 「장소성을 활용한 공간 그래픽 디자인에 관한 연구」, 『커뮤니케이션디자인학연구』 제68호, 커뮤니케이션디자인학회, 2019.

이진경, 『근대적 시·공간의 탄생』, 그린비, 2018.

아-푸 투안 지음(윤영호·김미선 옮김), 『공간과 장소』, 사이, 2021.

이현경·손오달·이나연, 「문화재에서 문화유산으로-한국의 문화재 개념 및 역할에 대한 역사적 고찰 및 비판」, 『문화정책논총』 33(3), 한국문화관광연구원, 2019.

임동권, 『민속문화의 과제』, 민속원, 2008.

임동권, 『한국민속문화론』, 집문당, 1983.

임재해, 『민속문화를 읽는 열쇠말』, 민속원, 2004.

장덕순, 「문헌설화의 분류」, 『한국설화문학연구』, 서울대학교출판부, 1993.

장주근, 『한국의 세시풍속』, 형설출판사, 1989.

장철수, 『한국의 관혼상제』, 집문당, 1995.

전명수, 「문화와 공공성의 확장」, 『신학과 사회』 32(2), 21세기기독교사회문화아카데미, 2018.

정명중, 『신자유주의와 감성』, 전남대학교출판문화원, 2018.

정수진, 「무형문화재 보호정책과 민속학」, 『실천민속학연구』 제37호, 실천민속학회, 2021.

정은주, 「장소성에 기반한 초국가 시대 이주 연구」, 『지역과 세계』 제43집 제1호, 전북대학교 사회과학연구소, 2019.

정은혜, 「몽생미셸의 장소성 형성과 변화에 관한 연구」, 『한국도시지리학회지』 제24권 1호, 한국도시지리학회, 2021.

정형호, 『강령탈춤』, 화산문화, 2002.

조현주, 「장소아이덴티티의 가변성 사례연구」, 『기초조형학연구』, 9권 1호, 한국기초조형학회, 2008.

존 듀이 지음(박철홍 옮김), 『경험으로서 예술 1』, 나남, 2018.

존 듀이 지음(박철홍 옮김), 『경험으로서 예술 2』, 나남, 2017.

존 듀이(이유선 옮김), 『철학의 재구성』, 아카넷, 2014.

지성태·이요한, 「ODA관점에서 본 새마을운동의 범분야(Cross-Cuting) 이슈에 관한 연구」, 『한국지역개발학회지』 28권 4호, 2016.

지춘상 외, 『남도민속학 개설』, 태학사, 1998.

지춘상, 「줄다리기와 고싸움놀이에 관한 연구」, 『민속놀이와 민중의식』, 집문당, 1996.

지춘상, 『무형문화재조사보고서』 제9집, 문화재관리국, 1969.

천득염 외, 「가택신앙을 통한 한국전통수거공간의 의미 해석」, 『호남학』 제28권, 전남대학교 호남학연구원, 2001.

천정환, 「지역성과 문화정치의 구조」, 『사이間SAI』, 제4호, 국제한국문학문화학회, 2008.

천진기, 『한국동물민속론』, 민속원, 2003.

최인학 외, 『기층문화를 통해 본 한국인의 상상세계(중)-시간민속·물질문화-』, 민속원, 1998.

최인학 외, 『한국민속학 새로 읽기』, 민속원, 2001.

최정훈·오주환, 『조선시대의 역사문화여행』, 북허브, 2013.

최협 외, 『공동체론의 전개와 지향』, 선인, 2001.

최협 외, 『공동체의 현실과 전망』, 선인, 2001.

표인주 외, 『무등산권 굿당과 굿』, 민속원, 2011.

표인주 외, 『무등산권 무속신앙의 공간』, 민속원, 2011.

표인주, 「가축의 민속적 기호경험과 체험주의적 해석」, 『용봉인문논총』 제53집, 전남대학교 인문학연구소, 2018.

표인주, 「공동체의 지속과 변화에 관한 체험주의적 해석」, 『호남학』 제68집, 전남대학교 호남학연구원, 2020.

표인주, 「광주 점복문화의 실상과 특징」, 『문화재』 제43권 4호, 국립문화재연구소, 2010.

표인주, 「광주굿의 지속과 변화 양상」, 『한국학연구』 34, 고려대학교 한국학연구소, 2010.

표인주, 「대보름과 관련된 달맞이 고찰」, 『비교민속학』 제13집, 비교민속학회, 1996.

표인주, 「동물민속의 기호경험과 기호적 의미 변화」, 『실천민속학연구』 제37호, 실천민속학회, 2021.

표인주, 「마을축제의 영상도식과 은유체계의 이해」, 『한국학연구』 제68집, 고려대학교 한국학연구소, 2019.

표인주, 「만덕사 굿당의 변용과 기능」, 『호남문화연구』 제55집, 전남대학교 호남학연구원, 2014.

표인주, 「무형문화재 고싸움놀이의 변이양상과 축제화 과정」, 『한국문화인류학』 33권 2호, 한국문화인류학회, 2000.

표인주, 「민속신앙 지속과 변화의 체험주의적 탐색」, 『무형유산』 제8호, 국립무형유산원, 2020.

표인주, 「민속에 나타난 '물(水)'의 체험주의적 해명」, 『비교민속학』 제57집, 비교민속학회, 2015.

표인주, 「민속에 나타난 감성의 본질과 발현양상」, 『호남문화연구』 제45집, 전남대학교 호남학연구원, 2009.

표인주, 「민속에 나타난 불의 물리적 경험과 기호적 의미」, 『비교민속학』 제61집, 비교민속학회, 2016.

표인주, 「삶과 공간, 그 의미 확장의 체험주의적 해명」, 『감성연구』 24, 전남대학교 호남학연구원, 2022.

표인주, 「삶과 시간, 그 변화의 체험주의적 해명」, 『용봉논총』, 제59집, 전남대학교 인문학연구소, 2021.

표인주, 「성장민속의 지속과 변화의 체험주의적 탐색」, 『한국학연구』 75, 고려대학교 한국학연구소, 2020.

표인주, 「순천 낙안읍성 공동체 민속과 공동체의 변이양상」, 『민속학연구』 제6호, 국립민속박물관, 1999.

표인주, 「시간민속의 체험주의적 이해」, 『민속학연구』 제46호, 국립민속박물관, 2020.

표인주, 「영산강 유역 마을의 신앙적 조형물의 특징」, 『호남문화연구』 제44집, 전남대학교 호남학연구원, 2009.

표인주, 「영산강 유역 줄다리기문화의 구조적 분석과 특질」, 『한국민속학』 제48집, 한국민속학회, 2008.

표인주, 「인물전설의 전승적 토대로서 지역축제」, 『비교민속학』 제18집, 2000.

표인주, 「일생의례의 상상적 구조와 해석」, 『호남학』 제65집, 전남대학교 호남학연구원, 2019.

표인주, 「전남 촌제의 축문연구」, 전남대학교 대학원 석사학위논문, 1989.

표인주, 「지석묘 덮개돌의 언어민속학적인 의미」, 『호남문화연구』 제53집, 전남대학교 호남학연구원, 2013.

표인주, 「칠석동마을 민속현상에 나타난 공동체적 질서와 기능의 변이양상」, 『공동체의 현실과 전망』, 선인출판사, 2001.

표인주, 「칠석마을 공동체의 지속과 변화」, 『호남문화연구』 제50집, 전남대학교 호남학연구원, 2011.

표인주, 「호남지역 민속놀이의 기호적 변화와 지역성」, 『민속연구』 제35집, 안동대학교 민속학연구소, 2017.

표인수, 「호남지역 상장례와 구비문학에 나타난 죽음관」, 『한국민속학』 32, 민속학회, 2000.

표인주, 「홍어음식의 기호적 전이와 문화적 중층성」, 『호남문화연구』 제61집, 전남대학교 호남학연구원, 2017.

표인주, 『공동체신앙과 당신화 연구』, 집문당, 1996.

표인주, 『남도민속과 축제』, 전남대학교출판부, 2005.

표인주, 『남도민속과 축제』, 전남대학교출판부, 2005.

표인주, 『남도민속문화론』, 민속원, 2002.

표인주, 『남도민속학』, 전남대학교출판부, 2014.

표인주, 『영산강 민속학』, 민속원, 2013.

표인주, 『체험주의 민속학』, 박이정, 2019.

표인주, 『축제민속학』, 태학사, 2007.

한양명, 「밀양농악의 전승과 의의」, 『실천민속학연구』 제37호, 실천민속학회, 2021.

한양명, 「안동 동채싸움 관련 담론의 전승양상과 향촌사적 의미」, 『민속놀이와 민중의식』, 집문당, 1996.

황병주, 「새마을 운동을 통한 농업 생산과정의 변화와 농민 포섭」, 『사회와 역사』 90권, 한국사회사학회, 90권, 2011.

황진태, 「장소성을 둘러싼 본질주의와 반본질주의적 이분법을 넘어서기」, 『지리교육논집』 55, 서울대학교 지리교육과, 2011.

The Experientialist Account of
The Succession and Change of Folk

-

찾아보기

찾아보기